HEYNE

Das Buch

Vor einigen Jahren hatte Suzanne am Strand von Kreta einen heißen und leidenschaftlichen Flirt mit dem attraktiven Jaxon. Damals gingen sie auseinander, ohne Adressen und Namen zu tauschen und kehrten in ihre jeweiligen Leben zurück. Was sie jedoch nicht ahnten: Sie beide konnten diese heiße Nacht nie vergessen. Jahre später überreden Suzannes Freundinnen sie, im *worldwide web* nach Jaxon zu suchen. Unter *Leichtsinn 69* veröffentlicht Suzanne eine verheißungsvolle Suchanzeige, und Jaxon antwortet sofort. Es dauert nicht lange, und sie beginnen erneut eine leidenschaftliche Affäre. Wird es diesmal von Dauer sein?

Die Autorin

Susan Lyons lebt in Vancouver. *Haut wie Samt* ist ihr erster Roman. Ein zweiter ist bereits in den USA erschienen.

Susan Lyons

Haut wie Samt

Aus dem Amerikanischen
von Michael Koseler

WILHELM HEYNE VERLAG
MÜNCHEN

Die Originalausgabe CHAMPAGNE RULES erschien 2006 bei
Aphrodisia Books, Kensington Publishing Corp., New York

Umwelthinweis:
Dieses Buch wurde auf chlor- und
Säurefreiem Papier gedruckt.

Vollständige deutsche Erstausgabe 03/2007

Printed in Germany 2007
Umschlagfoto: © Donata Pizzi/ The Image Bank / Getty Images
Umschlaggestaltung: Nele Schütz Design, München
Satz: Buch-Werkstatt GmbH, Bad Aibling
Druck und Bindung: GGP Media GmbH, Pößneck
ISBN: 978-3-543-54515-1

www.heyne.de

Für Mom und Ted,
weil sie mich ermutigt haben, meinen Traum,
Schriftstellerin zu werden, zu verwirklichen.

Prolog:

Vor vier Jahren

Die Hände auf seine Schultern stemmend, balancierte Suzanne sich auf ihm aus. Immer wieder rutschten ihre Hände ab, weil seine muskulösen Schultern glitschig von Schweiß waren. Rhythmisch bewegte sie sich auf ihm hin und her, sodass ihre Körper jedes Mal, da sie aneinanderprallten, ein klatschendes, schmatzendes Geräusch von sich gaben. Und jedes Mal, da sie aneinanderprallten, nahm das brennende Verlangen zwischen ihren Beinen zu.

Automatisch glitt ihr Körper auf und ab, dem Höhepunkt entgegen.

Aber nein, noch nicht! Das war so umwerfend, so unglaublich, dass sie nicht wollte, dass es zu Ende ging.

So unglaublich … Wie ein Traum, der ganze Nachmittag war wie ein Traum. Das schummrige Licht in der Höhle, während draußen die Sonne vom blauen Himmel strahlte. Der erdige, scharfe Geruch von Sex, Schweiß, Meer, Staub und noch etwas anderem, etwas Männlichem und Exotischem, das ihr zu Kopf stieg und sie förmlich berauschte. Der Geruch des Mannes unter ihr.

Der der begehrenswerteste, hinreißendste Typ war, den sie je zu Gesicht bekommen hatte. Der Körper der eines Athleten, schlank und muskulös. Die Haut wie dunkle Schokolade, die Haare kohlschwarz, ein gepflegter Spitzbart und kurze Dreadlocks, die ihm einen exotischen Touch verliehen. Sein Lächeln, seine Augen wirkten im dämmrigen Licht der Höhle wie helle Blitze.

Sie beugte sich nach unten, streifte seine Brustwarzen mit ihrem langen blonden Haar, berührte seine Lippen mit den ihren, spürte das sanfte Kitzeln seines Barts. Doch als er versuchte, den Kuss zu intensivieren, hob sie den Kopf und lehnte sich zurück, um ihn zu reizen.

Zu reizen? War das wirklich sie, die so etwas machte?

In ihrem Kopf drehte sich alles, sodass sie vorübergehend aus dem Rhythmus kam. Unverzüglich packte er sie bei den Hüften – nicht um Zwang auszuüben, sondern um ihr Halt zu geben.

Dieser unglaubliche, kräftige Typ hatte sich ihr unterworfen, hatte ihr die Führung überlassen. Die Vorstellung war so erregend, so erotisch, dass sie es kaum auszuhalten vermochte.

So etwas hatte sie noch nie empfunden. Sie hatte ihren Körper immer für gesund und zuverlässig gehalten, aber eigentlich nicht für sexy.

Sexy. O Mann, heute Nachmittag war Suzanne Brennan der Inbegriff von sexy! Weil *er* es auch war, dieser fabelhafte Liebhaber. Zum ersten Mal in ihrem Leben war sie mit einem *Mann* zusammen – keinem Jungen von der Highschool oder vom College, sondern einem richtigen Mann. Und jedes Funkeln in seinen Augen verriet ihr, dass sie eine Frau war. Eine sexy Frau.

Vor vier Jahren, im Alter von sechzehn, hatte sie ihre Unschuld verloren, aber jetzt hatte sie das Gefühl, als zähle das nicht. Nichts, was sich vor dem heutigen Tag, da sie wirklich zur Frau geworden war, in ihrem Sexleben ereignet hatte, zählte.

Ein ihr völlig neuer Instinkt drängte sie, sich schneller zu bewegen, nach oben zu gleiten und sich wieder und wieder gegen seinen harten Körper zu pressen, um jenes quälende Verlangen zu steigern, bis sie beide explodierten.

Doch ein anderer Teil von ihr wollte das Spiel hinauszögern, damit es länger dauerte.

Sie hörte auf, sich zu bewegen, und rang keuchend nach Atem. Dabei spürte sie, wie sein Körper erbebte, weil auch er Luft einsog.

»Alles in Ordnung?«, murmelte er.

»Mmm.« Als sie nickte, drehte sich in ihrem Kopf wieder alles. Zu viel Wein zum Lunch, an ihrem letzten Tag auf Kreta. Zu viel Sonnenschein. Zu viel Mann? Nein, ganz bestimmt nicht. »Ich möchte, dass es länger dauert.«

»Dann lenk mich ab. Lenk uns beide ab.« Seine Stimme war tief und melodisch und hatte einen sinnlichen Klang. War ebenso sexy wie alles andere an ihm.

Ablenken sollte sie sie? Vom Sex? »Wie denn?«

»Tja …« Er ließ den Blick schweifen. »Schau nach draußen zum Strand. Erzähl, was dort passiert!«

»Okay.« Sie richtete sich ein wenig auf und blickte zum Ausgang der in der Klippe gelegenen Höhle. Sonnenschein … wow, war das hell! Als sie blinzelnd in das grelle Licht sah, traten ihr Tränen in die Augen.

Von Neuem wurde ihr schwindlig. Hätte nicht so viel Wein trinken sollen, dachte sie bei sich.

Eine sanfte Brise ließ den Schweiß auf ihrem Gesicht eintrocknen und trug den Geruch von Meer und sonnenwarmen Kräutern heran. Nach und nach bekam sie wieder einen klaren Kopf, und ihre Augen gewöhnten sich an das Licht. »Der Sand ist so hell, dass er fast weiß aussieht, und das Wasser hat eine leuchtend grünlich-blaue Farbe. Wie auf einer Postkarte vom Paradies.«

Die Art Postkarte, die sie ihrer großen Schwester, aber ganz gewiss nicht ihren Eltern schicken würde. Denn das Paradies hier war ein Nacktbadestrand.

Sie lächelte. »Einige junge Leute springen lachend im

seichten Wasser herum und bespritzen sich gegenseitig.« Wenn sie ihm nicht begegnet wäre, wäre sie jetzt vermutlich bei ihnen – sofern sie den Mut gehabt hätte, sich ihnen anzuschließen. »Sie albern herum, auf irgendwie unschuldige Art, die gleichzeitig aber auch provokativ ist, weil sie nackt sind.«

Seine Finger strichen ihr über die Innenseite ihres Schenkels und machten direkt unterhalb der Stelle Halt, wo ihre Körper sich vereinigten. Unschuldig und gleichzeitig provokativ. Sie erbebte am ganzen Körper, äußerlich wie innerlich.

Unverzüglich reagierte sein Körper und spannte sich an. »Nicht bewegen«, sagte er mit rauer Stimme. »Rede weiter, damit ich mich auf etwas anderes konzentrieren kann.«

Hatte sie so viel Macht über ihn, dass er, bloß weil sie erbebte, die Selbstbeherrschung zu verlieren drohte? Ein verblüffender Gedanke – aber andererseits hatte auch er diese Macht über sie, dieser Mann, der ihr ihren ersten richtigen Orgasmus verschafft hatte.

Suzanne versuchte, reglos auf ihm sitzen zu bleiben, die heißen feuchten Schenkel gegen die seinen gepresst, die Knie wund von dem rauen Handtuch und dem harten Fels darunter.

Sie ließ den Blick über den Strand schweifen. »Da liegt ein Pärchen auf einem großen roten Handtuch.« Waren das …? Sie kniff die Augen zusammen. »Zwei Männer.« An einem Nacktbadestrand gab es so etwas wie geschlechtliche Zweideutigkeit nicht.

»Sie halten Händchen.« Suzanne lächelte versonnen. »Ein Liebespaar. Sie lassen sich von der Sonne küssen und warten geduldig, während ihre Erregung immer mehr zunimmt.« Genau wie sie und ihr Liebhaber es machten.

Er griff nach ihrer rechten Hand und führte sie zum

Mund. Nachdem er sanft an dem Ballen unterhalb des Daumens herumgeknabbert hatte, nahm er die Spitze ihres Zeigefingers in den Mund und saugte daran.

Ihr Atem beschleunigte sich. Als sie nach unten blickte, schüttelte er den Kopf. »Nein«, sagte er. »Beobachte den Strand.«

Zwanzig oder dreißig Meter weiter unten plätscherten die Wellen sanft gegen das Ufer, zogen sich zurück, um gleich darauf von Neuem gegen den Strand zu plätschern. Im Rhythmus der Wellen sog er an ihrem Finger, tauchte ihn in feuchte Hitze, bis er ihn schließlich kurz freigab, sodass der Atem der Höhle ihre brennende Haut abkühlte.

Noch nie hatte sie etwas erlebt, das derart sinnlich, derart sexy gewesen wäre.

Wie ein Voyeur beobachtete sie die Leute am Strand, während dieser Mann sie beobachtete und mit ihr Liebe machte.

Suzanne vermochte nicht länger reglos zu bleiben. Ihr Körper übernahm den Rhythmus seines Munds, den Rhythmus der Wellen. Sie hob den Unterleib, sodass sein Schaft der kühlen Luft preisgegeben wurde, dann ließ sie sich wieder auf ihn herab und nahm ihn von Neuem in sich auf.

Seine Zähne schlossen sich um ihren Finger. Er stöhnte auf und gab ihre Hand frei, während sein Atem sich beschleunigte. Sie merkte, wie auch ihre Erregung wieder zunahm.

Sie bewegte sich schneller, bis seine Hüften sich vom Boden lösten.

Doch nein! Wenn sie das Ganze beschleunigte, würden sie beide zum Höhepunkt kommen, und sie war nicht bereit, es so schnell zu Ende gehen zu lassen. Wenn sie könnte, würde sie dafür sorgen, dass es ewig dauerte.

Ewig?

Sie hielt in ihren Bewegungen inne, wobei ihr undeutlich bewusst wurde, dass er frustriert aufstöhnte. Sie starrte nach unten und versuchte, im schummrigen Licht seine Gesichtszüge auszumachen, konnte jedoch nur seine zu Schlitzen verengten Augen deutlich erkennen.

Ewig? Verwirrt schüttelte sie das Haupt, um einen klaren Kopf zu bekommen, doch stattdessen wurde ihr sofort wieder schwindlig. Sie schloss die Augen und versuchte nachzudenken. Das hier hatte nichts mit *immer und ewig* zu tun. Morgen würde sie nach Hause fliegen, und sie würde ihn nie wiedersehen. Ihr Leben fing gerade erst an, sodass *immer und ewig* noch in weiter Ferne lag.

Dieser Mann initiierte sie ins Erwachsenendasein. Durch ihn lernte sie ihre eigene Sexualität kennen.

Ja, genau darum ging es heute Nachmittag. Und um nichts anderes.

Als sie wieder ganz bei sich war, bemerkte sie, dass sein Körper zitterte und seine Finger sich in ihre Hüften gruben. »Alles in Ordnung?«, fragte sie.

»Der Strand«, stieß er hervor. »Erzähl mir, was dort gerade passiert.«

Obwohl er so groß und kräftig war, überließ er es ihr, das Tempo zu bestimmen, und setzte all seine Willenskraft ein, um seinen Körper unter Kontrolle zu halten.

Mit geschlossenen Augen drehte sie ihr Gesicht der Sonne zu. Nach ein paar Sekunden machte sie die Augen langsam auf und blickte in die Helligkeit.

Unten kam ein Pärchen in Sicht. »Da sind ein älterer Mann und eine ältere Frau, beide grauhaarig. Sie schlendern eng umschlungen nackt am Rand des Wassers entlang. Sie sehen aus, als bestünde ihre Liebe schon seit ewigen Zeiten.«

Ja, genau so sah *immer und ewig* aus. Eines Tages würde auch sie eine Beziehung wie diese haben. »Eine Liebe, die alle Hochs und Tiefs übersteht, die eine Familie und ein Zuhause erschafft, die von Anfang an stark ist und mit jedem Jahr noch schöner wird.«

»Vielleicht sind sie aber auch ganz frisch ineinander verliebt und haben sich erst heute Nachmittag kennengelernt.«

Oje, sie hatte eigentlich nicht beabsichtigt, ihre Gedanken laut auszusprechen. Glücklicherweise schien er anzunehmen, sie spreche von dem Paar am Strand und nicht von ihren eigenen Träumen. Andernfalls wäre möglicherweise die Stimmung verdorben worden.

Sie dachte über seine Worte nach, die eine ganz andere Sichtweise als die ihre verrieten. »Frisch verliebt? Warum nicht? Das hier ist ein magischer Ort.«

Was sonst hätte die Anziehungskraft erklären können, die sie mit diesem Mann zusammengebracht hatte? Erst vor ein oder zwei Stunden hatten sie sich kennengelernt, hier an diesem besonderen Strand, den sie am letzten Tag ihres Urlaubs entdeckt hatte. Nur Magie konnte dafür verantwortlich sein, dass die vernünftige Suzanne aus Vancouver, Kanada, das Abenteuer ihres Lebens erlebte

Wohlig seufzend beobachtete sie, wie der Schaum, der die trägen Wellen krönte, in der Sonne glitzerte. Nie würde sie diesen Nachmittag vergessen. Oder diesen Mann. Fast wünschte sie, seinen Namen zu kennen, zu wissen, wo er herkam, was er beruflich machte. Doch das waren profane Einzelheiten, die nicht zu einer magischen Fantasie gehörten.

Er nahm ihre Brust in die Hand und ließ den Finger um ihre Brustwarze kreisen. Dann drückte er die Warze mit Daumen und Zeigefinger sanft zusammen, sodass das Spannungsgefühl zwischen ihren Beinen von Neuem anschwoll.

»*Magisch*«, wiederholte er. »Ein zutreffender Ausdruck.

Genau das habe ich empfunden, als ich dich auf mich zukommen sah.«

Sie nickte, während sie an die Begegnung zurückdachte.

Den Badeanzug in ein Strandlaken gewickelt, die Sandalen in der Hand haltend, war sie in Richtung Sonne gegangen und hatte sich die Zehen von den Wellen umspielen lassen. Da sie ihre Sonnenbrille im Restaurant vergessen hatte, musste sie die Augen zusammenkneifen, um erkennen zu können, wer da auf sie zukam. Trotz ihrer Beschwipstheit genierte sie sich ungemein, weil sie sich zum ersten Mal in ihrem Leben in der Öffentlichkeit nackt zeigte. Doch alle um sie herum waren nackt. Deshalb hatte sie ihren Bikini ausgezogen – deshalb und aufgrund ebenjener vom Wein hervorgerufenen Courage, die sie veranlasst hatte, sich an einen Nacktbadestrand zu wagen.

Einige Leute waren bereits an ihr vorübergeschlendert und hatten sie im Vorbeigehen gegrüßt, doch als jener Mann aus dem Sonnenschein auf sie zukam, hatte sie das Gefühl, als sprängen Funken zwischen ihnen hin und her. Kretische Magie!

Als er näher kam, bemerkte sie, wie groß er war. So groß, dass sie sich fast winzig vorkam – ein ungewöhnliches Gefühl für eine junge Frau, die eins sechzig maß. Dann machte er vor ihr Halt, wobei sein Kopf die Sonne abblendete, sodass sie ihn zum ersten Mal deutlich sehen konnte. Ihr Herz hämmerte so schnell, als wäre sie in der heißen Sonne eine Meile weit gejoggt. Er sah aus wie die zum Leben erwachte Statue eines griechischen Gotts – bloß dass er Dreadlocks hatte und unten herum wesentlich besser ausgestattet war!

»Es war, als trätest du aus einem Traum auf mich zu«, murmelte er jetzt mit einer Stimme, die geradezu eine magnetische Kraft auf sie hatte.

Ja, der ganze Nachmittag – seit sie bei jenem ausgedehnten, trägen Lunch im Freien die zweite Karaffe Wein geleert hatte – kam ihr wie ein Traum vor. Wie eine erotische Fantasie, von der jede Frau träumte. Doch der harte, verschwitzte Körper unter ihr war durchaus real, ihre Knie zitterten vor Erschöpfung, und den Geruch, der ihr in die Nase stieg, konnte ihre Einbildung unmöglich heraufbeschworen haben.

Das alles war Wirklichkeit.

Ihre inneren Muskeln zogen sich fest um ihn zusammen.

Er gab ein Stöhnen von sich, ein raues, maskulines Geräusch, das ihre Muskeln veranlasste, sich sofort wieder zusammenzupressen.

Seine Finger strichen ihr vom Kinn über den Hals, glitten zwischen ihren Brüste entlang bis zum Nabel und von dort weiter nach unten. Sie beugte sich zurück, sodass sich ihre Hüften nach vorn schoben.

Im selben Moment bäumte er sich nach oben und drang so tief in sie ein, dass sie aufschrie.

»Man wird dich hören«, warnte er.

Trotzdem schaffte sie es nicht, ein lustvolles Stöhnen zu unterdrücken.

»Was machen sie jetzt? Die Leute am Strand?«, fragte er.

Wie konnte sie sich auf irgendetwas anderes als auf die Empfindung konzentrieren, die er in ihr hervorrief? »Einer der beiden Schwulen …«

Sie keuchte auf und presste sich die Hand gegen den Mund, als er sie bei den Hüften packte und sie fest auf sich drückte. »… liest dem anderen etwas vor.«

»Und was?«

Sie lachte erstaunt auf. »So weit kann ich nicht sehen.«

Seine Finger spielten an den Haarlöckchen zwischen ihren Schenkeln herum. »Dann nimm deine Fantasie zu Hilfe. Erzähl mir, was er vorliest.«

»Ich, äh …«

Er wickelte sich ihre Haarlöckchen um die Finger, was sie an eine Szene in einem Buch erinnerte, das ihr die Schwester ihrer besten Freundin geborgt hatte, als sie dreizehn gewesen war. Ein Klassiker, hatte das Mädchen ihr versichert, um kichernd hinzuzufügen, dass es trotzdem besser wäre, es vor ihren Eltern zu verstecken.

Seine Finger wanderten weiter nach unten, sodass sie ihre Worte nur noch stoßweise hervorzubringen vermochte. »Es ist *Lady Chatterleys Liebhaber*, aber weil sie schwul sind, verändert er es. Er sagt, es sei Lord Chatterley, der eine Affäre mit dem Wildhüter hat. Oh, Entschuldigung, kennst du das Buch überhaupt?«

»Hab den Film gesehen. Sexy.«

»Es gibt da eine Szene, in der der Wildhüter Blumen in die … äh … Haare seiner Geliebten flicht.« Mochte ja sein, dass sie heute Nachmittag sexy war. Trotzdem brachte sie es nicht über sich, das Wort »Schamhaare« laut auszusprechen.

Gleichwohl schien er zu verstehen, was sie meinte. »Keine Blumen. Nur Finger.« Während er das sagte, drückten zwei seiner kräftigen Finger sanft gegen ihre Klitoris.

»Finger sind …« Seine Berührung wie auch der unerbittlich in ihr anschwellende Druck ließen sie aufkeuchen. »Finger sind gut.«

»Vergiss den Strand«, befahl er. »Sieh uns an. Sieh dir an, wie gut wir zusammenpassen.«

Sie wandte den Blick nach unten, konnte jedoch im ersten Moment nichts sehen, da der Übergang vom Sonnenlicht zum Dämmer in der Höhle zu abrupt gewesen war. Das Einzige, was sie wahrnahm, war die Hitze des Mannes unter ihr. In ihr.

Aber das waren Empfindungen, unvernünftige Empfindungen. Was sollte denn das? Zum dritten Mal machte sie Liebe mit einem Mann, den sie gerade erst kennengelernt hatte! Einem Mann, dessen Namen sie noch nicht einmal wusste.

Das war doch verrückt. Was war bloß aus der vernünftigen Suzie geworden?

Trotzdem schaffte sie es nicht, dem Zauber, der in der Luft lag, zu widerstehen.

»Hey«, sagte er leise. »Bist du noch da?«

Da ihre Augen sich wieder an die Dunkelheit gewöhnt hatten, richtete sie den Blick auf seinen und ihren Körper. »Aber ja.«

Lange rötlich-goldene Haarflechten hingen über ihre Brüste und schimmerten trotz des trüben Lichts, das in der Höhle herrschte, matt auf. Hohe kleine Brüste, die an den Stellen, die normalerweise vom Bikini bedeckt wurden, im Vergleich zu ihrer Urlaubsbräune fast weiß waren.

Was für Kontraste!

Verglichen mit seiner Haut wirkte selbst ihre Urlaubsbräune blass.

Ihre Aufmerksamkeit richtete sich auf die Stelle, wo ihre Körper miteinander vereint waren und wo die goldenen Kräusel ihres Schamhaars sich mit seinem schwarzen Schamhaar vermischten. Sie war vorher noch nie mit einem dunkelhäutigen Mann zusammen gewesen, hatte noch nie gesehen, wie schön diese Kontraste sein konnten.

»Hör auf nachzudenken«, flüsterte er.

Als hätte er einen Schalter betätigt, schaltete sich ihr Gehirn ab. Nur ihr Körper blieb übrig. Ein Körper, der einzig und allein aus Empfindungen bestand, nicht mehr und nicht weniger.

Sie genoss den berauschenden Moschusduft ihres Liebesspiels, der sich mit den scharfen kretischen Gerüchen verwob. Ihre Lippen waren geöffnet, rangen keuchend nach Luft, stöhnten vor Lust, und auf diesen Lippen schmeckte sie das Salz ihres eigenen Schweißes, nahm sie den intensiven Moschusgeschmack seiner Küsse wahr.

Sie löste ihren Körper von dem seinen und weidete sich am Anblick des steifen Schafts, der aus seinem gekräuselten Haar nach oben ragte. Noch nie im Leben hatte sie etwas derart Männliches gesehen.

Dann ließ sie sich wieder nach unten gleiten, um ihn von Neuem in sich aufzunehmen. Sie spürte, wie er sie zur Gänze ausfüllte, entzückt von der Art und Weise, in der ihr Körper sich öffnete, um ihn zu empfangen. Sie genoss die Reibung, die Spannung seines Fleischs, das über das ihre glitt und tief in sie eindrang.

Der Druck in ihr wurde immer stärker, ballte sich fester und fester zusammen.

Suzanne presste ihre Schenkel zusammen und spannte ihre inneren Muskeln an. Sie kämpfte gegen das Unvermeidliche an, doch er bewegte sich immer schneller und riss sie mit. Sie wimmerte vor Spannung und vor Lust, hin und hergerissen zwischen dem Bedürfnis nach Erlösung und dem Wunsch, die Zeit anzuhalten, damit dieser Moment ewig dauerte.

Mit einem Aufschrei bäumte er sich auf, um explosionsartig zu kommen. Während er sich in sie ergoss, warf sie den Kopf zurück und schloss die Augen. Ihre Spannung löste sich in Wellen auf, die rhythmisch gegen seinen Körper brandeten.

Ihr Körper erschlaffte, sackte in sich zusammen, doch seine Hände hielten sie aufrecht.

Als sie langsam die Augen öffnete, sah sie den Strand vor sich. Obwohl ihr schwindlig war und sie alles nur verschwommen wahrnahm, bemerkte sie, dass einige der Sonnenbadenden umherschauten und in ihre Richtung blickten. Rasch duckte sie sich, was zur Folge hatte, dass ihr noch schwindliger wurde.

»Sie haben uns gehört«, flüsterte sie und spürte, wie sie am ganzen Körper schamrot wurde, während seine Hände sich lockerten, sodass sie schlaff auf ihn sank.

Er war immer noch in ihr, als ihr die Augen zufielen und sie einschlummerte.

Alles, was nach den Ereignissen in der Höhle kam, musste zwangsläufig zur Antiklimax werden, fand Jaxon Navarre, als er und seine sexy Blondine aus der Dunkelheit traten und den zum Strand führenden Ziegenpfad hinuntergingen, um Schritt für Schritt in die Wirklichkeit zurückzukehren.

Ein ebenso unvermeidlicher wie peinlicher Vorgang. Es wäre einfacher gewesen zu verschwinden, nachdem sie eingeschlafen war, aber Jax gehörte nicht zu den Männern, die eine Frau allein und ohne Schutz zurückließen.

Nicht dass er seine Blondine für sonderlich schutzbedürftig hielt. Sie war die ausgekochteste Geliebte, die er je gehabt hatte. Und er hatte schon etliche gehabt.

Ja, zu Sex zu kommen war nie ein Problem gewesen. Eine andere Sache war es, eine Frau zu finden, die ihm gegenüber nicht irgendeine blöde Klischeevorstellung hatte. Immer wieder hatten sich ihm Mädchen an den Hals geworfen, um zu beweisen, dass sie keine Vorurteile hegten, um einmal etwas Exotisches auszuprobieren oder um herauszufinden, ob schwarze Männer unten herum wirklich besser ausgestattet waren. Auf der Highschool und auf dem College waren sie scharf auf ihn gewesen, weil er Captain der Basketballmannschaft war – keine schlechte Leistung für einen Burschen, der nur eins neunzig groß war –, und jetzt waren sie scharf auf ihn, weil er Rechtsanwalt werden würde. Überdies ein erfolgreicher und reicher, sofern er an seinem Plan festhielt.

Diese Frau war jedoch anders. Sie wusste nichts von ihm, kannte noch nicht einmal seinen Namen, und sie hatte nichts von jener gekünstelten Scheiße à la »Ach, du bist schwarz? Ist mir ehrlich gesagt gar nicht aufgefallen« von sich gegeben.

Zu schade, dass er sie nicht in seine Reisetasche packen und mit sich nach San Francisco nehmen konnte.

Er kicherte in sich hinein. Als ob das möglich wäre! Nächste Woche würde er als Praktikant in einer äußerst renommierten Rechtsanwaltskanzlei anfangen und würde alles daransetzen müssen, um zu beweisen, was er wert war. Was ihn freilich in keiner Weise beunruhigte. Bisher hatte er alle Hürden genommen, und diese würde er ebenfalls nehmen.

Er stellte sich wieder auf seine Umgebung ein und bemerkte, dass sie gerade aus einem Dickicht verkümmerter kleiner Bäume getreten waren, das den Nacktbadestrand vom normalen Strand trennte. Er blieb stehen und grinste seine Begleiterin wehmütig an. »Verflucht! Höchste Zeit, dass wir uns wieder anziehen.«

Mit kühnem Blick musterte sie ihn von oben bis unten. »Schade.«

Mit ihrem Strandlaken jonglierend, versuchte sie, in ihr grünes Bikinihöschen zu steigen, verlor jedoch das Gleichgewicht. Wenn er sie nicht bei den Schultern gepackt hätte, wäre sie hingefallen.

Während er in ihr gerötetes Gesicht starrte, ging ihm von Neuem durch den Kopf, wie hinreißend sie war. Angesichts ihrer eindrucksvollen Gesichtszüge, ihrer Mähne welligen goldenen Haars, ihrer kleinen hohen Brüste, die auf einem geschmeidigen schlanken Körper saßen, war er fast bereit zu glauben, sie sei eine Meerjungfrau, die für einen Nachmittag an Land gekommen war, um ihn mit ihrem Zauber zu umstricken.

Bloß dass seine Meerjungfrau Beine hatte, die zu finden ihr im Moment Schwierigkeiten bereitete. Und ihre hübschen Brüste waren auf eine Weise gerötet, die sehr nach einem Sonnenbrand aussah. »Bist du okay?«

Sie warf ihr Haar zurück, wobei sie fast wieder das Gleichgewicht verlor. »Klar. Na ja, vielleicht ein bisschen trunken von Wein, Sonne und Sex.«

»Wein? Den scheine ich verpasst zu haben.«

»Beim Lunch. Auf Kreta muss man Wein zum Lunch trinken. Zumindest an seinem letzten Tag.« Sie lächelte ihn strahlend an.

Dieses Lächeln war wunderschön, obwohl ihre grünen Augen ein wenig unkonzentriert dreinblickten. Ob das wohl der Beginn eines Katers war?

Oder lag es einfach an zu viel Sex? Seine eigenen Beine – Beine, die jedes Basketballspiel ohne zu ermüden durchstanden – fühlten sich ebenfalls wie Gummi an.

Er nahm ihr das Strandlaken ab und hielt sie am Arm fest, während sie sich in ihren Bikini mühte. Mit dem Oberteil kam sie nicht zurecht und fummelte an den Rückenbändern herum. Er drehte sie herum, strich ihr Haar zur Seite und band die Bänder zu einer Schleife zusammen, als verpacke er ein ganz besonderes Geschenk. Zu schade, dass er sie stattdessen nicht auspackte. Er vergrub seine Nase in ihrem Nacken und atmete den Duft ihrer Haut ein, die nach Pfirsichen und Sex roch.

Mann! Er wurde schon wieder geil. Rasch zog er sich seine Badehose an.

Als er ihr seinen Arm bot, hakte sie sich bei ihm unter. Dann setzten sie ihren Weg fort.

»Du hast gesagt, heute sei dein letzter Tag«, stellte er fest, ohne so recht zu wissen, ob er darüber froh war oder ob er es bedauerte. Ein Nachmittag wie dieser hätte sich doch ohnehin nicht wiederholen lassen, oder?

»Ja. Morgen geht's wieder nach Hause. Wie steht's bei dir?«

»Ich habe noch ein paar Tage.« Er hatte sich von einem Kommilitonen zu dieser Reise überreden lassen, obwohl er während des Urlaubs nicht viel von Chase gesehen hatten, da sein Kumpel sich schon im Flugzeug mit einer sexy Rothaarigen angefreundet hatte.

»Mein Hotel ischt … ist gleich da oben.« Sie streckte den Arm aus und zeigte es ihm.

Sie hatte lallend gesprochen. Stirnrunzelnd dachte er an den Sonnenbrand auf ihrer Haut und überlegte, wie viel Wein sie wohl getrunken hatte. Vorhin hatte er den Eindruck gehabt, als habe sie sich ganz unter Kontrolle, aber jetzt … Gute Güte, hatte er etwa ihren Zustand ausgenutzt?

Er machte abrupt Halt und sah sie unverwandt an. »Bist du in Ordnung?«

»Mir geht's wunderbar!«

»Und das heute Nachmittag war okay?«

»O ja! Ich bin sexy«, verkündete sie voller Entschiedenheit.

Er lachte glucksend. »Kann man wohl sagen.«

»Ich bin eine sexy *Frau.*«

Oder eine sexy Meerjungfrau, dachte er bei sich. »Du bedauerst also nichts?«

»Nicht im Geringsten.«

Er hatte sie völlig richtig eingeschätzt. Sie war der feuchte Traum eines jeden Mannes – ein hinreißendes, hemmungsloses, sexy Mädel, das genau wusste, was es tat.

Einen ausgedehnten Moment lang standen sie da und

starrten einander an. Jax überlegte, ob sie ihn wohl nach seinem Namen, nach seiner Telefonnummer fragen würde. Sein Ego wünschte es sich; sein Verstand riet ihm, Komplikationen zu vermeiden.

»Tja, ich denke, das war's dann«, sagte er zögernd.

Sie nickte. Dann kicherte sie und streckte die Hand aus. »Ich habe vergessen, Danke zu sagen.«

Danke? »Äh, gleichfalls.« Sanft nahm er ihre Hand in die seine, die sie jedoch geschäftsmäßig schüttelte. Sie machte es ihm leicht, doch dabei konnte er es nicht bewenden lassen. Er hielt ihre schmale Hand fest und drückte sie. »Es war toll. Wie ... ein Traum, den ich mir schöner nicht hätte vorstellen können.«

Sie nickte. »Wie ein Traum. Ja.«

»Und es sollte auch ein Traum bleiben, nicht wahr?«, hakte er nach.

»Mmm-hmm. Ein perfekter Traum.« Sie gähnte heftig. »Höchste Zeit, wieder einzuschlafen.«

Und dann machte sie – ohne ihm einen Kuss zu geben oder sich zu verabschieden – kehrt, um ein wenig unsicher, aber sich aufreizend in den Hüften wiegend die Treppe zu ihrem Hotel hochzugehen.

Jax starrte ihr nach, bis sie durch die offene Tür im dunklen Vestibül verschwand.

Bizarr.

Aber schließlich war der ganze Nachmittag extrem bizarr gewesen.

Als er sich zum Gehen wandte, bemerkte er, dass er immer noch ihr Strandlaken in der Hand hatte. Eigentlich hätte er es an der Rezeption ihres Hotels abgeben müssen, aber ... Er schüttelte den Kopf.

Verdammt noch mal, er wollte es als Souvenir behalten.

1

»Also, Suze.« Die Ellbogen auf den Tisch gestützt, beugte Jenny, deren pinkfarbene Flamingoohrringe hin und her schaukelten, sich vor. »Dann erzähl mal von dem besten Sex, den *du* je gehabt hast.«

Drei gerötete Frauengesichter grinsten Suzanne an, die zusammen mit ihren Freundinnen an einem Tisch vor dem Restaurant Las Margaritas saß.

Es war Jenny Yuen, die das Thema zur Sprache gebracht hatte, indem sie den heißen Sex geschildert hatte, den sie mit ihrem Freund Pete in dessen Whirlpool gehabt hatte. »Das war der beste Sex meines Lebens!«, hatte sie mit funkelnden Augen ausgerufen. »Koreanische Männer sind viel besser als chinesische, das schwöre ich.«

»Pst!«, hatte Suzanne gesagt, obwohl sie an die Tatsache gewöhnt war, dass Jennys Persönlichkeit den doppelten Umfang ihres zierlichen Körpers hatte. Trotzdem wünschte sie, Jenny würde nicht ständig so unverblümt reden.

Als Jenny sie dann aufforderte zu erzählen, wünschte sie allerdings, dass sie den Mund gehalten hätte.

»Tja, äh …« Der beste Sex, den sie je gehabt hatte? Suzanne schaffte es knapp, ein nervöses Kichern zu unterdrücken. Das war damals gewesen, mit ihrem Traumliebhaber.

Jenny verdrehte die Augen, wandte sich von Suzanne ab und sagte zu Rina Goldberg: »Na, und mit wem hast du deinen besten Sex gehabt?«

»Jedenfalls nicht mit Marty, das steht schon mal fest.« Im Verlauf des Dinners, zu dem die Tollen Vier sich jeden Montag trafen, hatte Rina ihnen bereits erzählt, dass sie sich von dem Mann getrennt hatte, mit dem sie mehrere Monate liiert gewesen war. Das schien ihr jedoch in keiner Weise das Herz gebrochen zu haben.

»Mein bester Sex«, murmelte sie. Das burgunderrote, mit Fransen besetzte Schultertuch, das sie über ihrer wie stets schwarzen Kleidung trug, ließ sie wie eine Zigeunerin aussehen. Während sie an ihrem zweiten Margarita nippte und über die Frage nachdachte, schob sie sich eine widerspenstige Locke ihres gekräuselten schwarzen Haars hinter das Ohr, das mehrere Ringe schmückten.

Während die anderen warteten, widmeten sie sich der Platte mit Nachos locos – die mit allen erdenklichen Dingen beladen war, die köstlich waren und dick machten – und schlürften ebenfalls ihren zweiten Margarita.

Ein Lächeln breitete sich über Rinas Gesicht aus, und sie nickte voller Entschiedenheit mit dem Kopf. »Ja, ich weiß schon. Im Sommer, als ich achtzehn wurde, bin ich auf eine Musikhochschule in Banff gegangen. Dort gab es einen Studenten namens Giancarlo, der aus Italien stammte. Er war Pianist und hatte unglaublich tolle Hände.«

Die anderen gaben zahlreiche Ohs und Ahs von sich, als Rina beschrieb, was Giancarlo mit seinen Händen alles gemacht hatte – unter anderem hatte er sie auf dem Flügel in einem der studentischen Übungsräume dreimal hintereinander zum Höhepunkt gebracht.

Im Laufe des Berichts wurde eine dritte Runde Margaritas bestellt, außer für Suzanne, die nie mehr als zwei Drinks zu sich nahm.

Als Rina fertig war, drehte Jenny sich Ann Montgomery zu. »Jetzt bist du dran«, sagte sie, während sie ein mit Avocadocreme und saurer Sahne bepacktes Chip mampfte.

»Ihr wisst, dass ich ein altmodisches Mädchen bin«, erwiderte Ann, deren Augen allerdings schalkhaft funkelten. »Ich steh nicht auf Whirlpools oder Pianos. Ich mag große, bequeme Betten. Und Männer, die Schlipse tragen.«

»Schlipse? Ist ja langweilig«, spottete Jenny.

»Nicht, wenn es um vier Schlipse geht, alle aus Seide, und man damit an den Pfosten eines Betts festgebunden ist.«

»Bondage?« Suzanne runzelte die Stirn. »Ann, das ist ...«

»Nein, nein!« Ann hob die Hand, um ihr Schweigen zu gebieten. »Ich habe ja eingewilligt. Und die Schlipse waren nur lose festgebunden. Er hat ganz langsam mit mir Liebe gemacht. Das war so schön, dass mir nichts anderes übrig blieb, als darauf zu reagieren.«

Jenny runzelte skeptisch die Stirn. »Ich kann mir einfach nicht vorstellen, dass du jemand anderm die Kontrolle überlässt. Schließlich bist du ein Kontrollfreak sondergleichen.«

Ann streckte ihr die Zunge raus, dann zuckte sie die Achseln. »Okay, so ganz Unrecht hast du nicht. Mich selbst hat's ja auch überrascht.« Sie strich sich das kurze braune Haar glatt und richtete ihren in einer marineblauen Kostümjacke steckenden Oberkörper auf. »So heftig bin ich noch nie im Leben gekommen. Das war fast ein bisschen ... unheimlich.«

Als Suzanne den Blick über die Tischrunde schweifen ließ, dachte sie bei sich, wie glücklich sie sich schätzen konnte, diesen Frauen begegnet zu sein. Sie hatten sich letztes Jahr kennengelernt, bei einem Yogakurs. Angefreundet hatten sie sich, als sie nach der zweiten Stunde zu dem Schluss gekommen waren, dass Essen, Geplauder und Alkohol wesentlich besser geeignet waren, ihre Spannungen abzubauen, indem sie ihre Körper zu Brezelformen verrenkten. Die vier hatten nicht viel miteinander gemeinsam, doch das machte ihre Gespräche nur umso anregender. Im Laufe der Zeit hatten sich starke Freundschaftsbande zwischen ihnen herausgebildet, und jetzt hingen die Tollen Vier ebenso unverbrüchlich aneinander wie an ihren Montagabenden.

Als Jenny sich ihr mit boshaftem Grinsen zudrehte, hörte sie schlagartig auf, sich glücklich zu schätzen. »Hast du etwa geglaubt, wir würden dich vergessen, Suze?«

O Gott, wie erbärmlich, nach den sexy Geschichten ihrer Freundinnen gestehen zu müssen, dass ihr eigenes Sexleben zwischen langweilig und nicht vorhanden rangierte.

Abgesehen von ihrem Höhlenliebhaber.

Bei dem Gedanken jagte eine Welle der Erregung durch ihren Körper. Sie kippte den Rest ihres zweiten Margaritas runter und holte tief Luft.

»Erinnert ihr euch noch, dass ich euch mal erzählt habe, wie ich mir nach meinem zweiten Uni-Jahr eine einwöchige Pauschalreise nach Kreta spendiert habe?« Die anderen nickten. »Okay. Also …« Sie schloss die Augen und rief sich alles in Erinnerung.

»Es ist mein letzter Nachmittag. Ich gehe einen Strand entlang. Plötzlich kommt ein Mann auf mich zu, und es ist, als hätte uns beide der Blitz getroffen. Wir fühlen uns sofort zueinander hingezogen.«

Als sie die Augen öffnete, stellte sie fest, dass die anderen ihr wie gebannt lauschten. »Habe ich schon erwähnt …« Sie machte eine vorsätzliche Pause. »… dass der Strand ein Nacktbadestrand ist?«

»Suzie!«, stieß Rina hervor, ohne darauf zu achten, dass die Salsasoße von ihrem Chip auf den Tisch kleckerte.

»Unsere Suze am Nacktbadestrand?«, sagte Jenny.

»Wir wissen also, dass der Mann nackt ist«, stellte Ann fest. »Jetzt komm mal zur Sache. Wie sieht der Typ aus?«

»Groß, muskulös, attraktiv. Absolut perfekt in … wie soll ich sagen? … jeder Hinsicht.«

»Mit anderen Worten, er ist unten herum gut ausgestattet«, sagte Jenny, indem sie sich die Ärmel hochschob und ihre spitzen Ellbogen auf den Tisch stützte.

»Das kannst du laut sagen! Ich habe noch nie …« Suzanne verstummte, um mit gedämpfter Stimme fortzufahren. »Ja, extrem gut ausgestattet. Jedenfalls halten wir auf einmal Händchen und gehen den Strand entlang. Ohne etwas zu sagen. *Mir* hat es die Sprache verschlagen! Ist das nicht bizarr?« Sie langte nach ihrem Margaritaglas und führte es an den Mund, musste jedoch feststellen, dass es leer war.

»Erzähl weiter«, forderte Ann sie auf, während sie ihre Kostümjacke auszog und sich vorbeugte.

»Wir schlendern einen Pfad entlang, der bergauf führt, durch niedriges Gebüsch. Der Boden ist mit unzähligen hübschen kleinen Blumen übersät.«

»Den Reisebericht kannst du dir sparen«, warf Jenny ein. »Wie Ann schon gesagt hat, komm zur Sache.«

»Ich werfe ihm immer wieder Seitenblicke zu, um ihn von oben bis unten zu mustern. Und er bekommt einen Steifen.« Sie grinste. »Ganz schön anturnend!«

»O Mann!«, sagte Jenny.

»Dann stoßen wir auf eine Höhle. Wir gehen hinein und küssen uns. Er hebt mich hoch, ich schlinge die Beine um seine Taille, und wir machen es im Stehen.«

»O mein Gott!« Rina fächelte sich mit den Fransen ihres Schultertuchs Luft zu.

»Das Ganze ist schnell und explosiv.« Und sie hatte zum ersten Mal in ihrem Leben einen Orgasmus gehabt. Nicht nur einen Orgasmus, sondern einen, der ihr den Verstand geraubt hatte.

»Hinterher legen wir uns auf mein Strandlaken und erkunden mit unseren Händen, Lippen und Zungen den Körper des anderen. Er besorgt es mir mit dem Mund, und ich, na, ihr wisst schon …«

»Du bläst ihm einen«, ergänzte Jenny, während Ann gleichzeitig sagte: »Du machst Fellatio.«

Suzanne merkte, dass sie knallrot wurde. »Bevor er kommt, stoppt er mich und dringt in mich ein, um es mir hart und schnell zu machen. Das ist so irre, dass ich von Neuem komme, noch vor ihm.« Sie räusperte sich und spielte an ihrem Margaritaglas herum. Fast wünschte sie, sie hätte ihre Zwei-Drink-Regel gebrochen, obwohl sie genau wusste, warum sie es nie tat.

»Mensch, Mädchen, ich wusste gar nicht, dass du zu so was fähig bist«, staunte Jenny, während sie einen weiteren mit Käse überzogenen Chip in die Avocadocreme tauchte.

Suzanne schloss die Augen und dachte daran zurück, wie sie ihre sich auf und ab bewegenden Körper beobachtet hatte. »Habe ich schon erwähnt, dass er schwarz ist?«

»Du meinst, er ist Afro-Amerikaner«, stellte Ann richtig.

»Oder Afrikaner«, erwiderte Suzanne. »Oder vielleicht war er auch aus England. In Griechenland machen viele Engländer Urlaub. Allerdings hatte er keinen Akzent. Ja, du hast recht, vermutlich war er Amerikaner.« Verdammt, diese Überlegungen hatten sie aus Kreta wegkatapultiert und ins Restaurant zurückversetzt.

»Aber jedenfalls ist er hinreißend, wie?«, sagte Jenny. »Und gut ausgestattet.«

Suzanne nickte. »Seine Haut hatte jene herrliche Farbe dunkler Schokolade, und er hatte kurze Dreadlocks. Sein Gesicht war einfach toll. Mit einem sexy wirkenden kleinen Spitzbart. Seine Augen waren ebenfalls schokoladenfarben und sprühten vor Leben.«

»Wow!«, hauchte Rina. »Ein Schokoladenmann. Wie lecker!«

»Das war er.« Selbst jetzt konnte sie sich noch erinnern, wie er geschmeckt hatte.

»Und natürlich war er ein fantastischer Liebhaber.« Rina seufzte versonnen.

»Obwohl er ein Fremder war, ist mir der Sex mit ihm wie das Intimste vorgekommen, das ich je gemacht habe. Einen Moment lang habe ich sogar den Wunsch verspürt, dass unser Liebesakt zur Zeugung eines Kinds führen würde.« Suzanne schüttelte sich. »Irre, nicht? Vor allem, wenn man bedenkt, dass ich bezüglich Ehe und Kinder ziemlich, äh, herkömmliche Ansichten habe.«

»Herkömmlich!«, spottete Jenny. »Wohl eher archaisch. Jede Frau, deren sehnlichster Wunsch es ist, Ward Cleaver aus *Leave It to Beaver* zu heiraten ...«

»Nun, immerhin sorgt er gut für Beavers leibliches Wohl. In jeder Hinsicht«, warf Rina ein, worauf alle in Gelächter ausbrachen.

Ann wurde jedoch rasch wieder ernst. »Suze, du hast gerade was vom Kinderkriegen gesagt. Ihr habt doch wohl ein Kondom benutzt, oder?«

Suzanne schluckte schwer. Sie hatte eigentlich nicht die Absicht gehabt, dieses Detail zu verraten. »Ich habe damals die Pille genommen, aber ich weiß, dass es absolut idiotisch war. Als Entschuldigung mache ich Unzurechnungsfähigkeit geltend. Außerdem hatte ich zu viel Wein getrunken und hatte einen Sonnenstich, weil ich stundenlang in der Sonne gewesen war. Deshalb ...« Sie verstummte abrupt, weil ihr plötzlich klar wurde, dass sie den Rest der Geschichte noch nicht erzählt hatte.

»Nimmst du deshalb immer nur zwei Drinks?«, fragte Rina, während Ann wissen wollte: »Deshalb was?« und Jenny gleichzeitig sagte: »Wie hieß dein toller Liebhaber denn eigentlich?« Nachdem die drei Frauen in Lachen ausgebrochen waren, sahen sie Suzanne erwartungsvoll an.

Jetzt würden sie gleich erfahren, was für eine Idiotin sie

war. Sie seufzte, winkte eine Kellnerin in einem roten T-Shirt heran und sagte: »Könnte ich bitte etwas Eiswasser haben?« Es war höchste Zeit, dass sie ihre Fantasiehöhle verließ und in die kalte harte Wirklichkeit von Vancouver zurückkehrte.

Sie wartete, bis die Kellnerin das Wasser gebracht hatte. Nachdem sie einen großen Schluck getrunken hatte, rückte sie mit der Wahrheit heraus. »Ich kenne seinen Namen nicht, Jen. Und verkneift es euch bitte, nahe liegende Fragen zu stellen. Das Letzte, woran ich mich noch erinnere, ist, dass ich in seinen Armen eingeschlafen bin, in der Höhle. Meine Erinnerungen setzen erst am nächsten Morgen wieder ein, in meinem Hotelzimmer, wo sich das Zimmermädchen und ein Arzt um mich kümmerten. Ich hatte einen Hitzschlag bekommen und fühlte mich hundeelend. Den Flug nach Hause habe ich nur mit Hängen und Würgen überstanden. Und ...«

Nachdem sie einen weiteren Schluck Wasser getrunken hatte, bekannte sie in aller Hast den letzten Teil. »Ichbinmirnochnichtmalsicher, obesdenMannwirklichgegebenhat.«

»Hä?«, erwiderte Jenny, während die anderen Frauen Suzanne verblüfft ansahen. Sie hatte so schnell gesprochen, dass ihre Worte zu einem einzigen Genuschel geworden waren.

»Ich bin mir nicht sicher, ob es den Mann wirklich gegeben hat«, wiederholte sie mit ausdrucksloser Stimme.

»Aber ...« Ann runzelte die Stirn. »Was redest du denn da? Eben hast du doch noch erzählt, wie er aussah und was ihr zusammen gemacht habt.«

»Ich träume immer noch davon, mindestens einmal im Monat.« Und jedes Mal, wenn sie davon träumte, hatte sie im Schlaf einen Orgasmus. Wesentlich bessere Orgasmen, als sie sie je bei irgendeinem anderen Mann als ihrem Höhlenliebhaber gehabt hatte.

Sie stieß einen frustrierten Seufzer aus. »Vielleicht war es ja von Anfang an nur ein Traum. Schließlich hatte ich ungefähr einen Liter Wein getrunken. Und seitdem nehme ich in der Tat nie mehr als zwei Drinks, Rina.«

»Jedenfalls entdeckte ich«, fuhr sie fort, »als ich so alkoholisch benebelt umherwanderte, diesen Nacktbadestrand und zog mich aus, was mir unglaublich gewagt vorkam.« Sie quittierte ihre damalige Naivität mit einem Schnauben. »Machen wir uns nichts vor. Dass ich in der Sonne eingeschlafen bin und mir das Ganze eingebildet habe, ist viel wahrscheinlicher, als dass ich mit einem völlig Fremden Sex ohne Kondom gehabt habe.«

Ausnahmsweise schien sie ihre Freundinnen einmal sprachlos gemacht zu haben.

»Ich habe keine Ahnung, wie ich es geschafft habe, mich wieder anzuziehen und ins Hotel zurückzugelangen«, setzte sie mit grimmiger Miene hinzu.

»Du kannst dich nicht erinnern, ob du dich von dem namenlosen Gott verabschiedet hast?«, fragte Jenny.

Suzanne schüttelte den Kopf. »Und wenn die ganze Sache tatsächlich passiert wäre, hätten wir doch sicher etwas gesagt, oder? Zum Beispiel auf Wiedersehen, es war toll, lassen wir es dabei bewenden, weil sich dieses Erlebnis nie und nimmer wiederholen ließe. Das würde Sinn machen. Ich meine, er würde überhaupt nicht in mein Leben passen. Er ist nicht der Typ Mann, den ich heiraten und mit dem ich einen Hausstand gründen möchte. Ich finde das alles völlig okay …« Besonders diese erotischen Träume. »… bloß dass ich eben nicht weiß, ob es ihn wirklich gegeben hat.«

»Ein Traumliebhaber«, flüsterte Rina. »Wie romantisch!«

»Ja, aber wie konntest du es denn okay finden, ihn einfach so gehen zu lassen?«, fragte Jenny mit gerunzelter Stirn. »Falls er real war, meine ich. Kann ja sein, dass sich das Erlebnis nicht hätte wiederholen lassen. Vielleicht wäre es aber doch möglich gewesen, Suze. Wäre das nicht besser als heiße Träume?«

»Hast du eben nicht zugehört?«, entgegnete Suzanne ungehalten. »Selbst wenn er real war, wusste ich doch nicht das Geringste über ihn.«

»Es ist schwer, jemanden ausfindig zu machen, wenn man keine Informationen hat«, pflichtete Ann ihr bei.

»Hmm.« Jenny trommelte mit den Fingernägeln – die knallig pink und mit Glimmer bestreut waren – auf die Tischplatte. »Wie wär's mit einer privaten Suchanzeige?«

»Na klar, Jen«, sagte Rina, »weil der Schokoladenmann ja todsicher in Vancouver wohnt.«

Jenny stöhnte genervt. »Quatsch. Nicht in den hiesigen Zeitungen, du Dussel, sondern im Internet.«

Suzanne stockte der Atem. Obwohl sie ständig E-Mails schrieb und das Internet für veterinärmedizinische Recherchen benutzte, war sie noch nie auf den Gedanken gekommen, mit Hilfe des Worldwide Web zu versuchen, ihren ehemaligen Liebhaber ausfindig zu machen.

Ann runzelte die Stirn. »Das könnte gefährlich werden. Im Internet treiben sich jede Menge Freaks und Perverse rum.«

Jenny verdrehte die Augen. »Suze würde natürlich nicht ihre eigene Internetadresse benutzen. Wir besorgen ihr eine zweite bei Hotmail oder Yahoo. Eine anonyme. Dann spielt es keine Rolle, wenn sie ein paar abgedrehte Antworten auf die Suchanzeige bekommt, weil sie sie einfach ignorieren kann.«

»Die Wahrscheinlichkeit, dass er die Anzeige zu Gesicht bekommt, ist extrem gering, selbst wenn er tatsächlich existiert«, gab Ann zu bedenken. »Schließlich scheint er nicht der Typ Mann zu sein, der das Internet braucht, um an ein

Date zu kommen.« Stirnrunzelnd fuhr sie sich mit den Fingern durchs Haar, um anschließend schelmisch zu grinsen. »Trotzdem kann man's ja versuchen.«

Jenny und Ann taten so, als wäre das Ganze schon beschlossene Sache. Suzannes Herz hämmerte wie wild. Sie drehte sich Rina zu, die ins Leere starrte. »Was sagst du denn dazu?«

»Hmm?«, erwiderte Rina versonnen. »Weißt du, manchmal lassen wir es zu leicht zu, dass bestimmte Menschen aus unserem Leben verschwinden.«

Suzanne stöhnte. »Das ist *keine* gute Idee. Ich kann mir ohnehin nicht vorstellen, den Typ zu heiraten, also warum dann das Ganze?«

»Bist du so sicher, dass er nicht dein Mr Cleaver sein könnte?«, fragte Ann.

»Ich … Ach, komm, er war sexy und … hinreißend, aber als Ehemann völlig ungeeignet. Ich will einen soliden, zuverlässigen Mann, jemand wie meinen Dad oder meinen Schwager. Außerdem studiere ich noch und kann noch lange nicht daran denken, einen Hausstand zu gründen.«

»Genau der richtige Zeitpunkt, um dich auszutoben«, erwiderte Jenny. »Einmal im Leben sollte man das schon tun.«

»Das wäre aber bereits das zweite Mal«, stellte Ann, die Wert auf Genauigkeit legte, fest.

»Das zweite Mal«, wiederholte Suzanne, die die Idee äußerst verführerisch fand, was aber vielleicht nur daran lag, dass sie bereits zwei Drinks intus hatte. »Ich werde darüber nachdenken. Aber wenn ich mich dazu entschließe, müsst ihr mir helfen.«

Als das Telefon klingelte, stand Jax gerade am Schreibtisch seiner Sekretärin, um mit ihr über eine Akte zu sprechen. Caitlin nahm den Hörer ab, dann legte sie die Hand auf die

Sprechmuschel. Mit ihren Sommersprossen, dem breiten Grinsen und den orange gefärbten Haarspitzen sah sie aus wie eine freche Elfe. »Deine Frau.«

»Ex«, stellte er automatisch richtig. Caitlin zog ihn ständig damit auf, dass sie immer wieder vergesse, dass er geschieden war, weil er so selten Dates hatte. »Ich spreche in meinem Büro mit ihr.«

Er machte die Tür seines winzigen Büros hinter sich zu, setzte sich und nahm den Hörer ab. Seine Heirat mit Tonya mochte ein Fehler gewesen sein, doch ihre hart erkämpfte Freundschaft war etwas, das ihm sehr am Herzen lag. »Hallöchen. Was gibt's denn?«

»Wollte dir nur zum Jahrestag gratulieren.«

»Autsch«, sagte er mit sanfter Stimme. Wenn sie verheiratet geblieben wären, wären es am Sonntag drei Jahre gewesen. »Tut mir leid, dass ich keine Karte geschickt habe, aber ich dachte, Benjamin hätte was dagegen.«

»Der nimmt's gelassen. Besonders jetzt, da unsere Ehe schon einen ganzen Monat länger dauert, als deine und meine es getan hat.«

Sie hatten eine Phase erreicht, in der sie einander auf liebevolle Art und Weise neckten, auch wenn Tonya gelegentlich die eine oder andere Stichelei vom Stapel ließ.

»Noch mal autsch«, sagte er. Sie und Benjamin hatten also sieben ganze Monate geschafft.

»Jedenfalls würde ich gern wissen, ob du auch nur einen Moment in deiner Arbeit innegehalten hast, um an unseren Jahrestag zu denken.«

Er lächelte. Ja, ihre Sticheleien bezogen sich oft auf seine Arbeit. Trotzdem war es irgendwie süß, dass sie, obwohl sie mit einem anderen Mann glücklich verheiratet war, nicht wollte, dass ihr Ex sie vergaß.

»Doch, hab ich«, gestand er. »Hab an unsere Flitterwochen gedacht. Sonoma, die Weinkellereien, der Flug mit dem Heißluftballon. Das hat großen Spaß gemacht.« Damals hatte er sich zum letzten Mal, seit er bei Jefferson Sparks angestellt war, eine Woche freigenommen.

Genau genommen war es erst das zweite Mal gewesen, dass er sich seit seinem Studienabschluss Urlaub genommen hatte. Beim ersten Mal hatte er zusammen mit Chase jene Reise nach Kreta gemacht.

Kreta. Allein das Wort beschwor unvergessliche Bilder herauf.

»Ja, es war toll«, sagte Tonya.

Wie? Ach ja, er hatte von ihren Flitterwochen gesprochen. Mann, hatte er ein Glück, dass sie nicht wusste, in welche Richtung seine Gedanken gerade gewandert waren.

»Dieser Ballonflug war klasse«, meinte sie.

»Und unsere Hochzeitsnacht nicht? Hört sich an, als müsste ich noch mal *autsch* sagen.«

Sie lachte glucksend.

Tatsache war, dass er sich an den Ballonflug noch genauestens erinnerte, ihm die Ereignisse der Hochzeitsnacht aber nur noch höchst vage in Erinnerung waren – ganz im Gegensatz zu jenem verrückten Nachmittag auf Kreta und dem dortigen Liebesspiel, von dem ihm jedes einzelne Detail im Gedächtnis geblieben war.

Nein. Sex. Es war nur Sex gewesen.

So heißer Sex, dass er sich auf seinem Stuhl hin und her wand.

»Jax? Schmollst du, Baby? Ich wollte deine Talente im Bett nicht schlecht machen, ehrlich nicht. Wir haben doch immer schönen Sex gehabt, nicht wahr?«

»Schönen?« Das war ein Lobeswort, das den Schwanz eines Mannes sofort zum Erschlaffen brachte.

Gewiss, nachdem sie einige Wochen verheiratet gewesen

waren, hatten sie angefangen, sich zu zanken, meistens weil er immer solange arbeitete, und das Schlafzimmer war eher zum Kriegsschauplatz als zur Liebesstätte geworden. Doch zu Anfang war der Sex, den sie miteinander gehabt hatten, verdammt großartig gewesen.

Er dachte daran zurück, wie er damals endlich nachgegeben und seiner Mutter gestattet hatte, ihn ihrer Nachbarin vorzustellen, die Kochunterricht nahm und stets nach Menschen suchte, bei denen sie ihr Essen ausprobieren konnte. Sie hatten sich sofort zueinander hingezogen gefühlt. Es hatte viele Abende gegeben, an denen er und Tonya schnellstens im Bett gelandet waren, obwohl sie eigentlich vorgehabt hatten, zusammen zu essen oder ins Kino zu gehen.

Das Merkwürdige war, dass er sich auch, was diese Abende betraf, an keinerlei Einzelheiten mehr erinnern konnte.

»Jax? Hast du aufgelegt?«

»Nein, ich bin noch da. Hatte eigentlich den Eindruck, dass unser Sex in der ersten Zeit mehr als nur schön war.« Scheiße, musste er denn unbedingt so verstimmt klingen?

»Ooh, der Ausdruck war schlecht gewählt. Ja, vermutlich hast du recht. Das ist zwar schon ein Weilchen her, aber trotzdem erinnere ich mich, dass es oft echt super war. Aber dann haben wir geheiratet, und deine Arbeit rangierte an erster Stelle.«

Eine weitere Stichelei.

»Du hast auch gearbeitet«, gab er zurück, »hast dauernd Kochkurse absolviert und Souschef-Jobs gehabt.«

Sie schwieg einen Moment, und als sie wieder etwas sagte, war ihr Ton nicht schnippisch, sondern traurig. »Stimmt, aber meine Arbeit war mir nicht wichtiger als unsere Ehe.«

Darauf ließ sich nichts erwidern, weil sie recht hatte. Sie hatte es geschafft, Beruf und Ehe unter einen Hut zu bringen. Er hatte festgestellt, dass er dazu nicht in der Lage war, und hatte eine Wahl treffen müssen. Seine Karriere stand an erster Stelle. Das war immer so gewesen und würde immer so sein.

»Ach, Scheiße, Jax, aus dem Grund habe ich überhaupt nicht angerufen. Ich wollte nicht zum x-ten Mal alles durchkauen. Du tust, was du tun möchtest, und ich habe Benjamin, mit dem glücklicherweise auch nach der Eheschließung noch alles bestens läuft. Wir sind also beide glücklich, die Vergangenheit liegt hinter uns, und ich möchte wirklich, dass wir Freunde bleiben.«

»Ich auch.« Er hatte in der Ehe versagt, und er hasste es zu versagen. Da musste es ihm wenigstens gelingen, Tonyas Freund zu sein.

»Also, dann will ich dir mal den eigentlichen Grund für meinen Anruf verraten«, sagte sie mit ganz aufgeregter Stimme. »Möchtest du einen neuen Klienten haben?«

»Immer«, erwiderte er prompt und griff nach Notizblock und Kugelschreiber.

»Meine Güte, Jax, du klingst ja richtig … gierig.«

»Bin ich auch. Klienten an Land zu ziehen ist eine der Grundvoraussetzungen für eine Partnerschaft.«

»Weiß ich. Weiß ich zur Genüge.« Diesmal stichelte sie jedoch nicht, sondern neckte ihn nur. »Deshalb habe ich mir gedacht, dass ich auch mein Teil zum Schlachtplan beitrage.«

»Du kennst jemanden, der einen Rechtsanwalt braucht?«

»Ja. Mich.«

»Du?«

»Es ist so weit. Ich habe mich umgetan, habe den idealen Ort gefunden, zu einem Preis, den ich mir leisten kann, also …« Sie lachte zittrig. »Ja, ich mach's!«

Sie wollte endlich ihr eigenes Restaurant aufmachen.

Verflucht, dann war sie gar keine richtige Klientin. Jedenfalls nicht für ihn, der sich mit Rechtsstreitigkeiten befasste. Er vertrat Firmen in Prozessen, in denen es um Produkthaftung, Kartellbildung und dergleichen ging.

Scheiße. Was war er doch für ein Arschloch! Wie konnte er nur so reagieren?

»Mensch, Tonya, das ist ja großartig. Gratuliere.« Das war schon immer ihr Traum gewesen, auf dessen Verwirklichung sie hingearbeitet hatte, und er freute sich aufrichtig für sie. »Wie kann ich dir behilflich sein?«

»Ach, indem du mir den ganzen Firmenkram abnimmst. Du arbeitest doch für Firmen, nicht wahr?«

Hatte sie je richtig zugehört, wenn er von seiner Arbeit gesprochen hatte? Beziehungsweise hatte er sich je die Zeit genommen, sie ihr zu erklären, ihr mehr davon zu erzählen als dass er wieder Überstunden machen musste?

»Pachtverträge für die Räumlichkeiten und die Gerätschaften«, sagte sie, »Verträge mit Angestellten und Lieferanten. Ach ja, und vorher muss ich natürlich erst einmal eine Firma gründen.«

Während sie sprach, machte er sich Notizen, denen er noch Punkte hinzufügte, die sie nicht erwähnte. »Die meisten dieser Dinge werden von Rechtsberatern erledigt, sodass die Rechnung nicht allzu hoch werden dürfte.«

»Danke. Und du kannst natürlich jederzeit umsonst in meinem Restaurant essen. Eine Freundin kannst du auch mitbringen.«

Letzteres würde er sich mit Sicherheit verkneifen, denn das Ganze hörte sich nicht gerade nach einem Rezept für ein entspanntes Dinner an.

Ganz abgesehen davon, dass er ohnehin keine Zeit für Dates und Freundinnen hatte.

Seit er alt genug war, um zu begreifen, was für Opfer seine Mom für ihn brachte, war er entschlossen, Erfolg zu haben.

Damit sie stolz auf ihn war. Um alles, was sie für ihn getan hatte, zu rechtfertigen.

Wenn er verbissen arbeitete, alle Ablenkungen ignorierte, würde er in ein oder zwei Jahren zum Partner seiner Kanzlei und später dann vielleicht zum Seniorpartner avancieren.

Allein der Gedanke daran ließ sein Herz schneller schlagen. Ein Immigrantenkind aus Jamaika, großgezogen von einer allein erziehenden Mutter, die zwei Mindestlohnjobs hatte, wurde Seniorpartner in einer der renommiertesten Rechtsanwaltskanzleien San Franciscos. Also das war ein Traum, für den er sich erwärmen konnte!

Aber heute war Tonyas Tag, nicht seiner. »Wenn die Firmengründung perfekt ist, kaufe ich dir eine Flasche Dom Perignon.«

»Schampus aus Sonoma würde mir reichen. Ich bin ein Mädchen aus Kalifornien und lehne es strikt ab, prätentiös zu werden.«

»Willst du denn in deinem Restaurant keine französischen Weine anbieten?«

»Nein. Ich werde mich auf einheimische Produkte beschränken. Die Küche wird eine Mischung aus allem sein, was zur Entstehung Kaliforniens beigetragen hat. Ungefähr so wie bei mir.«

Tonya war zwar in Kalifornien geboren, doch ihre Großeltern waren wahrhaftig ein ethnischer Mix, mit Wurzeln in Afrika, China, Schottland und Mexiko.

»Jax?«, sagte sie ganz aufgeregt. »Mir ist gerade ein Name für das Restaurant eingefallen. Wie wär's mit *Made in California?*«

»Hört sich gut an.«

»Ich muss Schluss machen. Ich werde Benjamin anrufen und ihn fragen, was er von dem Namen hält.« Wie immer, wenn sie den Namen ihres Mannes aussprach, hatte ihre Stimme einen leicht erotischen Unterton.

Er beneidete sie um diese verdammten Supererlebnisse.

Caitlin klopfte an seine Tür, öffnete sie und steckte den Kopf herein. »Dein nächster Klient ist da.«

Tonya hatte Benjamin; er hatte einen Klienten.

Supererlebnisse? Von wegen!

2

Die Tollen Vier hatten beschlossen, sich statt im Restaurant in Suzannes Wohnung zu treffen, um die Anzeige zu entwerfen.

Sie wohnte in einer umgebauten Garage, die sich hinter dem Haus ihrer Eltern in Kerrisdale befand. Das gemütliche Apartment war mit allerlei Sachen aus zweiter Hand möbliert und bestand aus einem kleinen Ess- und Wohnbereich, einem noch kleineren Schlaf-plus-Arbeitszimmer sowie einem winzigen Badezimmer. Suzanne gefiel die Kompaktheit des Ganzen ebenso sehr wie der Umstand, dass die Wohnung ihr gestattete, ihren Eltern nah und gleichzeitig von diesen unabhängig zu sein.

Heute Abend hätte sie es allerdings vorgezogen, wenn das Apartment statt hundert Meter hundert Meilen vom Küchenfenster ihrer Mom und ihres Dads entfernt gewesen wäre.

Was sie und die anderen vorhatten, machte sie auch ohne forschende elterliche Blicke schon nervös genug. Andererseits war es ziemlich wahrscheinlich, dass sie das ganze Projekt aufgeben würden, nachdem sie einige Gläser Wein getrunken und alberne Ideen vom Stapel gelassen hatten.

Während Suzanne die Flasche Yellowtail Cabernet Sauvignon aufmachte, die Ann mitgebracht hatte, warf sie einen Blick aus dem Fenster und sah ihre Mutter, die auf der hinteren Veranda stand und gerade Rina begrüßte.

Rina, die schwarze Leggings sowie eine hauchdünne schwarze Kittelbluse trug und sich einen roten Schal um den Hals geschlungen hatte, sah aus wie eine Zigeunerin in einem englischen Landschaftsgarten. Suzanne beobachtete, wie sie ihrer Mom zwei Pizzakartons reichte.

Was sollte denn das? Wollte sie etwa ihr Abendessen verschenken?

Ah! Rina kramte in ihrer Umhängetasche herum, aus der sie schließlich ein Heftchen hervorzog. Zweifellos eine Broschüre über die Pacific Northwest Opera. Rina spielte zweite Klarinette und gab außerdem Schülern aller Altersgruppen Klarinetten- und Klavierstunden.

Nachdem sie Suzannes Mom die Broschüre gegeben hatte, nahm sie die Pizzakartons wieder an sich. In dem Moment gesellte sich Jenny zu ihnen, mit einem Behälter in der Hand, der hoffentlich ihre dekadenten, mit Schokolade überzogenen Brownies enthielt. Die drei plauderten angeregt miteinander, viel zu lange, wie Suzanne fand, die allmählich unruhig wurde. Besonders Jenny war nicht gerade für verbale Zurückhaltung bekannt, und Suzanne wollte auf keinen Fall, dass ihre Mutter erfuhr, was sie heute Abend vorhatten.

Vor lauter Verzweiflung ging Suzanne zur Tür, schwenkte die Weinflasche hin und her und rief: »Wer möchte einen Drink?«

Das hatte den gewünschten Effekt. Ihre Freundinnen verabschiedeten sich rasch und kamen angeeilt. »Deine Mom bekommt Eintrittskarten für das nächste Konzert der PNO«, sagte Rina.

»Prima.« Suzanne nahm ihr einen der Pizzakartons ab. »Ihr habt ihr doch nicht etwa erzählt, was wir heute Abend vorhaben?«

»Na klar haben wir das!«, erwiderte Jenny mit lauter Stimme. »Wir haben ihr erzählt, dass wir ihre Tochter mit einem griechischen Gott verkuppeln wollen. Mensch, Suzie«, fügte sie hinzu, »ein bisschen Diskretion kannst du uns schon zutrauen.«

Ann kam aus dem anderen Zimmer herein. »Würdet ihr euch bitte ein bisschen beeilen? Ich habe nämlich Hunger. Ich habe schon verschiedene Salate auf den Tisch gestellt.«

Jenny öffnete die Pizzakartons. »Hier ist eine mit Hühnchen, Spinat und Feta und eine mit Peperoni, Zwiebeln und Pilzen.«

»Gut«, sagte Rina. »Außer der Kruste kann ich alles essen.«

Sie machte ständig Diät, weil sie behauptete, zu dick zu sein – obwohl sich, soweit Suzanne es feststellen konnte, unter all den Schichten ihrer Kleidung jene Art von kurvenreichem Körper verbarg, bei dem Männer Stielaugen bekamen.

»Außerdem habe ich Retsina mitgebracht.« Rina holte eine Flasche aus ihrer Umhängetasche, was die anderen mit »igitt!« kommentierten. Sie schüttelte den Kopf. »Wir müssen ihn ja nicht ganz trinken, sondern brauchen nur ein paar Tropfen zu verschütten. Als Trankopfer für die griechischen Götter, damit sie dieser Unternehmung ihren Segen erteilen.«

Suzanne gab Rina den Korkenzieher, die daraufhin die Flasche aufmachte und einen kleinen Schluck Wein in die Gläser goss. Die Frauen verspritzten ein paar Tropfen im Zimmer. Melody und Zorro, zwei von Suzannes drei Katzen, kamen erwartungsvoll angerannt, zogen sich jedoch mit angewidert zuckenden Schnurrhaaren wieder zurück, nachdem sie kurz herumgeschnuppert hatten.

»Ganz meine Meinung«, sagte Ann. Anschließend hob sie ihr Glas. »Okay, Mädels, einen Trinkspruch und dann runter damit. Hinterher trinken wir ein Glas anständigen australischen Cabernet.«

»Darauf, dass es uns gelingt, einen griechischen Gott einzufangen«, verkündete Jenny, worauf alle miteinander anstießen.

Ann warf sich Pillen in den Mund, bevor sie trank.

»Bist du krank?«, fragte Suzanne.

»Hab nur Kopfschmerzen. Hab einen stressigen Tag hinter mir und hab nichts zum Lunch gegessen.« Sie grinste. »Und es macht keinen Spaß, mit Kopfschmerzen eine sexy Anzeige zu entwerfen.«

»Du arbeitest zu viel.«

»Als ob ich das nicht wüsste.« Sie zeigte in Richtung Tür, neben der sie beim Hereinkommen ihre Aktentasche abgestellt hatte. »Klar, ich kann das Büro um sechs verlassen. Aber nur, wenn ich Arbeit mit nach Hause schleppe, für die ich noch mindestens drei Stunden brauche.«

»Das tut mir leid. Meine Güte, Ann, wenn du hinterher noch arbeiten musst, solltest du deine Zeit nicht mit dieser albernen Angelegenheit vergeuden.«

Ann schüttelte heftig den Kopf, was sogleich dazu führte, dass sie vor Schmerz das Gesicht verzog. »Ich brauchte sowieso eine Pause. Und wenn eine Frau keine Zeit für ihre besten Freundinnen erübrigen kann, dann stimmt ganz entschieden etwas nicht mit ihr.«

Suzanne streckte den Arm aus, um Ann an sich zu drücken. Dann setzten sie sich alle an den Couchtisch. Nachdem sie einige Bissen gegessen und ein paar Schluck Wein getrunken hatten, machten sie sich an die Arbeit und brachten Vorschläge vor.

»Notizen«, sagte Ann, legte ihr angebissenes Stück Pizza auf den Teller und ging zu ihrer Aktentasche, um einen Schreibblock zu holen.

Bald war sie eifrig damit beschäftigt, Notizen hinzukritzeln, dies und das durchzustreichen und noch einmal vorzulesen. Als sie nach einer Weile dabei waren, die zweite Runde Brownies zu essen – bis auf Rina, die schon an ihrem ersten Brownie nur herumgeknabbert hatte –, räusperte sich Ann. »Also, Kinder, ich glaube, wir haben's.« Sie hielt den Block hoch und las, indem sie ihrer Stimme einen säuselnden, verführerischen Klang verlieh.

»Bist du der Mann, der vor vier Jahren in einer Höhle am Nacktbadestrand von Kreta mit einer heißen Blondine prickelnden Sex gehabt hat? Falls dir der Sinn nach einem weiteren erotischen Abenteuer steht, dann lass es mich wissen. Bitte teil mir mit, was wir an jenem Nachmittag gemacht haben, damit ich weiß, dass du es wirklich bist.«

»Statt *Abenteuer* würde ich *Eskapade* schreiben«, schlug Jenny vor. »Das klingt hemmungsloser.«

»Ich vergesse immer wieder, dass du Schriftstellerin bist«, erwiderte Ann und nahm die Änderung vor.

Jenny war freiberufliche Journalistin, die sich ihren Lebensunterhalt mit dem Recherchieren und Schreiben von Artikeln verdiente, in denen es meistens um höchst ergreifende Dinge ging.

»Wie schmeichelhaft«, gab Jen zurück. »Bloß weil ich klein bin und Pink trage, heißt das noch lange nicht, dass ich ein Dummchen bin.«

»Ich weiß, ich weiß. Trotzdem ist es überraschend, wie du die passenden Wörter aus der Tasche ziehst.«

Jen sprang auf, boxte Ann gegen die Schulter und sagte: »Lasst uns den Computer anwerfen.«

Ann reichte Suzanne den Block. »Willst du abschließend noch mal einen Blick drauf werfen?«

Suzanne starrte den Ausdruck »erotische Eskapade« an. Das klang so gar nicht nach ihr. Und trotzdem beschrieben diese Worte den Nachmittag in Kreta auf perfekte Weise. Konnte sie abermals jene Frau sein? Wollte sie das?

Sie hob Einhalt gebietend die Hand. »Moment mal. Das Ganze hat Spaß gemacht, aber wir wollen es doch wohl nicht wirklich durchziehen, wie?«

»Ich habe mich nicht vorzeitig aus dem Büro gestohlen, damit du dich jetzt drückst«, beschwerte sich Ann.

»Suzie, wir stellen doch nur die Anzeige ins Netz«, beruhigte Rina sie mit sanfter Stimme. »Für wie wahrscheinlich hältst du es denn, den Mann tatsächlich ausfindig zu machen? Und wenn er durch irgendeinen verrückten Zufall tatsächlich antwortet, kannst du immer noch entscheiden, was du tun möchtest.«

Richtig. Wenn er nicht auf die Anzeige reagierte, bewies das nicht, dass es ihn nicht gab. Es hieß nicht, dass ihr magischer Nachmittag – an dem sie die verführerischste Frau auf Erden gewesen war – in Wirklichkeit gar nicht stattgefunden hatte. Und wenn ein Wunder geschah und er tatsächlich antwortete ... Dann war es an ihr, den nächsten Schritt zu machen.

Suzanne drückte entschlossen die Schultern durch. »Lasst es uns tun.«

Sie drängten sich in ihr winziges Schlafzimmer und versammelten sich um den Computer, der auf einem kleinen Tisch am Fenster stand. Mouse, Suzannes kleiner grauer Kater, der wie gewöhnlich auf der Tastatur geschlafen hatte, sprang hoch. Nachdem er ihr einen erbosten Blick zugeworfen hatte, stolzierte er aus dem Zimmer. Obwohl das Schlafzimmerfenster vom Haus ihrer Eltern aus gar nicht zu sehen war, zog Suzanne die Vorhänge fest zu.

»Jenny, du bist das Computergenie. An die Arbeit!«

Nachdem ihre Freundin geschickt auf der Tastatur herumgefuhrwerkt hatte, fragte sie: »Okay, Suzie, wie lautet dein Deckname?«

»Tja ... Wie wär's mit *Inselmädchen?*«

»Süß«, meinte Rina.

»Langweilig«, entgegnete Jenny. »Erinnert mich an den Film *E-Mail für dich.* Hatte die Frau nicht den Decknamen *Ladenmädchen?* Besser lässt sich ja wohl kaum sagen: *Hallo, ich bin echt langweilig.*«

Aber sie *war* langweilig. Alltäglich, konservativ. Sie war eine Studentin, die hinter dem Haus ihrer Eltern wohnte, ihr Apartment mit drei Katzen teilte und davon träumte, eine zeitgemäße Ausgabe von June Cleaver zu werden.

An jenem verzauberten Nachmittag war ihr Verhalten so untypisch für sie gewesen, so voller… »Leichtsinn«, sagte sie mit heiserer, fast sexy klingender Stimme.

»Na, das hört sich doch schon besser an!« Jenny hämmerte auf die Tastatur ein. »Mist, ist schon vergeben. Die guten Decknamen sind immer schon vergeben. Wie wär's, wenn wir eine Zahl hinzufügen? Wir könnten es mit *Leichtsinn 1, Leichtsinn 2* probieren.«

»*69*«, sagte Suzanne und legte sich hastig die Hand auf den Mund, als ihre Freundinnen in Gejohle ausbrachen. »Nein, das wollte ich nicht sagen, ehrlich nicht. Meine verdorbene Zwillingsschwester hat mich dazu gezwungen.«

»Deine sexy Zwillingsschwester«, sagte Jenny. »Das ist perfekt. Jetzt können wir bloß hoffen, dass nicht schon jemand anders darauf gekommen ist.« Nachdem sie von Neuem die Tastatur bearbeitet hatte, ließ sie triumphierend die Faust in die Höhe schnellen. »Alles bestens! Suzanne Brennan, von jetzt an bist du offiziell *Leichtsinn 69.*«

Bevor Suzanne sich's versah, war die Anzeige ins Netz gestellt, und ihre Freundinnen teilten die Essensreste unter sich auf, um anschließend nach Hause zu gehen.

Als Suzanne dann die Küche aufräumte, kamen ihr ernsthafte Bedenken. Was hatte sie sich eigentlich dabei gedacht, so zu tun, als sei sie heiß und sexy?

Sie war eine vierundzwanzig Jahre alte Studentin der Tiermedizin, die ihr Leben bis in alle Einzelheiten vorausgeplant hatte. Sie glaubte fest daran, dass man sich lang- und kurzfristige Ziele setzen musste, und bisher war sie mit dieser Methode bestens gefahren. Ihr Teilzeitjob als Veterinärassistentin brachte ihr nicht nur das nötige Geld ein, um die Studiengebühren zu bezahlen, sondern gab ihr auch die Gewissheit, dass sie den richtigen Beruf gewählt hatte, und stellte ihr nach Abschluss ihres Studiums sogar eine Stelle in Aussicht.

Sie wusste genau, wie ihr Ehemann sein würde, weil ihr Dad und ihr Schwager die perfekten Muster für diese Rolle darstellten. Mr Cleaver, wie ihre Freundinnen ihn im Scherz nannten, würde einen Job haben, den er liebte – einen sinnvollen Job –, würde aber nie Überstunden machen, weil seine Frau und seine Kinder stets Vorrang hatten.

Ihre Freundinnen zogen sie damit auf, dass sie so altmodisch war, aber das machte Suzanne nichts aus. Sie legte großen Wert auf Sicherheit und scheute vor Risiken zurück. Deshalb war diese ganze Internetsache so verrückt.

Verrückt, aber … irgendwie auch aufregend.

Ja, es war aufregend, sich vorzustellen, dass sie möglicherweise noch einmal tollen Sex mit einem hinreißend attraktiven Mann haben würde.

Doch dann schüttelte sie den Kopf. Toller Sex und Suzanne Brennan passten einfach nicht zusammen. In ihren Höhlensexträumen wurde sie zu einer verführerischen Frau, aber aus irgendeinem Grund hatte dieses Selbstbild außerhalb ihrer Träume keinerlei Gültigkeit. In den letzten Jahren hatte sie zwar einige Liebhaber gehabt, doch immer, wenn es heiß und heftig wurde, fiel bei ihr irgendwie die Klappe.

Das Wort »Eskapade« klinge hemmungsloser, hatte Jenny gesagt.

Wenn ihr griechischer Gott tatsächlich existierte und sie ihn fand, würde sie dann imstande sein, ihm gegenüber ihre albernen Hemmungen aufzugeben?

Was, wenn sie dazu nicht in der Lage war? Ein Furcht erregender Gedanke!

Nachdem sie sich ihren Baumwollpyjama angezogen hatte, hielt sie inne und starrte auf den Computerbildschirm. Ob wohl schon Antworten eingetroffen waren? Warum hatte sie ihren Freundinnen bloß versprochen, erst am kommenden Montag nachzuschauen?

Mensch, war es stressig, eine persönliche Anzeige ins Netz zu stellen. Ungefähr so, als gebe man eine Party. Was, wenn niemand kam? Was, wenn zu viele Leute kamen? Was, wenn merkwürdige Leute aufkreuzten? Was, wenn der Richtige nicht auftauchte?

Zu erwarten, dass irgendwo auf der Welt ein ganz bestimmter Mann ihre Anzeige sah und darauf reagierte, war alberner, als eine Angel in den Ozean auszuwerfen und zu hoffen, einen ganz bestimmten Lachs anzulocken.

Wobei noch fraglich war, ob dieser ganz bestimmte Fisch überhaupt existierte …

Jaxon gähnte und drehte den Kopf hin und her, um die Schmerzen in den Schultern und im Nacken zu lindern, die vor einer Stunde eingesetzt hatten. Welcher Mann hatte samstagabends um elf nichts Besseres zu tun, als an seinem Schreibtisch zu sitzen und Recherchen anzustellen?

Antwort: Ein Rechtsanwalt, der bei seinen Chefs Pluspunkte machen wollte. Deshalb saß er hier und verbrachte sein Wochenende damit, Nachforschungen zu einem komplizierten Punkt des Kartellgesetzes anzustellen, damit er Trent Jefferson noch vor Montagmorgen ein Memo auf den Schreibtisch legen konnte – ein Memo, das schlagkräftige Argumente an die Hand gab, mit denen sich der Vorwurf, ihr Klient habe gegen das Gesetz zur Verhinderung von unlauterem Wettbewerb verstoßen, widerlegen ließ.

Und außerdem – was wäre denn die Alternative gewesen? Hätte er gern in einer Bar gesessen, um belanglose Gespräche zu führen? Oder vor dem Fernseher Däumchen gedreht? Nein, er war genau da, wo er sein wollte, um verbissen die Schnellspur zum Erfolg entlangzustapfen.

War das ein Widerspruch in sich?

Egal. Es war das Leben, das er sich ausgesucht hatte.

Er reckte sich und ging die zwei Schritte bis zum Fenster seines Büros. Draußen funkelten die Lichter der Stadt. San Francisco pulsierte vor Leben, doch hier im zwölften Stock war er davon abgeschnitten. Kein einziges Geräusch drang an sein Ohr, und er betrachtete die Welt durch getöntes Glas.

Wann hatte er zum letzten Mal ein Date gehabt? Da war die Rechtsanwältin gewesen, die er bei einem Fortbildungskurs zu juristischen Aspekten geistigen Eigentums kennengelernt hatte. Nachdem sie ihre ersten zwei Dates hatten verschieben müssen, hatten sie beide betreten gelacht und waren zu dem Schluss gekommen, dass das Ganze nicht der Mühe wert war. Das war … wann gewesen? Vor drei oder vier Monaten?

Ein Date. Er bekam noch nicht mal ein Date auf die Reihe. Klar, er wusste, dass er es sich zeitlich nicht erlauben konnte, eine Beziehung einzugehen, aber gegen ein Date hätte er nichts einzuwenden gehabt.

Er lachte glucksend. »Red keinen Müll, Mann«, sagte er zu seinem Spiegelbild in der Fensterscheibe. »Was du in Wirklichkeit willst, ist harter, heißer Sex.« Er war ein körperbezogener Mensch mit körperlichen Bedürfnissen. Seine vierzehnstündigen Arbeitstage laugten sein Gehirn zwar aus, doch seinen Körper verlangte es im tiefsten Innern danach, in Schweiß zu geraten, verlangte es nach Befriedigung.

O ja, er war ganz entschieden geil. Die fantastische Blondine auf Kreta kam ihm wieder in den Sinn. Herrgott noch mal, das war doch schon wie lange her? Vier Jahre? Und es war nur ein einziger Nachmittag gewesen. Seitdem hatte er sich verliebt, hatte geheiratet, war geschieden worden. Und trotzdem hatte er diese Blondine nie vergessen können. Er dachte zu den merkwürdigsten Zeiten an sie, desgleichen in Situationen, wo es nicht weiter verwunderlich war, zum Beispiel wenn er nachts allein im Bett lag.

Während er auf die Stadt hinunterstarrte, fiel ihm ein, wie sie aus der Höhle geschaut und beschrieben hatte, was am Strand zu sehen war. Wie ihr schlanker Körper sich über ihm in die Höhe gereckt und er die ganze Zeit tief in ihr gesteckt hatte, erfüllt von dem brennenden Verlangen, sich zu bewegen, sie in stöhnende Ekstase zu versetzen, Erleichterung zu finden. Und wie er sich beherrscht hatte, weil er nach dem Unmöglichen trachtete, weil er am liebsten für immer in dieser Frau geblieben wäre.

Selbst jetzt, als er daran zurückdachte, hatte er einen Steifen. Diese Erinnerung hatte immer diese Wirkung auf ihn. Sogar in der Zeit, als er und Tonya täglich Liebe miteinander gemacht hatten, hatte der Gedanke an jenen Nachtmittag auf Kreta dem Ganzen einen besonderen Reiz verliehen. Der Gedanke an jene außergewöhnliche Frau. Er strich sich mit der Hand über seinen Hosenschlitz und dachte an ihre Berührungen.

Dann stieß er ein frustriertes Knurren aus und kehrte zu seinem Schreibtisch zurück. Wo war er bei seinen Recherchen stehen geblieben?

Er versuchte, sich wieder auf den Bildschirm zu konzentrieren, doch sein verdammtes Gehirn verweigerte ihm den Dienst. Was er in diesem Moment wollte, war, von heißem Sex in einer kühlen Höhle zu träumen.

Er langte nach der Maus, um seinem geheimen Laster zu frönen.

Seit er und Tonya sich getrennt hatten, surfte er gelegentlich im Internet, um nach seiner Sexgöttin zu suchen. Da er in puncto Internetrecherchen Profi war, wusste er, dass seine Aussichten, sie ausfindig zu machen, geringer waren als die Chance, eine Nadel im Heuhaufen zu finden. Die Nadel war zumindest da, sodass man sie mit Fleiß und Hartnäckigkeit zutage fördern konnte. Die Frau existierte zwar auch, war aber möglicherweise gar nicht im Heuhaufen des Internets vorhanden. Diese Ungewissheit machte die Suche irgendwie noch zwanghafter.

Wenn er sie doch bloß nach ihrem Namen gefragt hätte! Dann wären seine Chancen um hundert Prozent gestiegen. Doch damals hatte er ihren Namen gar nicht wissen wollen, weil sie nicht mehr als ein One-Afternoon-Stand gewesen war. Je weniger er von ihr wusste, desto leichter würde er sie vergessen.

Was sich als gewaltiger Irrtum herausgestellt hatte.

Er gab die Worte »Kreta«, »Höhle« und »Sex« in die Suchmaschine ein.

Jedes Mal, wenn er dies tat, landete er Treffer: Reisenotizen, persönliche Anzeigen, gelegentlich sogar erotische Blogs. Er und seine Blondine waren nicht die Einzigen, die auf Kreta Höhlensex gehabt hatten. Doch die Einzelheiten und der Ton der Mitteilungen hatten nie irgendwie vertraut geklungen, sodass er keinen der Hinweise weiterverfolgt hatte.

Er ging die Liste von Treffern durch, klickte einen an,

löschte ihn und wandte sich einem zu, der sich vielversprechend anhörte.

Auf seinem Bildschirm erschien folgender Text:

Bist du der Mann, der vor vier Jahren in einer Höhle am Nacktbadestrand von Kreta mit einer heißen Blondine prickelnden Sex gehabt hat? Falls dir der Sinn nach einer weiteren erotischen Eskapade steht, dann gib mir Bescheid. Bitte teil mir mit, was wir an jenem Nachmittag gemacht haben, damit ich weiß, dass du es wirklich bist.

Leichtsinn 69

Er bekam einen derartigen Adrenalinstoß, dass er vom Stuhl sprang. Verflucht noch mal! Er schlug mit der Faust auf den Tisch. Das war sie!

Dann gewann seine Vernunft die Oberhand. *Vielleicht* war sie es. Seine Geliebte war zweifellos eine heiße Blondine gewesen, und der zeitliche Rahmen stimmte ebenfalls. Warum hatte sie keine weiteren Details angegeben, zum Beispiel die Farbe seiner Haut oder etwas über die Leute unten am Strand?

Er setzte sich wieder hin und trommelte mit den Fingerspitzen gegen die Einfassung seiner Tastatur.

Sie hatte keine Details angegeben, weil sie sie von ihm hören wollte, um sicher zu sein, dass er es wirklich war. Es war schließlich nicht ungefährlich für eine Frau, eine solche Anzeige ins Netz zu stellen.

Aber andererseits war es auch nicht ungefährlich für eine Frau, mit einem völlig Fremden in eine Höhle in den Bergen zu gehen. Um dort Sex ohne Kondom zu haben.

Als ob seine heiße Blondine sich Gedanken machen würde, wenn es ein bisschen gefährlich wurde. Sie war draufgängerisch, stand auf Aufregung und Abenteuer. War waghalsig. Leichtsinnig. Leichtsinn 69.

Neunundsechzig. O Mann, sie hatten wirklich verrückte Sachen miteinander gemacht.

Sein Blick heftete sich auf die Aktenstöße, Aktenordner und Fächermappen, mit denen sein Schreibtisch übersät war. Was sie jetzt wohl von ihm halten würde, ihm, der eifrig damit befasst war, auf ganz konservative Art und Weise seine Karriere voranzutreiben? Sie wollte einen Typ, der sexy war, aufregend, abenteuerlustig. Und all das war er nicht.

Er war ein Rechtsanwalt, der davon besessen war, immer mehr Überstunden zu machen, seine Chefs zu beeindrucken, vor alten Klienten zu katzbuckeln und neue Klienten an Land zu ziehen. O ja, er konnte sich schon denken, was Leichtsinn 69 in ihm sehen würde. Einen sexy Typ? Von wegen!

Obwohl sein angeschwollener Schwanz zweifellos bereit und willig war.

Außerstande, der Macht der Erinnerung zu widerstehen, zog er den Reißverschluss seiner Jeans auf. Sie hatte ihn mit ihren schlanken, geschickten Fingern gestreichelt, und er war sich in ihrer Hand riesig vorgekommen.

Jax schloss die Augen, während seine Hand sich des Rhythmus entsann, in dem sie ihn gestreichelt und gereizt hatte. Anschließend hatte sie sich nach unten gebeugt, sodass ihr von der Sonne geküsstes Haar über seinen Bauch gefallen war, und hatte ihn in den Mund genommen. Sie hatte zwar nur einen Teil seines langen Schwanzes in sich aufzunehmen vermocht, doch das hatte sie dadurch wettgemacht, dass sie ihn liebkost und von oben bis unten beleckt und seine Hoden mit der Zunge bearbeitet hatte, bis diese sich zusammenzogen und Jax kurz davor war zu explodieren.

Dann hatte er sie bei den Schultern gepackt, sie von sich weggeschoben, sie auf den Rücken geworfen, um sich auf sie zu legen, in sie einzudringen, ihre Schreie mit seinem Mund aufzufangen, während er unter wildesten Zuckungen zum Höhepunkt gekommen war.

O Scheiße!

Jax nahm seine nasse Hand von seinem Körper. Das war nicht das erste Mal, dass er gekommen war, während er an sie dachte. Gewöhnlich passierte das jedoch nachts im Bett oder unter der Dusche.

Ein Glück, dass niemand mehr im Büro war. Ein Glück, dass er Jeans und keinen seiner guten Anzüge anhatte.

Inständig hoffend, dass der Wachmann sich nicht gerade diesen Moment aussuchen würde, um eine außerplanmäßige Runde zu drehen, wankte er auf unsicheren Beinen zur Herrentoilette, um sich zu säubern.

Als er wieder ins Büro kam, leuchtete ihm die Botschaft vom Bildschirm entgegen.

Grinsend setzte er sich vor die Tastatur.

3

Suzanne hatte ihren Freundinnen hoch und heilig versprechen müssen, die auf die Anzeige hin eingegangenen E-Mails erst am Montag zu checken. Außerdem hatte sie den strikten Befehl erhalten, die Antworten ungelesen auszudrucken und zu Maria's mitzubringen, das griechische Restaurant, in dem die Tollen Vier sich zum Abendessen verabredet hatten.

Suzanne hätte mogeln können, was die anderen nie erfahren hätten. Sie geriet mehrmals in Versuchung, besonders Samstagnacht, nachdem sie einen weiteren erotischen Traum gehabt hatte, schaffte es aber jedes Mal, sich zu beherrschen. Für sie war ein Versprechen – selbst ein albernes – etwas, an das sie sich gebunden fühlte.

Nachdem sie am Montag aus der Tierklinik nach Hause geeilt war und ihre unter Leichtsinn 69 eingegangenen E-Mails abrief, stellte sie mit Erstaunen fest, dass sie fast fünfzig Antworten erhalten hatte. »Wissen die Leute denn nichts Besseres mit ihrer Zeit anzufangen?«, murmelte sie vor sich hin, während sie wieder und wieder den Befehl zum Ausdrucken gab. Verdammt noch mal, sie würde zu spät zum Dinner kommen.

Während eine Botschaft nach der anderen auf dem Bildschirm erschien, fielen ihr immer wieder einzelne Worte ins Auge, die sie dazu verlockten, innezuhalten und zu lesen: *Heiße Sache ... meine Süße ... unglaublich schön ... Höhlenmann.* Unter Aufbietung all ihrer Willenskraft wandte sie jedoch den Blick ab und klickte stur DRUCKEN an.

Fick mich, Baby!

»Wohl kaum, Baby«, murmelte sie. »Leichtsinn 69 scheint ja magnetisch Perverse anzuziehen.« Aber was hatte sie denn erwartet angesichts des Texts, den ihre beschwipsten Freundinnen zusammengebastelt hatten?

Doch bei dem Gedanken, dass sie in diesem Wust von Papier vielleicht auf ihren geheimnisvollen Liebhaber stoßen würde, gerieten ihre Nerven ins Flattern. Jetzt, da sie die Antworten alle ausgedruckt vor sich hatte, kam sie ernsthaft in Versuchung, sich auf ihre Couch plumpsen zu lassen und sie zu lesen.

»Die Mädels würden mich umbringen.« Sie stopfte die Papiere in einen Leinenbeutel und schnappte sich ihre Autoschlüssel.

Ann kam ebenfalls zu spät, sodass die beiden sich auf der Straße trafen, unter der blau-weißen Markise von Maria's Taverne. Ann fuhr sich mit der Hand durchs Haar und sagte: »Manchmal frage ich mich wirklich, warum ich Jura studiert habe. Die Klienten nerven, die Kollegen nerven noch mehr, und die Sekretärinnen sind zickig bis zum Gehtnichtmehr.«

»Hattest du einen schlechten Tag?«

Ann stieß einen tiefen Seufzer aus. »Ja, aber das ist ja nichts Neues. Immerhin gab es einen Lichtblick. Brad hat mir eine rote Rose geschickt, mit einer Karte, auf der stand, dass er sich auf unser nächstes Treffen freue.« Sie lachte betreten. »Ich freue mich ja auch drauf, aber wenn man bedenkt, wie viel Arbeit wir beide am Hals haben, können wir froh sein, wenn wir es noch dieses Jahr schaffen, uns zu verabreden.«

»Es ist ja erst Juli.«

»Woran du sehen kannst, wie viel ich zu tun habe.« Sie fuhr sich von Neuem mit den Fingern durchs Haar. Dank des kurzen, praktischen Haarschnitts, den sie hatte, fielen die Locken sofort wieder so, wie sie fallen sollten. »Manchmal glaube ich, dass nur die Montagabende der Tollen Vier verhindern, dass ich den Verstand verliere. Das ist ganz entschieden besser als Yoga. Na, Suzie, und wie hat Leichtsinn 69 abgeschnitten?«

Suzanne klopfte auf ihren prall gefüllten Beutel. »Die Dame ist heiß.« Sie wünschte bloß, dass sie, die unscheinbare Suze, auch nur halb so heiß wäre.

Möglicherweise hörte Ann die Unsicherheit in ihrer Stimme. Sie tätschelte Suzannes Schulter. »Schätzchen, diese Dame bist du. Du warst das Mädchen in der Höhle, stimmt's? Ich meine, das war nicht Nicole Kidman.«

Wegen ihrer Haare, ihrer Größe und ihrer cremefarbenen Haut wurde Suzanne oft mit Nicole Kidman verglichen. Nicht dass sie selbst eine sonderlich große Ähnlichkeit hätte feststellen können. Die Gesichtszüge der Schauspielerin waren scharf geschnitten und spitz, ihre Augen blau statt grünlich-grau.

Aber ob der kretische Gott vielleicht der Ansicht gewesen war, sie sehe Nicole Kidman ähnlich? Möglicherweise hatte sie ihn deshalb angeturnt.

Ann boxte sie gegen die Schulter. »Hör sofort damit auf, Suze. Du bist so unsicher wie ein Rechtsreferendar, der zum ersten Mal vor Gericht auftritt. Du bist viel hübscher als Nicole, und der Mann war auf *dich* scharf.«

Das munterte Suzanne ein wenig auf. Sie folgte Ann durch den blau gestrichenen Türeingang. Jenny und Rina saßen in der Nähe der offenen Terrassentür. Vor ihnen stand eine große Karaffe griechischen Weins auf dem Tisch. Ein Kellner kam angeeilt, um zwei weitere Gläser zu füllen und zu fragen, ob sie Vorspeisen bestellen wollten.

»Was meint ihr, Mädels?«, fragte Ann. »Wollen wir uns

diese riesige Vorspeisenplatte teilen und außerdem einen großen griechischen Salat bestellen, damit wir unser tägliches Gemüse bekommen?«

Sie waren schon so oft bei Maria's gewesen, dass sich ein Blick auf die Speisenkarte erübrigte. Alle nickten zustimmend, worauf der Kellner sagte: »Dauert nur ein paar Minuten.«

Jenny drehte sich Suzanne zu. »Na? Wie ist die Sache gelaufen?«

Suzanne griff in ihren Beutel, holte einen kleinen Stapel Blätter heraus und reichte ihn Jenny.

»Scheiße, ich hätte mehr erwartet.« Ihre Freundin musterte sie mit misstrauischem Blick. »Hast du etwa schon alles gelesen und eine Vorauswahl getroffen?«

Ein Lächeln unterdrückend, schüttelte Suzanne den Kopf. Sie kramte von Neuem in dem Beutel und holte einen weiteren Stapel heraus, den sie Rina reichte. Ann erhielt einen dritten Stapel, den Rest nahm Suzanne selbst an sich. Mittlerweile grinsten alle.

Jenny rieb sich die Hände. »Na, das sieht ja schon besser aus! Jetzt lesen wir die Sachen abwechselnd vor. Ich fange an.«

Suzanne holte tief Luft. Als sie den Blick durch den Raum schweifen ließ, blieb er an den Gemälden und Fotos mit griechischen Motiven hängen – in Sonne getauchte weiße Gebäude, Fischerboote am Strand, Dinge, die bestimmte Erinnerungen wachriefen. War ihr griechischer Gott eine echte Erinnerung? Würde sie es heute Abend herausfinden?

»Hey, Suze!« Jenny wedelte mit einem Blatt Papier vor ihrem Gesicht hin und her. »Bist du noch da?«

»Schieß los.«

»Okay. Das hier stammt von *Ichbineinganzheißer.*« Jenny

rümpfte die Nase. »Nun sag bloß nicht, das ist der Typ, den du suchst.«

»Hoffentlich nicht, denn das würde meine Fantasie kaputt machen.« O Gott, daran hatte sie überhaupt noch nicht gedacht. Was, wenn der Typ tatsächlich antwortete und sich nicht als der Sexgott, von dem sie träumte, sondern als echter Blödmann erwies? Am liebsten hätte sie ihren Freundinnen die E-Mails wieder entrissen, aber sie wusste, dass die anderen das nie zulassen würden.

»Also«, fuhr Jenny fort, »*Ichbineinganzheißer* schreibt: *Hey, Blondchen, wenn du auf heiße Sachen stehst, bin ich genau der Richtige für dich. Ich habe einen achtzehn Zentimeter langen Schwanz …*«

Jenny brach in johlendes Gelächter aus, in das die anderen einfielen. Als die Frauen sich wieder beruhigt hatten, sagte sie: »Jemand sollte dem Wichser mal sagen, was er mit seinem achtzehn Zentimeter langen Schwanz machen kann. Will jemand von euch den Rest hören?«

Alle schüttelten den Kopf. Dann ergriff Ann das Wort. »Das hier kommt von *Johnboy.* Er schreibt: *Ich bin ein sensibler New-Age-Anhänger …*«

»Stöhn!«, warf Jenny ein.

»… *New-Age-Anhänger*«, wiederholte Ann, »*der Griechenland und guten Sex liebt. Ich möchte gleich vorausschicken, dass ich nicht der Mann aus der Höhle bin, aber das Ganze hört sich vergnüglich an. Man sagt, ich sei ein guter Liebhaber, und ich lege Wert darauf, meine Partnerin immer zufriedenzustellen. Wie wär's, wenn du mir die Möglichkeit gäbest, dich zufriedenzustellen?*«

Ann legte das Blatt mit der bedruckten Seite nach unten. »Immerhin hat er sich Mühe gegeben. Dafür verdient er einen Punkt.«

»Wie groß sein Schwanz wohl ist?«, fragte Jenny.

Rina schlug mit dem Blatt, das sie in der Hand hielt, nach ihr. »Jetzt bin ich dran. Das hier ist mit *Schätzchen* gezeichnet. *Wenn du glaubst, Sex mit einem Mann sei schön, dann warte erst mal ab, bis du es mit einer Frau gemacht hast.*« Rina verstummte. »Oje, ich glaube, da hast du dir eine Bewohnerin der Insel Lesbos geangelt. Und diese Insel liegt doch in Griechenland, stimmt's? Jedenfalls fährt Schätzchen fort: *Kein Mann ist in der Lage, deinen Körper so zu verstehen wie ich. Kein Mann würde ihn je so respektieren und anbeten wie ich. Kein Mann würde …*«

»Die hat noch nicht mal einen Schwanz«, warf Jenny ein, worauf alle lachten.

»Das reicht«, sagte Suzanne. »Ich gestehe frei und offen, dass ich nach einem Schwanz suche und … huch!« Sie verstummte, als der Kellner erschien, um eine riesige Platte mit Vorspeisen zu bringen.

Alle hielten einen Moment inne, um das Arrangement aus Spanokopita, gebackenen Tintenfischringen, leckeren kleinen Hackfleischbällchen, gefüllten Weinblättern, Pitabrot, Homos und Zaziki-Dips zu bewundern. Jede von ihnen griff nach ihrer Lieblingsspeise, während der Kellner noch eine große Schüssel mit griechischem Salat auf den Tisch stellte.

Nachdem Suzanne sich ein Stück Pitabrot mit Homos in den Mund geschoben hatte, warf sie einen Blick auf das oberste Blatt ihres eigenen Stapels. Was sie las, führte dazu, dass sie sich verschluckte und das Essen in die falsche Kehle bekam. Als sie wieder sprechen konnte, sagte sie: »Das ist ziemlich abgedreht: *Junge Frau, du wandelst den falschen Pfad entlang. Es ist höchste Zeit, dass du dich wieder auf fundamentale Werte besinnst.*«

»Ein religiöser Spinner«, stellte Ann fest.

»Hört euch mal den Rest an. *Aber zunächst musst du Buße*

tun und bestraft werden. Wenn du dich mir unterwirfst, werde ich für deine Erlösung sorgen.«

»Ein sadistischer religiöser Freak. Er will dich fesseln und auspeitschen«, sagte Jenny. »So was macht mich nicht an.« Sie grinste Ann boshaft an. »Aber vielleicht solltest du ihm antworten. Du bist doch diejenige von uns, die sich gern fesseln lässt.«

Ann steckte ihr die Zunge raus. »Nur mit Seide und sehr lose. Außerdem hat er mich nicht gepeitscht, zumindest mit nichts anderem als seiner Zunge – und seinem zwanzig Zentimeter langen Schwanz.«

»Oooh!« Rina seufzte und fächelte sich mit ihrem Papierstapel Luft zu. »Zwanzig Zentimeter! Da kann Ichbineinganzheißer ja abstinken.« Sie spießte ein gefülltes Weinblatt auf die Gabel, führte diese zum Mund und leckte sich vielsagend mit der Zunge über die Lippen. Dann biss sie herzhaft in das wurstförmige Teilchen, worauf die anderen in Gelächter ausbrachen.

Suzanne hatte es noch nie erlebt, dass Rina einen so großen Bissen auf einmal in den Mund nahm.

Die vier machten weiter und lasen abwechselnd Mails vor, bis Suzanne schließlich sagte: »Das ist deprimierend. Die Welt scheint nur so zu wimmeln von merkwürdigen Typen.«

»Du darfst die Hoffnung nicht aufgeben«, sagte Rina und hielt ein Blatt Papier hoch. »Das hier hört sich interessant an. *Ich kann mich an die Höhle erinnern. Sie lag oberhalb der Bucht, in der die Leute nackt sonnenbadeten.«*

»Das stand alles in der Anzeige«, warf Suzanne ein.

Rina hob die Hand und las weiter. *»Der Sand war so fein und hatte die Farbe von Milch – genau wie deine Brüste an den Stellen, die nicht von der Sonne beschienen worden waren.«*

Suzanne sog den Atem ein. »Das stimmt! O mein Gott, das könnte er sein.«

»*So etwas Schönes wie dich hatte ich noch nie gesehen*«, fuhr Rina fort, »*und der Gedanke, dass du die Frau meines besten Freunds warst, brachte mich einfach um.* Ach herrje!« Sie blickte mit weit aufgerissenen Augen hoch. Dann wandte sie sich wieder dem Brief zu. »*Wir sind übereingekommen, dass das nur eine einmalige Sache war, aber du bist mir einfach nicht mehr aus dem Kopf gegangen. Deshalb habe ich die Stadt verlassen, nachdem wir aus dem Urlaub zurück waren. Aber wenn die Botschaft wirklich von dir kommt, Jaclyn, und du mich sehen willst, dann sag mir, wo und wann wir uns treffen können.*«

Rina legte das Blatt auf den Tisch. »Widerwärtig.«

»Ja. Mit der Frau seines Freundes herumzumachen!«, brummelte Jenny.

Suzanne bemerkte, dass ihr Mund weit aufstand, und machte ihn zu. »Ja, aber …« O Gott, was hatte sie bloß angestellt? »Ihr wart ja nicht dort. Dieser Ort war etwas ganz Besonderes und hat mich förmlich verzaubert. Vielleicht ist es den beiden genauso ergangen.« Rasch trank sie einen Schluck Wein. »Mir ist gerade klar geworden, dass ich keine Ahnung habe, ob mein Typ verheiratet, alleinstehend oder verlobt war. Diese Frage habe ich mir überhaupt nicht gestellt.«

»Das sieht dir aber gar nicht ähnlich«, erwiderte Ann.

»Das sag ich doch die ganze Zeit!«

»Du hasst Ehebruch«, stellte Rina fest.

»Natürlich tu ich das«, fuhr Suzanne sie an. Und bei dem Gedanken, dass sie vielleicht mit jemandem Ehebruch begangen hatte, wurde ihr ganz übel.

»Okay, okay, uns allen ist klar, dass unsere Suzie vorübergehend unzurechnungsfähig und betrunken war und außerdem einen Sonnenstich hatte«, meinte Jenny. »Und jetzt zurück zu den Briefen.«

Ein Hilfskellner kam, um die leere Platte wegzuräumen. Nachdem die Frauen Kaffee und Baklava bestellt hatten, wandten sie sich wieder den Mails zu, aus denen sie jetzt jedoch nur noch vereinzelte Passagen vorlasen.

Nach einem weiteren Dutzend Fehlanzeigen hielt Ann ein Blatt in die Höhe. »Das hier stammt vom *Höhlenmann*. Was meint ihr, Leute? Noch so ein goldiger Blödmann?«

Jenny drehte sich Suzanne zu. »Wie wär's damit? Hat er dir mit seinem fünfundzwanzig Zentimeter langen Schwanz eins auf den Kopf gegeben und dich dann in die Höhle geschleift?«

»Nein. Eros hat uns mit magischem Staub besprenkelt und unsere Schritte zur Höhle gelenkt.«

Ann fing an vorzulesen. *»Ich lag unter dir, mein harter Schwanz in dir, während du aus der Höhle schautest, um zu beschreiben, was draußen vor sich ging.«*

Suzanne hatte das Gefühl, als hätte der kühle Atem der Höhle sie angehaucht. Ihre Arme bekamen eine Gänsehaut.

»Erinnerst du dich an das schwule Pärchen?«, las Ann vor.

»Ja«, flüsterte Suzanne. »Der eine hat dem anderen etwas vorgelesen.«

»Der eine hat dem anderen etwas vorgelesen«, fuhr Ann mit zittriger Stimme fort. *»Und zwar Lord Chatterleys Liebhaber.«* Ann blickte auf und sah Suzanne an. »Sicher meint er *Lady Chatterleys Liebhaber.*«

Suzanne schüttelte den Kopf. »Ich habe gesagt, dass der Mann, der vorlas, den Text abändern würde, sodass Lord Chatterley ein Verhältnis mit dem Wildhüter hätte. Weil sie schwul waren, versteht ihr?« Sie legte die Hände auf die Wangen, die förmlich glühten, während ihr gleichzeitig kalte Schauer über den Rücken liefen. »Das ist er. Mein Gott, das ist er wirklich.«

Ann schob ihr das Blatt hin. »Da steht noch mehr. Lies selbst.«

Im ersten Moment brachte Suzanne es nicht über sich, das Blatt an sich zu nehmen. Als sie endlich danach griff, zitterte ihre Hand so sehr, dass das Papier raschelte. Zuerst warf sie einen Blick auf den oberen Teil. »Die Mail ist Samstagnacht gekommen.« Hatte er an sie gedacht, als sie von ihm geträumt hatte?

Der Kellner stellte Kaffeetassen auf den Tisch, und Suzanne nutzte die günstige Gelegenheit, um die Nachricht zu überfliegen, bevor sie sie laut vorlas. Es war einfach unglaublich zu wissen, dass ihr Liebhaber tatsächlich existierte und ihr diese Worte geschrieben hatte.

Nachdem der Kellner gegangen war, trank sie rasch einen Schluck Kaffee, wobei sie sich fast den Mund verbrannte. Doch da er wie ausgetrocknet war, musste sie ihn sich erst einmal anfeuchten, bevor sie weiterreden konnte. Dann fuhr sie da fort, wo Ann aufgehört hatte. *»Ich habe oft an dich gedacht. Nun, meine leichtsinnige Geliebte, wenn du mich wirklich wiedersehen willst, dann sag mir, wo und wann. Wir werden aufeinander zugehen, um anschließend herauszufinden, was das Schicksal diesmal für uns bereithält.«*

Als Suzanne das Blatt hinlegte, bemerkte sie, dass sie es so fest gepackt hatte, dass der Rand zerknittert war. Sie versuchte es zu glätten, indem sie mehrmals über das Papier strich, bis Ann schließlich sagte: »Du kannst es doch noch mal ausdrucken, Suze.«

Sie stieß ein Lachen aus. »Natürlich. Daran habe ich gar nicht gedacht.« Dann lachte sie von Neuem, diesmal lauter und mit leicht hysterischem Unterton. »Es gibt ihn also wirklich. Was soll ich denn jetzt tun?«

»Dich mit ihm treffen!«, rief Jenny und schlug mit der Faust auf den Tisch.

Der Kellner, der gerade mit dem Baklava kam, sprang erschrocken zurück und hätte beinahe die Teller mit dem Nachtisch fallen lassen.

Jenny verdrehte die Augen. »Seien Sie bloß vorsichtig damit!«

Verlegen trat er an den Tisch, um die Teller in aller Eile abzustellen und sich davonzumachen.

Rina beugte sich über den Tisch und berührte Suzannes Hand. »Du wolltest wissen, ob du alles nur geträumt hast. Jetzt weißt du es. Also denk darüber nach, Suzie, ob es dich glücklicher macht, ihn wiederzusehen, oder ob du die Sache auf sich beruhen lassen willst.«

»Das … das weiß ich nicht.«

»Ich will ja hier nicht den Miesmacher spielen«, sagte Ann, »aber an jenem Nachmittag bist du ein ganz schönes Risiko eingegangen, Suze, und außerdem hast du eine Lücke im Gedächtnis. Du sagst, du hättest einen Sonnenstich gehabt, aber was, wenn dieser *Höhlenmann* dich unter Drogen gesetzt hat?«

Suzanne schüttelte den Kopf. »Wir haben ja gar nichts zusammen gegessen oder getrunken.«

»Das Nächste, woran du dich erinnerst, ist, dass du am folgenden Tag in deinem Hotelzimmer zu dir gekommen bist und dich furchtbar gefühlt hast. Könnte es sein, dass du hingefallen bist und dir den Kopf gestoßen hast?«

»Oder dass er mir mit seinem fünfundzwanzig Zentimeter langen Schwanz eins über den Kopf gegeben hat? Nein, Ann, halte ich für ausgeschlossen.«

»Warum erinnerst du dich dann nicht mehr daran? Du

musst es verdrängt haben. Aber warum, wenn der Nachmittag wirklich so idyllisch und erotisch war und ihr zwei vernünftigerweise beschlossen habt, es dabei zu belassen?«

»Sie hat einen Sonnenstich bekommen, und dabei sind ihr ein paar Gehirnzellen verbrutzelt«, sagte Jenny. »Mach doch nicht solch eine große Sache daraus.«

Suzanne bemerkte, dass die Worte ihrer Freundinnen sowie ihre eigenen Befürchtungen und Ängste ihr wie ein Mühlrad im Kopf herumgingen. Sie schloss die Augen und versuchte, sich zu konzentrieren, sich zu erinnern. Kurz darauf sagte sie langsam: »Wisst ihr, was ich glaube? Jetzt, da ich weiß, dass es ihn wirklich gibt, dass ich all diese für mich völlig untypischen Dinge wirklich gemacht habe, glaube ich, dass mein Gehirn, mein Gewissen versucht hat, alles zu vergessen. Sex mit einem Fremden, ohne ein Kondom zu benutzen und ohne zu wissen, ob er irgendwie gebunden ist.« Sie erschauderte. »Ich konnte mich mit dem, was ich gemacht hatte, nicht abfinden, aber gleichzeitig habe ich es nicht geschafft, alles zu vergessen.«

»Du hast dich an den Sex erinnert, aber nicht an das, worüber ihr miteinander geredet habt?«, hakte Ann nach.

Suzanne zuckte hilflos die Achseln.

»Wenn du schon beim ersten Mal so neurotisch reagiert hast, dann solltest du es vielleicht nicht wiederholen«, stellte Rina fest, und Ann nickte energisch mit dem Kopf.

Jenny schlug die Hände vors Gesicht. »Ich fasse es einfach nicht! Du kannst dir diesen Typ doch nicht wieder durch die Lappen gehen lassen. Wer weiß, wo er wohnt, und er bietet dir trotzdem an, herzukommen und sich mit dir zu treffen. Das ist absolut irre! Nun komm schon, Suze, was gibt's denn da zu überlegen? Vergewissere dich, dass er nicht verheiratet ist, und dann nichts wie ran! *Mit* Kondom. Sex ist eine absolut natürliche Körperfunktion, also warum nicht großartigen Sex haben und ihn einfach genießen? Ohne sich den Kopf darüber zu zermartern, Herrgott noch mal!«

»Pst!«, sagte Ann zu Jen, weil Suzanne sich die Hände gegen ihren schmerzenden Kopf presste.

Jenny holte tief und geräuschvoll Luft, um dann mit leiserer Stimme fortzufahren: »Wir waren uns alle einig, die Anzeige zu schreiben, und jetzt wollt ihr auf einmal alle aussteigen? Kommt ja überhaupt nicht in Frage. Deshalb werden wir jetzt Folgendes tun.«

»Wir?«, erwiderte Suzanne.

»Ja, diese Sache ziehen wir gemeinsam durch.« Jenny kicherte. »Ich meine, nicht was den Sex betrifft, aber indem wir dich mit diesem Typ zusammenbringen. Also, Suze, du antwortest dem Höhlenmann, fragst ihn, ob er Single ist, und verabredest dich mit ihm an irgendeinem netten, sicheren, öffentlichen Ort. Und wenn ihr euch trefft, werden wir anderen auch da sein, um einzugreifen, falls irgendetwas schiefgeht.« Sie sah Suzanne durchdringend an. »Was hältst du davon, Suzie?«

Suzanne holte tief Luft. Die ihr gegenübersitzende Rina sah sie mit großen Augen besorgt an. Links von ihr befand sich Jenny, deren ungeduldiger Blick sie aufforderte, aktiv zu werden. Zu ihrer Rechten runzelte Ann die Stirn und mahnte auf diese Weise zur Vorsicht.

Nachdem sie abermals tief Luft geholt hatte, ließen ihre Kopfschmerzen allmählich nach. Wie wunderbar, dass sie diesen Frauen so am Herzen lag. Sie würden es nie zulassen, dass ihr irgendetwas Schlimmes widerfuhr.

»Ich bin hin und her gerissen«, gab sie zu. »Ich habe viel zu tun, genieße mein Leben, habe den langfristigen Plan, eines Tages … ja, doch, Jenny, Mr Cleaver zu finden und zu heiraten. Dieser … Höhlenmann ist mit Sicherheit nicht Mr Cleaver.«

»Aber du bist hin und her gerissen?«, hakte Rina nach.

Suzanne seufzte. »Ich höre mich wahrscheinlich an wie eine langweilige Frau mittleren Alters. Wie Jen schon gesagt hat – was spricht gegen einen weiteren Nachmittag oder Abend mit fabelhaftem Sex? Diesmal würde ich nicht zu viel trinken. Ich würde wissen, dass die Erinnerungen, die mir bleiben, echt sind.«

Jenny, die ihrem Baklava systematisch den Garaus machte, nickte eifrig.

»Ich würde die ganze Sache mit offenen Augen angehen und etliche Vorsichtsmaßnahmen treffen«, fuhr Suzanne fort. »Außerdem könnte es passieren, dass wir uns gar nicht mehr zueinander hingezogen fühlen, wenn wir uns wieder begegnen.«

Oder dass sie sich zu ihm hingezogen fühlte, während er sie für reizlos und langweilig hielt. Eine grässliche Vorstellung! Sie nahm ihren Kopf zwischen die Hände, weil sie feststellte, dass ihre Kopfschmerzen doch nicht verschwunden waren. »Ach, ich weiß auch nicht. Ich muss erst mal eine Nacht darüber schlafen.«

»Klar«, stimmte Ann zu, deren Blick nach wie vor beunruhigt wirkte. »Aber ich bin dagegen, ein Treffen auszumachen. Zumindest im Moment. Schreib ihm eine E-Mail – und achte darauf, dass du es nicht unter deiner normalen E-Mail-Adresse tust – und stell ihm Fragen zu seiner Person. Ich würde sogar in Betracht ziehen, Referenzen von ihm zu verlangen.«

Jenny zog eine ihrer Augenbrauen hoch. »Um den Nachweis zu erbringen, dass er immer noch ein toller Liebhaber ist?«

»Nein!« Ann warf ihr einen finsteren Blick zu. »Um den Nachweis zu erbringen, dass er eine vertrauenswürdige Person ist.«

»Ich finde auch, dass du vorsichtig zu Werke gehen und eine Nacht darüber schlafen solltest, Suzie«, sagte Rina und erhob sich. »Ich muss los, denn morgen muss ich früh aufstehen.« Ihr Gesicht nahm plötzlich einen verträumten Ausdruck an. »Aber ich muss mal darüber nachdenken, ob ich versuchen sollte, Giancarlo übers Internet ausfindig zu machen.«

Jenny nahm sie bei der Hand und zog sie auf ihren Stuhl zurück. »Wie? Du meinst, wir sollten noch eine Anzeige ins Netz stellen, um den Menschen mit den Zauberfingern ausfindig zu machen, der dich dreimal hintereinander auf einem Flügel zum Höhepunkt gebracht hat?«

Rina machte ihre Hand los und stand wieder auf. »Ich könnte natürlich auch die normalen Suchmaschinen benutzen. Schließlich kenne ich den Namen des Typs.« Sie warf Suzanne einen vielsagenden Blick zu.

»Oh!« Suzanne nahm den E-Mail-Ausdruck in die Hand und las ihn von Neuem. Nein, er hatte seinen Namen nicht angegeben. Er hatte weder gesagt, wo er wohnte, noch was er beruflich machte. Oder ob er Single war.

Sie stocherte in ihrem Baklava herum, dann legte sie die Gabel hin.

»Isst du das noch?«, fragte Jenny.

Suzanne schob ihr den Teller hin, und Jenny, die trotz der gewaltigen Mengen an Essen, die sie in sich hineinstopfte, stets ihr Gewicht von hundert Pfund hielt, haute rein.

Später in der Nacht erschien Suzannes Höhlenmann ihr wieder im Traum. Als sie in Schweiß gebadet und von pulsierender Lust erfüllt aufwachte, lächelte sie vor sich hin, weil sie wusste, dass es ihn wirklich gab.

Und was zum Teufel war gegen tollen Sex einzuwenden?

Suzanne überließ das Bett Melody und Zorro, die sich

sofort auf der blassgrünen Steppdecke breitmachten, und ging zum Tisch hinüber, um den Computer anzuschalten. Nachdem sie Mouse von seinem Schlafplatz gehoben hatte, öffnete sie die E-Mail des Höhlenmanns und klickte auf BEANTWORTEN.

Ich erinnere mich an Lord Chatterley, schrieb sie. *Und ich erinnere mich, dass ich gern einige von diesen kleinen Blumen gepflückt hätte, die am Hang blühten. Aber du sagtest, Finger würden ausreichen, und das stimmte. Deine Finger waren unglaublich. Du hast mich kraftvoll angefasst, aber mir nie wehgetan. Du hast meinen Körper zum Vibrieren gebracht.*

Suzanne hielt inne. Was machte sie denn da? Sie sollte um Informationen bitten, damit sie entscheiden konnte, ob sie ihn wiedersehen wollte.

Sie wünschte, sich an ihr abschließendes Gespräch erinnern zu können. Hatte er ihr seinen Namen verraten, ihr gesagt, wo er wohnte, was er beruflich machte? Hatte er ihr mitgeteilt, dass er verheiratet sei, und ihr damit einen Schock versetzt?

Doch was immer er damals gesagt haben mochte, traf inzwischen vielleicht gar nicht mehr zu, denn schließlich war die Begegnung vier Jahre her.

Mouse versuchte, sich wieder auf der Tastatur niederzulassen. Sie schob ihn zurück, bevor er auf irgendwelche Tasten trat, und schrieb: *Du könntest irgendwo in der Welt sein. Trotzdem sagst du, du würdest zu mir kommen.*

Sie stellte sich vor, wie sie beide aufeinander zugingen. Was, wenn der Zauber tatsächlich an jenen Strand auf Kreta gebunden war, davon abhing? Ein Wiedersehen könnte die reinste Katastrophe werden.

»Nichts kann eine Erinnerung zerstören, Mouse«, murmelte sie, während sie die verschlafene Katze streichelte.

»Wenn ich beschließe, ihn wiederzusehen, und es schiefgeht, habe ich immer noch diese erste Erinnerung.«

»Und wenn ich mich an einem öffentlichen Ort mit ihm treffe, ihm weder meinen Nachnamen noch meine Adresse oder meine Telefonnummer verrate, kann mir nichts Schlimmes passieren.«

Mouse stieß mit dem Kopf gegen ihre Hand.

Warum sollte sie sich überhaupt mit dem Mann treffen, wenn sie so viele Vorsichtsmaßnahmen ergreifen musste? Und dennoch geriet ihr Blut in Wallung. Das Element des Geheimnisvollen war an sich schon erregend. Wenn der Höhlenmann einfach nur ein total netter Typ gewesen wäre – so wie die Tierärzte an der Klinik –, hätte sie das Ganze nicht in einem solchen Maße als Abenteuer empfunden. Mochte ja sein, dass sie mit dem Gedanken spielte, irgendwann einmal eine biedere Ehe einzugehen. Doch was den Höhlenmann betraf, so schwebte ihr vor, sich – wie Jenny es formuliert hatte – auszutoben.

Dass das gefährlich werden konnte, glaubte sie nicht. Wenn er ihr in jener Höhle, wo sie so verletzlich gewesen war, nichts zuleide getan hatte, dann würde er ihr auch jetzt nichts zuleide tun. Das Einzige, was sie wirklich herausfinden musste, war, ob er mit einer anderen Frau liiert war. Denn Ehebruch war für sie tabu.

Ich heiße Suzanne, schrieb sie. Ich wohne in Vancouver, British Columbia, Kanada, und bin Single. Wie steht's bei dir?

Bevor sie es sich anders überlegen konnte, klickte sie ABSCHICKEN an, dann stellte sie den Computer ab. »Okay, Mouse, die Tastatur gehört wieder dir.«

Als sie sich wieder ins Bett fallen ließ, überlegte sie, wie der Höhlenmann wohl auf ihre verworrene Nachricht reagieren würde, die eine seltsame Mischung aus Sexuellem und Praktischem war. Aus Leichtsinn 69 und Langweilerin.

Am Montagabend kam Jax gegen elf aus dem Büro nach Hause. Er teilte sein Apartment mit Tod, der als optischer Gestalter – das heißt Schaufensterdekorateur – bei Saks in der Fifth Avenue arbeitete, und Levi, der Buchhalter bei Rothstein Kass war. Das musste man ihm und seinen Wohnungsgenossen schon lassen: Sie arbeiteten für einige der nobelsten Firmen, die es in der Stadt gab.

Was sie in keiner Weise davon abhielt, schlampige Hausmänner zu sein.

Er räumte die leeren Behälter, die einmal chinesisches Essen zum Mitnehmen enthalten hatten, von dem wackligen Couchtisch, der vor dem Widescreenfernseher stand, und stopfte sie in den überquellenden Mülleimer unter der Küchenspüle. Dann machte er die Kühlschranktür auf und grinste. Jemand hatte tatsächlich daran gedacht, Bier zu kaufen.

Er öffnete eine Dose und ging in sein Schlafzimmer, wo er die Jacke seines Anzugs und seine Krawatte ablegte und einen Blick auf seinen Computer warf.

Seit Samstagnacht verfolgte er wie ein Besessener, ob unter seiner neuen Höhlenmann-E-Mail-Adresse Post einging. Inzwischen war er zu dem Schluss gekommen, dass es gar nicht seine Blondine war. Trotzdem wünschte er, sie würde antworten, damit er aufhören konnte, auf diese Weise seine Zeit zu vergeuden.

Ach, was soll's, nur noch einmal. Vorher würde er sowieso nicht schlafen können.

Und da war sie.

Während er ihre Worte las, bekam er einen Steifen. Na sicher erinnerte er sich daran, wie seine Finger sich durch ihr goldenes Schamhaar geschlängelt und das feuchte, geschwollene Fleisch darunter liebkost hatten.

Diesmal ignorierte er seinen Steifen und fing stattdessen

an zu tippen: *Suzanne. Was für ein passender Name für solch eine schöne, sexy Frau. Ich heiße Jaxon. Ich bin auch Single. Und wie der Zufall es so will, sind wir fast Nachbarn. Ich wohne in San Francisco. Es wäre kein Problem, dich zu besuchen. Oder wenn du willst, könntest du auch herkommen.*

Was schrieb er denn da? War er nicht der Mann, der keine Freizeit hatte? Und dennoch …

Apropos kommen … ich würde zu gern wieder mit dir kommen. Ich möchte dich kommen hören, möchte spüren, wie du kommst, wenn ich in dir bin. Möchte deine hübschen Brüste liebkosen, die Lust in deinem Gesicht sehen, während ich dich berühre. Allein bei dem Gedanken daran …

Er hörte auf zu tippen. Durfte er so etwas sagen? Würde sie ihm das nicht übel nehmen? Nein, natürlich nicht, nicht Leichtsinn 69.

… bekomme ich einen Steifen, fuhr er fort. *Ich will dich wieder schmecken, Suzanne. Überall …*

Abermals hielt er inne, weil er so erregt war, dass er das Gefühl hatte, gleich zu explodieren.

Er starrte den Bildschirm an. Ein erster Entwurf, den er noch überarbeiten musste. Er überarbeitete immer alles, bevor er es abschickte.

Aber das war der Rechtsanwalt in ihm, der sich so verhielt. Heute Abend war er nichts als ein Mann. Ein geiler Mann. Rasch schrieb er: *Sag, dass du mich sehen willst. Ich möchte neue sexy Erinnerungen sammeln.*

Nachdem er ABSCHICKEN angeklickert hatte, starrte er auf den Bildschirm.

Suzanne. Sie hieß Suzanne.

4

Suzanne konnte nicht wieder einschlafen. Nachdem sie es eine Stunde lang versucht hatte, knipste sie die Nachttischlampe an, schlug die Bettdecke zurück und vertrieb Mouse erneut von der Tastatur.

Obwohl sie wusste, dass die Chancen gering waren, beschleunigte sich Suzannes Atem, als sie den Computer anwarf. Sie öffnete ihre Leichtsinn-69-Datei und fand drei neue E-Mails vor, die jedoch alle nicht vom Höhlenmann stammten.

Als sie die neuen Mails überflog, schüttelte sie verwundert den Kopf. Höhlensex schien eine Menge Typen anzumachen.

Verdammt, sie hatte die Suchanzeige nicht gelöscht. Nachdem sie die Instruktionen, die Jenny ihr gegeben hatte, gefunden hatte, holte sie das schnellstens nach.

Gerade als sie im Begriff war, aus dem Netz zu gehen, erschien auf dem Bildschirm die Mitteilung, dass eine neue Nachricht eingetroffen war. Vom Höhlenmann! Mit zitternder Hand nahm sie die Maus und öffnete die Mail

Jaxon. Was für ein bemerkenswerter, ungewöhnlicher Name. Und er war Single.

Als Suzanne weiterlesen wollte, kam ihr ein Gedanke. Ob er wohl noch online war?

Rasch klickte sie BEANTWORTEN an und schrieb: *Bist du da, Jaxon?* Dann klickte sie ABSCHICKEN an.

Anschließend wandte sie sich wieder seiner Nachricht zu. Als sie sie las, spürte sie, wie ihre Brustwarzen hart wurden.

Sie presste die Beine zusammen und genoss das brennende Verlangen, das sich zwischen ihnen bemerkbar machte. Du liebe Güte, dieser Mann konnte sie vielleicht anturnen, sogar mittels eines Computers. Mehr, als jeder andere Mann es je in Person geschafft hatte.

Eine weitere Nachricht tauchte in ihrem Posteingangsordner auf. *Ich bin da. Ich kann einfach nicht glauben, dass du es bist, Suzanne.*

Sie strahlte vor Freude. Ein richtiges – oder so gut wie richtiges – Gespräch. Rasch schrieb sie: *Ich bin's aber. Wow, San Francisco! Eine tolle Stadt, obwohl ich bisher nur einmal dort war.*

Am liebsten hätte sie tausend Dinge auf einmal gefragt. Was machte er beruflich und wie gefiel ihm seine Arbeit? Wie waren seine Eltern, hatte er Geschwister? Was trieb er in seiner Freizeit? Mochte er Tiere? Was sollte sie bloß zuerst fragen?

Sie zögerte. Mouse betrachtete sie mit einem Blick, der fast amüsiert wirkte. Als wüsste er, dass sie drauf und dran war, sich so überschwänglich wie ein Teenager zu benehmen, der gerade einen Jungen kennengelernt hatte, der vielleicht der Richtige war.

Suzanne runzelte die Stirn. Was sollte denn das? Das war weder eine teeniemäßige Schwärmerei noch war dies ihr Mr Cleaver – und sie wollte auch gar nicht, dass er es war. Sie war viel zu jung, um ans Heiraten zu denken.

Was wollte sie dann von dem Höhlenmann? Von Jaxon?

Sex. Erregung. Den Beweis, dass sie sexy sein konnte.

Ihr Posteingangsordner registrierte eine neue Nachricht. *Suzanne? Bist du noch da? Bin ich zu weit gegangen? Tut mir leid, wenn ich dich gekränkt habe.*

Jetzt wusste sie, wie das Gespräch zu verlaufen hatte. Sie löschte die nicht abgeschickten Äußerungen über San Francisco. Wie hatte Jenny doch gesagt? Überspring den Reisebericht und komm zur Sache. Genau das würde er erwarten. Genau das wollte er.

Du hast mich nicht gekränkt, sondern mich heiß gemacht. So, wie du mich jedes Mal heiß machst, wenn ich an das zurückdenke, was wir in der Höhle getrieben haben. ABSCHICKEN.

Seine Antwort kam sofort. *Das war wirklich ein wilder Nachmittag!*

Sie zögerte, während ihre Finger über der Tastatur schwebten. Sie hatte sich als Leichtsinn 69 ausgegeben. War sie in der Lage, dieser Rolle gerecht zu werden?

Wenn ihre Freundinnen bloß da gewesen wären, um ihr zu helfen.

Bei dem Gedanken, wie die Tollen Vier ein Brainstorming abhielten, um erotische E-Mails zu verfassen, musste sie kichern, was sie wiederum entspannte. So schwer war das gar nicht. Sie brauchte sich bloß vorzustellen, wie es wäre, mit ihm zusammen zu sein.

Aber zunächst einmal … Auf der einen Seite ihres Schreibtischs standen Bilderrahmen, aus denen ihr die Gesichter ihrer Familie entgegenlächelten: ihre Mom und ihr Dad im Garten; ihre Schwester Bethany mit ihrem Mann und den beiden Kindern, umgeben von Weihnachtsdekoration. Suzanne legte die Fotos mit der Vorderseite nach unten auf den Tisch.

Jetzt war nur noch ein Gesicht übrig, ein kätzisches, das sie mit fragendem Ausdruck anstarrte. Sie hob den grauen Kater von der Tischplatte, und als sie ihn auf den Fußboden stellte, protestierte er lautstark. »Tut mir leid, Mouse. Geh zu Melody und Zorro und schlaf dort weiter. Das hier ist nichts für dich, das kannst du mir glauben.« Dann fing sie an zu tippen.

Erinnerst du dich noch, wie wir Hand in Hand den Hang hochgegangen sind? Beide nackt, beide erregt. Dann sind wir in die Höhle geschlüpft, wo es so dunkel war, dass ich dich kaum sehen konnte.

Stell dir vor, wir wären wieder dort. Fass mich an, Jaxon. Wir küssen uns, unsere Körper pressen sich aneinander, und plötzlich hebst du mich hoch. Ich halte mich an deinen Schultern fest und schlinge meine Beine um deine Taille. Wir küssen uns immer noch. Was hältst du davon?

Sie klickte auf ABSCHICKEN.

Und wartete.

Als seine Antwort eintraf, drückte sie erwartungsvoll zweimal auf die Maus.

Sehr viel. Und ich habe genau solch einen Steifen wie an jenem Nachmittag.

Wow! Ob das stimmte? Oder ob er das bloß sagte, um sexy zu sein?

Nein, dies war ihr Höhlenmann. Natürlich hatte er einen Steifen. Einen wunderschönen Steifen.

Ihretwegen.

Und auch sie war total aufgegeilt, nicht nur weil sie sich an Kreta erinnert hatte, sondern auch, weil sie sich vorstellte, wie Jaxon im weit entfernten San Francisco vor seinem Computer saß und erregt war. Durch sie. Durch ihre Worte und die Erinnerungen, die sie heraufbeschworen.

Solch ein Gefühl weiblicher Macht hatte sie seit jenem Nachmittag vor vier Jahren nicht mehr gehabt. Ja, in diesem Moment war sie wirklich Leichtsinn 69.

Du bist nackt, nicht wahr?, schrieb sie.

Das wäre machbar, antwortete er. *Willst du, dass ich nackt bin?*

Immer!, schrieb sie zurück. *Aber zieh dich langsam aus. Mach deine Hemdknöpfe einen nach dem andern auf und tu so, als seien es meine Finger, die dein Hemd zur Seite schieben, unter dein Hemd gleiten.*

Hemd. Trug er denn überhaupt ein Hemd mit Knöpfen? Vielleicht hatte er ja ein T-Shirt an. Sie hatte nicht die geringste Ahnung, wie der Typ sich kleidete.

Okay, antwortete er, *aber lieber würde ich dir unters Hemd gehen. Ich sehe deine hohen, festen Brüste förmlich vor mir, jede genau eine Handvoll.*

Er mochte ihre Brüste. Auch wenn sie, um ehrlich zu sein, beide zusammen in eine seiner unglaublich tollen Hände passten.

Da wir gerade von Händen sprechen, schrieb sie, *würde es dir gefallen, meine Hände an dir zu spüren …* Sie hielt von Neuem inne. Sie wusste genau, wo sie ihn anfassen wollte. Wenn sie den Satz so stehen ließ, würde er mit Sicherheit die Anspielung verstehen, aber … Ach was, das war Jaxon, und er gab ihr das Gefühl, sexy und wagemutig zu sein.

… an deinem Schwanz? Mach den Reißverschluss deiner Hose auf, leg sie ab, zieh deine Unterhose aus. Und fass dich an, Jaxon, nimm deinen wunderschönen großen steifen Schwanz in die Hand und stell dir vor, es sei meine Hand. Lass die Hand auf und ab gleiten, drück zu, aber nicht zu fest.

Sie starrte den Text auf dem Bildschirm an. Ihre Freundinnen und sie hatten zwar allerlei Witze über enorme Schwengel gerissen, doch sie hatte noch nie zuvor das Wort »Schwanz« getippt.

Ach, was soll's. ABSCHICKEN.

Unverzüglich kam eine Nachricht zurück. *Und du musst deine Hand zwischen deine Beine schieben, da, wo deine hübschen goldenen Kraushaare sind. Das sind meine Finger, die dich streicheln, in dich eindringen. Bist du schon feucht?*

Sie starrte den Bildschirm an. Dann warf sie einen Blick auf ihren pinkfarbenen Baumwollpyjama, der mit einem

Muster aus siamesischen Katzen bedruckt war. Ob sie ihn ausziehen sollte? Nahm er an, sie sei nackt?

Zögernd wanderte ihre Hand zum Schnürband ihrer Pyjamahose, hielt jedoch inne. Nein, das konnte sie nicht machen. Nicht hier, wo direkt gegenüber ihre Eltern schliefen, ihre Katzen auf dem Bett lagen. Das war ganz entschieden keine Höhle auf Kreta.

Aber vielleicht …

Ihre Hand glitt weiter nach unten, strich über den weichen Baumwollstoff, über den Saum, der zwischen ihren Beinen verlief, während sie versuchte sich vorzustellen, es sei seine Hand.

Ihr Blut geriet in Wallung. Sie schloss die Augen. Jaxons Hand, die sich dunkel von dem pinkfarbenen Stoff abhob. Jaxons Finger, die über den Saum strichen und das zarte Fleisch darunter reizten.

Stöhnend presste sie die Schenkel gegen seine Hand. Ihre Hand. Nur zu gern hätte sie die Hand dort gelassen, doch ihr Wunsch, ihm zu schreiben, war noch stärker.

Ja, ich bin schon feucht, tippte sie. *Aber ich will mehr als nur deine Hand. Erinnerst du dich, wie es damals in der Höhle war, als ich die Beine um dich geschlungen hatte? Weißt du noch, wie hart und hungrig dein Schwanz war? Wie du in mich eingedrungen bist und wie feucht ich war? Genau das will ich jetzt – dich in mir haben.*

Suzannes Scheidenmuskeln zogen sich zusammen, als sie sich den Akt, den sie beschrieb, vorstellte. Obwohl sie die Hand am liebsten wieder zwischen ihre Beine gepresst hätte, tippte sie weiter, weil sie inspiriert war, sich wieder wie jene sexy Frau in der Höhle fühlte.

Jetzt spürst du, wie ich auf dir auf und ab gleite, den Körper hebe, ihn wieder senke, während du zustößt. Du bist so stark, mir ist schleierhaft, wie du es schaffst, mich so zu hal-

ten, aber deine Kraft turnt mich zusätzlich an. Alles an dir erregt mich, und während du noch tiefer und schneller zustößt, konzentrieren sich all meine Empfindungen auf eine Stelle. Dein Schwanz ist so groß, dass du mich völlig ausfüllst. Die Reibung, die durch deine Bewegungen entsteht, ist fast unerträglich, ich spüre, wie meine Spannung mehr und mehr zunimmt, und ich will, ich brauche es, dass du ein letztes Mal zustößt und dich in mich ergießt.

Mach es, Jaxon.

Komm!

Atemlos hörte sie auf zu tippen und griff mit zitternder Hand nach der Maus. Wagte sie es, das abzuschicken? Das war fast pornografisch. Aber welcher gesunde, heißblütige Mann reagierte denn nicht auf Pornografie? Sie drückte auf die Maus.

Und wartete.

Sie las seine letzte Nachricht noch einmal, dann sah sie sich ihre Antwort an. Während ihre rechte Hand über der Maus schwebte, schob sie die linke zwischen ihre Schenkel und liebkoste sich durch die Pyjamahose.

Er hatte immer noch nicht geantwortet. War sie zu weit gegangen? Sie nahm die zwischen ihren Beinen steckende Hand fort, weil die Ungewissheit sie abturnte.

Endlich erschien das Briefumschlagsymbol. Rasch drückte sie zweimal auf die Maus.

Meine Güte, Suzanne.

Mir fehlen die Worte.

Oje, sie hatte es übertrieben, hatte alles vermasselt.

Ich kann noch nicht einmal mehr zusammenhängend denken. Du hast mich einfach umgehauen.

Und damit nicht genug. Gerade bin ich so heftig gekommen, dass es richtig wehgetan hat.

Suzanne stieß einen Seufzer aus, in dem zu gleichen Teilen Erleichterung, Stolz und Erregung mitschwangen. Na, das war doch was!

Und jetzt bist du an der Reihe. Jetzt konzentrieren wir uns voll und ganz auf deine Lust. Bist du bereit?

Sie stöhnte. War sie bereit? War sie wirklich imstande zu machen, was er vorschlug?

Ja. ABSCHICKEN.

Dann gedulde dich ein paar Minuten. Ich verspreche dir, dass das Warten sich lohnen wird.

Voller Nervosität wartete sie. Was er wohl schrieb? Als die Nachricht eintraf, atmete sie tief durch und öffnete die Mail.

Los geht's, Geliebte. Ist deine Hand zwischen deinen Beinen? Meine ist jedenfalls dort, in meiner Vorstellung, und jetzt werde ich dir erzählen, was sie macht.

Suzanne atmete zittrig ein und ließ ihre Hand wieder nach unten wandern.

Sie streichelt dein seidiges, glattes, heißes, geschwollenes Fleisch. Während ich dich streichle, bewegt dein Körper sich im Rhythmus meiner Hand, presst sich gegen mich, verrät mir, was du empfindest, wie du berührt werden willst.

Wir konzentrieren uns beide ausschließlich auf die Stelle, wo ich dich anfasse. Nach jenem umwerfenden Orgasmus, den du mir bereitet hast, ist mein Schwanz schlaff, doch als ich sehe, wie du auf mich reagierst, erwacht er erstaunlich schnell wieder zum Leben.

Oh! Er hatte das kretische Szenario verlassen und entwickelte etwas Neues.

Zu spüren, wie sehr es dich nach meinen Berührungen verlangt, ist unglaublich sexy. Alles, was ich will, ist, dir Lust zu bereiten. Dein Körper windet sich hin und her, deine Hüften heben sich und kreisen, durch jede Bewegung verrätst du mir, dass deine Spannung zunimmt.

Ich schiebe einen Finger in dich, spüre, wie deine Muskeln sich zusammenziehen, wie dein Körper bebt. Ich habe wieder einen Steifen, und da ich weiß, was du wirklich willst, ziehe ich meinen Finger heraus, lutsche daran, um dich zu schmecken, und stecke meinen Schwanz in dich. Deine Möse schließt sich heiß und feucht um mich, und du stöhnst, gibst wieder dieses leise, seufzende, keuchende Stöhnen von dir. Gott, Suzanne, wie ich diese sexy Geräusche liebe, die du machst.

Ich gleite nach unten und presse meinen Daumen gegen deine Klitoris, sodass dein Körper sich aufbäumt. Während ich immer schneller und fester zustoße, lasse ich meinen Daumen über deine geschwollene Knospe kreisen. Du spürst, wie der innere Druck zunimmt, spürst den nahenden Höhepunkt und windest dich vor Lust hin und her, nach Erleichterung lechzend. Und ich will sie dir verschaffen, Suzanne. Ich will, dass du kommst.

Jetzt, Suzanne.

»Jaxon!«, schrie sie, während ihr Körper in Zuckungen geriet.

»Also ich hoffe, es lohnt sich«, grummelte Rina, als sie sich vor Sophie's Cosmic Café auf einen Stuhl fallen ließ. »Ich musste extra eine Klarinettenstunde verschieben und bin dann auch noch in den verfluchten Verkehr auf der Brücke geraten.« Sie wohnte an der North Shore, jenseits der Lion's Gate Bridge.

»Na, und ich musste einen Klienten abbestellen«, sagte Ann. »Und mittags in der Stadt ein Taxi zu erwischen, ist auch nicht ganz einfach, wenn drei Dutzend andere Geschäftsleute dasselbe versuchen.«

»Ich war frei wie der Wind.« Jenny grinste. »Hat schon einiges für sich, freiberuflich tätig zu sein.« Ihr Grinsen wurde noch breiter. »Außerdem könnte das hier unter Recherchen laufen. Wäre vielleicht ganz spaßig, einen Artikel über Internetdates zu schreiben.«

»Sex«, murmelte Suzanne, während Ann gerade sagte: »Darüber ist schon zu oft geschrieben worden, aber …« Sie verstummte abrupt. »Hat da eben jemand Sex gesagt?«

Errötend beugte Suzanne sich vor und bedeutete den anderen, es ihr nachzutun. Das war ein Gespräch, das nicht für die Ohren Fremder bestimmt war. »Internetsex. Ich habe IM-Sex gehabt.«

»IM? Instant Message?«, erkundigte sich Rina, die jedoch von Jennys Stimme übertönt wurde. »Heiliger Bimbam, Mädel, raus mit der Sprache! Mit dem Höhlenmann?«

»Ja. Mit Jaxon. So heißt er nämlich. Schreibt sich mit x statt mit *cks*. Er wohnt in San Francisco.«

»Offenbar hast du beschlossen, auf seine E-Mail zu antworten«, stellte Ann in trockenem Ton fest.

»Montagnacht. Und dann haben wir hin und her gemailt und …«

»Und IM-Sex gehabt?«, ergänzte Rina, die befremdet ihre dunklen Augenbrauen zusammenzog. »Wie um alles in der Welt hat man denn IM-Sex?«

Suzanne wusste, dass ihre Wangen inzwischen glühend rot waren.

Jenny kam ihr zu Hilfe, indem sie sagte: »Nun streng mal deine Fantasie ein bisschen an, Rina. Denk an Telefonsex.«

»Telefonsex? Und was macht man da mit dem Telefon?«, fragte Rina mit gespielter Naivität.

Die Frauen brachen in Gelächter aus.

»Ganz im Ernst«, sagte Rina, »ich habe noch nie Telefonsex gehabt. Aber ich kann mir vorstellen, was da abläuft. Man sagt unanständige Dinge zueinander, ja?«

»Unter anderem«, stellte Ann in selbstgefälligem Ton fest.

»Aha!«, fiel Jenny über sie her. »Du hast also Erfahrung damit.«

»Ich war mal mit einem Typ liiert, der in Toronto wohnte, und wir haben uns nur alle zwei oder drei Monate gesehen. Dafür haben wir die Telefonleitung zum Glühen gebracht.«

Suzanne starrte ihre Freundin an. Warum nahm sie bloß immer an, Ann sei so konventionell wie ihre maßgeschneiderten Kostüme? »Du hast also Telefonsex gehabt? Du meinst, er hat dir gesagt, was er gern mit dir machen würde, und du hast dich, äh, angefasst und …«

»Ich vermute, es ist nicht viel anders als beim Cybersex. Habt ihr es so gemacht, du und Jaxon?«

Suzanne legte die Hände auf ihre brennenden Wangen. »Ich kann einfach nicht glauben, dass wir gerade dieses Gespräch führen. Das ist ja wie etwas aus *Sex and the City.*«

»Überhaupt nicht«, erwiderte Jenny. »Dafür sind wir viel zu spießig.«

»Gehemmt«, meinte Rina.

»Reserviert. Diskret«, erklärte Ann.

»Kanadisch.« Jenny verdrehte die Augen. »Nur in New York gibt es so ausgeflippte Mädels.«

Suzanne verzog das Gesicht zu einer Grimasse. »Aber versteht ihr denn nicht? Genau das erwartet Jaxon von mir. Ich bin Leichtsinn 69. Er weiß nicht, dass ich eine spießige, gehemmte, reservierte, diskrete Kanadierin bin. Na ja, er weiß natürlich, dass ich Kanadierin bin, aber er glaubt, ich sei wie Samantha in *Sex and the City* und dächte an nichts anderes als Sex.«

»Lass uns mal rekapitulieren«, sagte Ann mit schelmischem Gesichtsausdruck. »Bei der ersten Begegnung mit dem Mann landest du in einer Höhle und, äh … Okay, lass uns die Dinge beim Namen nennen, wie Samantha es tun würde. Du *fickst* mit ihm. Dreimal.«

Bei dem Wort »ficken« zuckte Suzanne zusammen. Aber Ann hatte recht. Mit Liebe hatte es nichts zu tun gehabt.

»Als ihr dann wieder in Kontakt tretet«, fuhr Ann fort, »schreibt ihr euch anzügliche Dinge und masturbiert.«

Suzanne zuckte von Neuem zusammen. Verflucht noch mal, wie konnte sie denn vorgeben, leichtsinnig und waghalsig zu sein, wenn Worte wie »ficken« und »masturbieren« sie verlegen machten?

Ann zog die Augenbrauen hoch. »Vielleicht täusche ich mich ja, aber ich glaube, Samantha wäre stolz auf dich, Suze.«

»Aber so bin ich nicht«, wandte sie mit leiser Stimme ein. »Das ist nicht mein wahres Ich.«

»Wer ist es denn dann?«, wollte Jenny wissen. »Wieder jene schlimme Zwillingsschwester?«

»Nein! Sie ist nicht schlimm, sie ist ...« Suzanne runzelte nachdenklich die Stirn. »Sexy«, fuhr sie mit neuem Selbstvertrauen fort und nickte energisch. »Genau. Meine sexy Zwillingsschwester. Und ebendie muss zu meinem Date mit Jaxon gehen.«

»Suzie! Du hast ein Treffen mit ihm ausgemacht?«, fragte Rina, die ebenso erstaunt war wie die anderen zwei.

Die Kellnerin kam, weil sie endlich die Bestellungen aufnehmen wollte. Als sie das Tagesgericht – irgendeine Art von speziellem Salat – erwähnte, bestellten sie es alle, um die Sache schnell hinter sich zu bringen. »Und geriffelte Pommes«, fügte Jenny hinzu. »Eine Wagenladung von diesen fantastischen geriffelten Pommes.«

Sobald die Kellnerin verschwunden war, drehte Jenny sich Suzanne zu. »Also, Suzie, raus mit der Sprache. Was steht an?«

»Er kommt am Freitag mit dem Flugzeug her, und wir werden uns treffen.« Sie schluckte. »Ich habe eine Heidenangst.«

Weil sie letzten Endes doch Suze war, die vernünftige, langweilige Zwillingsschwester.

»Was weißt du über diesen Mann?«, fragte Ann. »Was macht er beruflich? Bist du sicher, dass er nicht verheiratet ist? Was ist mit …«

Suzanne fiel ihr ins Wort. »Ich habe gefragt, ob er Single sei, und er hat Ja gesagt.« Sie runzelte die Stirn. »Natürlich kann ich das nicht nachprüfen, aber warum sollte er lügen? Warum sollte er annehmen, dass mich das überhaupt kümmert?«

»Weil es das tut«, erklärte Ann.

»Nein! Ich meine, doch, tut es, aber das ist die Haltung der vernünftigen Zwillingsschwester. Warum sollte er annehmen, dass es Leichtsinn 69 irgendwie interessiert, ob er verheiratet ist? Und was er beruflich macht, weiß ich nicht. Ich habe ihn nicht danach gefragt, und er hat nichts davon gesagt. Was ich mache, habe ich ebenfalls nicht erwähnt.«

Anns Stirnrunzeln veranlasste Suzanne, überstürzt fortzufahren. »Versteht ihr denn nicht? Darum geht es bei Jaxon und mir nicht. Das ist keine dieser typischen Beziehungen, wo man die Familie des Mannes und seine Freunde kennenlernt und er von seinem Job redet, von Sport und dergleichen. Versteht mich nicht falsch, so was ist toll. So wird mein Leben aussehen, wenn ich Tierärztin bin und den richtigen Mann kennenlerne, den ich, sobald wir uns vergewissert haben, dass wir langfristig zusammenpassen, heiraten und mit dem ich Kinder haben werde.«

In dem Moment wurde ihr klar, dass die ganzen Grübeleien der letzten Tage wie auch der IM-Sex sie zu einem Entschluss hatten kommen lassen. Sie stützte die Ellbogen auf den Tisch und beugte sich vor. »Aber all das liegt in ferner Zukunft, und jetzt ist jetzt. Ich will mich, wie Jenny gesagt hat, austoben. Ich will Leichtsinn 69 sein, die sexy

Zwillingsschwester. Vielleicht ist das die einzige Gelegenheit, die ich je haben werde, um etwas wirklich Gewagtes zu tun.«

»Oder etwas Gefährliches.« Ann legte Suzanne die Hand auf den Arm. »Ich mache mir ernsthaft Sorgen. Du weißt nicht das Geringste über diesen Mann. Er könnte doch ein Psychopath sein. Ich verstehe ja dein Verlangen nach einem Abenteuer, aber trotzdem wirst du vorsichtig sein müssen.«

»Spielverderberin«, zischte Jenny.

»Womit ich nicht sagen will, dass du dich nicht mit ihm treffen sollst.« Ann ließ den Blick über die Tischrunde schweifen. »Aber wir drei werden auch dabei sein.«

Als die Kellnerin das Essen brachte, schwiegen alle. Dann sagte Suzanne: »Ann, ich gebe ja zu, dass mir solche Sicherheitsvorkehrungen sehr zupass kämen, aber am Montag hast du gesagt, du hättest noch nicht einmal Zeit, um dich mit deinem neuen Freund zu treffen.«

»Das hier ist wichtiger.«

»Sie hat recht«, sagte Rina. »Wir werden dort sein, nicht wahr, Jen? Wann und wo?«

Suzanne merkte, wie ihr ganz warm ums Herz wurde. Was auch immer ihr hinsichtlich Liebesaffären bevorstehen mochte – Aufregendes oder Alltägliches –, die Freundschaft dieser Frauen würde sie immer hoch zu schätzen wissen.

»Am frühen Abend«, sagte sie. »Ich dachte an Spanish Banks. Wäre irgendwie wie beim ersten Mal, wenn wir am Strand aufeinander zukämen.«

»Da gibt's aber keine Höhlen«, spöttelte Jenny.

»Ich kann mir nicht vorstellen, dass wir … äh …«

»Dass ihr euch in die Arme fallt und Sex miteinander habt?«, beendete Jenny den Satz. »Warum denn nicht? Beim ersten Mal war es doch so.«

Richtig. Und Suzanne konnte immer noch nicht ganz

glauben, dass sie das tatsächlich gemacht hatte. Aber sie hatte zu viel Wein getrunken, zu viel Sonne abbekommen, war eigentlich nicht zurechnungsfähig gewesen. Am Freitag würde das anders sein.

»Warum geht ihr nicht einfach zum Wreck Beach? Da könntet ihr euch nackt ausziehen«, sagte Jenny verschmitzt.

Suzanne schüttelte heftig den Kopf. »Nein. *So* wagemutig will ich nun auch wieder nicht sein.«

Erst jetzt warf sie einen Blick auf ihren Salat, eine äußerst bunte, imposante Komposition. Was um alles in der Welt hatte sie da bestellt? Offenbar eine abenteuerliche Kreation, von der sie sich regelrecht eingeschüchtert fühlte. Sie griff nach den Pommes.

Ann probierte ihren Salat. »Hm, köstlich«, sagte sie, um anschließend hinzuzufügen: »Suze, wenn du einen Spaziergang mit ihm machst, dann bleib da, wo viele Menschen sind. Im Pacific Spirit Park gibt es einige ziemlich finstere, menschenleere Ecken. Und steig unter keinen Umständen mit ihm ins Auto.« Sie schnippte mit den Fingern. »Geht doch im Athene griechisch essen. Dabei könnt ihr dann in Erinnerungen schwelgen …«

»Dinner … Gott, Ann, ich weiß ehrlich gesagt überhaupt nicht, worauf ich mich einstellen soll. Ich kenne diesen Mann ja gar nicht. Das ist kein normales Date. Und was das Schwelgen in Erinnerungen angeht, das Einzige, was wir gemacht haben … Also ich kann mir nicht vorstellen, im Athene zu sitzen und ihr wisst schon wovon zu sprechen.«

»Vom Ficken«, stellte Jenny in fröhlichem Ton fest.

Rina warf ihr einen tadelnden Blick zu. »Wie wär's mit einem Picknick? Du könntest einen Picknickkorb mit Delikatessen vollpacken und ihn in deinem Auto lassen.« Sie grinste. »Wenn's mit Jaxon nicht klappt, kannst du die Delikatessen hinterher mit uns teilen. Aber wenn es zwischen euch funkt, könnt ihr am Strand Picknick machen, in den Ozean waten und dem Sonnenuntergang zusehen.«

»Das hört sich schon besser an«, meinte Suzanne. »Aber wollt ihr drei denn die ganze Zeit auf einer Decke sitzen und uns beobachten? Das finde ich ein bisschen zu bizarr.«

»Wenn du am Strand bleibst, dürftest du in Sicherheit sein«, räumte Ann ein. »Deshalb werden wir ein Weilchen in eurer Nähe rumhängen, und wenn du das Gefühl hast, alles sei in Ordnung, gibst du uns irgendein Zeichen. Dann verschwinden wir und kehren in unser eigenes Leben zurück. Unser *alltägliches, banales* Leben.«

5

Nachdem Jax den Stadtplan studiert hatte, lenkte er den gemieteten Boxster in Richtung Burrard Street Bridge. Natürlich hätte er Suzanne fragen können, wie er fahren musste, ebenso wie er sie hätte bitten können, ihm ein Hotel zu empfehlen, aber er wollte nicht, dass sie ihn für einen Organisationsfreak hielt.

Zumal er tatsächlich einer war.

Er legte einen anderen Gang ein und gab Gas, sodass der Wagen losbrauste, als hätte er Flügel. Was war das eigentlich für eine Verrücktheit, sich in solche Unkosten zu stürzen und einen schicken schwarzen Porsche zu mieten? Zu Hause besaß er noch nicht einmal ein Auto. Er brauchte auch gar keins, da er in der Innenstadt wohnte und arbeitete und er bequem mit dem Bay Area Rapid Transit zur Wohnung seiner Mutter in Berkeley gelangen konnte.

Die Brise, die ihn umfächelte, tat seiner Haut wohl. Ein Cabrio vermittelte einem doch ein ungeheures Gefühl von Freiheit. Fast schaffte er es, die Schuldgefühle zu vergessen, die ihn plagten, seit er am Nachmittag das Büro verlassen hatte.

Gott, wie verkorkst er doch war. Da befand er sich nun auf dem Weg zu einem Treffen mit der hinreißendsten Frau der Welt, und das Einzige, woran er zu denken vermochte, war seine Arbeit. Er musste sich wirklich zusammenreißen. Andernfalls würde Suzanne sofort kehrtmachen, sobald sie einen Blick auf ihn geworfen hatte.

Doch der Gedanke an seine Arbeit ging ihm einfach nicht

aus dem Sinn. Wie es wohl bei ihr stand? Sie musste doch auch einen Job haben. Sie hatten in ihren E-Mails immer nur über Kreta und Sex gesprochen.

Er schüttelte den Kopf, um ihn wieder klar zu bekommen. Eine erotische Eskapade hatte ihre Anzeige in Aussicht gestellt. Berufliche Dinge standen bei dem, was sie machten, nicht zur Diskussion.

Sie hatte sich mit ihm bei Spanish Banks verabredet. Ein Name, der irgendwie sexy klang. Bedeutete Banks, dass es dort Höhlen gab? Er konnte sich einfach nicht vorstellen, dass sie …

Quatsch. Wenn sie auch nur annähernd so war, wie sie sich auf Kreta gegeben hatte, konnte er sich bei Suzanne so ungefähr alles vorstellen. Aber würde er, der konservative Rechtsanwalt, der Herausforderung gewachsen sein?

Sie hatte ihn instruiert, sein Auto auf dem letzten Parkplatz abzustellen und dann in westlicher Richtung den Strand entlangzugehen, weg von der Stadt.

Abermals würden sie sich an einem Strand begegnen. Die Symmetrie gefiel ihm. Aber dieser Strand war glücklicherweise kein Nacktbadestrand. Gewiss, er war gut in Form, und Frauen fanden ihn attraktiv. Trotzdem konnte er sich nicht vorstellen, dass er den Mumm hätte, sich auszuziehen und nackt auf die schöne Suzanne zuzugehen. Auf Kreta war das rein zufällig, unabsichtlich passiert.

Konnte ein geplantes Treffen überhaupt gut gehen? Vielleicht hätte er sich mit Erinnerungen und explosivem Cybersex begnügen sollen.

Die Straße wurde schmaler, die Brise salzhaltiger.

Spanish Banks erwies sich als langer Strand, der von Verkaufsständen, Volleyballnetzen und etlichen Parkplätzen gesäumt wurde. An diesem schönen Sommerabend war er von zahlreichen Menschen bevölkert.

Er fuhr auf den letzten Parkplatz und entdeckte eine Parklücke. Als er den Motor abschaltete, hämmerte sein Herz so heftig, dass er kaum zu atmen vermochte.

Wie konnte er nur so nervös sein, obwohl das Ambiente doch so idyllisch war? Auf dem Rasen spielten ein Junge und sein Vater mit einem Golden Retriever Frisbee. Ein Pärchen mittleren Alters fuhr auf Fahrrädern einen gepflasterten Pfad entlang, und eine Horde halbwüchsiger Mädchen flitzte auf Rollerblades vorbei.

Die Leute hier trugen Shorts oder Jeans. In seinen schwarzen Jeans und seinem neuen Designer-T-Shirt war er ein bisschen zu fein angezogen, aber er wusste ja nicht, wie der Abend verlaufen würde und was Suzanne vorschwebte. Um flexibel zu sein, hatte er sich leger und gleichzeitig schick angezogen.

Suzanne. Diesmal war alles so anders. Sie kannten den Namen des anderen. Dies war kein magisches griechisches Paradies, sondern Suzannes Heimatstadt.

Letzte Nacht war er gekommen, als er eine E-Mail von ihr gelesen hatte. Und ihr war es genauso ergangen.

Er atmete zittrig ein. Jax Navarre hatte keine Scheu, sich mit den Generaldirektoren millionenschwerer Unternehmen zu treffen, doch bei dem Gedanken, den Strand entlang auf Suzanne zuzugehen, wurde ihm extrem mulmig zumute.

Und gleichzeitig turnte es ihn an.

Nachdem er seine Ledersandalen in den Kofferraum des Autos gepackt hatte, holte er die Tigerlilie heraus, die er gekauft hatte. Feurig, leidenschaftlich, exotisch – ganz wie die Frau, für die er sie ausgesucht hatte.

Er ging über einen Rasenstreifen, überquerte den gepflasterten Pfad, der längs des Strands verlief, und trat auf den Sand. Der schmale Strand war mit Baumstämmen und Felsbrocken übersät. Im Vergleich zu dem feinen weißen Sand auf Kreta war der Sand hier so grobkörnig, dass er die Fußsohlen aufscheuerte und zwischen den Zehen hängen blieb. Es war Jahre her, seit Jaxon barfuß durch Sand gelaufen war, fühlte sich aber angenehm an.

Einige Kids planschten im Meer herum. Wenn er nach rechts über das Wasser schaute, bot sich ihm ein spektakulärer Blick auf Vancouver. Die untergehende Sonne spiegelte sich funkelnd in den Fenstern der fernen Hochhäuser wider. In jeder anderen Situation wäre er stehen geblieben, um den Anblick zu bewundern, doch jetzt wandte er sich ab und machte sich auf den Weg.

Die meisten Leute trugen Sonnenbrillen, aber nicht Jax. Er wollte Suzanne sehen, ohne dass etwas zwischen ihnen war.

Ob sie sich das Haar abgeschnitten hatte? Wie sie wohl angezogen sein würde? Er hatte absolut keine Ahnung, was für einen Geschmack sie in ihrer Kleidung hatte oder in anderen Dingen.

Außer in puncto Sex. Den mochte sie heiß und wild.

Suzanne zitterten so sehr die Beine, dass sie kaum zu gehen vermochte. Doch als ihre nackten Füße sich an den grobkörnigen feuchten Sand gewöhnt und ihre erhitzten Wangen sich in der Brise abgekühlt hatten, nahm ihr Selbstvertrauen zu. Sie merkte, wie sie wieder zur sexy Zwillingsschwester wurde, der Frau, die Jaxon auf Kreta angezogen hatte. Sie hob den Kopf, ihre Schultern strafften sich, und sie lächelte.

Oben auf dem Rasen saßen ihre Freundinnen an einem Picknicktisch, aßen etwas und taten so, als beobachteten sie sie nicht. Es war gut zu wissen, dass sie nicht allein war, obwohl es sie verlegen machte, dass die Frauen das Treffen mit ihrem geheimnisvollen Liebhaber miterleben würden.

Sie hatte ewig gebraucht, um zu beschließen, was sie anziehen sollte, und hatte sich schließlich für ein bauchfreies pfirsichfarbenes Top, das fast dieselbe Farbe hatte wie ihre Haut, sowie einen langen, hauchdünnen Rock mit gelben und orangefarbenen Streifen entschieden. Der Rock war vorne mit Knöpfen versehen, die sie nur bis zur Mitte des Schenkels zugemacht hatte. Der Wind zerzauste ihr das Haar und verfing sich im feinen Stoff ihres Rocks, sodass ihre Beine immer wieder entblößt wurden.

Ihr Schmuck bestand, passend zu ihrem Haar, aus Gold. An den Ohren baumelten Schnüre von Goldmünzen, an der rechten Hand trug sie einen auf Kreta gekauften Delphinring, am linken Handgelenk ein goldenes Armband.

Nervös ließ sie den Blick über die Menschen am Strand schweifen. Was er wohl anhaben würde? Er hatte zwar großartige Beine, doch Shorts kamen ihr für solch ein bedeutsames Treffen zu leger vor.

Plötzlich stockte ihr der Atem. Gerade war ein großer Mann zum Strand heruntergekommen. Von dort, wo sie stand, konnte sie lediglich erkennen, dass er schwarz war. Von Kopf bis Fuß. Dunkle Haut, dunkle Kleidung.

Sie wusste sofort, dass es Jaxon war.

Sie verspürte den Drang, auf ihn zuzurennen, während sie gleichzeitig am liebsten weggerannt wäre. Ihre Beinmuskeln verkrampften sich so sehr, dass sie sich zwingen musste weiterzugehen.

Als sie näher kam, konnte sie die Farbe seiner Haut erkennen, die sich warm und lebendig von seiner sexy wirkenden schwarzen Kleidung abhob. Kleidung, die so eng war, dass außer Zweifel stand, dass sein Körper immer noch schlank und fest war.

Seinen Bart hatte er abrasiert, und auch die Dreadlocks waren verschwunden. Jetzt trug er sein gekräuseltes Haar kurz geschnitten, was gut zu seinen kräftigen Gesichtszügen passte.

Ihre Muskeln gehorchten ihr wieder, und sie fühlte sich ungemein sexy. Sie waren wie Magneten, die aufeinander zustrebten.

Als sie endlich vor ihm stand, lächelte sie ihn an, und er lächelte zurück.

»Suzanne.« Seine rauchige Stimme liebkoste ihren Namen und sprach ihn so aus, dass er wunderschön klang.

»Jaxon.«

Er sah ein wenig älter aus als damals, aber noch attraktiver. Reifer. Seine schokoladenfarbenen leuchtenden Augen waren so fesselnd wie eh und je. Ihr geheimnisvoller, verführerischer Fremder.

Er hielt ihr eine Tigerlilie hin.

Lächelnd nahm sie sie an sich. »Danke.«

Dann hielt er ihr die Hand hin, die sie ebenfalls nahm und die sich warm und pulsierend um die ihre schloss.

Wortlos schlenderten sie, die Stadt hinter sich lassend, auf die entlegeneren Abschnitte von Spanish Banks zu.

»Ich kann einfach nicht glauben, dass du wirklich hier bist.« Sie legte den Kopf zurück, um zu ihm hochzublicken. Sie hatte keine Ahnung, wer er in Wirklichkeit war. Ein Teil von ihr wollte alles über ihn wissen, während ein anderer Teil der Ansicht war, dass das die Sache verderben würde. Außerdem würde er ihr, wenn sie ihm Fragen stellte, mit Sicherheit auch welche stellen. Sie wollte aber weder lügen noch eingestehen, dass sie solch eine langweilige Person war. *Ich bin Leichtsinn 69,* rief sie sich in Erinnerung.

»Ich kann auch nicht glauben, dass wir zusammen sind«, erwiderte er.

Plötzlich blieb er stehen und ließ ihre Hand los. Dann packte er sie bei der Taille und stellte sie mühelos auf ein

Stück Treibholz, sodass sie beide gleich groß waren. »Schöne Suzanne.« Er hob die Hand, strich ihr über den Wangenknochen und wickelte sich eine Strähne ihres Haars um den Finger. Anschließend ließ er den Finger erst über ihre Oberlippe, dann über ihre Unterlippe gleiten.

Dann beugte er sich näher – Suzanne blieb das Herz stehen –, um ihre Lippen sanft mit den seinen zu berühren. Das Ganze war nicht mehr als ein Hallo und eine Frage.

Eine Frage, auf die sie sogleich die Antwort wusste. Der Zauber von damals war wieder da.

Sie stieß einen leisen Seufzer aus, bei dem sich ihre Lippen öffneten. Sein Mund wanderte weiter, um ihren Mundwinkel zu küssen und an ihrer Unterlippe zu knabbern. Seine vollen Lippen waren fest und weich zugleich und absolut unwiderstehlich, und während er sie küsste, nahm sie seinen leicht moschusartigen, äußerst männlichen Duft wahr.

Ein Hitzeschwall durchströmte sie. Sie drängte sich gegen ihn und verlor dabei das Gleichgewicht, sodass sie fast von dem Stück Treibholz fiel. Er schlang ihr die Arme um die Taille, um sie festzuhalten, während sie ihm die Arme um die Schultern legte. Dann trat er einen Schritt näher, bis ihre Körper sich berührten.

Sie keuchte erstaunt auf. Er war erregt. Schon. Und sogleich stellte sie fest, dass sie ebenfalls erregt war, denn ihr neues Seidenhöschen war klatschnass.

Am liebsten hätte sie sich voll wilder Leidenschaft gegen ihn gepresst. An einem öffentlichen Strand. O ja, sie war Leichtsinn 69. Die Wirkung, die dieser Mann auf sie hatte, war einfach verblüffend.

Zu ihrer Überraschung setzte er den Kuss nicht fort. Stattdessen half er ihr vom Treibholz herunter und hielt ihr die Hand hin. Dann gingen sie weiter.

Nein, sie wollte keine Fragen stellen. Fürs Erste wusste sie alles, was sie über Jaxon wissen wollte. Sie warf einen Seitenblick auf den Schritt seiner schwarzen Jeans. Wenn jemand genauer hingesehen hätte, hätte er Jaxons Erektion bemerkt, obwohl dieser die Hand in die Tasche gesteckt und zur Faust geballt hatte. Doch die Leute, an denen sie vorüberkamen, schienen ganz mit sich selbst beschäftigt und packten entweder ihre Sachen zusammen, um nach Hause zu gehen, oder breiteten gerade das mitgebrachte Picknick aus.

Der Picknickkorb war in ihrem Auto, zusammen mit einer Decke. Und sie und Jaxon gingen in die entgegengesetzte Richtung, schlenderten am Ufer entlang, wo das inzwischen abgekühlte Wasser des Pazifiks ihre Füße umspülte. Entfernten sich von ihren Freundinnen.

Er bückte sich, um etwas aufzuheben. Dann überreichte er ihr das Gehäuse einer Abaloneschnecke. Sie betrachtete es eingehend und fuhr mit dem Finger über die matt schimmernden blauen, malvenfarbenen und silbernen Streifen.

Jaxon griff nach ihrem Finger und führte ihn an den Mund, um sanft an der Fingerspitze zu saugen, was ihr durch und durch ging. Glücklicherweise war ihr als Frau ihre Erregung nicht so deutlich anzumerken. »Wonach schmeckt es?«

»Nach Meer und Suzanne. Sehr appetitanregend. Ich will mehr von dir zu kosten bekommen.«

Sie stellte sich vor, wie seine Zunge ihre geheimsten Stellen erkundete, und wurde von einem Schauder der Lust gepackt. »Da wollen wir beide dasselbe.« Obwohl ihre Kühnheit ihre Wangen zum Glühen brachte, reckte sie das Kinn hoch und sah ihn unverwandt an.

Er senkte den Kopf und küsste sie von Neuem. Diesmal ließ er die Zungenspitze über ihre Lippen gleiten. Bereitwillig öffnete sie den Mund und berührte seine Zunge einladend mit der ihren. Er nahm die Einladung an, erkundete ihren Mund, schob seine Zunge vor, zog sie wieder zurück, und sie tat es ihm nach.

Die Sonne hatte inzwischen fast das Wasser erreicht, das Licht wurde schwächer. Suzanne löste ihren Mund von dem seinen, ließ den Kopf auf seine Schulter sinken und schmiegte sich an ihn. Ihre Freundinnen in der Ferne wurden rasch zu bloßen Silhouetten.

Jetzt, da sie wieder mit Jaxon zusammen war, wusste sie instinktiv, dass sie ihm vertrauen konnte.

Hinter seinem Rücken hob sie die Hand und winkte, um ihren Freundinnen das vereinbarte Zeichen zu geben. Eine von ihnen winkte zurück, und zur Bestätigung winkte Suzanne von Neuem. Die drei Frauen erhoben sich und gingen in Richtung Parkplatz. Sie hätte wetten können, dass Ann gerade sagte, wie unklug es sei, sie allein zu lassen.

Jaxon legte ihr die Hände auf die Schultern und schob sie ein Stück von sich. »Was machst du denn da?«

»Ach, ich habe nur ein Insekt verscheucht.«

Er grinste sie mit blitzenden weißen Zähnen an. »Ein Insekt?« Nachdem er ihr über die Schulter gespäht hatte, zuckte er die Achseln.

Sie nahm an, dass er ihr nicht glaubte. Wahrscheinlich wusste er, dass sie nicht so töricht war, allein hier herzukommen. Und auch wenn sie ihm vertraute, würde sie ihr Versprechen halten und sich nicht von dem Teil des Strands entfernen, wo viele Leute waren.

Sie ließ die Hand über seinen Rücken gleiten, spürte zuerst den seidigen Stoff des T-Shirts und dann das gröbere Gewebe seiner Jeans. Als ihre Finger sich um seine Gesäßbacke schlossen, wünschte sie, ihre Hand wäre unter seinen Jeans.

»Es wird dunkel«, sagte er, »und ich möchte dich sehen.«

Das letzte Wort betonte er so, dass sie unwillkürlich ergänzte: *nackt*.

»Heute Abend ist der Mond fast v…voll«, stammelte sie, »und da der Himmel klar ist, werden Sterne zu sehen sein. Du wirst überrascht sein, wie viel wir wahrnehmen können.« Sie zwang sich, mit diesem Geschwätz aufzuhören. »Ich möchte dich auch sehen.« Ja, nackt. Aber das ging hier nicht. Oder?

»Möchtest du hierbleiben?«, fragte er.

Ja und nein. Wenn sie nicht hierblieben, wo sollten sie dann hin? In sein Hotel? Das kam ihr nicht richtig vor, jedenfalls im Moment. »Ich habe Sachen für ein Picknick mitgebracht.«

»Wunderbar.«

Er spielte an einer ihrer Haarsträhnen herum. »Ich habe mich gefragt, ob du es hast abschneiden lassen.«

Sie dachte oft daran, sich so wie Ann einen kurzen praktischen Haarschnitt verpassen zu lassen, ließ es jedoch in Erinnerung an ihr Liebesspiel auf Kreta so, wie es war.

»Du hast dir deins abschneiden lassen. Und dir deinen Bart abrasiert.« Sie gab sich alle Mühe, das nicht wie einen Vorwurf klingen zu lassen.

Er zuckte die Achseln. »Man wird eben älter.«

Freilich stand ihm die neue Frisur gut. Dadurch sah er reifer aus. Außerdem verlieh sie ihm, weil sie nicht so betont modisch war, mehr Klasse.

Er fuhr mit dem Finger den tiefen Ausschnitt ihres Tops entlang. »Als ich dich vorhin auf mich zukommen sah, dachte ich im ersten Moment, du seist von der Taille aufwärts nackt.«

Sie wollte seine Hand auf ihren Brüsten spüren. Auf einmal gab es nichts Wichtigeres als das. Sie griff unter ihr Top, um den vorne sitzenden Verschluss ihres BHs aufzumachen. Dann streifte sie sich die Träger über die Arme und zog den BH aus. »Fast.«

Jaxon sog laut den Atem ein. Nachdem er sich zwischen

sie und den Pfad gestellt hatte, um sie vor den Blicken von Passanten abzuschirmen, griff er unter ihr Top, um eine ihrer Brüste in die Hand zu nehmen. Sanft, ganz sanft.

Er ließ seinen Finger über ihre Brustwarze kreisen. Da sein Kopf gesenkt war, beugte sie sich vor, um sein kurzes, gekräuseltes Haar zu küssen. Sein moschusartiger Duft, der einen verführerischen Kontrast zu der frischen Meeresluft darstellte, berauschte sie förmlich.

Er beugte sich noch weiter nach unten, nahm ihre Brustwarze zwischen die Zähne und begann daran zu saugen.

Brennende Lust loderte in ihrem Unterleib auf, die Knie wurden ihr weich. Sie griff nach seinem Schritt, um die Hand gegen seinen steifen Schwanz zu pressen.

Jaxon hob den Kopf, stieß ein wollüstiges Stöhnen aus und drängte sich gegen ihre Hand. »Merkst du, wie sehr ich dich begehre, Suzanne?«

»Ich begehre dich auch, Jaxon.« Und will dich in mir haben.

Er schob ihre Hand weg und trat zurück. »Lass uns nach einem geeigneten Plätzchen suchen und picknicken.«

Redete er jetzt von Essen, von Sex oder von beidem? Hoffentlich von Sex. Ans Essen würde sie vielleicht hinterher denken können. Im Moment lechzte ihr Körper danach, sich Erleichterung zu verschaffen.

Sie drehte sich in Richtung Auto, den neuen BH –aus Seide und Spitze, um zu dem mit Spitze besetzten Bikinihöschen zu passen – in der Hand haltend. »Hab keine Tasche«, sagte sie und gab Jaxon den BH.

Er stopfte ihn in die Tasche seiner Jeans. Dann nahm er sie bei der Hand und schlenderte mit ihr zum Parkplatz. Die Straßenlaternen wirkten nach dem Halbdunkel am Strand so grell, dass Suzanne mehrmals blinzeln musste. Dann musterte sie Jaxon. Ja, er war wirklich perfekt.

»Ich bin's. Erinnerst du dich noch?«, sagte er.

»An jeden Teil von dir.«

Sie führte ihn zu ihrem Auto. Genauer gesagt zu Anns Auto, einem sportlichen roten Miata, dessen Verdeck heruntergeklappt war. Suzanne hatte nicht ihren eigenen Wagen nehmen wollen, einen alten VW-Bus, den sie mit siebzehn gekauft hatte. Trotz all seiner Beulen und rostigen Stellen liebte sie den Bus, weil er so geräumig war, um Freunde, Tiere, tierärztliches Zubehör und allerlei andere Dinge damit zu transportieren. Ja, für ihr alltägliches Leben war er ideal, passte aber nicht zum Image der sexy Zwillingsschwester.

»Du magst Cabrios«, stellte Jaxon fest.

»Sehr.« Das stimmte, obwohl sie für ihren Lebensstil absolut unpraktisch waren. Ganz zu schweigen davon, dass sie weit jenseits dessen lagen, was sie sich leisten konnte. Die glückliche Ann hingegen verfügte über das Einkommen einer Rechtsanwältin – obwohl sie überhaupt keine Freizeit hatte, um ihr süßes kleines Auto genießen zu können.

Um den funkelnden Lack nicht zu zerkratzen, machte Suzanne mit großer Behutsamkeit den Kofferraum auf. Sie reichte Jaxon den Picknickkorb und langte nach der Reisedecke.

»Nein, nicht die Decke.«

Sie runzelte die Stirn. Wieso denn nicht? Sie hatte sie extra zweimal gewaschen, um sie von allen Katzenhaaren zu befreien.

»Ich habe etwas Besseres«, sagte er.

Gespannt folgte sie ihm über den Parkplatz, bis sie zu einem schwarzen Porsche Cabrio gelangten. »Olala! Sehr hübsch!«

Er zuckte die Achseln. »Ist nur ein Mietwagen. Aber ich mag auch Cabrios.«

Ob er solch einen Wagen auch in San Francisco fuhr?

Wahrscheinlich. Was immer er beruflich machte, am Hungertuch schien er nicht gerade zu nagen.

Wenn dies ein normales erstes Date gewesen wäre, hätte sie bereits grundlegende Einzelheiten seines Lebens gekannt. Ohne Frage hätte sie gern mehr über ihn gewusst. Vielleicht war er ein erfolgreicher Künstler, ein Spion, ein … Ihr fiel kein Job ein, der glamourös und exotisch genug gewesen wäre, um zu Jaxon zu passen. Vielleicht hatte er ein großes Vermögen geerbt und gehörte zum Jetset, unterstützte Wohltätigkeitsorganisationen und trat als Kunstmäzen auf.

Vermutlich war es besser, nichts über ihn zu wissen. Schließlich konnte er ja auch Buchhalter sein. Als er sich in den Kofferraum des Wagens beugte, musterte sie seinen festen Hintern. Nein, das war kein Buchhalterhintern.

Er nahm etwas heraus und reichte es ihr. »Erinnerst du dich noch daran?«

Ein gestreiftes Strandlaken, wie man es im Urlaub kaufte. Moment mal! »Das ist ja das Strandlaken, das ich auf Kreta gehabt habe.« Sie starrte ihn entgeistert an. »Wie um alles in der Welt …«

»Du hast es bei mir zurückgelassen. Weißt du das nicht mehr?«

Er sprach von dem Teil des Nachmittags, den sie vergessen hatte. Deshalb beeilte sie sich, die Gedächtnislücke zu überspielen. »Ja, natürlich. Aber warum hast du es all die Jahre aufgehoben?«

»Als Souvenir.«

Sie lächelte und legte sich das Strandlaken über den Arm. »Mal sehen, ob wir noch wissen, was man damit anfangen kann.«

»Glaub schon.«

Während sie zum Strand zurückgingen, dachte sie über das nach, was sie eben gesagt hatte. Würden sie tatsächlich wieder auf diesem Strandlaken Sex haben? An einem öffentlichen Strand, wo es nur halb dunkel war und wo andere Leute in der Nähe waren?

Das Verlangen zwischen ihren Schenkeln verriet ihr, dass es auf irgendeine Weise dazu kommen würde. Sie würden eine Möglichkeit finden, und das Ganze würde unglaublich intensiv und erregend sein.

Abermals fanden sich ihre Hände, als sie an etlichen Paaren und Gruppen vorbeigingen, die es sich am Strand gemütlich gemacht hatten. Keiner von ihnen sagte ein Wort, doch die Luft zwischen ihnen schien mit Spannung geladen zu sein. Sexueller Spannung.

Nach einer Weile blieb Jaxon stehen. »Hier.«

Ein großer Baumstamm, der als Rückenlehne dienen und eine gewisse Intimsphäre gewährleisten würde. Suzanne breitete ihr altes Strandlaken aus, wie elektrisiert von der Tatsache, dass er es aufgehoben hatte. Sie setzte sich und schaute erwartungsvoll zu ihm hoch. Ein Schauder lief ihr über den Rücken, der nicht von der milden Abendluft herrührte, sondern daher, dass sie es kaum erwarten konnte, von ihm berührt zu werden.

Jaxon ließ sich neben ihr auf dem Laken nieder. Bis auf das Glitzern seiner Augen, die das Licht des Monds und der Sterne einfingen, war er nichts als ein schwarzer Umriss. Sie streckte die Hand aus, berührte seine Brust. Spürte feste Muskeln unter dem dünnen Stoff seines T-Shirts. »Runter damit«, flüsterte sie.

Er zog sich das T-Shirt über den Kopf. Mit gierigen Händen strich sie ihm über die nackten Schultern, die Brust, den flachen Bauch, fuhr seine Rippen entlang, reizte seine Brustwarzen. Sie beugte sich vor, um eine dieser harten Knospen zwischen die Lippen zu nehmen. Als sie heftig daran sog, ging ein Zittern durch seinen Körper.

Er griff nach dem Saum ihres Tops und streifte es ihr ab. Dann packte er sie bei den Schultern und drückte sie zurück, bis sie auf dem Laken lag. Anschließend beugte er sich über sie, um ihr Gesicht und ihre Brüste mit Küssen zu bedecken.

Ihre Lust nahm zu, schraubte sich hoch wie eine Achterbahn, die sich langsam dem Gipfelpunkt näherte.

Er rollte eine ihrer Brustwarzen zwischen den Lippen hin und her, ließ seine Zunge dagegenschnellen, umkreiste sie mit der Zunge, sog daran, allerdings sanfter, als sie es bei ihm gemacht hatte. Sie hielt den Atem an und genoss die Empfindungen, die sie durchströmten.

Da sie ihn unbedingt *sofort* anfassen musste, fummelte sie an seinem Gürtel herum, schnallte ihn auf, öffnete den Knopf seiner Jeans, zog den Reißverschluss herunter. Als sie die Hand hineinschob, bekam sie etwas Hartes, Heißes, Pulsierendes zu fassen.

Er hob den auf ihrer Brust ruhenden Kopf und presste seinen Mund auf den ihren, um sie leidenschaftlich zu küssen.

Sie massierte seinen Schaft, was er mit einem Stöhnen quittierte. »Ich will dich, Suzanne. Jetzt sofort!«

»Ja!«

Während sie fortfuhr, seinen Schwanz zu liebkosen, strich er ihr mit der Hand über die Innenseite ihres Beins. Als er auf die feuchte Seide stieß, die ihren Schritt bedeckte, presste er die Handfläche fest dagegen, um sie anschließend mit dem Finger durch den Stoff hindurch zu streicheln.

Jetzt war es an ihr, zu stöhnen, worauf er »Pst!« murmelte.

Er streifte ihr das Höschen herunter, schob ihren Rock nach links und rechts zur Seite und legte sich auf sie.

Oben auf dem Pfad, der nur wenige Meter entfernt war, hörte sie gedämpfte Stimmen, die von einem Mann und einer Frau stammten, die sich darüber unterhielten, was sie am Wochenende unternehmen würden.

Auf Jaxons dunklem Körper würde sich das Mondlicht nicht so widerspiegeln wie auf ihrem hellen. Bestimmt würde niemand sie sehen. Nicht, wenn sie sich ruhig verhielten.

Während er sich zwischen ihre Schenkel drängte, schob er seine Jeans und seine Unterhose nach unten. Sie spürte den Druck seiner nackten Männlichkeit und machte die Beine breit, um ihn willkommen zu heißen. Jetzt, da sie einander so intim berührten, wurde Suzannes Verlangen fast unerträglich.

Sie hörte etwas knistern. Offenbar machte er ein Kondompäckchen auf.

»Lass mich das machen«, sagte sie. Unbeholfen fummelte sie in der Dunkelheit herum, um ihm das Kondom über den Schwanz zu rollen. Da er unnatürlich still hielt, vermutete sie, dass er genau wie sie kurz davor war zu kommen.

Sobald sie fertig war, presste er wieder den Mund auf den ihren. Sie erwiderte seinen Kuss aufs Leidenschaftlichste und bewegte die Hüften auf und ab, um ihm mitzuteilen, dass sie bereit war. Mehr als bereit.

Er schob die Hand zwischen ihre feuchten Schamlippen, streichelte sie, drückte sie auseinander und sondierte mit der Spitze seines Penis ihren Eingang. Am liebsten hätte sie vor Lust laut aufgeschrien, stieß stattdessen aber nur einen leisen Seufzer aus.

Während er langsam in sie eindrang, strich sie ihm mit den Händen über den Rücken. Obwohl sie klatschnass war, war sie für die gewaltige Größe seines Schwanzes zu eng. Gleichwohl bereitete ihr die Reibung mehr Lust als Schmerz.

Eine solche Lust, dass sie befürchtete zu kommen, noch bevor er ganz in ihr war.

Suzanne schob seine Jeans weiter nach unten und packte

seine Gesäßbacken, was den gewünschten Effekt hatte, da er im Nu ganz in sie eindrang.

Ihre Muskeln zogen sich um ihn zusammen, und sie wusste, dass sie sofort explodieren würde, wenn er auch nur die kleinste Bewegung machte.

»Nicht bewegen«, flüsterte sie mit eindringlicher Stimme.

Sie merkte, wie sein Körper sich verkrampfte. »Warum nicht?«

»Weil ich kurz vorm Höhepunkt bin.«

»Ich auch. Seit ich dich erblickt habe, hab ich einen Steifen.«

»Hab ich bemerkt.«

Wieder kamen Stimmen näher, diesmal nicht oben auf dem Pfad, sondern am Strand. Dieses Paar würde in einer Entfernung von wenigen Schritten an ihnen vorübergehen. Hastig zog Suzanne Jaxons Jeans wieder hoch, um sein Gesäß zu bedecken. Als ihre Hände seinen nackten Hintern streiften, erbebte er.

Sie merkte, wie es ihr kam, und versuchte, dagegen anzukämpfen, was ihr jedoch nicht gelang. Den Mund gegen Jaxons Schulter gepresst und seine Taille umklammernd, gab sie jeden Widerstand auf und überließ sich ihrem Orgasmus.

Und während ihr Körper in Zuckungen geriet, stieß Jaxon ein einziges Mal zu, tief und fest. Im gleichen Moment warf er den Kopf zurück, um einen stummen Schrei auszustoßen. Ohne einen Laut von sich zu geben, klammerten sie sich aneinander, während ihre Körper von einem Beben befallen wurden, das nicht enden zu wollen schien.

6

Nach einer Weile kam Suzanne wieder so weit zu sich, dass sie ihre Umgebung wahrzunehmen vermochte. Über ihnen funkelten die Sterne, das Meer plätscherte sanft gegen den Strand. Die Stimmen des Paars, das an ihnen vorbeigegangen war, waren nur noch ein Murmeln in der Ferne.

»Mein Gott, Suzanne.« Der Griff seiner Hände, mit denen er sie bei den Schultern gepackt hatte, lockerte sich.

Sie löste ihre Hände von seiner Taille, um ihm den Rücken zu streicheln. Ihre Finger zitterten ebenso wie ihre Stimme, als sie flüsterte: »Ich habe dir doch gesagt, du sollst dich nicht bewegen.«

Er gab ein leises, glucksendes Lachen von sich. »Und du hast meinen Hintern befummelt!«

Sie unterdrückte ein Lachen, indem sie den Mund gegen seine Brust presste – seine heiße feuchte Brust, die nach Sex roch. »Ich habe dir lediglich die Hose hochgezogen, um zu verhindern, dass diese Leute deinen schönen Hintern zu sehen bekommen.«

»Vermutlich haben sie weit mehr als das gesehen«, erwiderte er in trockenem Ton.

Nein! »Sie konnten uns nicht sehen«, sagte sie, inständig hoffend, dass das stimmte. Oder hoffte sie das etwa nicht? Moment mal, sie war sexy Suzanne. Hatte sie das nicht gerade unter Beweis gestellt? Sie versuchte, ihre Stimme so rauchig wie die von Marlene Dietrich klingen zu lassen. »Glaubst du wirklich, sie haben uns gesehen?«

Er lächelte, wobei seine Zähne im Mondlicht weiß aufblitzten. »Keine Ahnung. Ich war schließlich anderweitig beschäftigt.«

Diesmal machte sie sich nicht mehr die Mühe, ihr Lachen zu unterdrücken. »Ja, das habe ich bemerkt.«

»Nein, hast du nicht. Du warst ja auch beschäftigt.«

Und wie! »Frauen sind in der Lage, zwei Dinge gleichzeitig zu tun.«

»Was sie zweifellos zum überlegenen Geschlecht macht«, erwiderte er leichthin.

Hmm.

Während Suzanne überlegte, ob er das wirklich ernst gemeint hatte, fragte er: »Würde es dir etwas ausmachen, wenn uns jemand gesehen hätte?«

Diese Frage konnte die sexy Zwillingsschwester nur auf eine Art beantworten. »Nur wenn sie die Polizei gerufen hätten.«

»Mensch, du bist wirklich waghalsig.«

Sie lächelte voller Stolz. Zweck erreicht.

Ein Nachbeben ging durch ihren Körper, und sie küsste seine Schulter. »Das war unglaublich, Jaxon.«

Er vergrub sein Gesicht in ihrem Haar, um sie ebenfalls zu küssen. »Stimmt. Strände sind was ganz Besonderes, nicht wahr?«

»Du bist was ganz Besonderes.«

»Es ist was ganz Besonderes, wenn wir zusammen sind.«

Ihre Finger glitten auf seinem Rücken hin und her. »Oder wenn wir uns E-Mails schicken.«

Sein Körper bebte vor Lachen. »Schreibst du mir gerade einen sexy Brief?«

»Mmm.« Rasch schrieb sie etwas auf seinen unteren Rücken. Dann drückte sie den Finger in das Grübchen oberhalb seiner Gesäßbacken. »Und das hieß ABSCHICKEN.«

»Sag, was du geschrieben hast.«

»Ich habe geschrieben: *Das nächste Mal lass es uns so machen, dass es länger dauert.*«

»O ja!« Nachdem er sich aus ihr zurückgezogen und sich zur Seite gerollt hatte, setzte sie sich auf, zog ihren Rock über die Beine, suchte nach ihrem Top und streifte es sich über. Jaxon zog seine Jeans hoch und machte sie zu. Als er nach seinem T-Shirt griff, legte sie ihm die Hand auf den Arm. »Ist dir kalt?«

»Soll ich es nicht anziehen?«

»Ich seh dich so gern an. Du hast solch einen schönen Körper.«

»Nicht solch einen schönen wie du.« Das war eine Entgegnung, die manche Männer automatisch von sich gegeben hätten, doch Jaxons bewundernder Ton verriet ihr, dass er es aufrichtig meinte.

Obwohl die Leute oft sagten, dass sie hübsch sei, hatte sie sich nie schön gefühlt. Das tat sie nur bei ihm.

Der heutige Abend verlief perfekt und war auf seine Weise genauso wunderbar wie der Nachmittag auf Kreta. Und seit damals hatte sie genügend Erfahrungen gesammelt, um zu wissen, wie selten es war – zumindest bei ihr –, solch unglaublichen Sex zu haben.

Sex, rief sie sich in Erinnerung. Nur darum ging es. Nicht um Liebe oder irgendetwas Närrisches und Romantisches dieser Art. Nur um Sex. Um absolut fantastischen Sex.

»Jetzt, da wir den einen Hunger gestillt haben«, sagte sie, »könnten wir uns um einen Hunger anderer Art kümmern.« Sie öffnete den Deckel des Picknickkorbs. »Ich habe Weißwein mitgebracht. Ich war mir nicht sicher, ob …«

»Hört sich gut an.«

Nachdem sie ihm die Flasche und den Korkenzieher gereicht hatte, öffnete sie, die Päckchen mit Leckerbissen, denen der Duft von Pfefferschinken, griechischen Oliven, italienischen Antipasti und Cheddarkäse entströmte. Bald saßen sie gegen den großen Baumstamm gelehnt, tranken einander zu und fielen über das Essen her.

Nachdem Suzanne einige Bissen gegessen hatte, kam ihr zu Bewusstsein, dass eine neue Phase erreicht war, eine, die ihr Unbehagen bereitete. Jetzt war Konversation angesagt, aber was sollte sie bloß von sich geben?

Jaxon brach das Schweigen. »Dieser Strand ist toll. Wohnst du hier in der Nähe?«

»Nein, ich ...« Moment mal, hier lief doch was schief. Es ging nicht so sehr darum, dass sie ihm nicht ihre Adresse verraten wollte, sondern darum, dass er ihr eine persönliche Frage gestellt hatte und sie bereit war, sie zu beantworten. Würde das zu einem Gespräch über Apartments, Jobs, Freunde führen? Zu der für ein erstes Date typischen Konversation, die sie zwingen würde, Suze, die vernünftige Zwillingsschwester, in Erscheinung treten zu lassen?

Und wollte sie wirklich wissen, ob er Buchhalter oder Fassadenkletterer war?

Wenn sie ihm eine vage Antwort gab, würde er vielleicht kapieren und nicht weiter in sie dringen. Wenn Jaxon heute Abend in sie drang, dann sollte er es einzig und allein auf körperliche Weise und nicht im Gespräch tun. »Nein, weiter außerhalb der Stadt«, erwiderte sie in beiläufigem Ton.

»Es hat mich überrascht, wie kurz die Fahrt von der Innenstadt hierher war. Sobald man hier draußen ist, kommt einem die Stadt sehr weit weg vor. In San Francisco gibt es meines Wissen nichts, was sich damit vergleichen ließe.«

Es erleichterte sie ungemein, dass er auf ihr Ausweichmanöver einging. »Ich kenne San Francisco nicht sonderlich gut«, sagte sie. »Ich bin nur einmal dort gewesen und hab die Touristentour gemacht. Fisherman's Wharf, Ghirardelli Square, Chinatown. Und eine Bootsfahrt nach Sausalito.«

Er kicherte in sich hinein. »Ja, da hast du das volle Touristenprogramm absolviert. Hat dir die Stadt gefallen?«

»Sehr. Sie ist so lebendig und abwechslungsreich. Ich hatte den Eindruck, dass es da außer den herkömmlichen Touristenattraktionen noch jede Menge anderer interessanter Orte und Dinge zu entdecken gibt.« Sie dachte kurz nach. »Na ja, vermutlich trifft das für die meisten Städte zu. Für Touristen setzen sie ein ganz bestimmtes Gesicht auf, während die Einheimischen ein anderes, persönlicheres Gesicht kennenlernen.«

»Scheint mir auch so.«

Und das war genau das, was sie machte, fand Suzanne. Für Jaxon setzte sie ein sexy Gesicht auf, in der Hoffnung, dass er nie dahinter blicken und das persönlichere, langweilige Gesicht entdecken würde.

Er trank einen Schluck Wein. »Schmeckt ungewöhnlich, aber gut. Was ist das?«

»Ein Gewürztraminer aus einer Kellerei namens Quail's Gate, die im Okanagantal liegt.« Sie hatte überlegt, ob sie griechischen Wein kaufen sollte, war aber zu dem Schluss gekommen, dass es zwar großartig war, auf Kreta kretischen Wein zu trinken, in Vancouver jedoch Wein aus British Columbia angesagt war.

»Okanagantal?«

»Das ist im Innern der Provinz. Die Weinherstellung in British Columbia ist zwar nicht so alt wie die in Kalifornien, aber wir haben einige wirklich gute Weine.« Obwohl sie keine Kennerin war, hatte sie dadurch, dass sie sich jeden Montag mit ihren Freundinnen zum Essen traf, ihre Kenntnisse in allen alkoholischen Dingen beträchtlich erweitern können. »Etliche der Kellereien kann man besuchen, um dort den Wein zu probieren.«

»Das habe ich mal im Sonoma Valley gemacht.«

»Nicht im Napa Valley?« Es klappt, dachte sie bei sich, während sie Frischkäse mit Pfeffer auf ein Stück Baguette schmierte und mit Oliven garnierte. Wir sind in der Lage, ein interessantes Gespräch zu führen, ohne öde persönliche Details hervorzukramen.

»Das Napa Valley ist viel zu sehr vom Tourismus geprägt. Im Sonoma Valley ist es ruhiger, die Umgebung ist ...« Er machte eine Pause, um nachzudenken. »... friedlich. Heiter. Man möchte dort einfach in der Sonne sitzen, die gute Luft einatmen, Wein trinken, stundenlang, oder in die Luft aufsteigen, um das Gebiet aus einem Heißluftballon zu betrachten.«

Wow! Das hörte sich toll an, aber nicht gerade ... heiß. Und passte nicht zu ihm. »Hast du das gemacht?«

»O ja.« Sein vom Mond beschienenes Gesicht hatte einen seltsamen Ausdruck, in dem sich Wärme und Bitterkeit mischten. Plötzlich fiel es Suzanne wie Schuppen von den Augen. Er hatte das alles zusammen mit einer Frau gemacht, die Weinprobe wie auch den Flug im Heißluftballon. Woran er sich wohl gerade erinnerte?

»Hört sich vergnüglich an«, sagte sie, wobei sie sich alle Mühe gab, weder neugierig noch eifersüchtig zu klingen.

»Vielleicht kommst du mich eines Tages ja mal besuchen. Dann machen wir das zusammen.« Er kitzelte sie mit etwas am Arm, und sie stellte fest, dass er die Tigerlilie in der Hand hatte. »Hast du schon mal in einem Ballon Sex gehabt?«

Hatte er es tatsächlich in einem Heißluftballon getrieben? Sie vermieden in der Tat die prosaischen Themen, über die man normalerweise bei einem ersten Date sprach. »Ich muss zugeben, dass mir diese Erfahrung fehlt, Jaxon, aber ich bin gern bereit, es einmal auszuprobieren.«

»Allerdings müsste ich erst den Flugschein für Heißluftballons machen.«

Ah! Das hörte sich so an, als hätte er es nicht wirklich mit einer anderen Frau in einem Ballon getrieben.

»Es sei denn, du hättest nichts dagegen, vor den Augen des Piloten Sex zu haben«, fuhr er fort, indem er eine Augenbraue hochzog.

Sie schüttelte rasch den Kopf. »Das ginge ein bisschen zu weit.« Mannomann, hatte er *so etwas* gemacht? Hörte sie sich hoffnungslos naiv an?

»Finde ich auch«, sagte er zu ihrer großen Erleichterung. »Es ist doch was anderes, wenn am Strand zufällig Leute an einem vorbeigehen, zumal im Dunkeln …«

»Genau.«

Nachdem er einen Blick auf das ruhige Meer geworfen hatte, drehte er sich zu ihr zurück und zog von Neuem die Augenbraue hoch. »Nun, Leichtsinn 69, was hältst du davon, nackt zu baden? Der Strand hier ist so gut wie menschenleer.«

»Oh! Aber das Wasser ist eisig kalt, Jaxon.«

»Vorhin sind etliche Kinder im Meer geschwommen«, entgegnete er.

»Kinder bemerken nie, wie kalt das Wasser ist.«

»Ich werde dich schon wärmen. Oder bist du ein Angsthase, Suzanne?«

Das war eine provozierende Bemerkung. Außerdem konnte sie der Vorstellung, Jaxon nackt im Sternenlicht zu betrachten, nicht widerstehen. Sie streifte sich das Top über den Kopf und machte die Knöpfe ihres Rocks auf.

Als er überrascht auflachte, hielt sie inne. Hatte er vielleicht gar nicht erwartet, dass sie die Herausforderung annehmen würde?

Ihre Finger nahmen wieder die Knöpfe in Angriff. Umso besser. Sie wollte ihn verblüffen, ihn aus der Fassung bringen und dafür sorgen, dass er das erotischste, exotischste Abenteuer seines Lebens erlebte.

Er machte seine Jeans auf. Sie erhob sich und ließ den Rock über ihre Hüften gleiten. Dabei schoss ihr kurz die Frage durch den Kopf, wo er ihr Höschen hingeworfen hatte. Jaxon, der gerade damit beschäftigt war, seine Jeans auszuziehen, hielt abrupt inne und starrte sie an. »Gott, bist du schön. Bist du eine Frau oder eine aus der See aufgetauchte Meerjungfrau?«

Sie blickte an sich herab. Ihre blasse Haut warf das Mondlicht wesentlich stärker zurück als seine. Wenn jetzt jemand vorbeiging, würde er zweifellos allerlei zu sehen bekommen. Doch Jaxons verzückter Gesichtsausdruck verriet ihr, dass sie auf das, was zu sehen war, stolz sein konnte. »Komm mit und finde es heraus«, forderte sie ihn auf.

Dann ging sie langsam und so anmutig, wie sie es vermochte, durch den Sand zum Rand des Wassers. Das Bewusstsein, dass sein Blick ihr folgte, ließ ihre Brustwarzen hart werden. Von neuem loderte in ihrem Unterleib brennendes Verlangen auf. Er schaffte es, sie zu erregen, nur indem er sie beobachtete.

Sie steckte die Zehen ins Wasser. Hatte sie was von kalt gesagt? Du lieber Himmel, es war eisig! Sie zwang sich, vorsichtig ein paar Schritte ins Wasser zu machen. Sofort merkte sie, dass sie am ganzen Körper eine Gänsehaut bekam. Ein schönes Sujet für ein Bild: Badende nackte Frau mit gewaltiger Gänsehaut.

Hatte er die Absicht, sie allein hier stehen zu lassen?

Gebannt beobachtete Jaxon, wie Suzanne sich von ihm entfernte. Ihre rotgoldene Haarmähne, die die Hälfte ihres Rückens bedeckte, die kurvenreichen Hüften, das runde Gesäß, die langen, hinreißenden Beine – der Anblick war einfach atemberaubend.

Als das Wasser ihre Knie umplätscherte, sah er förmlich vor sich, wie ihre Beine zu einem Fischschwanz zusammenwuchsen. Gleich würde sie mit dem Schwanz schlagen, ins Meer hinausschwimmen, und er würde sie nie wieder zu Gesicht bekommen.

Stattdessen drehte sie sich jedoch um und bot ihm – falls so etwas überhaupt möglich war – einen noch schöneren Anblick dar. Anmutige weibliche Rundungen in genau den richtigen Proportionen. Sie krümmte den Finger, wandte sich wieder um und ging noch weiter ins Wasser.

Jaxon blickte rasch den Strand auf und ab. Nein, er würde nicht kneifen. Er musste schließlich eine Meerjungfrau fangen.

Hastig riss er sich die Jeans vom Leibe und befreite seinen erigierten Schwanz von der Unterhose. Dann ging er zum Ufer und trat ins Wasser. Gott, war das eisig! Andererseits sorgte der Anblick Suzannes natürlich dafür, dass sein Blut ins Brodeln geriet. Fast überraschte es ihn, dass das Wasser um seine Beine nicht kochte.

Bemüht, auf dem steinigen Untergrund nicht das Gleichgewicht zu verlieren, ging er auf sie zu. Sie streckte ihm die Hand entgegen, die er sofort ergriff. Dann beugte er sich vor, um ihr ins Ohr zu flüstern: »Eine Frau wie du ist eine Gefahr für die öffentliche Moral.«

Sie lächelte ihn boshaft an. »Ich bin aber nicht diejenige, die hier einen Hardcoreporno abzieht.«

Er blickte an sich herab. Die Kälte des Wassers, das ihm bis zur Mitte der Schenkel reichte, hatte seinen in die Höhe ragenden Schwanz in keiner Weise entmutigt. Er war jedoch davon überzeugt, dass nicht nur ihm diese süße Qual zuteil wurde. Er schob ihr die Hand zwischen die Beine, sodass sie erregt aufkeuchte. »Du bist genauso angeturnt wie ich.«

»Das …« Sie zog zischend den Atem ein, als sein Finger in sie eindrang. »… leugne ich ja gar nicht«, stieß sie hervor.

Da Suzanne offenbar der Ansicht war, dass sie dieses Spiel

ebenso gut beherrschte wie er, griff sie nach seinem Penis. Wogegen Jaxon nicht das Geringste einzuwenden hatte. Das Tolle daran war, dass es keine Rolle spielte, wer das Spiel gewann.

Nachdem sie seinen Schaft liebkost hatte, entzog sie sich seinem sondierenden Finger, um sich zu bücken und eine Handvoll Wasser zu schöpfen. Dann näherte sie ihre Hand seiner Erektion. Schockiert keuchte er auf, als das kalte Wasser sein erhitztes Fleisch berührte.

Als sie sich auf die Knie niederließ, verzog er schmerzlich das Gesicht, weil er sich vorstellte, wie unangenehm ihr das eisige Wasser, der grobkörnige Sand und die Steine sein mussten. Trotzdem zog er sie nicht hoch. Er musste herausfinden, was sie vorhatte.

Sie umspülte seinen Schwanz erneut mit eisigem Wasser. Dann beugte sie sich vor und nahm ihn in den Mund. Ihren äußerst heißen Mund.

Seine Hände schnellten nach unten und packten sie bei den Schultern. »Meine Güte, Suzanne«, zischte er, »du kannst doch nicht …« Er verstummte abrupt, als ihre Zunge über die Eichel seines Schwanzes fuhr.

O doch, sie konnte. Und wie.

Sie sog an ihm, beknabberte ihn mit den Lippen, ließ ihre Zähne ganz sanft über sein gereiztes Fleisch gleiten, nahm seine Hoden in die Hand. Dann ließ sie ihn los, um eine weitere Handvoll Wasser zu schöpfen. Als sie ihn damit bespritzte, ging unwillkürlich ein Ruck durch seinen Körper, was sich wiederholte, sobald sie sich abermals mit Mund und Händen über ihn hermachte.

Seine Hüften setzten sich in rhythmische Bewegung. Er zwang sich, sich zu beherrschen, ihr nur so viel von seinem langen Schwanz in den Mund zu schieben, wie sie aufzunehmen vermochte. Doch selbst das war zu viel für ihn, und er merkte, wie alle Muskeln seines Körpers sich zusammenzogen und er sich mit rasender Geschwindigkeit dem Orgasmus näherte.

Er zerrte an ihren Schultern. »Komm hoch.«

Als sie ihn freigab, zog er sie hoch und nahm sie in die Arme. Mit zitterndem Körper versuchte er, sich wieder in den Griff zu bekommen. »Nennst du das nackt baden?«, stieß er hervor.

Lachend machte sie sich von ihm frei und bespritzte seine Brust mit Wasser. »Das ist erst der Anfang. Wirst schon sehen, was du davon hast, mich Angsthase zu nennen, Mister.« Sie machte kehrt und watete noch weiter ins Meer. Als das Wasser ihr bis zur Taille reichte, ließ sie sich nach vorn fallen und schwamm ein paar Stöße. Er war direkt hinter ihr, fast froh darüber, dass das kalte Wasser seine Lust dämpfte.

Sie tollten und planschten herum, schlangen ihre kalten Gliedmaßen umeinander, stahlen sich ab und an gegenseitig einen Kuss, bis die Kälte sie schließlich an den Strand zurücktrieb.

Suzanne erreichte als Erste das Strandlaken und ließ sich mit dem Gesicht nach unten darauf fallen. Er legte sich auf sie, und nach einer Weile begannen ihre vor Kälte zitternden Körper einander zu wärmen. Allmählich bekam er wieder einen Steifen. Er presste sich gegen ihr Gesäß, um ihr den Schwanz zwischen die Beine zu schieben. Stöhnend reckte sie ihm den Hintern entgegen, damit er seinen Schwanz besser zwischen ihren Schenkeln hin und her bewegen konnte.

Er strich ihr Haar beiseite, eine feuchte Masse, die ihre Schultern bedeckte und nach Salzwasser sowie Blumen und Kräutern roch, und küsste ihr den Nacken. Sie drehte den Kopf zur Seite, was er als Aufforderung verstand, an ihrem Ohrläppchen herumzuknabbern.

Er schob den Arm unter sie, um sie noch höher zu heben. Dann betastete er die Hautfalten zwischen ihren Beinen, die von feuchter Hitze ganz glitschig waren, und steckte einen Finger in sie.

»Jaxon«, murmelte sie, »das fühlt sich zwar schön an, aber ich will mehr von dir.«

Er machte ihre Knospe ausfindig, die auf ihre Weise ebenso angeschwollen war wie sein Schwanz, und streichelte und liebkoste sie.

Sie reckte – eine wortlose Aufforderung – das Gesäß noch weiter in die Höhe. Er wich ein Stück zurück, um an ihrem Eingang in Position zu gehen.

In dem Moment schoss ihm das Wort *Schutz* durch den Kopf. Verdammt noch mal! Er hasste es zu warten, und er hasste es, einen Gummi zu tragen. Er wollte sich in Suzanne ergießen, seine Säfte mit den ihren vereinen.

Lautlos vor sich hinfluchend, drehte er sich zur Seite und suchte nach seinen Jeans. Nachdem er ein neues Kondom aus der Hosentasche gefummelt hatte, streifte er sich das verdammte Ding über. Allerdings kam ihm die Größe, die er immer kaufte, jetzt zu klein vor.

Endlich konnte er wieder seine Position von vorhin einnehmen. Er schlang ihr den Arm um die Taille, zog sie an sich und drang langsam in sie ein. Sie war so eng, die Reibung so köstlich, dass er sich extrem beherrschen musste, um ein gemächliches Tempo beizubehalten.

Sie bewegte den Oberkörper ein Stück nach vorn, um den Kopf auf die verschränkten Arme legen zu können, während Jaxon sie bei den Hüften packte und sich zurücklehnte, um seinen Schwanz fast ganz aus ihr herauszuziehen, bis die Nachtluft ein Prickeln auf dem feuchten Fleisch seiner Lenden hervorrief. Anschließend schob er ihn wieder hinein, so tief es nur ging, bis er zu ihren geheimsten Stellen gelangte.

Sie änderte von neuem die Stellung, streckte den Arm nach hinten, um seinen Schaft zu berühren, ihn an der Wurzel zu umspannen und seine Hoden zu liebkosen. Er stieß schneller zu, drang noch tiefer in sie ein, während ihr Körper sich rhythmisch gegen den seinen drängte und sich weit für ihn öffnete.

Sie keuchte, stöhnte ein wenig, presste den Mund jedoch gegen den Arm, um das Geräusch zu dämpfen.

Er war dem Höhepunkt so nah, dass seine Bewegungen immer wilder und unkoordinierter wurden. Er wollte sie mit sich reißen, hatte aber nicht mehr viel Zeit dafür.

Jax griff nach ihrer Klitoris, befingerte sie, spürte, wie Suzanne sich unter ihm aufbäumte. Sie stöhnte von Neuem, stieß ein hohes, unbändiges Wimmern aus, das ihm den Rest gab. Seine Hoden zogen sich zusammen, und im gleichen Moment kam es ihm. Auch Suzanne geriet in Zuckungen, die wie Wellen an ihm zerrten. Obwohl er vor Lust am liebsten laut aufgeschrien hätte, schaffte er es, sich zu beherrschen.

Es kostete ihn einige Mühe, nicht kraftlos auf ihr zusammenzusacken. Nach und nach sank ihr Körper nach unten, bis sie schließlich ausgestreckt auf dem Strandlaken und er wie eine Decke auf ihr lag. Er war immer noch in ihr. Gott, wie gern wäre er dort geblieben, und von Neuem verdross es ihn, dass er ein Kondom trug.

Er küsste ihre Schulter. »Ist dir jetzt warm genug?«

»Mmm«, schnurrte sie. »Wohlig warm. Und wie steht's mit dir? Frierst du dir nicht den Hintern ab?«

Jetzt, da sie es erwähnte, merkte er, dass ihm kalt war. Die sexuelle Hitze klang ab, ihr Abenteuer näherte sich dem Ende.

Gern hätte er sie in sein Hotelzimmer eingeladen oder – was noch besser gewesen wäre – sich zu ihr nach Hause eingeladen, doch er spürte, dass das gegen die unausgesprochenen Regeln verstoßen würde. Wollten sie denn wirklich gemeinsam aufwachen? Den morgendlichen Atem des anderen riechen und höfliche Gespräche am Frühstückstisch führen? Das war kein konventionelles Date, sondern eine erotische Eskapade.

Trotzdem murmelte er ihr ins Ohr: »Hast du morgen schon was vor?«

Sie schwieg solange, dass er sich schon fragte, ob er sie nicht befriedigt oder ob sie vielleicht ein anderes Date hatte. Dann sagte sie: »Tagsüber bin ich beschäftigt, aber abends hätte ich frei. Bist du dann noch hier?«

Sie hatten nicht über diesen einen Abend hinaus geplant. Doch da er optimistisch – und geil – war, hatte er seinen Rückflug erst für Sonntag gebucht und seinen Computer sowie eine Aktentasche voller Arbeit mitgebracht, was er indes nicht zu verraten gedachte. »Ja. Wann würde es dir denn passen? Soll ich dich abholen?«

»Hmm.« Da sie sich unruhig hin und her bewegte, rollte er sich von ihr herunter. Dann machte sie sich daran, ihre Kleidungsstücke auseinander zu sortieren. »Okay, wie wär's mit Viertel nach sechs an der Ecke der Fourth und der Fir Street? Aus der Innenstadt fährst du da am besten …«

»Ich werd's schon finden«, unterbrach er sie. »Wollen wir zusammen essen gehen?«

Abermals schwieg sie, sodass er sich fragte, ob der Vorschlag wohl zu fantasielos war. Vielleicht hätte er sich etwas anderes ausdenken sollen, zum Beispiel noch so ein wildes Picknick. Nach einer Weile sagte sie jedoch: »Hört sich gut an. Was hältst du von griechischem Essen?«

Er grinste breit. »Ich habe ein Faible für alles Griechische.«

Sie kicherte. »Es gibt da ein kleines Restaurant namens

Maria's Taverna. Nichts Ausgefallenes. Aber das Essen ist großartig.«

Dinner und Konversation. Worüber würden sie sich unterhalten? Je mehr Zeit er mit Suzanne verbrachte, desto überzeugter war er davon, dass ein erzkonservativer, partnerschaftsorientierter Mann bei dieser Frau keine Chancen hatte.

Er konnte sich ja eine interessante Autobiografie ausdenken.

Nein, er wollte sie nicht anlügen.

Moment mal. Vielleicht war es gar nicht so schwierig. Frauen redeten nun mal gern. Er würde einfach ihr das Wort überlassen, und wenn sie ins Stocken geriet, würde er ein paar Fragen stellen.

Da sie inzwischen beide wieder angezogen waren, erhoben sie sich. Als er die Hände in die Hosentaschen steckte, stieß er auf ihren BH und reichte ihn ihr. Sie verstaute ihn im Picknickkorb. Dann bückte sie sich, um das Strandlaken aufzuheben. Nachdem sie es ausgeschüttelt und zusammengefaltet hatte, gab sie es ihm. »Das gehört ja wohl dir.«

»Du hast nichts dagegen, wenn ich es behalte?«

»Du bist doch derjenige, der Sexsouvenirs sammelt«, neckte sie ihn, um mit leiser, rauchiger Stimme hinzuzufügen: »Mir gefällt die Vorstellung, dass du es hast.«

Nachdem er den Picknickkorb an sich genommen hatte, legten sie einander den Arm um die Taille und gingen in Richtung Parkplatz.

»Dein Haar ist nass«, sagte er. »Willst du das Verdeck deines Autos hochklappen, damit du dich nicht erkältest?«

Sie verstaute den Korb im Kofferraum. »Wäre wahrscheinlich besser.«

Sie fummelte an dem schwarzen Verdeck herum, und er half ihr, es zu befestigen. Dann lehnte sie sich gegen das

Auto, während er sich vorbeugte und seinen Körper gegen den ihren presste. Ihre goldene Haarmähne war zerzaust, ihre schlanken Arme fassten sich kühl an, ihre Brustwarzen waren zu harten Knospen geworden, die gegen seine Brust drückten. Selbst das künstliche Licht auf dem Parkplatz vermochte es nicht, das Glühen ihrer Wangen und das Funkeln ihrer meergrünen Augen abzuschwächen. »Danke für den heutigen Abend, Suzanne. Es war …« So sehr er sich auch anstrengte, er vermochte einfach nicht das passende Wort zu finden. Andererseits hatte er aber auch mit ihr Dinge gemacht, wie er sie sich selbst nie zugetraut hätte.

»Ja, es war klasse«, stimmte sie ihm zu. »Ich bin so froh, dass du gekommen bist, Jaxon.« Sie kicherte. »Ich meine, nach Vancouver gekommen bist.«

Er beugte sich nach unten und küsste sie ganz sanft auf die Lippen. »Schlaf gut, Leichtsinn 69.«

»Du auch, Höhlenmann.« Sie stieg in das kleine Auto, ließ den Motor an, warf Jaxon eine Kusshand zu und fuhr davon.

Er blickte ihr nach, bis die Rücklichter ihres Wagens verschwanden. Dann stieg er in den schnittigen Porsche und fuhr zum Hotel. Ihm war kalt, sein ganzer Körper war feucht und steif und mit Sand bedeckt. Trotzdem hatte er sich noch nie besser gefühlt. Suzanne hatte das Versprechen in ihrer Anzeige in jeder Hinsicht eingelöst.

Was der morgige Abend wohl bringen würde?

Suzanne hatte den Eindruck, als flöge Anns Miata per Autopilot nach Hause. Sie war so damit beschäftigt, die Abenteuer dieser Nacht noch einmal zu durchleben, dass sie sich absolut nicht an die Fahrt erinnern konnte, als sie den Wagen schließlich in der Gasse hinter ihrer Wohnung parkte.

Sie konnte nur hoffen, dass sie nirgendwo bei Rot durchgefahren war.

Froh, dass die Fenster im Haus ihrer Eltern alle dunkel waren, schlich sie sich in ihr Apartment, stellte den Picknickkorb ab und ging ins Badezimmer, um lange und genussvoll zu duschen. So gern sie auch Jaxons Duft auf der Haut behalten hätte – den Sand im Haar und an gewissen anderen Stellen musste sie unbedingt loswerden.

O Gott, was hatte sie getan?

Sie hatte an einem öffentlichen Strand Sex gehabt, mit einem Mann, den sie kaum kannte.

Und trotzdem war es ihr richtig vorgekommen, absolut richtig, Jaxon zu berühren und von ihm berührt zu werden.

Während sich das Wasser über sie ergoss, bemerkte sie, dass sie wie eine Schwachsinnige grinste. Der Mann war fabelhaft. Und wenn sie mit ihm zusammen war, war sie ebenfalls fabelhaft. Sie lachte voller Freude und legte den Kopf zurück, um sich das Wasser ins Gesicht spritzen zu lassen.

Morgen würde sie ihn wiedersehen.

War das klug?

Ihre Freude wich einem Gefühl der Beklommenheit. Gleichzeitig fiel ihr ein, dass sie ihren Freundinnen versprochen hatte, Ann anzurufen und zu berichten, dass sie wohlbehalten nach Hause zurückgekehrt war. Es war zwar schon spät, aber Ann hatte auf dem Anruf bestanden, ganz gleich, zu welcher Stunde.

Sie wählte die vertraute Nummer. Als Anns Stimme ein wenig atemlos »Suzanne?« sagte, erwiderte sie: »Ja, ich bin's. Hast du schon geschlafen?«

»Nein, überhaupt nicht! Mir geht's bestens. Ich meine, ich bin noch wach.« In der Tat klang Ann hellwach, wenn auch leicht unkonzentriert. »Äh, wie ist es denn gelaufen?«

»Fantastisch. Und ich bin wohlbehalten nach Hause gekommen. Allein.«

»Gut.«

Es überraschte und erleichterte sie, dass Ann nicht darauf bestand, Einzelheiten zu hören. Am Montag würde sie wahrscheinlich das Bedürfnis haben, den anderen zumindest einen Teil ihres Abenteuers zu schildern, aber im Moment waren die Erinnerungen noch zu frisch und zu persönlich. Deshalb wollte sie sie ganz für sich allein haben.

»Bist du wirklich okay?«, fragte Ann leise.

»Ich fühle mich wunderbar. Ich möchte dir und den anderen danken, dass ihr dabei wart.«

»Oh, gern geschehen.«

Ann klang ganz entschieden merkwürdig. Bereitete es ihr Unbehagen, dass ihre Freundin sich in die sexy Zwillingsschwester verwandelt hatte?

»Wir werden am Montag darüber sprechen.« Ein selbstzufriedenes Grinsen schlich sich auf ihre Lippen. »Außerdem wird es dann noch mehr zu erzählen geben.«

»Was? Du wirst ihn doch nicht etwa wiedersehen, Suze?«

»Doch, morgen. Na ja, eigentlich heute Abend.«

Nachdem sie einen Moment geschwiegen hatte, fragte Ann: »Und was habt ihr vor? Brauchst du Unterstützung?«

»Nein, wir werden uns in der Öffentlichkeit aufhalten.«

»So wie heute Nacht? Welchen dunklen, fast menschenleeren Ort wollt ihr denn diesmal aufsuchen?«

Mannomann, die Sache machte Ann wirklich Stress. »Gar keinen«, beruhigte Suzanne sie in aller Eile. »Wir wollen zusammen essen gehen. Er holt mich von der Arbeit ab. Na ja, nicht ganz. Ich treffe mich ein paar Häuser weiter mit ihm.«

»Ein paar Häuser weiter?«

»Ich versuche nach wie vor, die geheimnisvolle sexy Zwillingsschwester zu geben. Ich habe ihm nichts von meinem Studium und meinem Job erzählt. Das würde nur mein Image ruinieren.«

»Aber so bist du doch in Wirklichkeit, Suze. Wenn du diesen Mann wieder siehst, willst du dann nicht, dass er weiß, wer du bist?«

»Nein«, antwortete sie wie aus der Pistole geschossen. »Zwischen uns läuft was ganz Besonderes ab, und ich will nicht, dass es durch irgendetwas verdorben wird. Außerdem werden wir uns nach diesem Wochenende vermutlich nie wiedersehen.« Was sie mit einem gewissen Bedauern erfüllte. Aber wie lange würde sie es denn durchhalten, die Rolle der sexy Suzanne zu spielen?

»O Ann, ich habe was Dummes gemacht. Ich hätte mit ihm ausmachen sollen, dass ich ihn später treffe. Sicher, ich kann mir Kleidung zum Wechseln mitnehmen und mich in der Klinik rasch duschen, aber wie soll ich mich denn in weniger als fünfzehn Minuten innerlich von einer Veterinärassistentin in eine Sexgöttin verwandeln?«

»Da fragst du die falsche Frau«, erwiderte ihre Freundin in trockenem Ton. »Okay, er holt dich also ab. Und dann?«

Suzanne stöhnte. »Dinner in Maria's Taverna.«

»Wieso stöhnst du da denn so? Ist doch ein großartiges Restaurant.«

»Stimmt schon. Das Essen ist toll, die Atmosphäre ebenso, aber … Es ist doch nur ein kleines, ganz normales Restaurant. Ich hätte etwas anderes vorschlagen sollen … zum Beispiel ein japanisches Restaurant mit Tatamimatten, wo wir hinter Wandschirmen säßen und ungestört herummachen könnten.«

»Du hast ihn aber in Griechenland und nicht in Japan kennengelernt.«

»Wir hatten Sex in Griechenland. Deshalb ist Jaxon nach

Vancouver gekommen – um Sex zu haben und nicht, um mit mir zu essen und zu plaudern.«

»Aber er hat sich doch bereit erklärt, mit dir essen zu gehen.«

»Es war sogar seine Idee.« Und was hatte *das* zu bedeuten? Ob er vielleicht wirklich mit ihr essen und plaudern wollte?

Ann seufzte. »Suze?«

»Mmm?«

»Du hast dich nun mal verabredet, und das Ganze hört sich okay an. Also zerbrich dir nicht den Kopf darüber.«

»Vermutlich hast du recht. Ja, klar, natürlich hast du recht. Danke.«

»Gern geschehen. Jedenfalls bin ich froh, dass alles in Ordnung ist. Pass weiterhin gut auf dich auf, ja?«

Suzanne legte auf. Es hatte wirklich keinen Sinn, sich den Kopf zu zermartern. Falls von jetzt an alles bergab gehen sollte, hatte sie immer noch die wunderbaren Erinnerungen an heute Abend.

Sie tat die Tigerlilie, die schon den Kopf hängen ließ, in eine Vase, rettete ihren BH und packte den Inhalt des Picknickkorbs in den Kühlschrank. Dann ging sie mit der Vase und dem Schneckengehäuse ins Schlafzimmer. Ihre zwei Bettkatzen schliefen aneinander gekuschelt auf der Steppdecke, während Mouse ein leises Miauen von sich gab und vom Schreibtisch sprang und um ihre Beine strich.

»Du hast ja die Tastatur verlassen.« Sie bückte sich, um ihn zu streicheln. »Das sollte ich vielleicht ausnutzen.«

Sie wollte zwar nicht überemotional sein, meinte aber, dass es nichts schaden konnte, Jaxon rasch ein paar Zeilen zu schicken für den Fall, dass er seine E-Mail vor ihrem nächsten Treffen checkte.

Sie klickte ihre Leichtsinn-69-Adresse an und fing an zu

schreiben. *Ich weiß zwar nicht, wann du das lesen wirst, Jaxon, aber ich wollte …*

Sie hielt inne. Was sie wollte, war, sich in den schwärmerischsten Tönen darüber auszulassen, wie wunderbar der Abend gewesen war. Sie wollte ihm sagen, dass sie sich dank ihm ungemein sexy gefühlt hatte. Dass sie wieder dieses tiefe Gefühl der Vertrautheit gehabt hatte, als sie sich miteinander vereinigt hatten, das Gefühl, dass ihre Körper zusammengehörten, dass sie einander irgendwie ergänzten.

Wie ausgesprochen uncool.

Während sie auf den Bildschirm starrte und ihre Maus ziellos auf dem Pad hin und her schob, bemerkte sie, dass unter ihrer normalen E-Mail-Adresse neue Post eingegangen war. Als sie nachsah, stellte sie fest, dass ihr sowohl Rina als auch Jenny geschrieben hatten.

Ich habe den ganzen Abend an dich gedacht, Suze, teilte Rina mit. *Ich hatte einen echt guten Eindruck von dir und Jaxon. Ihr scheint auf ganz natürliche Weise zusammenzupassen. Außerdem muss ich zugeben, dass er tatsächlich hinreißend aussieht, was du ja auch gesagt hast, aber ich dachte immer, dass du vielleicht übertreibst. Hoffe aufrichtig, dass ihr einen schönen Abend hattet. Gib mir Bescheid, ja?*

Suzanne klickte auf BEANTWORTEN. *Wir hatten einen unglaublich wunderbaren Abend, und ich bin wohlbehalten wieder nach Hause gelangt – allein. Morgen Abend sehe ich ihn wieder. In einem Restaurant, wie ich Ann zu ihrer Beruhigung schon mitgeteilt habe. Ich verspreche, euch am Montagabend alles – na ja, fast alles – zu erzählen.*

Ich kann nur eins sagen, Suzie, schrieb Jenny. *Ein heißer Typ! Ein ganz heißer sogar! Hoffe, ihr zwei seid ordentlich zum Zuge gekommen.*

In jeder Hinsicht!, schrieb Suzanne zurück und grinste selbstzufrieden, als sie sich vorstellte, wie sehr sie die arme

Jen mit dieser knappen Antwort quälen würde. Dann klickte sie auf ABSCHICKEN.

Anschließend wandte sie sich wieder ihrer Nachricht an Jaxon zu. Jetzt fühlte sie sich besser gewappnet, um sie zu beenden. *… ich wollte dir noch sagen, dass ich innerlich ganz kribbelig werde, wenn ich daran zurückdenke, wie ich dich in mir gespürt habe. Du bist so … unglaublich … heiß. Kann das nächste Mal kaum erwarten. Vorerst wünsche ich dir süße … oder vielmehr unanständige Träume.*

Gut. Kein romantisches Gelaber. Nur Sex. Genau so, wie sie es beide haben wollten.

Als Suzanne am Sonnabend aufwachte, stellte sie fest, dass sie verschlafen hatte, weil sie vergessen hatte, den Wecker zu stellen. In aller Eile machte sie sich fertig, schnappte sich ihren Rucksack und starrte in den Wandschrank. Was in aller Welt sollte sie bloß für die abendliche Verabredung an Kleidung mitnehmen? Vielleicht war es ganz gut, dass sie keine Zeit hatte, um lange zu überlegen, denn das hätte wahrscheinlich Stunden gedauert. Nachdem sie sich ein paar farbenfrohe Kleidungsstücke ausgesucht und noch Ohrringe dazugepackt hatte, hastete sie nach draußen.

»Morgen, mein Schatz.« Als sie die Stimme ihrer Mutter hörte, fuhr sie herum, schuldbewusst wie ein Teenager, der zu spät nach Hause kommt.

Ihre Mom, deren blondes grau gesträhntes Haar zerzaust war und die einen hübschen baumwollenen Bademantel anhatte, hielt eine Gartenschere in der Hand. Auf dem Rasen stand ein Korb, der schon zur Hälfte mit Päonien in zwei unterschiedlichen Pinktönen gefüllt war.

»Du bist aber früh auf«, sagte Suzanne.

»Du weißt doch, dass es besser ist, Blumen zu schneiden, bevor es zu heiß wird.«

»Richtig. Klar.« Natürlich wusste sie das, aber aufgrund ihrer Schuldgefühle war ihr keine andere Bemerkung eingefallen.

»Wir haben bemerkt, dass du letzte Nacht lange aus warst«, stellte ihre Mom fest. »Als wir zu Bett gegangen sind, war dein VW-Bus noch nicht wieder da. Aber offenbar hast du ja mit Ann das Auto getauscht.«

Ach ja, so war das halt, wenn man in unmittelbarer Nachbarschaft der eigenen Eltern wohnte. Zweifellos hatten die beiden allerlei Spekulationen angestellt, als sie am Frühstückstisch gesessen und statt des VWs Anns Miata hinter dem Haus stehen sehen hatten. »Äh, ja.« Um eine regelrechte Lüge zu vermeiden, fuhr sie fort: »Manchmal braucht eine Frau eben ein größeres Auto. Der Miata ist zwar ganz schick, aber nicht sonderlich praktisch.«

»Stimmt. Es hat mich immer gewundert, dass Ann solch ein Auto hat, weil ich sie für ein ebenso vernünftiges Mädchen halte wie dich.«

Suzanne unterdrückte ein Stöhnen. Immerhin war eine Diskussion über vernünftige Autos und vernünftige Mädchen noch besser, als gefragt zu werden, wo sie bis in die frühen Morgenstunden gewesen war. Ihre Mutter bückte sich, um eine Handvoll Päonien aus dem Korb zu nehmen. »Musst du heute arbeiten? Willst du nicht ein paar Blumen in die Klinik mitnehmen? Meine Pflanzen gedeihen dieses Jahr wirklich prächtig, und warum sollte man da nicht auch anderen eine Freude damit machen?«

»Danke.« Suzanne nahm die Blumen an sich und vergrub das Gesicht in den flaumig weichen, üppigen Blütenblättern, um den würzigen, fast schwülen Duft einzuatmen.

»Übrigens, Bethany hat gestern Abend angerufen. Sie und Joel haben für heute Abend Theaterkarten bekommen, sodass dein Dad und ich auf die Kinder aufpassen werden.

Was hältst du davon, rüberzukommen und dich zu uns zu gesellen? Wir könnten uns zusammen ein Video ansehen und Popcorn essen.«

Das war genau die Art von gemütlichem Abend, wie sie ihn liebte. Aber nicht heute. »Tut mir leid, aber ich kann nicht. Ich bin mit einem Freund zum Dinner verabredet.«

»Ach?« Ihre Mutter zog fragend die Augenbrauen hoch. »Jemand, den ich kenne?«

Suzanne umschiffte die Frage, indem sie auf ihre Armbanduhr blickte. »O mein Gott, ich komme zu spät.« Sie eilte zu dem Miata, während sie über die Schulter zurückblickte und sagte: »Nochmals danke für die Päonien.«

Als sie in den Wagen stieg und den Motor anließ, bemerkte sie, dass ihre Mutter sich nicht wieder ans Blumenschneiden gemacht hatte, sondern mit der Schere in der Hand dastand und ihr nachschaute. Obwohl die Entfernung zu groß war, um es genau sehen zu können, war sie sich sicher, dass ihre Mutter nach wie vor die Augenbrauen hochgezogen hatte.

7

Als Suzanne in der Klinik ankam, zeigte sich die an der Rezeption sitzende Trish total begeistert von den Blumen. »Päonien sind so feminin und sexy.«

Und ich auch, dachte Suzanne, grinsend wie eine zufriedene – und sehr feminine, sexy – Katze.

Nachdem die beiden Frauen in die Klinikküche gegangen waren, schenkte Suzanne sich eine Tasse Kaffee ein, während Trish sich um die Blumen kümmerte und ohne Ende von ihrem Freitagabend-Kino-und-Pizza-Date erzählte. Am liebsten hätte Suzanne gesagt: »Mädchen, wenn du wüsstest, wie ich den Abend verbracht habe, wärst du völlig von den Socken!«

Als Suzanne sich einen weißen Kittel über ihr T-Shirt und ihre Khakihose zog, musterte Trish sie mit verwirrtem Gesichtsausdruck. »Hast du eine neue Frisur? Du siehst so anders aus.«

»Bin immer noch die Alte«, log Suzanne unbekümmert.

Sie hatte ganz gewiss keine neue Frisur. Außerdem hatte sie wie üblich nur wenig Make-up aufgetragen, und die Kleidung, die sie trug, war ihre normale Arbeitskluft. Trotzdem stellten auch die beiden Tierärzte und mehrere der Tierhalter, die regelmäßig in die Klinik kamen, fest, wie wohl sie aussah. »Haben Sie ein Geheimrezept dafür?«, fragte der alte Mr Abernathy, Besitzer eines ebenso betagten Bullterriers, sie in humorvollem Ton.

Da sie es nicht für klug hielt zu sagen: »Sex am Strand«, erwiderte sie stattdessen: »Frische Luft und Bewegung.«

Er nickte zustimmend. »Es ist schön, dass es auch noch einige Leute gibt, die ein gesundes, natürliches Leben führen. Wenn man sich heutzutage die Nachrichten anhört, hat man den Eindruck, dass sich nur noch alles um Drogen und Computerpornografie dreht.«

Na, zumindest nahm sie keine Drogen!

Als sie eine Pause hatte und ihr Handy checkte, fand sie eine Voicemail von Rina vor, die um Rückruf bat, sowie eine SMS von Jenny, die lautete: *Miststück! Rück endlich Details raus!*

Nachdem sie sich in einen stillen Winkel zurückgezogen hatte, versuchte sie Jenny anzurufen, bei der jedoch besetzt war. Dann wählte sie Rinas Nummer.

»Euer Wiedersehen war also genau so, wie du es dir erhofft hattest, ja?«, wollte ihre Freundin wissen.

»Sogar mehr als das.«

»Das freut mich sehr für dich. Und heute Abend geht ihr zusammen aus?«

»Ja, um in Maria's Taverna zu Abend zu essen.«

»O Suze, das ist ja wunderbar. Hört sich richtig romantisch an.«

»Romantisch würde ich nicht sagen, sondern eher erotisch.«

»Ein Dinner bei Maria's soll erotisch sein? Quatsch! Diese ganze Sache – dass ihr zwei, du und Jaxon, euch wiedergefunden habt und sich zwischen euch eine Beziehung anbahnt –, das ist das Romantischste, was mir untergekommen ist, seit ich letztes Wochenende noch einmal *Ghost* gesehen habe. Ich bin absolut grün vor Neid.« Sie stieß einen langen, schmachtenden Seufzer aus.

»Das Liebesobjekt der Frau in *Ghost* ist tot, Herrgott noch mal. Außerdem begreifst du überhaupt nicht, worum es geht. Wir sind nicht auf eine Romanze aus. Und wenn Jaxon mich wirklich kennenlernen würde, würde er mich wahrscheinlich fallen lassen wie eine heiße Kartoffel. Schließlich gibt es kein langweiligeres Gemüse auf der Welt als Kartoffeln.«

»Ich liebe Kartoffeln.«

»Ich auch«, erwiderte Suzanne bedrückt. »Vor allem Kartoffelbrei mit Soße, Brathuhn und diesen Minierbsen, die Mom jedes Jahr im Garten erntet und für den Winter einfriert.«

Sie schüttelte verächtlich den Kopf. »Jaxon ist ein total niveauvoller Typ und wohnt in San Francisco. Wahrscheinlich geht er ständig in irgendwelche schicken Restaurants. Ich könnte wetten, dass er seit seiner Kindheit keinen Kartoffelbrei mehr gegessen hat. Er hat solch eine … eine Klasse, die sicher nicht nur angeboren, sondern auch anerzogen ist. Ich vermute, dass seine Eltern reich, erfolgreich, kultiviert sind, keine einfachen normalen Leute wie wir und …«

»Meine Güte, Suze«, fiel Rina ihr ins Wort, »nun hör aber auf! Warum fragst du den Typ nicht einfach, statt Vermutungen anzustellen?«

»Weil es in unserer Beziehung nicht um Eltern und familiären Background geht, sondern um Sex.«

»Dann hör auf, dich an diesen Dingen festzubeißen.«

»Und du hör auf, so verdammt logisch zu sein.« In sich hineinlachend, legte Suzanne auf.

Dann rief sie Jenny an, und diesmal bekam sie Anschluss.

»Du hattest Sex!«, kreischte Jen.

»Mehr als einmal.«

»Wo? Wie? Und ist der Denzel-Typ deinen Erwartungen gerecht geworden?«

Der Denzel-Typ? Was sollte das denn heißen? »Mehr als gerecht.«

»Nun komm schon, Suzie, spann mich nicht so auf die Folter. Erzähl mir alles.«

»Am Montag. Wenn wir alle zusammen sind. Außerdem wird es nach heute Abend noch mehr zu berichten geben.« Zumindest hoffte sie das. Es sei denn, sie schaffte es, ihn während des Dinners derart zu langweilen, dass ihm jegliche Lust verging.

»Ihr macht doch Safersex, ja?«, fragte Jenny.

»Er hatte Kondome mitgebracht.«

»Du hast es also ihm überlassen? Hey, hatte er was Neues und Supercooles dabei?«

»Ehrlich gesagt, habe ich nicht auf die Kondome geachtet.«

Jenny kicherte boshaft. »Gutes Argument. Wenn das Kondom interessanter ist als der Typ, hat man ein echtes Problem. Trotzdem …«

»Trotzdem was?«

»Ach, nichts. Ich muss Schluss machen.«

Hmm. Es war völlig untypisch für Jenny, ein Gespräch über Sex abzubrechen.

Was dahintersteckte, erfuhr Suzanne ein oder zwei Stunden später, als sie zur Rezeption ging, um den nächsten Patienten zu holen, und die grinsende Trish ihr eine braune Papiertüte reichte. »Eine Freundin von dir hat das für dich abgegeben.«

»Für mich? Wer denn?«

»Eine kleine asiatische Frau in schrillem Pink und mit glitzernden Fingernägeln.«

Jenny.

Suzanne nahm die Tüte, spähte hinein und ließ sie prompt fallen, worauf mehrere Kondompäckchen über den Fußboden kullerten.

Während Trish vor sich hinkicherte, schob Suzanne den

Inhalt rasch in die Tüte zurück, eilte zu ihrem Spind und stopfte die Tüte in ihren Rucksack.

Als sie zur Rezeption zurückkehrte, murmelte Trish: »Hast wohl heute Abend ein heißes Date?«

»Ein ganz heißes«, flüsterte sie zurück, um dann in normaler Lautstärke hinzuzufügen: »Okay, wer ist der Nächste?«

Erst später am Nachmittag kam sie dazu, sich den Inhalt der Tüte genauer anzusehen. Jenny hatte einen Zettel beigelegt, auf dem stand: »Empfohlen vom Kondomologen im Rubber Rainbow. Viel Spaß damit – unter der Bedingung, dass du hinterher darüber Bericht erstattest.«

Wow, Jenny war also in den Laden für Kondomspezialitäten gegangen, extra für sie.

Und es gab zweifellos allerlei, was Spaß versprach. Zum Beispiel dreifarbige Kondome und solche, die im Dunkeln leuchteten.

Geschmacksrichtungen: Schokolade, Cola und Banane. Banane? Weil das bewusste Ding, wenn es schon wie eine Banane aussah, auch wie eine schmecken sollte? Aber wenn Jaxons Ding eine Banane war, dann zweifellos eine mit Schokoüberzug.

Außerdem waren die Oberflächen unterschiedlich beschaffen. Es gab gerippte und genoppte, welche mit Spiralmuster, gerippte mit Höckern. Höcker? Hmm.

Als sie Punkt sechs ins Badezimmer eilte, musste Suzanne zugeben, dass sie durch und durch von einem ich-habe-großartigen-Sex-gehabt-und-werde-bald-wieder-welchen-haben-Gefühl durchdrungen war.

Nachdem sie sich eine Duschhaube aufgesetzt hatte und in aller Eile geduscht hatte, zog sie die Kleidung an, die sie mitgebracht hatte: einen Spitzentanga und einen BH, der die Brüste halb frei ließ, einen Minirock aus Jeansstoff, ein knappes Tank-Top und eine smaragdgrüne Seidenbluse. Statt die Bluse zuzuknöpfen, knotete sie sie in der Taille zusammen und krempelte die Ärmel hoch. Dann fügte sie dem Outfit noch lange, in Grün- und Blautönen gehaltene Emailleohrringe hinzu und holte tief Luft.

Sorgfältig putzte sie sich die Zähne und frischte rasch ihre Wimperntusche auf. Lippenrot aufzutragen war sinnlos. Wenn alles klappte, würde es nicht lange da bleiben, wo es war. Ihr Haar war immer noch zu einem Knoten gebunden, wie sie ihn bei der Arbeit trug, und sie beschloss, es so zu lassen. Eine wilde Frisur war ja schön und gut, aber wenn sie bei zurückgeklapptem Verdeck in Jaxons Porsche fuhr, würde sie zum Schluss total zerzaust aussehen, was in keiner Weise vorteilhaft bei ihr wirkte.

O Gott, hatte sie Angst. Sie und Jaxon waren sich zweimal begegnet, und beide Male war es unglaublich toll gewesen. Hieß es den Bogen überspannen, jetzt auf ein drittes Mal zu hoffen?

Als sie zur Rezeption ging, stieß Trish einen bewundernden Pfiff aus. »Achtung, da kommt Nicole Kidman!«

»Danke«, murmelte Suzanne, obwohl sie sich alle Mühe gab, nicht mit den Zähnen zu knirschen. Sie bückte sich, um Honey zu streicheln, einen Golden-Retriever-Welpen, der eben seine Impfungen bekommen hatte und geduldig auf seinen Besitzer wartete, der gerade die Rechnung bezahlte.

Sie trat aus der Tür und blieb stehen, um ein paar helle Hundehaare von ihrem Ärmel zu entfernen. »Die sexy Zwillingsschwester«, rief sie sich leise in Erinnerung.

Dann ließ sie den Blick schweifen und entdeckte ihn ein Stück weiter unten, nahe der Straßenecke. Jaxon lehnte an seinem schwarzen Porsche, schaute jedoch in die andere Richtung. Seine Kleidung war das genaue Gegenteil zu dem, was er gestern Abend getragen hatte. Heute hatte er ein makellos weißes Baumwollhemd an, das am Kragen aufstand und dessen Ärmel hochgerollt waren. Seine hellbraune Leinenhose zierte ein eleganter brauner Ledergürtel, der dieselbe Farbe hatte wie seine schicken Halbschuhe.

Er drehte den Kopf, sah sie auf sich zukommen und ging ihr entgegen. Als er vor ihr stand, nahm er sie bei den Händen. »Suzanne.«

Sie reckte den Kopf nach oben, damit er sie küssen konnte, was er ganz sanft und mit geschlossenen Lippen tat. Sofort wurden ihr die Knie so weich, dass sie leicht ins Schwanken geriet und sich gegen ihn lehnte, um nicht das Gleichgewicht zu verlieren. Er schloss sie in die Arme, während sie die ihren um seine Taille schlang. Ohne sich zu küssen, standen sie da und hielten einander fest. Sie spürte seinen Körper, genoss die Wärme seiner Haut, die durch das weiße Hemd drang, die Kraft seiner muskulösen Schenkel.

Als sie merkte, dass er einen Steifen bekam, presste sie sich erregt noch enger an ihn. Wie konnte Verlangen so prompt, so stark sein? Aber galt sein Verlangen ihr, Suzanne Brennan, oder einem Nicole-Kidman-Abklatsch?

Als ein Passant im Vorübergehen einen Pfiff ausstieß, wich sie ein Stück zurück. »Jaxon?«

»Ich weiß«, sagte er widerwillig und ließ sie los. »Selbst wir hätten nicht den Mut, hier Liebe zu machen.«

Obwohl sie drauf und dran gewesen war. Warum hatte sie an ihrer Fähigkeit gezweifelt, die sexy Zwillingsschwester zu spielen? Sobald sie mit Jaxon zusammen war, schlüpfte sie ganz automatisch in diese Rolle.

Als sie zu seinem Auto gelangten, öffnete er die Beifahrertür für sie. Dann ging er zur anderen Seite und nahm auf dem Fahrersitz Platz. Schweigend schnallten sie sich an. Sie warf einen Blick auf seinen Schritt, bemerkte die Ausbuchtung in seiner Hose und presste die Schenkel zusammen. Sie sehnte sich danach, diese ganze harte Männlichkeit in sich zu spüren, aber zunächst einmal wollte sie sich das alles genau ansehen. Letzte Nacht hatte sie seinen prächtigen Körper nur im Licht des Mondes und der Sterne betrachten können. Heute wollte sie ihn ausführlicher und bei besserer Beleuchtung inspizieren.

»Siehst du etwas, das dir gefällt?«, fragte er.

Sie lächelte keck. »Genau kann ich das erst sagen, wenn ich es ausgepackt habe.«

Er stieß ein erfreutes Lachen aus. »Die Möglichkeit wirst du sicher bekommen.« Sein Gesicht nahm einen ganz weichen Ausdruck an. »Du siehst hinreißend aus. Sprühend vor Leben, exotisch.«

»Glaubst du, ich sehe wie Nicole Kidman aus?«

»Wie? Du meinst die Schauspielerin?« Er kniff die Augen zusammen und musterte sie von Neuem. »Ein bisschen vielleicht, zumindest hinsichtlich der Haare. Aber nein, eigentlich nicht. Versuchst du, äh, ihr zu ähneln?«, fragte er zögernd.

Sie warf den Kopf zurück und lachte. »Nein, nicht im Geringsten. Danke, Jaxon.«

Er schüttelte den Kopf, und seine Verblüffung war das größte Kompliment, das er ihr machen konnte. Offenbar hatte er nie eine Ähnlichkeit zwischen ihr und Nicole Kidman festgestellt. Es war allein sie, die schlichte Suzanne, die seine Libido anheizte.

»Heute Morgen habe ich deine E-Mail bekommen«, sagte er. »Ich hatte in der Tat unanständige Träume.« Er beugte sich zu ihr, um ihr ins Ohr zu flüstern: »Du hast mir einen feuchten Traum beschert.«

»Muss ich mich dafür entschuldigen?«

Er grinste. »Nicht bei mir. Vielleicht beim Zimmermädchen des Hotels, aber ich habe ihr ein anständiges Trinkgeld hingelegt. Also, wo fahren wir jetzt hin?«

Sie war versucht, ihn aufzufordern, Kurs auf sein Hotel zu nehmen. Gleichzeitig hörte sie jedoch Anns warnende Stimme in ihrem Kopf, die sagte, das sei zu gefährlich.

Das Restaurant war weniger als eine Meile entfernt, doch zunächst einmal wollte sie ein Weilchen mit ihm allein sein. Warum also nicht eine kleine Sightseeingtour machen? Sie dirigierte ihn zur Cornwall Street, einer schmalen Straße, die in der Nähe des Ozeans verlief und am Kits Beach vorbeiführte.

Er legte die Hand auf ihren nackten Schenkel. »Der kurze Rock gefällt mir.« Seine Finger spielten am Saum des Rocks herum, der ihre Schenkel fast ganz hochgerutscht war. Er streichelte sie an einer Stelle, die nur wenige Zentimeter von dem neuen Tanga entfernt war, den anzuziehen sie endlich den Mumm gehabt hatte und der allmählich feucht wurde.

»Du siehst wunderbar aus.« Sie berührte seinen nackten Unterarm. »Kaffee.« Dann zupfte sie am Ärmel seines Hemds. »Mit Schlagsahne obendrauf.« Anschließend legte sie die Hand auf sein Bein. Sie spürte das raue Leinen und den festen Schenkel darunter. »Und ein Schuss Bailey's Irish Cream. Mein Lieblingslikör.«

»Bist wohl durstig?« Er ließ ihren Schenkel los, um an einem Stoppschild den Gang zu wechseln, wobei sie das Spiel seiner Beinmuskeln spürte.

»Ich werde von Sekunde zu Sekunde durstiger.« Sie liebkoste seinen Schenkel, ließ ihre Hand nach innen und weiter nach oben gleiten. Die Ausbuchtung in seiner Hose nahm zu, desgleichen die Spannung zwischen ihren Schenkeln.

Sie schlug die Beine übereinander.

Durch den dünnen Stoff hindurch packte sie seinen

Schwanz. Er zog zischend den Atem ein. Dann nahm er eine Hand vom Lenkrad und drückte die ihre nach unten, um ihr zu bedeuten, dass sie weitermachen sollte.

Als er sie wieder losgelassen hatte, ließ sie ihre Hand auf und ab gleiten. Bald fand sie es jedoch zu frustrierend, ihn durch zwei Schichten Stoff hindurch anzufassen. Deshalb zog sie seinen Reißverschluss auf und tastete sich vor, bis sie seinen nackten Schwanz gefunden hatte und ihn in die Hand nahm.

Er schob ihr das Becken entgegen. Sie schnallte sich ab, um näher an ihn heranzurutschen. Dann holte sie seinen Schwanz heraus, damit sie sehen konnte, wie dieser wunderschöne dunkle Schaft aus der cremefarbenen Hose ragte. Ein Schokoladenlolly, der nur darauf wartete, dass sie daran leckte und sog ...

»Suzanne! Das Verdeck ist unten.«

»O ja, stimmt.« Sie fing an, auf und ab zu streichen.

Er stöhnte. »Mein Gott ...«

»Sag mir, falls ich aufhören soll.«

Er stöhnte von Neuem. »Nein, nicht aufhören. Das ist einfach zu schön.«

In der Tat war es einfach zu schön, ihn in der Hand zu haben, so schön, dass ihre Erregung allein dadurch unerträglich zunahm. Sein Schwanz war riesig. Während Ichbineinganzheißer wahrscheinlich übertrieben hatte mit seiner Behauptung, einen achtzehn Zentimeter langen Schwengel zu haben, war Jaxons Schwanz sogar noch gut ein paar Zentimeter länger. Es wunderte Suzanne, dass ihr Körper ihn ganz in sich aufzunehmen vermochte.

Als an seiner Schwanzspitze ein Tropfen Flüssigkeit austrat, verteilte sie sie mit dem Zeigefinger über seine samtene Eichel.

Er wand sich auf seinem Sitz hin und her, bis er schließlich einen Fluch ausstieß und sagte: »Mein Gott, das ertrage ich nicht länger.«

Sie blickte hoch. Sie befanden sich auf der Point Grey Road, die von großen, luxuriösen Häusern gesäumt wurde, von denen einige ein Stück von der Straße entfernt lagen. Sie zeigte auf eine durch Bäume abgeschirmte Auffahrt. »Fahr da rein.«

Er gehorchte und fuhr auf einen Parkplatz neben einer Villa im Stil der Westküste. Dann stellte er den Motor ab. »Ist das … das Restaurant?«, stieß er hervor, während ihre Hand ihn weiterhin rhythmisch bearbeitete.

»Nein.« Wie sie gehofft hatte, standen keine anderen Autos auf dem Parkplatz, und ringsum war alles still.

Sie ließ ihn los, um in ihrer Handtasche nach einem ganz bestimmten Kondom zu suchen. »Mit Schokogeschmack«, sagte sie, während sie das Päckchen aufriss. »Passt perfekt.« Nachdem sie ihm das Kondom übergestülpt hatte, beugte sie sich nach unten und nahm seinen Schwanz in den Mund.

Er schnellte vom Sitz und keuchte: »O ja!« Dann tastete er nach einem Hebel, um die Rücklehne seines Sitzes zurückzuklappen, damit Suzanne besser an ihn herankam.

Ihre Geschmacksknospen wurden von einem merkwürdigen, wenn auch nicht unangenehmen Geschmack überschwemmt. Schokolade? Zweifellos nicht so köstlich wie ein Schokoriegel, aber nicht übel. Sie erkundete jede Stelle seines Schwanzes, sog an ihm, ließ ihre Zunge vorschnellen und versetzte sie in kreisende Bewegungen. Und während dieses Zungenspiels blieb ihre Hand nicht müßig, sondern bewegte sich weiter unten rhythmisch auf und ab.

Stöhnend wand er sich hin und her, drängte sich ihr entgegen, bis er plötzlich ihren Kopf nahm und versuchte, ihn wegzuziehen. »Hör auf! Du musst aufhören, sonst komme ich«, krächzte er.

Sie lächelte, ihre weibliche Macht voll auskostend. »Willst du denn nicht kommen?«

Er stöhnte. »Natürlich will ich das. Aber das ist so einseitig …«

Bevor er seinen Satz beenden konnte, beugte sie sich von Neuem nach unten und machte da weiter, wo sie aufgehört hatte. Die Schenkel hatte sie fest zusammengepresst, um gegen die Lust anzukämpfen, die auch sie an den Rand des Orgasmus brachte.

Jaxons Muskeln waren verkrampft und angespannt. Doch plötzlich gab er allen Widerstand auf und bewegte sich mit ihr, um kurz darauf ein ächzendes Stöhnen auszustoßen und zu explodieren.

Sie nahm jenen ganz besonderen Moschusduft wahr, der von Jaxons Haut, Jaxons Schweiß, Jaxons Saft ausging, und wünschte, statt eines Kondoms ihn zu schmecken.

Nach einer Weile ließen seine Zuckungen nach, und sein Körper sank kraftlos zurück.

Kurze Zeit später hob sie den Kopf.

Seine funkelnden Augen drückten ein Gefühl aus, das sie nicht zu deuten vermochte, das indes ohne Zweifel positiv war. »Du bringst mich noch um.«

»Dann stirbst du einen schönen Tod«, erwiderte sie im rauchigen Marlene-Dietrich-Ton, der sich ganz von selbst einzustellen schien.

»Du bist die Gestalt gewordene sexuelle Fantasie eines jeden Mannes.«

Ihr war einzig und allein daran gelegen, *seine* sexuelle Fantasie zu sein, aber das konnte sie ihm wohl schwerlich sagen.

Er warf einen Blick nach unten, streifte das Kondom ab und legte es, nachdem er das Ende verknotet hatte, neben den Sitz. »Ich kann einfach nicht glauben, dass du das gemacht hast. Ich meine, hier, auf jemandes Auffahrt. Du kennst die Leute, die hier wohnen, doch nicht, oder?«

»Nein, nein. Vielleicht solltest du deshalb lieber den Reißverschluss zumachen, und wir sollten weiterfahren.«

Seine Lippen kräuselten sich. »Noch nicht.«

»Aber …«

Er machte zwar seine Hose zu, doch statt den Zündschlüssel herumzudrehen, lehnte er sich anschließend quer über sie und tastete nach etwas. Plötzlich ging die Rückenlehne ihres Sitzes zurück, bis sie fast waagerecht dalag. »Jaxon!«

Seine Hand glitt unter ihren Rock. »Wie du mir, so ich dir. Das ist nur fair.«

»O mein Gott.«

Seine Finger tasteten sich zum Schritt ihres Tangas vor, der klatschnass war.

»Zieh deinen Rock hoch, Suzanne.«

Sie gehorchte und entblößte ihren Unterleib, der nur mit einem knappen Dreieck aus schwarzer Spitze bedeckt war. Er gab ein heiseres Ächzen von sich und versuchte, sich so am Lenkrad vorbeizuschlängeln, dass er ihren Schoß mit dem Kopf erreichen konnte.

Doch es gelang ihm einfach nicht. Deshalb richtete er sich wieder auf und küsste sie, während seine Finger über den Seidenstreifen zwischen ihren Beinen strichen. Sie erschauderte, da er es irgendwie schaffte, die empfindlichsten Stellen ausfindig zu machen. Während er sie reizte und quälte, wand sich ihr Unterleib hin und her.

Er schob die Seide beiseite, um ihr geschwollenes, erregtes Fleisch zu streicheln. Schamlos drängte sie sich ihm entgegen, um Erleichterung flehend. Er streichelte sie noch schneller, bis sie sich vor Lust krümmte und spürte, wie ihre innere Spannung unaufhaltsam zunahm.

Obwohl ihre Münder aufeinandergepresst waren, küsste

sie ihn nicht wirklich, sondern keuchte wollüstig in seinen Mund.

Als er schließlich ihre Klitoris mit dem Finger berührte, explodierte sie. Mit einem Aufschrei bäumte sie sich auf und geriet in Zuckungen, die ihren ganzen Körper schüttelten. Jaxon hielt sie fest, bis ihre Muskeln sich entspannten und sie einen tiefen Seufzer ausstieß. »O … mein … Gott.«

Er lachte leise. »Finde ich auch.«

Er löste sich von ihr. »Vielleicht sollten wir lieber losfahren, bevor jemand vorbeikommt und uns erwischt.«

»Ist vermutlich besser«, sagte sie benommen. Dann riss sie sich so weit zusammen, dass ihr wieder zu Bewusstsein kam, wo sie waren. »O ja, lass uns von hier verschwinden.« Es war purer Zufall, dass sie bisher niemand entdeckt hatte.

Als sie in dem kleinen griechischen Restaurant saßen, beobachtete Jaxon Suzanne, die gerade mit dem Kellner plauderte. Offenbar war sie schon hier gewesen. Und zwar öfter. Mit anderen Männern? Aber natürlich.

Es missfiel ihm, dass Eifersucht in ihm aufstieg. Was gab ihm Anlass, sich für etwas Besonderes zu halten? Warum sollte er etwas Besonderes für sie sein *wollen?* Es war ja nicht so, dass er auf eine Beziehung aus war. Dergleichen hatte er hinter sich, war jämmerlich gescheitert und hatte nicht die Absicht, es noch einmal zu versuchen.

Auch die Tatsache, dass ihm so viel Arbeitszeit verloren ging, machte ihn ganz kribbelig. Immerhin hatte er heute eine Menge geschafft, und wenn er morgen in San Francisco eine lange Nacht einlegte, müsste er bis Montagmorgen alles aufgeholt haben.

Da er bemerkte, dass er die Stirn runzelte, zwang er sich, alle Gedanken ans Büro beiseitezuschieben. Stattdessen konzentrierte er sich auf Suzanne, die in ihrer farbenfrohen Kleidung äußerst lebendig wirkte und deren schimmerndes, vorher zu einem Knoten geschlungenes Haar ihr jetzt locker über die Schultern fiel.

Der Kellner ging in die Küche davon, und Suzanne wandte sich wieder Jaxon zu. »Dieses Restaurant ist nichts Ausgefallenes, aber das Essen ist super.«

»Ich lege keinen Wert auf Ausgefallenes.« Er trank einen Schluck von dem herben kretischen Weißwein, für den sie sich entschieden hatten, und warf einen Blick auf das Gemälde, das ihm gegenüber an der Wand hing. »Das ruft Erinnerungen wach, nicht wahr?«

»Du rufst Erinnerungen wach. Wenn ich an Griechenland denke, denke ich immer an dich.«

Nett. »Das war ein wilder Nachmittag. Ich selbst denke ebenfalls oft daran zurück.« Ein Grinsen huschte über sein Gesicht. »Und bekomme dabei immer einen Steifen.« Was auch jetzt der Fall war, bloß weil er die Sache erwähnte. »Da sitzen wir nun hier und haben die Entscheidung, die wir vor vier Jahren getroffen haben, rückgängig gemacht.«

Suzanne kniff ein wenig die Augen zusammen. »Entscheidung?«

»Es bei dem einen Nachmittag zu belassen. Weder Namen noch Telefonnummern auszutauschen, nicht in Kontakt zu bleiben, einander nicht wiederzusehen.«

Sie fuhr mit dem Finger über den Rand ihres Weinglases. »Vermutlich … wollten wir das Ganze nicht verderben, oder?«

Er runzelte leicht die Stirn. Es war fast so, als erinnerte sie sich nicht mehr daran. Anscheinend war ihr kretisches Erlebnis für sie nicht ganz so umwerfend gewesen wie für ihn. Andererseits erinnerte sich Suzanne, so, wie sie veranlagt war, sicher eher an den Sex als an das, was sie gesagt hatten. Schließlich hatte auch er nicht sonderlich viel Zeit damit verbracht, sich ihre Unterhaltung ins Gedächtnis zurückzurufen.

»Genau das haben wir gesagt«, erinnerte er sie. »Es war wie bei Champagner. Wenn man ihn jeden Tag tränke, würde er schnell seinen Reiz verlieren.«

Sie beugte sich vor und sah ihn mit funkelnden Augen an. »Absolut richtig!« Dann grinste sie schelmisch. »Obwohl ich glaube, dass wir bewiesen haben, dass wir mehr als einmal Champagner trinken können, ohne dass unser Zusammensein an Reiz verliert.«

Jax dachte an das, was sie im Auto mit ihm angestellt hatte, und merkte, wie seine Erektion zunahm. »Von reizlos kann wirklich keine Rede sein«, murmelte er, einen Blick auf seinen Schoß werfend.

Sie riss die Augen auf, um gleich darauf in Lachen auszubrechen. »Von reizlos nicht, wie? Hm, lass mich mal raten. Eher von rund und hart und größer werdend?«

Ganz entschieden größer. Seine Leinenhose wurde von Sekunde zu Sekunde enger.

Sie beugte sich noch weiter vor und flüsterte: »Trägst du je Boxerunterhosen?«

»Tu ich ja. Boxerslips.«

»Nein, ich meine die, die wie Shorts aussehen.«

Er war froh, dass man bei seiner dunklen Haut nicht bemerkte, wie er errötete. Er schüttelte den Kopf.

»Warum nicht?«, fragte sie mit funkelnden Augen.

»Weil sie, äh …« Was zum Teufel war denn das für ein Gespräch, das er da mit einer Frau an einem Restauranttisch führte? Er rutschte unruhig hin und her, da seine Erektion gegen seinen Hosenschlitz drückte. »Weil sie zu viel zeigen. Da könnte ich ebensogut überhaupt keine Unterhose tragen.«

Ihre Augen glitzerten. »Gar keine schlechte Idee.«

»Hör mal, wenn wir allein sind, bin ich gern bereit, auf Unterhosen zu verzichten. Aber in der Öffentlichkeit ist das unanständig.«

Suzanne brach in Gelächter aus. »Von all den Dingen, die wir gemacht haben«, prustete sie, »rangiert das, glaube ich, ziemlich weit unten auf der Unanständigkeitsskala.«

Jaxon musste ebenfalls lachen. »Stimmt. Aber sich mit dir zu verlustieren ist etwas ganz anderes, als durch die Gegend zu laufen und meine, äh …«

»Edlen Teile?«, schlug sie vor.

»Ja, okay. Meine edlen Teile zur Schau zu stellen.«

»Total edle Teile«, säuselte sie. »Aber ich verstehe, was du meinst. Wenn ein Mann gut ausgestattet ist, wirkt es irgendwie exhibitionistisch, wenn er Boxershorts trägt. Deshalb …« Sie trank einen Schluck Wein und ließ anschließend ihre Zunge vielsagend über den Rand des Glases gleiten. »… sollte ich dir wohl nie ein Paar seidene Boxershorts schenken, wie?«

Seide auf seiner Haut, während Suzanne ihm in den Hosenschlitz griff, seinen Schwanz herausholte und ihn mit ihrer spitzen rosigen Zunge bearbeitete. Er stöhnte auf.

»Das hat sich nicht gerade wie Nein angehört.«

Er sagte weder Ja noch Nein. »Wie steht's denn bei dir? Wenn ich dir einen … nun, sagen wir mal, einen seidenen Tanga schenken würde, würdest du ihn dann tragen?«

Sie warf das Haar zurück. »Offenbar hast du gar nichts bemerkt.«

»Bemerkt?«

»Vorhin, als du meine Unterwäsche, äh, inspiziert hast. Ist dir da nicht aufgefallen, dass ich einen Tanga trage?«

Einen Tanga! Sein Schwanz schnellte gegen den Hosenschlitz. Sie saß also unter diesem kurzen Rock mit nacktem Hintern da.

»Lass uns das Essen bestellen«, sagte er barsch.

Sie grinste zufrieden. Dann bedeutete sie ihm, sich zu ihr zu beugen, schob ihren Mund an sein Ohr und kitzelte sein Ohrläppchen mit der Zungenspitze. »Quäle ich dich?«

»Und wie!«

»Falls es dir ein Trost ist: Ich bin genauso erregt wie du.«

Ja, es war ein Trost, vor allem aber turnte es ihn noch mehr an. »Wollen wir das Dinner ausfallen lassen und uns irgendwo eine andere Auffahrt suchen?«, fragte er in hoffnungsvollem Ton.

Sie lachte glucksend. »Vorfreude ist die schönste Freude, findest du nicht? Was hältst du davon, zu essen und uns ein bisschen im Voraus zu freuen? Die Calamares hier sind exzellent.«

Er holte tief Luft und stieß den Atem aus. »Hört sich gut an.« Wenn sie sich darauf beschränkten, sich über Essen zu unterhalten, gelang es ihm vielleicht, seinen Ständer unter Kontrolle zu bringen.

Gerade als er einen Schluck Wein trank, sagte Suzanne: »Was Calamares betrifft … diese kleinen Ringe … erinnern die dich nicht auch immer an Schwanzringe?«

Er musste sich große Mühe geben, um sich nicht am Wein zu verschlucken.

Kichernd winkte sie den Kellner herbei.

Sie beschlossen, sich das Calamaresgericht zu teilen. Jaxon wusste, dass er nie wieder Calamares würde essen können, ohne an Schwanzringe zu denken. Als Hauptgericht bestellten sie Lammbraten, der mit Reis, Backkartoffeln und griechischem Salat serviert wurde.

Das ständige Gerede über Essen erinnerte Jaxons Magen daran, dass er nichts zum Lunch gegessen hatte, weil er zu sehr in seine Arbeit vertieft gewesen war. Glücklicherweise wurden die Calamares rasch gebracht, und während er und

Suzanne sich über das Gericht hermachten, ergingen sie sich in Erinnerungen.

Zum Lamm bestellten sie Rotwein, und im Laufe des Essens stellte Jaxon fest, dass es schon nach neun Uhr war. Das Gespräch war nicht ein einziges Mal ins Stocken geraten, und er konnte nicht leugnen, dass er Suzannes Gesellschaft ungemein genoss. Er hatte erfahren, dass sie gut mit Worten umzugehen verstand, Sinn für Humor hatte, zu Mitleid fähig war und die Dinge aus einem interessanten Blickwinkel betrachtete. Und all das hatte er erfahren, obwohl sie nie ein Thema angeschnitten hatten, das ernsthafter gewesen wäre als die Unzulänglichkeiten griechischer Sanitäranlagen.

Was für ein Novum: Da verbrachte er schon den zweiten Abend mit dieser Frau, ohne dass sie ihn nach seinem Job gefragt hatte. Nach wie vor hatten sie weder ihren Nachnamen genannt noch Telefonnummern ausgetauscht, ganz zu schweigen von den allgegenwärtigen Visitenkarten.

Vor vier Jahren hatten sie beschlossen, einander nicht wiederzusehen. Würden sie diesmal dasselbe tun? Würde er die nächsten vier Jahre oder sogar noch länger von diesem Wochenende zehren müssen?

Wenn er sie danach fragte, würde er die ganze Stimmung verderben. Wenn Suzanne mehr von ihm wollte, würde sie sich doch sicher dazu äußern. Sie war schließlich diejenige, die beschlossen hatte, den Kontakt wieder aufzunehmen.

Er würde sie zu gern wiedersehen – falls sich das mit seinem Job vereinbaren ließ.

Als sie die zweite Halbliterkaraffe Wein fast geleert hatten, fragte sie: »Fliegst du morgen zurück?«

»Morgen früh.« Er spielte mit dem Gedanken zu erklären, dass Unmengen von Arbeit auf ihn warteten, wollte aber nicht der Erste sein, der solch ein langweiliges Thema anschnitt.

Er überlegte, was sie wohl morgen machen würde – und wie sie den heutigen Tag verbracht hatte. Ob sie gearbeitet hatte? Oder mit einer Freundin shoppen gewesen war? Vielleicht hatte sie sich ja mit einem anderen Liebhaber getroffen. Möglicherweise gab es sogar einen Ehemann. Sie hatte zwar gesagt, sie sei Single, und sie trug auch keinen Ring, aber behaupten konnte man viel.

Nein, das passte nicht zu ihrer Persönlichkeit. Die sexy Suzanne konnte nicht verheiratet sein. Dafür war sie viel zu wild und frei. Er konnte sich nicht vorstellen, dass sie sich jemals Ehefesseln anlegen ließ.

Ihre langen Wimpern streiften ihre Wangen, als sie in ihr Weinglas starrte. Dann hob sie den Blick und sah ihn unverwandt an. »Spielen wir auch diesmal nach denselben Regeln, Jaxon? Nach den Champagnerregeln?«

Er verkrampfte sich. Das war ein Test, und er war sich in keinster Weise sicher, wie die richtige Antwort lautete. »Ich … ich denke schon.« Er musterte ihr Gesicht, dem er jedoch nichts zu entnehmen vermochte. »Ich meine«, fuhr er zögernd fort, »es hat sich doch nichts geändert, oder?«

Nachdem sie ihn einen ausgedehnten Moment lang angesehen hatte, lächelte sie. »Toller Sex ohne jegliche Bindung? Nein, daran hat sich nichts geändert.«

Überraschenderweise stimmte ihn das traurig. Aber warum bloß? Das war doch genau das, was er wollte. Ein sexuelles Zwischenspiel ohne Konsequenzen, sah man einmal davon ab, dass er sich gewaltig ranhalten musste, um mit seiner Arbeit fertig zu werden. Keine Beziehung. Für eine Beziehung fehlte ihm die Zeit. Außerdem würde er sich davor hüten, in etwas zu schliddern, das dann vielleicht ebenfalls scheiterte. Aber Sex? Na klar!

»Das ist nicht gerade das, was man als konventionelle Beziehung bezeichnet«, erwiderte er.

»Ganz gewiss nicht. Weder konventionell noch eintönig noch alltäglich. Es ist etwas Besonderes.«

Er griff nach ihrer Hand. »Vielleicht sollten wir dann folgenden Pakt schließen. Wir kommen überein, öfter als alle vier Jahre Champagner zu trinken, nehmen uns aber vor, das Ganze nicht zu einer alltäglichen Sache werden zu lassen. Wie findest du das?«

Sie musterte sein Gesicht. »Vier Jahre ist ein viel zu großer Abstand, da stimme ich dir zu. Und Alltäglichkeit ist zweifellos von Übel.« Sie tat so, als schüttelte es sie. »Obwohl ich mich eines Tages darauf einlassen werde. Heirat, Kinder, die ganze Chose, so wie meine Eltern und meine Schwester es durchgezogen haben.«

Damit hatte er am wenigsten gerechnet. »Tatsächlich? Du kannst dir vorstellen, eines Tages zu heiraten?« Eine Meerjungfrau, die ihren Schwanz verloren, nein, darauf verzichtet hatte? Fast hätte er den Kopf geschüttelt, weil er sich das einfach nicht vorstellen konnte.

Ihre Augen wurden ein wenig größer, sodass er den Eindruck hatte, sie habe mehr als beabsichtigt gesagt. Sie zuckte unbekümmert die Achseln. »Schon möglich. Wer weiß? Aber das liegt noch in weiter Ferne. Jetzt will ich erst einmal Spaß haben, und du bist ein wunderbarer Gespiele.«

»Du auch. Und ich weiß genau, was du mit Spaß haben meinst.« In gewisser Weise war er froh, verheiratet gewesen zu sein. Was er in dieser Ehe gelernt hatte, war zwar teuer erkauft, aber zumindest kannte er jetzt seine Grenzen. Für ihn würden in Zukunft jedenfalls keine Hochzeitsglocken läuten, nicht wenn er das große Eckbüro haben wollte, auf dessen Tür SENIORPARTNER stand.

Feierlich schenkte Suzanne den Rest des Weins aus und hob ihr Glas. »Darauf einen Trinkspruch.«

Er hob ebenfalls sein Glas.

»Auf die Champagnerregeln.« Sie stieß mit ihm an. »Die Regeln, nach denen wir Sex haben werden.«

Er lachte glucksend und wiederholte: »Auf die Champagnerregeln.« Nachdem er ihr zugeprostet hatte, trank er sein Glas auf einen Zug aus.

Suzannes Haare schimmerten wie Gold und Kupfer, ihre Augen funkelten wie Smaragde, ihr Lächeln brachte sein Blut in Wallung. Heute Abend, nachdem er stundenlang die Möglichkeit gehabt hatte, ihre Gesichtszüge zu studieren, hatte er eine Frau wahrgenommen, die reifer war als die Frau von damals. Ihr Gesicht hatte alles Runde verloren, ihre Gesichtszüge waren stärker ausgeprägt. Jetzt war ihr Gesicht nicht nur schön, sondern verriet auch Charakter.

Er stellte fest, dass er sie besser kennenlernen wollte – wissen wollte, wer sie war, wenn sie nicht als Sexgöttin auftrat. Doch sie danach zu fragen, könnte gegen die Regeln verstoßen, die sie gerade aufgestellt hatten.

Ja, natürlich würde es gegen die Regeln verstoßen. Im Moment teilten sie eine perfekte Fantasie miteinander. Wenn sie sich Einzelheiten über ihr alltägliches Leben mitteilten, würde das die Fantasie zerstören.

Plötzlich hörte er ein Scharren unterm Tisch. Im nächsten Moment schob sich ihr nackter Fuß zwischen seine Beine, während ihre Zehen seinen Schritt erkundeten. Er sog scharf den Atem ein, da sein Penis wie zu erwarten sofort zum Leben erwachte.

Suzanne gab ein zufriedenes Gurren von sich.

»Okay«, sagte er in bemüht coolem Ton, »ich hatte nichts dagegen, als du deine Finger und deine Zunge benutzt hast, aber deine Zehen?«

Sie grinste schelmisch. »Wäre es dir lieber, wenn ich unter den Tisch krieche und dich mit der Zunge bearbeite?«

O ja!

Er war fast versucht, sie beim Wort zu nehmen, doch dann fiel ihm ein, dass Suzanne, so, wie sie sich gab, so etwas durchaus fertigbringen würde.

Er runzelte leicht die Stirn. Zeigte er genügend Eigeninitiative? Sie wollte einen aufregenden, experimentierfreudigen Mann, keinen, der einfach mitzog und sich ihrer Führung überließ.

Heute Abend war es an ihm, sich etwas Neues – und Ausgefallenes – einfallen zu lassen. Aber wie sollte er nachdenken, wenn Suzannes Zehen seine edlen Teile kitzelten?

»Verdammt noch mal, lass uns zahlen und von hier verschwinden!«

8

Draußen war es mild und angenehm. Jaxon kannte die Stadt nicht gut genug, um irgendetwas vorschlagen zu können – zum Beispiel, dass sie in einem schummrigen, sexy Club tanzen gingen. Verflucht, er hätte den Mann an der Rezeption seines Hotels bitten sollen, ihm ein paar Tipps zu geben, doch er war so in seine Arbeit vertieft gewesen, dass ihm das gar nicht in den Sinn gekommen war.

Mist. Er war einfach nicht dafür geschaffen, Mr Sexy zu spielen.

Als Jax den Autoschlüssel aus der Tasche zog, fiel ihm ein, dass sie ziemlich viel Wein getrunken hatten. Zumindest er. Suzanne war eine maßvolle Trinkerin, während er sich mehr, als er gewohnt war, hinter die Binde gekippt hatte.

In San Francisco fuhr er selten Auto, sodass er sich nie Gedanken über Alkohol am Steuer machen musste.

Er blieb neben dem Auto stehen. Obwohl er sich in keiner Weise trunken fühlte – es sei denn vor Lust –, hatte er zweifellos mehr Promille im Blut, als erlaubt war. Er hatte nicht die Absicht, Menschenleben aufs Spiel zu setzen, geschweige denn seine Karriere als Rechtsanwalt. »Was hältst du von einem kleinen Spaziergang?«

»Gern. Es ist so ein schöner Abend.«

Untergehakt schlenderten sie den Häuserblock entlang und gelangten rasch in ein reines Wohnviertel. Da Samstagabend und Sommer war, standen in den Häusern viele Fenster und Türen auf, durch die Licht herausströmte, während das Geräusch von Stimmen, Musik und Fernsehsendungen an ihr Ohr drang. Einige Kinder auf Fahrrädern oder Rollerblades flitzten an ihnen vorbei, und gelegentlich begegneten sie einem älteren Paar oder einem jungen Paar mit einem Baby im Kinderwagen.

Genau diese Art von herkömmlichem Leben hatte Suzanne gemeint, als sie gesagt hatte, dass sie eines Tages vielleicht heiraten werde.

Vermochte er sie sich als Teil eines solchen Ambientes vorzustellen? Seine spontane Antwort lautete nein. Aber wie sollte er das beurteilen können, da er sie doch kaum kannte?

Die Frauen hinter diesen Fenstern hatten keinen Sex am Strand bei Spanish Banks. Sie arbeiteten den ganzen Tag, machten ihrem Mann eine Szene, wenn er zu spät aus dem Büro nach Hause kam, verbrachten ihre Abende damit, die Kinder zu irgendwelchen Veranstaltungen zu fahren oder ihnen bei den Hausaufgaben zu helfen, und fielen wahrscheinlich so erschöpft ins Bett, dass sie keine Lust auf Sex hatten.

Dass Suzanne je zu erschöpft für Sex sein könnte, war nur schwer vorstellbar.

Jax hatte den Arm um ihre Taille geschlungen und die Hand unter ihre Brust gelegt. Da es schon ziemlich spät war, leerten sich die Straßen immer mehr. Er schob die Hand nach oben, um ihre Brustwarze zu streicheln, die sofort hart wurde. Suzanne schmiegte sich eng an ihn und schob einen Finger unter den Bund seiner Hose.

Sie hatte gesagt, sie trage einen Tanga.

Seit sie ihm das mitgeteilt hatte, ging ihm der Gedanke daran nicht mehr aus dem Kopf. Nachdem er sich vergewissert hatte, dass keine Passanten in der Nähe waren, ließ er seine Hand unter ihren kurzen Rock gleiten und packte ihren nackten Hintern.

Ihre Hand arbeitete sich ebenfalls vorwärts und schob sich nach vorn, um sich durch die Unterhose hindurch seines steifen Schwanzes zu bemächtigen.

Er ließ den Finger über den dünnen Stoffstreifen zwischen ihren Gesäßbacken gleiten, bis er zu der Stelle gelangte, wo die Seide vom Tau ihrer Erregung durchnässt war.

Sie befanden sich auf einem öffentlichen Bürgersteig mitten in einem Wohngebiet. Wie und wo zum Teufel sollte er jetzt weitermachen?

Wobei es vielleicht eher darum ging, wie und wo die tollkühne Suzanne weitermachen würde!

»Oh, sieh mal«, sagte sie. »Ein Abenteuerspielplatz.« Sie machte sich los und flitzte davon.

Er folgte ihr, bis er in einen Schulhof kam. Obwohl das Gelände nicht beleuchtet war, vermochte er ein hölzernes Fort und farbenfroh angemalte Spielgeräte zu erkennen.

Sie ließ sich auf eine Schaukel plumpsen. Jaxon trat hinter sie, um sie anzuschieben. Jedes Mal, wenn sie zurückkam, packte er sie bei der Taille, um sie anschließend in die Höhe schnellen zu lassen.

Als sie genug vom Schaukeln hatte, entschlüpfte sie ihm und kletterte die Leiter zur Rutschbahn hoch. Er stellte sich am Fuß der Rutsche auf, um sie aufzufangen. Als sie in seine Arme glitt, drückte er sie fest an sich. Da die Sonne bereits untergegangen und der Spielplatz nicht beleuchtet war, war ringsum alles dunkel.

Er stahl ihr einen langen, atemberaubenden Kuss.

Dann fiel ihm ein, dass es jetzt an ihm war, die Führung zu übernehmen, sich eine neue, gewagte Form des Liebesspiels auszudenken. Nachdem er sich umgesehen hatte, nahm er sie bei der Hand, zog sie zu einem Holzbau und kletterte die Leiter hoch. »Komm rauf.«

Sie standen auf einer Art Turm, von dem eine hölzerne

Hängebrücke zu einem anderen Turm führte. Als Jaxon auf die Brücke trat, spürte er, wie sie bei jedem Schritt auf und ab schwankte – eine Bewegung, die ihn an den Liebesakt erinnerte. Er winkte Suzanne zu sich, nahm sie in die Arme und beugte die Knie, um die Brücke in Schwingung zu versetzen.

Während er sie zärtlich küsste, fühlte er, wie sich ihre Körper im hypnotischen Rhythmus der Brücke aneinanderrieben. Suzanne öffnete einladend den Mund. Als sie jedoch versuchte, die Arme um ihn zu schlingen, wich er ein Stück zurück und ließ den Blick über die Umgebung schweifen, um sich zu vergewissern, dass sie allein waren. Eine Reihe ausladender Laubbäume schirmte den dunklen Spielplatz gegen die Straße ab.

Er schnallte den Gürtel auf und öffnete seine Hose, die er ebenso wie seine Unterhose über seine Hüften streifte und zu Boden gleiten ließ.

Suzanne presste sich an ihn, was die Brücke wieder in Schwingungen versetzte, sodass ihr Körper aufs Köstlichste gegen den seinen rieb.

Am liebsten hätte er sie emporgehoben, um ihren Rock hochzuschieben und in sie einzudringen, doch dafür war sein Gleichgewicht auf der hin und her schwingenden Holzbrücke nicht stabil genug. Stattdessen ließ er seine Zunge so verführerisch wie möglich in ihr Ohr gleiten und flüsterte: »Leg dich hin.«

Sie gehorchte umgehend. Er kniete sich zwischen ihre Beine und half ihr dabei, den Minirock bis zur Taille hochzuziehen. Das matte Licht ließ ihr blasses, nur mit einem knappen Dreieck aus schwarzer Spitze verhülltes Fleisch nahezu aufleuchten.

Optimistisch, wie er war, hatte er sich ein paar Kondome eingesteckt, war aber nicht genügend auf Zack gewesen, um sich welche zu besorgen, die interessanter waren als die, die er normalerweise benutzte. »Hast du noch andere ausgefallene Kondome in deiner Handtasche?«

»Ich bin versucht, eins zu nehmen, das im Dunkeln leuchtet, aber das wäre vielleicht nicht sonderlich klug. Wie findest du ein geripptes mit Noppen?«

O ja, bei Suzanne konnte man sich darauf verlassen, dass sie allerlei in petto hatte. »Ich glaube, die Frage ist eher, wie du so was findest«, erwiderte er. »Klar, mach mal.«

Außerdem gewann er, wenn sie in ihrer Handtasche herumsuchte, Zeit, um seine Erregung ein wenig einzudämmen. Vielleicht gelang es ihm dann ausnahmsweise einmal, länger als sechzig Sekunden durchzuhalten.

Nachdem Jaxon sich das Kondom übergestreift hatte, ließ er sich auf ihr nieder, wobei er versuchte, nicht mit seinem ganzen Gewicht auf ihr zu liegen.

Er küsste sie von Neuem, sanft gegen den Seidenstreifen zwischen ihren Beinen stoßend, um sie durch den dünnen Stoff hindurch zu reizen. Seine Bewegungen übertrugen sich auf die Brücke, die auf und ab wippte.

Er schob die Hand zwischen ihre Körper, um Suzanne durch die Seide hindurch zu streicheln und ihre Klitoris ausfindig zu machen.

»Ich will dich in mir haben«, stöhnte sie.

Und plötzlich war sein Verlangen so groß, dass er noch nicht einmal die Zeit hatte, ihr den Tanga auszuziehen. Stattdessen schob er die Seide beiseite, machte ihren Eingang ausfindig, drückte die Schamlippen auseinander und stieß in ihre feuchte heiße Lustgrotte vor.

Als er ganz in sie eindrang, bäumte sie ihm die Hüften entgegen, sodass die Brücke in noch heftigere Bewegungen geriet, was ihre Leidenschaft weiter anheizte.

Eines Tages, so nahm er sich vor, würde er mit dieser Frau

langsam Liebe machen, auf eine Weise, die nicht nur ein paar Minuten dauerte. Aber heute war es noch nicht so weit, denn dafür geilte ihn der Gedanke, es Suzanne auf einem verlassenen Spielplatz mitten in einem gepflegten, gutbürgerlichen Wohnviertel zu besorgen, viel zu sehr auf.

Undeutlich nahm er von der anderen Seite der Straße die Geräusche eines Fernsehers wahr. Ein Auto fuhr vorüber, dessen Scheinwerfer kurz die Dunkelheit durchdrangen, was Jaxon daran erinnerte, dass jederzeit jemand vorbeikommen konnte. Vielleicht jemand, der seinen Hund ausführte. Oder Teenager, die im Dunkeln herumschmusen wollten und dann entdecken würden, wie er und Suzanne es miteinander trieben, als wären sie selbst ausgeflippte Halbwüchsige.

Die Vorstellung, auf diese Weise erwischt zu werden, war eher reizvoll als erschreckend. Er unterdrückte ein Stöhnen, doch sogleich wurde ihm klar, dass es unnötig war, sich still zu verhalten, weil die Brücke ohnehin bei jeder Bewegung, die sie machten, knarrte und rasselte.

Suzannes keuchendem Atem, der heiß seinen Hals streifte, entnahm er, dass sie ebenfalls kurz davor war zu kommen. Was für eine erstaunliche Liebhaberin sie doch war, die ihm hinsichtlich Leidenschaft in nichts nachstand.

»Jaxon!«, flüsterte, nein, schluchzte sie in einem Ton, der zugleich fordernd und drängend war.

Er presste ihr die Lippen auf den Mund, um sie leidenschaftlich zu küssen, während er, zwischen ihren feuchten heißen Schenkeln liegend, immer tiefer und härter zustieß.

Rasant näherte er sich dem Punkt, an dem es kein Zurück mehr gab. Er schob die Hand zwischen ihre Körper, um ihre geschwollene Knospe zu bearbeiten. Sie keuchte auf. Ihr Körper krampfte sich zusammen und war einen ausgedehnten Moment lang wie erstarrt. Dann löste sich die Spannung in wilde Zuckungen auf, und Jaxon ließ seinen Samen schießen, um gemeinsam mit ihr zum Höhepunkt zu gelangen.

Er musste all seine Willenskraft zusammennehmen, um nicht kraftlos auf sie zu sinken.

Als er langsam wieder zu sich kam, dämmerte ihm, was er da gerade gemacht hatte. Er hatte Suzanne beweisen wollen, was für ein toller Hecht er war. Stattdessen hatte er sie wie ein geiler Teenager auf einem Spielplatz gebumst. Er konnte nicht anders, er musste einfach lachen.

Es begann als glucksendes Lachen in seinem Bauch, das zunahm, als es in ihm aufstieg, um schließlich als schallendes Gelächter aus ihm hervorzubrechen.

In dem Moment fing auch Suzanne an zu lachen.

Als die zwei sich endlich wieder beruhigt hatten, küsste er sie zärtlich. »Du bist unglaublich sexy! Aber ich fürchte, dass wir eines Tages deinetwegen noch verhaftet werden.«

Sie tippte ihm auf die Schulter. »Darf ich dich daran erinnern, dass das hier deine Idee war?«

Er grinste stolz. »Und du hast mich dazu inspiriert.«

Wieder kam ein Auto die Straße entlang, das diesmal jedoch nicht vorbeifuhr, sondern stehen blieb.

»Rühr dich nicht«, murmelte Jaxon. »Sie werden uns schon nicht sehen.«

Von dem geparkten Auto flammte Licht auf, das die Dunkelheit des Spielplatzes durchdrang.

»Duck dich!«, zischte Jaxon. »Ich wette, das sind Teenager.«

Als sie in den Lichtkegel gerieten, stöhnte er auf. »Die werden gar nicht glauben, was für einen Glückstreffer sie gelandet haben.«

Die Türen des Autos gingen auf, wobei die Innenbeleuchtung solange anblieb, dass Jax Einzelheiten erkennen konnte. »Mein Gott, das ist die Polizei!«

»Was?«, quietschte Suzanne.

»Die Bullen. Suzanne, ordne deine Kleidung.« Rasch erhob er sich, wobei er mit der einen Hand versuchte, ihren Rock nach unten zu ziehen, während er sich mit der anderen das Kondom abstreifte. Dann griff er nach seinen Hosen und Unterhosen, um sie unbeholfen hochzuzerren.

Gerade als er seinen Reißverschluss zumachte, flammte eine starke Taschenlampe auf und tauchte sie in Licht. Suzanne war ebenfalls aufgestanden. Während sie schwankend auf der Holzbrücke standen, nahm Jaxon ihre Hand.

»Treten Sie auseinander«, befahl eine Männerstimme. »Und kommen Sie sofort herunter.«

Ohne auf die Anweisung, auseinanderzutreten, zu achten, führte Jax Suzanne zur Leiter. Da ihm einfiel, dass sie einen extrem kurzen Rock und einen winzigen Tanga anhatte, kletterte er als Erster hinunter. Als sie ihm folgte, deckte er sie mit seinem Körper gegen die Blicke der beiden Polizisten ab.

Er hatte im Scherz gesagt, dass man sie noch verhaften würde, und genau das schien ihnen jetzt bevorzustehen. Ihm als Rechtsanwalt hätte das eigentlich Sorgen bereiten müssen, doch aus irgendeinem Grund fand er die ganze Situation erheiternd.

»Auseinander! Treten Sie auseinander. Und strecken Sie Ihre Hände so vor, dass wir sie sehen können.« Diesmal gab eine Frauenstimme die Anweisungen.

»Als ob wir versteckte Waffen bei uns trügen«, murmelte Jaxon Suzanne zu.

»Na, du schon«, flüsterte sie zurück.

Bevor er es unterdrücken konnte, platzte ein Lachen aus ihm heraus.

»Treten Sie auseinander!«, brüllte die Männerstimme.

Jaxon riss sich zusammen und versuchte, sich wie ein

Erwachsener zu benehmen. Nachdem er sich ein Stück von Suzanne entfernt hatte, traten sie beide mit erhobenen Händen vor. Die zwei Polizisten leuchteten ihnen mit ihren Taschenlampen ins Gesicht, sodass Jaxons Augen tränten. »Was haben wir denn verbrochen?«, fragte er.

»Sie sind nicht befugt, den Spielplatz zu betreten«, erwiderte der Mann.

Jaxon runzelte die Stirn. »Aber das ist ein öffentlicher Spielplatz.«

»Dessen Betreten zwischen Sonnenuntergang und Sonnenaufgang verboten ist. Haben Sie das Schild nicht gesehen?«

»Äh, nein, dazu war es zu dunkel.« Er versuchte, das Lachen, das von Neuem in ihm aufstieg, zu unterdrücken, hörte aber, dass es in seiner Stimme mitschwang.

Er bemerkte, dass Suzanne, deren Gesicht vom grellen Licht der Taschenlampe der Polizistin beschienen wurde, ebenfalls kurz davor war, in Lachen auszubrechen.

»Tut mir leid, aber wir haben das Schild nicht gesehen«, sagte er rasch. »Wir hatten nicht die Absicht, gegen das Verbot zu verstoßen, und wir werden es nie wieder tun.«

»Und warum sind Sie auf den Spielplatz gegangen?«, fragte die Polizistin.

Suzanne lachte prustend. »Das war meine Schuld«, erklärte sie. »Als ich die Schaukel gesehen habe, bin ich schnurstracks darauf zu.« Ihre Stimme war unsicher, weil sie ständig gegen das in ihr aufsteigende Kichern ankämpfen musste. »Es ist solange her, dass ich auf einer Schaukel gesessen hatte. Dann musste ich unbedingt auch noch auf die Rutschbahn, und anschließend haben wir das Fort entdeckt … na ja, irgendwie war das alles so, als sei man wieder ein Kind …«

»Da hatten wir vom Auto aus aber einen anderen Eindruck«, meinte der Polizist.

Jax konnte sich nicht länger beherrschen und brach von Neuem in Lachen aus, was dazu führte, dass Suzanne ebenfalls loskicherte.

»Sie beide scheinen die Situation ja nicht sonderlich ernst zu nehmen«, sagte die Polizistin in scharfem Ton. »Zeigen Sie uns doch bitte mal Ihre Papiere.«

Jax zog seine Brieftasche heraus und reichte sie dem Polizisten, während Suzanne in ihrer Umhängetasche herumkramte. Jaxon hoffte inständig, dass dabei nicht zufällig ein paar der abgedrehten Kondome herauspurzelten.

Nachdem der Polizist Jax bedeutet hatte, noch ein Stück von den Frauen wegzutreten, sah er sich in aller Ruhe mit Hilfe seiner Taschenlampe den Inhalt der Brieftasche an. »Ist das Ihre gegenwärtige Adresse, Mr Navarre?«

»Ja, ich wohne in San Francisco.«

»Machen Sie hier Urlaub oder sind Sie geschäftlich hier?«

»Bin nur kurz übers Wochenende hergekommen, um meine, äh, Freundin Suzanne zu besuchen.«

Der Polizist zog eine Karte aus der Brieftasche und hielt sie ihm vor die Nase. Verdammt, das war ja seine Mitgliedskarte der Anwaltskammer. »Jemand wie Sie müsste eigentlich besser Bescheid wissen.«

»Tja …« Er warf einen Blick zu Suzanne hinüber.

Die Polizistin schien sie einer Prozedur zu unterziehen, die der ihres Kollegen ähnelte. Als die Frau sagte: »Ms Brennan«, spitzte Jaxon die Ohren.

Aha. Jetzt wusste er also ihren Nachnamen. Und wenn sie zugehört hatte, kannte sie auch den seinen. Eine drollige Art und Weise, so etwas herauszufinden. Dabei hatte es gar keinen bestimmten Grund gegeben, ihre Nachnamen geheim zu halten. Das Thema war einfach nie zur Sprache gekommen.

»Sind Sie sicher, dass die Dame eine Freundin von Ihnen ist und freiwillig mit Ihnen auf den Spielplatz gegangen ist?«

Der ernsthafte Ton des Polizisten veranlasste Jax, sich diesem wieder zuzuwenden. Der Mann musterte ihn mit zusammengekniffenen Augen.

Ah, na klar. Der Typ musste überprüfen, ob der Sex in gegenseitigem Einverständnis vollzogen worden war. »Ja, natürlich«, entgegnete Jax in sachlichem Ton. »Fragen Sie sie doch einfach.«

Logo. Genau das würde die Polizistin gerade tun.

»Und sie wohnt hier in der Gegend?«, fuhr der Polizist fort.

»Ich …« Er konnte doch nicht zugeben, dass er nicht wusste, wo sie wohnte. »Wir haben hier in der Nähe in einem kleinen griechischen Restaurant gegessen. Hinterher haben wir dann beschlossen, einen Spaziergang zu machen.«

»Einen Spaziergang.«

»Ja. Dabei haben wir den Spielplatz entdeckt. Das Schild haben wir wirklich nicht gesehen.«

»Okay. Bleiben Sie hier stehen und rühren Sie sich nicht von der Stelle«, befahl der Polizist. Nachdem er zu seiner Kollegin gegangen war, traten die beiden ein Stück zur Seite und berieten sich in gedämpftem Ton. Jax konnte kein Wort verstehen.

Er blickte zu Suzanne hinüber, um sie anzugrinsen, stellte jedoch fest, dass sie schockiert aussah.

Was die Polizistin wohl zu ihr gesagt hatte?

Als er sich anschickte, auf sie zuzugehen, wehrte sie ihn mit einer raschen Handbewegung ab. Er blieb stehen. Was zum Teufel ging hier vor sich?

Nach ein paar Minuten kam der Polizist zurück. »Okay. Die Dame hat bestätigt, dass alles in beiderseitigem Einverständnis geschah. Trotzdem war es bescheuert.« Die Lippen des Mannes gerieten kurz ins Zucken. »Wie Teenager haben Sie sich benommen.«

»Ich weiß.« Herrgott noch mal, begriff der Typ denn nicht, dass er, Jaxon, für sein Verhalten nicht verantwortlich war, wenn er mit Suzanne zusammen war?

Er schaute zu Suzanne und der Polizistin hinüber, die abermals in ein Gespräch vertieft waren.

»Sie werden uns doch wohl nicht verhaften, oder?«, fragte er. »Weil wir uns wie, äh, Teenager benommen haben.«

Der Polizist kratzte sich am Kinn. Jax hatte den Eindruck, dass er gegen ein Lachen ankämpfte. »Diesmal kommen Sie noch mit einer Verwarnung davon. Da sie zu Gast in unserer Stadt sind und so.« Er klappte die Brieftasche zu und gab sie Jaxon zurück. »Wie gefällt es Ihnen denn in Vancouver?«

Jax konnte sich nicht beherrschen und stieß ein schnaubendes Lachen aus. »Nach dem, was ich bisher gesehen habe, zu urteilen, scheint es sehr viel zu bieten zu haben.«

»Glaub ich gern«, erwiderte der Polizist mit einer Stimme, die vor Lachen bebte. Dann leuchtete er Jax plötzlich von Neuem mit der Taschenlampe ins Gesicht. »Haben Sie zwei was getrunken?«

»Wein, beim Essen. Über mehrere Stunden verteilt.«

»Sehen Sie zu, dass Sie noch eine Weile an der frischen Luft bleiben. Oder rufen Sie ein Taxi, statt sich selbst ans Steuer zu setzen.«

»Selbstverständlich.« War wahrscheinlich besser, ihm nicht zu erzählen, dass sie nur deswegen hier gelandet waren, weil er, Jaxon, in der frischen Luft hatte nüchtern werden wollen.

Nachdem der Polizist sich zu seiner Kollegin gesellt hatte, gingen sie zum Streifenwagen zurück, wobei sie lachend die Köpfe zusammensteckten.

Jax legte Suzanne die Hand auf die Schulter, während sie ebenfalls zur Straße gingen. Dabei bemerkte er, dass ihre Muskeln total verkrampft waren. »Bist du okay?«

»Geh weiter, sie beobachten uns.«

Die Polizisten waren in ihr Auto gestiegen, fuhren jedoch nicht los.

Schweigend verließen Jaxon und Suzanne den Spielplatz und gingen den Bürgersteig entlang. Nach ein paar Minuten fuhr das Polizeiauto an ihnen vorbei.

Er wartete, bis es außer Sicht war. Dann machte er halt und stellte sich vor Suzanne hin.

»Das tut mir schrecklich leid, Suzanne. An dieser ganzen Sache bin ich schuld.«

»Überhaupt nicht«, erwiderte sie in bedrücktem Ton. »Ist schon okay. Wenigstens sind wir nicht verhaftet worden. Lass uns weitergehen, falls sie zurückkommen sollten.«

Auch eine Möglichkeit, sich die Stimmung und den Spaß zu verderben, dachte er bei sich, während sie schweigend ihren Weg fortsetzten.

»Was hat die Polizistin dich denn gefragt?«, sagte er nach einer Weile.

Er spürte, wie ihre Schultern sich noch mehr verkrampften. Es fühlte sich an, als halte sie die Luft an. Dann stieß sie laut den Atem aus, und ihre Schultern sackten nach unten. »Willst du das wirklich wissen?«

»Selbstverständlich.«

»Okay«, fuhr sie mit leicht zittriger Stimme fort, »zunächst einmal wollte sie wissen, ob du mich vergewaltigt hättest. Als ich das verneinte, fragte sie, ob ich eine Nutte sei und du mein Zuhälter.«

»Waas?« Sicher, die Polizisten hatten feststellen müssen, ob sie in gegenseitigem Einvernehmen Sex miteinander gehabt hatten, aber das ging entschieden zu weit.

Suzanne hob den Kopf und starrte ihm in die Augen. »Weil du schwarz bist und ich weiß.«

»Ach du Scheiße.« Er hätte es sich denken können. »Mensch, Suzanne, das tut mir leid.«

»Nein, *mir* tut es leid, und ich entschuldige mich im Namen meiner ignoranten, rassistischen Heimatstadt. Verdammt noch mal, Jaxon, das ist so, so ...« Sie schüttelte heftig den Kopf, weil ihr kein passendes Wort einfiel.

»Das ist Profiling aufgrund der Rassenzugehörigkeit. In San Francisco ist es nicht ganz so schlimm, vermutlich weil wir prozentual mehr Schwarze haben. Trotzdem kommt so was auch bei uns vor.«

Er war zwar verärgert, versuchte aber trotzdem, sich an die Stelle der Polizisten zu versetzen. »Da sehen sie ein Pärchen, das es auf einem Spielplatz treibt, und nehmen an, dass es sich um Teenager aus der Nachbarschaft handelt. Dann nehmen sie uns in Augenschein – einen gut gekleideten Schwarzen und eine schöne Blondine in Minirock und knappem Top. Damit haben sie in keiner Weise gerechnet, zumal in einer Gegend wie dieser.«

»Und nur aufgrund unseres Aussehens ziehen sie dann alle möglichen abwegigen Schlüsse?«

»Andere Anhaltspunkte hatten sie zunächst ja nicht. Suzanne, sie wollten sich vergewissern, dass dir keine Gefahr droht.«

Sie blickte entrüstet drein. »Von dir? Aber du würdest mir doch nie etwas zuleide tun.«

»Und woher sollten sie das wissen?«

Sie riss die Augen auf. »Ich kann einfach nicht glauben, dass du sie auch noch verteidigst.«

»Ich habe schon wesentlich Schlimmeres erlebt. Wie jeder Schwarze.«

»Das ist so unfair.«

Er seufzte. Es war zwar total süß, dass sie stinksauer war, aber die Dame sah die Dinge nicht so, wie sie waren. »Stimmt, manches davon ist wirklich unfair. Aber es ist durchaus fair, sich zu vergewissern, dass einer Frau keine Gefahr droht, wenn sie unter prekären Umständen mit einem Typ zusammen ist, der wesentlich größer und stärker ist als sie.«

Suzanne runzelte die Stirn.

»Du hast das ja auch gemacht«, erinnerte er sie. »Gestern Abend hattest du deine Freundinnen an den Strand bestellt, damit du dich sicherer fühlst.«

»Das weißt du?«

»Na klar. Hab doch gesehen, wie du sie weggewinkt hast«.

»Du weißt, dass das nichts damit zu tun hatte, dass du schwarz bist, nicht wahr? Hauptsächlich war es deswegen, weil meine Freundinnen sich Sorgen machten, dass ich mich mit einem nahezu Fremden treffe.«

»Gute Freundinnen, wie?«

»Bessere gibt es nicht.«

Er war froh, dass sie solche Freundinnen hatte. Suzannes verrückter – und total entzückender – Hang zu waghalsigen Dingen konnte eines Tages dazu führen, dass sie in Schwierigkeiten geriet. Schön zu wissen, dass es Menschen gab, die auf sie aufpassten.

Sie seufzte. »Das Leben ist hart, nicht wahr?«

»Bisweilen. Aber ich habe festgestellt, dass es nicht viel bringt, sich darüber aufzuregen.« Er lächelte sie an. »Außerdem hat das Leben auch viele gute Seiten. Zum Beispiel die Tatsache, dass wir jetzt zusammen sind.« Er beugte sich vor, um sie auf eine Weise zu küssen, die eher freundlich und beruhigend als leidenschaftlich war.

Nach einer Weile schien sie sich zu entspannen. Und nahm er da ein schelmisches Funkeln in ihren Augen wahr?

»Die Polizistin meinte, du seist ein ganz heißer Typ«, sagte sie.

Du liebe Güte. »Was?«

»Als sie überzeugt war, dass es keine Probleme gibt und dass wir wirklich ein Liebespaar sind, wollte sie wissen, ob du so toll bist, wie du aussiehst. Ich habe gesagt, dass du sogar noch toller bist.«

»Eine Polizistin wollte wissen …«

»… ob du ein guter Liebhaber bist.«

Er schüttelte den Kopf. »Frauen!«

»Ich glaube nicht, dass das rassistisches Profiling war. Ich glaube, das war pure Bewunderung.« Suzanne runzelte leicht die Stirn. »Wie soll man das auseinanderhalten?«

»Manchmal kann man das nicht. Es gibt so viele stereotype Vorstellungen.«

»Zum Beispiel, dass Schwarze unten rum gut ausgestattet sind«, sagte sie, »und ein natürliches Gefühl für Rhythmus haben. Dass weiße Männer nicht springen können, sondern nur Schwarze gut im Basketball sind.«

Er lachte leise in sich hinein. Was sie wohl sagen würde, wenn sie herausfand, dass er jahrelang Basketball gespielt hatte?

»Freut mich, dass du darüber lachen kannst«, meinte sie ein wenig verstimmt.

»Ach Gott, manchmal muss man einfach lachen. Wenn man diese Dinge zu ernst nimmt, wird man ja ganz rammdösig.«

»Vermutlich.«

Als sie ihren Weg fortsetzten, fragte er: »Meinst du, wir könnten noch mal zum Spielplatz zurückgehen?«

»Findest du nicht, dass das den Bogen überspannen würde?«

»Nicht um Sex zu haben. Klar, das wäre viel zu riskant.

Aber ich habe ein benutztes Kondom auf der Brücke zurückgelassen. Ich will nicht, dass irgendein Kind es morgen früh findet.«

»Guter Gedanke.«

»Du musst aber Schmiere stehen und mich warnen, falls die Bullen zurückkommen.«

Sie kicherte. »Völlig neue Rolle für mich, uns davor zu bewahren, verhaftet zu werden.«

Am Sonntag wachte Suzanne ziemlich spät auf. Ihr Körper tat an verschiedenen Stellen weh. Kam das von zu viel Sex? Nein, zu viel Sex konnte man gar nicht haben, jedenfalls nicht mit Jaxon Navarre.

Was für ein toller Name.

Ob er ihren auch mitbekommen hatte? Wenn ja, dann konnte er ihre Nummer im Telefonbuch nachschlagen.

Aber das würde er nicht tun. Das würde gegen die Regeln verstoßen, auf die sie sich geeinigt hatten.

Sie schlüpfte aus dem Bett und ging unter die Dusche. Während sie sich behutsam einseifte, dachte sie über die vergangenen zwei Abende nach. Toller Sex, aber alles in der Ruckzuckkategorie. Nicht ein einziges Mal hatten sie im Bett – oder an einem anderen Ort, wo es bequem und gemütlich war – Liebe miteinander gemacht und sich dabei Zeit gelassen.

Und genau genommen war »Liebe machen« schwerlich der richtige Ausdruck.

Sie und Jaxon hatten sich auf eine rein sexuelle Begegnung eingelassen, auf eine erotische Eskapade. Wie hieß es doch in dem Lied von Tina Turner? »Whats's love got to do with it?«

In diesem Falle offenbar nicht das Geringste. Man konnte sich erst dann in einen Menschen verlieben, wenn man ihn wirklich gut kannte. Wenn man mehr über ihn wusste, als dass er ein fantastischer Liebhaber war. Wozu es bei ihr und Jaxon nicht kommen würde, weil sie das beide nicht wollten.

Suzanne fuhr sich mit dem Badeschwamm über die Hüfte und dachte daran, wie es sich angefühlt hatte, als er mit seiner Hand über ebendiese Stelle gestrichen hatte.

Dann dachte sie an sein Gesicht, das so lebendig gewirkt hatte, als sie sich im Restaurant unterhalten hatten. Gewiss, sie hatten persönliche Themen vermieden, aber trotzdem lernte sie ihn allmählich besser kennen. Auf Kreta hatte er seine an Arthritis leidende Zimmerwirtin mit dem Auto zum Grab ihres Mannes gefahren, weil es ihr Schmerzen bereitet hätte hinzulaufen. Und das hatte er nicht erzählt, um Punkte zu machen. Das war nur eine von mehreren kleinen Episoden gewesen, die er ihr geschildert hatte, als sie in Erinnerungen an ihre Erlebnisse in Griechenland geschwelgt hatten. Als er ihr die Geschichte erzählte, war ihr ganz warm ums Herz geworden.

Jaxon war ein Mann, der einen überarbeiteten Kellner freundlich anlächelte, statt ihn zurechtzuweisen, wenn er vergessen hatte, den Kaffee zu bringen.

Ein Mann, der extra zurückging, um ein Kondom aufzusammeln, damit es nicht von einem Kind gefunden wurde.

Ein Mann, der sogar versuchte, zu begreifen und zu erklären, warum die Polizei diese grässlichen Schlüsse gezogen hatte.

Er war ein guter Mensch. Davon war sie angesichts all dieser kleinen Dinge überzeugt. Und das war beruhigend, falls sie ihre Beziehung fortsetzen sollten.

Beziehung? Ein weiterer fragwürdiger Begriff. Der Gefühle implizierte. Gleichwohl waren sie zweifellos mehr als nur Bekannte. Oder? Vielleicht sollte man von Bekannten sprechen, die Sex miteinander hatten.

Aber das klang so kalt. Wenn sie Sex hatten, fühlte sie sich ihm wirklich nah, viel näher als den wenigen anderen Liebhabern, die sie bisher gehabt hatte, obwohl sie diese Männer wesentlich besser gekannt hatte. Jaxon hingegen vermittelte ihr ein Gefühl von Vertrautheit.

Vertrautheit? Suzanne stieß ein Schnauben aus und schleuderte den Badeschwamm fort. Meine Güte, sie hatten tollen Sex miteinander gehabt. Genau das hatte sie gewollt, genau das hatte sie bekommen, und in Zukunft würde sie es möglicherweise wieder bekommen.

In Zukunft.

Ihre Zukunft, die noch in weiter Ferne lag, hieß Mr Cleaver. Er würde so rücksichtsvoll wie Jaxon sein. Wenn sie ein bisschen Glück hatte, würde er auch sexy sein. Also .... bestand dann vielleicht die Möglichkeit, dass Jaxon sozusagen ein verkleideter Mr Cleaver war?

Suzanne lehnte sich gegen die Wand der Duschkabine, um über diese Frage nachzudenken. Der Zeitpunkt stimmte nicht. Sie lebten in verschiedenen Ländern.

Sie gehörten unterschiedlichen Rassen an. Dieser Umstand war ihr letzte Nacht mit aller Deutlichkeit vor Augen geführt worden. Wenn sie ein Paar wären, würde es zu weiteren unangenehmen Vorfällen dieser Art kommen.

Und wenn sie einander liebten, würde sie derlei genau wie letzte Nacht in keiner Weise anfechten. Die Vorurteile anderer Leute würden sie nicht auseinander bringen, sondern sie enger zusammenwachsen lassen. Nein, für sie war Rasse ganz gewiss kein Grund, einer Bindung aus dem Weg zu gehen.

Aber es gab einen Grund, der ohne Frage stark ins Gewicht fiel. Die junge Frau, die Mr Cleaver heiraten wollte, war langweilig, vernünftig und altmodisch.

Und wenn sie die Sache unter diesem Aspekt betrachtete, konnte sie sich Jaxon nicht in der Mr Cleaver-Rolle vorstellen. Er war der ideale Gespiele für sexy Suzanne, aber nicht für ihre vernünftige Zwillingsschwester.

Außerdem wollte sie, wenn sie es recht bedachte, im Moment nicht über diese zukunftsbezogenen, auf einen eigenen Hausstand zielenden Dinge nachdenken. Ihr erotisches Abenteuer war ebenso überraschend wie toll, und sie wollte es genießen, solange es nur irgendwie ging. Das aber erforderte – davon war sie fest überzeugt –, dass sie sich strikt an die Champagnerregeln hielten.

Sie stieg aus der Dusche, trocknete sich ab und zog ihren Bademantel an. In der Küche fütterte sie die Katzen und setzte Kaffee auf. Nachdem sie ein Vollkornmuffin getoastet hatte, bestrich sie es mit der selbstgemachten Erdbeermarmelade ihrer Mutter und ging mit ihrem Frühstück ins Schlafzimmer, um den Computer anzuwerfen. Seit Freitagabend hatte sie ihre E-Mail nicht mehr gecheckt.

Da war eine Nachricht vom Höhlenmann, die er spät nachts am Freitag abgeschickt hatte, nachdem er ihre E-Mail erhalten hatte. *Unanständige Träume?*, schrieb er. *Darauf kannst du Gift nehmen. Was soll ich denn sonst für welche haben, wenn ich von dir träume? Kann es gar nicht erwarten, wieder in dir zu sein …*

Hmm. Letzte Nacht hatte er nicht gemailt, heute Morgen auch nicht. Nun ja, es war schon sehr spät gewesen, als er sie bei dem Miata abgesetzt hatte, und vielleicht hatte er früh abfliegen müssen. Trotzdem hatte sie auf irgendein Zeichen gehofft. Auf einen Kuss per E-Mail, um auszudrücken, wie fabelhaft das Wochenende gewesen war. Auf die Bestätigung, dass er hoffte, sie am nächsten Wochenende wiedersehen zu können, wie sie es angedacht hatten.

Suzanne machte eine Faust und gab sich eins auf den

Kopf. Sie war schon wieder auf dem besten Wege, sich allerlei schnulziges Zeug auszudenken.

Entschlossen wandte sie sich dem Rest ihrer Mails zu. Die meisten stammten von ihren Freundinnen.

Jenny hatte gestern Abend gemailt und schrieb: *Bin gespannt, wie die Kondome sich bewähren …* ☺ ☺ ☺

Suzanne klickte ANTWORTEN an. *FYI, Schokogeschmack ist nicht so gut wie die echte Sache (Candy oder Schwanz), aber gerippt mit Noppen ist prima.* ☺ ☺ ☺ ☺ ☺

Rinas Sonnabendbotschaft lautete: *Hoffe, ihr zwei habt eine wundervolle Zeit. Kann es gar nicht erwarten, alles darüber zu hören. Gib kurz Bescheid, dass du okay bist.*

Mehr als okay!, antwortete Suzanne. *Ja, wir hatten einen tollen Abend. Am Montag erzähle ich dir alles darüber.*

Und dann war da noch Ann, die am Samstagabend um elf gemailt hatte. *Verdammt noch mal, muss mich sehr zusammenreißen, um dich nicht anzurufen und um deinen Rückruf zu bitten, wenn du nach Hause kommst! Ich weiß, ich weiß, du bist erwachsen, und ich bin nicht deine Mutter, aber ich mache mir Sorgen – und bin neugierig! Lass mich wissen, ob du wohlbehalten nach Hause gekommen bist und ob du mehr über den geheimnisvollen Jaxon erfahren hast.*

Ich bin wohlbehalten nach Hause gekommen, tippte Suzanne, *und wir hatten eine tolle Zeit.*

Sie hielt inne, um anschließend langsamer weiterzutippen. *Ob ich mehr über ihn erfahren habe? Ja, in gewisser Weise. Ich habe festgestellt, dass er rücksichtsvoll ist. Aber ich weiß immer noch nicht, was er beruflich macht. Ich weiß nichts von seinen Eltern oder ob er Geschwister hat. Ich kenne weder seine Lieblingsfarbe noch seinen Lieblingsfilm noch sein Sternzeichen, und was für Bücher er liest, weiß ich auch nicht. FALLS er liest!*

Sie hörte abrupt auf zu tippen. Ihr war gar nicht klar gewesen, wie sehr es sie verdross, über all diese Dinge nichts zu wissen. Aber wie konnte sie ihn denn danach fragen, wenn sie nicht bereit war, Einzelheiten aus ihrem eigenen Leben preiszugeben? Außerdem würde es gegen die Champagnerregeln verstoßen, solche Dinge zu wissen, und sie war schließlich gerade zu der Überzeugung gelangt, dass diese Regeln unentbehrlich waren.

Entschlossen schnappte sie sich die Maus und löschte alles, was nach … *rücksichtsvoll ist* kam. Dann fing sie von vorn an. *Ich kenne seinen Nachnamen – Navarre –, er hat in puncto Kleidung einen tollen Geschmack, sein Körper ist hinreißend, er mag Cabrios und ist ein FANTASTISCHER Liebhaber. Mehr brauche ich im Moment wirklich nicht zu wissen, Ann. Ich meine, hierbei geht es nur um Sex, nicht um die Gestaltung der Zukunft.*

Wir haben Regeln aufgestellt, die wir als »Champagnerregeln« bezeichnen. Wir werden uns gelegentlich sehen, um wilden, verrückten Sex miteinander zu haben, aber nicht so oft, dass der Sekt anfängt, schal zu schmecken.

Als sie diese Worte las, stellte sie sich Anns Reaktion vor. Ihre Freundinnen hielten sie für äußerst konventionell, und vielleicht war sie das ja, aber sie hatte auch eine aufregende, unternehmungslustige Seite. Das hatte Jaxon ihr bewiesen. Sie tippte weiter.

Er ist nicht mein Mr Cleaver, sondern meine Gestalt gewordene Fantasie. Jede Frau hat das Recht auf eine Fantasie, nicht wahr? Und was Fantasien angeht, so rangiert er auf einer Steigerungsskala von eins bis zehn auf Platz zwanzig!!!! ☺ Reicht das an Information?

So, dem musste Ann entnehmen können, wie die Dinge standen.

Erst als sie auf ABSCHICKEN geklickt hatte, las sie Anns E-Mail noch einmal durch. Hmm. Ihre Freundin hatte Jaxon als geheimnisvoll bezeichnet, aber sie hatte die Natur ihrer … Beziehung (es gab einfach keinen anderen Begriff) in keiner Weise infrage gestellt. Warum hatte Suzanne dann so … ja, so defensiv reagiert?

Während sie ihr Muffin aufaß, überlegte sie, ob sie Jaxon eine Mail schicken sollte. Nein, nichts da. Bisher hatte sie die Eröffnungszüge gemacht. Diesmal würde sie den Ball in seinem Spielfeld lassen.

Und hoffen, dass er ihn in ihr Spielfeld zurückwarf.

9

Da Jax sich in Vancouver den teuren Porsche geleistet hatte, nahm er in San Francisco den Zug, um vom Flughafen in die Innenstadt zu gelangen. Er verdiente zwar ganz gut Geld, setzte aber bestimmte Prioritäten, die darin bestanden, die Hypothek seiner Mutter abzubezahlen und sich Garderobe zu kaufen, die seinen Klienten und Kollegen demonstrieren sollte, wie erfolgreich er war. Nachdem er sein Jurastudium abgeschlossen hatte, hatte er den studentischen Jeans-und-Dreadlocks-Look durch ein konservativeres, profihaftes Äußeres ersetzt.

Er ging die paar Blocks zu seiner Kanzlei zu Fuß, winkte ein paar anderen Rechtsanwälten, denen er begegnete, zu und begab sich in sein Büro. Auf seinem Schreibtisch hatte sich seit Freitag ein weiteres halbes Dutzend Akten angesammelt. Das Lämpchen seines Anrufbeantworters blinkte, und als er seinen Computer anwarf, stellte er fest, dass die Mailbox voll war.

Erst mal das Telefon. Er drückte auf den Knopf und machte sich Notizen, während er sich ein halbes Dutzend Nachrichten anhörte. Als er die Stimme seiner Mutter vernahm, lehnte er sich lächelnd auf seinem Stuhl zurück.

»Hallo, mein Sohn.« Man konnte nicht eigentlich sagen, dass sie mit Akzent sprach. Sie hatte lediglich einen leicht singenden Tonfall, dessen heiterer Klang sein nüchternes Büro mit Wärme füllte. »Dachte mir, dass es sinnvoller ist, dich im Büro als zu Hause anzurufen. Nehme an, dass du erst spät in dein Apartment zurückkehrst.«

O ja, seine Mom kannte ihren Sohn.

»Ich hoffe, dein kleiner Wochenendtrip war schön. Wie stehen die Chancen, dass du deiner Mama alles erzählst?« Sie lachte glucksend. »Ich werde dich mit einem Dinner bestechen. An irgendeinem Abend in der kommenden Woche. Oder auch am nächsten Wochenende, falls du dich da nicht wieder irgendwo rumtreibst.«

Er nahm den Hörer ab und drückte auf die Kurzwahltaste, um sie anzurufen.

Während das Telefon klingelte, blickte er an den zu bearbeitenden Akten vorbei nach draußen, wo strahlender Sonnenschein herrschte. Mist. Manchmal hasste er es, wie hart er arbeiten musste, um sein Ziel zu erreichen.

Aber jetzt musste er den Preis dafür bezahlen, dass er am Wochenende geschwänzt hatte.

Als seine Mutter abnahm, sagte er: »Dinner wäre großartig. Wenn ich heute Abend wie verrückt arbeite, klappt es vielleicht morgen.« Er wusste aus Erfahrung, dass an Montagen die Chancen am besten standen; danach würde die Woche noch chaotischer werden. »Ist es okay, wenn ich dir nachmittags Bescheid gebe?«

»Klar, mein Schatz. Ruf mich im Laden an, sobald du es weißt. Dann kaufe ich auf dem Heimweg die nötigen Zutaten und koche uns etwas ganz Besonderes.«

Das Letzte, was sie brauchte, nachdem sie den ganzen Tag in dem Bekleidungsgeschäft auf den Beinen gewesen war, war, anschließend auch noch ein paar Stunden in der Küche zu stehen, um zu kochen. »Wie wär's, wenn ich dich zum Dinner ausführe?«

»Spar dein Geld lieber. Ich werde kochen.«

»Lass mich dich doch einladen, Mom. Ich stehe weiß Gott schon tief genug in deiner Schuld für all die Essen, die du mir ständig machst.«

»Du stehst überhaupt nicht in meiner Schuld, mein Junge. Es ist die Aufgabe einer Mama und bereitet ihr Freude, sich um ihr Baby zu kümmern.«

Baby. Er war dreißig Jahre alt, strebte die Partnerschaft in einer renommierten Anwaltskanzlei an und war fest entschlossen, für seine Mom zu sorgen, wenn sie alt war – und die Frau wollte sich nach wie vor um ihr »Baby« kümmern.

Was blieb ihm anderes übrig, als sie zu lieben? Und sie zum Dinner auszuführen. »Lass uns beide faul sein und dort hingehen, wo uns andere Leute bedienen. Gibt es nicht irgendein Restaurant, in dem es so gutes Essen gibt wie bei dir?«

Sie schwieg einen Moment. Dann sagte sie in nachdenklichem Ton: »Weißt du, ich glaube, ich werde dein Angebot annehmen. Dann leg jetzt mal auf, Jax, und arbeite schön, damit wir zusammen essen gehen können. Es gibt viel zu erzählen.«

Hmm. Das hörte sich so an, als auch in ihrem Leben etwas Neues passiert. Und sie war im Gegensatz zu ihm bereit, ihn daran teilhaben zu lassen.

Er legte auf, warf einen letzten sehnsüchtigen Blick auf den Sonnenschein draußen und stürzte sich in die Arbeit. Nach ein paar Stunden kam ihm zu Bewusstsein, dass er noch produktiver gewesen war als gewöhnlich. Wer hätte gedacht, dass toller Sex eine solche Nebenwirkung haben würde?

So was sollte er öfter machen.

Und was Suzanne betraf … Er checkte seine Höhlenmann-Mailbox. Hmm, keine Nachricht von ihr. Hieß das, dass es ihm nicht gelungen war, ihr zu geben, wonach sie gesucht hatte?

Er lehnte sich in seinem Stuhl zurück und ließ rasch die Ereignisse Revue passieren. Nein, er war sich absolut sicher, dass er sie zufriedengestellt hatte. Wieder und wieder.

Schnell schrieb er ein paar Zeilen. *Hey, Leichtsinn 69,*

das war ein super Wochenende. Mein armer alter Körper ist völlig ausgelaugt, aber am nächsten Wochenende bin ich sicher wieder fit, falls es dir da passt. Mensch, du sexy Wesen, wenn ich an dich denke, bin ich jetzt schon wieder fit. Na, was meinst du? Dann klickte er auf ABSCHICKEN.

Suzanne war einfach prachtvoll. Jede andere junge Frau hätte irgendwelchen sentimentalen Quatsch erwartet, den sich auszudenken er einfach keine Zeit hatte.

Die Champagnerregeln waren ebenfalls prachtvoll. Ihre Erfindung. Sie sollte ein Buch schreiben. Das würde zwar wahrscheinlich nicht von vielen Frauen gekauft werden, aber jeder Mann, den er kannte, würde danach anstehen und allein schon bei der Vorstellung, mit einer Frau wie ihr zusammen zu sein, einen Steifen bekommen.

Teufel noch mal, er war mit dem Gestalt gewordenen feuchten Traum eines jeden Mannes verbandelt.

Doch im Moment war er kein Liebhaber, sondern Rechtsanwalt und durfte seine Zeit nicht an Träume verschwenden. Nachdem er sich telefonisch eine Pizza bestellt hatte, machte er sich wieder an die Arbeit.

Als er das Büro verließ, war es nach zwei Uhr morgens.

Suzanne beschloss, zu dem traditionellen sonntäglichen Familiendinner einen langen weiten Rock und eine Bluse anzuziehen. Als sie ihr Spiegelbild betrachtete, sah sie eine Frau, die sich um Aufnahme in ein Nonnenkloster hätte bewerben können.

»Nein«, teilte sie ihrem Katzenpublikum mit, »das würde Mom misstrauisch machen.«

Den langen Rock behielt sie an, ersetzte die bis oben zugeknöpfte Bluse aber durch ein hautenges korallenrotes T-Shirt. Ja, auf diese Weise musste es ihr eigentlich gelingen, den mütterlichen Radarschirm zu passieren.

Bevor sie ging, checkte sie ihre E-Mail. Etwa zum zwanzigsten Mal. Jetzt war endlich eine Nachricht da.

Aha! Wenn er an sie dachte, war er also gleich wieder fit. Da sie jetzt wusste, dass er immer noch scharf auf sie war und sie wiedersehen wollte, fühlte sie sich äußerst beschwingt.

Rasch tippte sie: *Fit? Oh, es gefällt mir sehr, wenn du »fit« bist, Höhlenmann!*

Wenn sie mehr Zeit gehabt hätte, hätte sie gern ein bisschen Cybersex getrieben. Na ja, seine Nachricht war ja nicht sehr lang, also würde sie ihm auch nur kurz antworten. Ihre Finger flogen über die Tasten.

Wenn ich mir vorstelle, was wir alles miteinander machen werden, wenn du »fit« bist, wird mir gleich ganz anders! Es muss doch ein oder zwei Dinge geben, die wir noch nicht ausprobiert haben, oder? Was hältst du von Folgendem: Ich schlage was vor, du schlägst was vor, und am nächsten Wochenende probieren wir es dann aus. In meiner Stadt oder in deiner?

Es würde kostspielig sein, runter nach San Francisco zu fliegen. Sicher, den letzten Flug hatte er bezahlt, aber er hatte zweifellos auch mehr Geld als sie.

Sie war gespannt, wie er sich verhalten würde, wenn sie in San Francisco zu Gast war. Ob er sie wohl einladen würde, bei ihm zu wohnen?

Nein, das würde gegen die Regeln verstoßen. Sie würde seinen Geschmack in puncto Möbeln, Kunst, Büchern, Musik kennenlernen. Vielleicht Familienfotos zu Gesicht bekommen. Außerdem konnte sie nicht bei ihm wohnen, weil sie ihn nicht bei sich aufnehmen konnte, wenn er wieder nach Vancouver kam.

Dass Jaxon Navarre in ihrer umgebauten Garage, direkt gegenüber dem Küchenfenster ihrer Eltern übernachtete, war einfach nicht drin.

O Gott, das wurde allmählich kompliziert. Es würde

großen Einfallsreichtum auf ihrer wie auf seiner Seite erfordern, um die Regeln einzuhalten.

»Suzanne?«

Aus dem Garten drang die Stimmer ihrer Schwester an ihr Ohr. Gleich würde sie durch die offene Haustür hereinkommen.

In aller Hast fügte Suzanne hinzu: *Kann es gar nicht erwarten, dich zu sehen.* Sie klickte auf ABSCHICKEN, meldete sich ab und stellte gerade den Computer aus, als Bethany zweimal an den Türrahmen klopfte.

»Suze, bist du da?«, rief sie.

»Hi, Beth.« Suzanne ging ihr bis ins Wohnzimmer entgegen und umarmte sie. »Hab gerade eine Mail zu Ende geschrieben.«

Ihre Schwester grinste. »Erinnerst du dich noch an die Zeit, als unser Leben noch nicht von E-Mails bestimmt wurde?«

»Nein, dafür bin ich zu jung. Nur Leute mittleren Alters wie du erinnern sich noch daran«, spöttelte Suzanne. Bethany war acht Jahre älter als sie, sah aber wesentlich jünger aus.

Beth fuhr sich mit der Hand durch das kurze Haar, das bereits zerzaust war. »Die Kinder brennen darauf ...«

Fröhliches Kindergeschrei schnitt ihr das Wort ab, als Krystina und Declan zur Tür hereinstürmten und über Suzanne herfielen.

»... dich zu sehen«, beendete Beth ihren Satz.

Suzanne beugte sich nach unten, um die begeisterten Umarmungen ihrer Nichte und ihres Neffen zu erwidern. Der dreijährige Declan wuchs so schnell, dass er die vierjährige Krys inzwischen eingeholt hatte. Da sie beide die dunklen Haare und die großen braunen Augen ihres Vaters geerbt hatten, sahen sie fast wie Zwillinge aus.

Eines Tages wollte auch sie zwei Kinder haben, die genauso glücklich und gesund waren wie diese beiden.

Einen flüchtigen Moment lang stellte sie sich vor, wie ihre und Jaxons Kinder aussehen würden. Hinreißend, wenn sie nach ihrem Vater kamen. Aber wenn sie nach ihm kamen, würden sie dann auch unter Rassenvorurteilen zu leiden haben?

Sie schüttelte den Kopf, um diese Gedanken zu verscheuchen, die völlig irrelevant waren. Eine Schwangerschaft würde ganz entschieden gegen die Regeln verstoßen!

»Du siehst ausgesprochen gut aus, Suze«, stellte ihre Schwester fest. »Wie kommt das?« Bethany musterte sie eingehend. »Eine neue Frisur hast du jedenfalls nicht. Neue Kleidung auch nicht. Allerdings sieht es so aus, als hättest du etwas Sonne abbekommen – dein Gesicht glüht förmlich.«

»Ich habe dieses Wochenende einige Zeit am Strand verbracht«, erwiderte Suzanne und biss sich auf die Lippe, um nicht in Lachen auszubrechen.

»Lass uns gehen, Tantchen«, sagte Krys, an Suzannes Hand zerrend. »Ich habe Hunger.«

»Ich auch.« Sie streckte Declan die andere Hand hin und ließ sich von den Kindern zur Tür ziehen. »Wisst ihr, was es zu essen gibt?«

»Hühnchen«, erklärte Declan. »Und gequetschte Kartoffeln.«

»Mmm, mein Lieblingsgericht.« Zur Bestätigung knurrte ihr der Magen. O ja, sie war zweifellos wieder zur vernünftigen Suzanne, der Kartoffelliebhaberin, geworden.

Sie blickte über die Schulter zurück. »Beth, in meinem Kühlschrank sind Erdbeertörtchen.«

»Ich hol sie.«

Die sonntagabendliche Tradition schrieb vor, dass Bethany und Suzanne Vorspeise und Nachtisch mitbrachten, während Jane und Michal Brennan sich um das Hauptgericht und den Abwasch kümmerten. Heute Abend musste ihr Vater gekocht haben, der stets Wert auf Fleisch und Kartoffeln legte. Ihre Mutter hingegen neigte eher zum Experimentieren.

Sie hatte sich nicht getäuscht. Als sie in die Küche kamen, war es ihr Vater, der mit umgebundener Schürze am Herd stand und gerade die Soße umrührte. Nachdem sie ihm einen Kuss auf die Wange gegeben hatte, kostete sie die Soße. »Köstlich«, lobte sie.

Ihre Mutter schenkte für die Kinder Milch ein und griff anschließend nach einer Flasche Wein. »Suzie?«

»Ja, gerne.«

»Du hattest ein ereignisreiches Wochenende«, stellte ihre Mutter fest.

»Nicht wirklich. Sonnabends ist es in der Klinik zwar immer ein bisschen hektisch, aber heute habe ich mehr oder weniger nur rumgehangen und ein wenig gelesen.« Und geschlafen, nachdem sie in den letzten zwei Nächten sehr spät ins Bett gekommen war.

»Ich habe die Abende gemeint«, erklärte ihre Mutter mit einem Funkeln in den Augen.

»Die Abende?« Bethany, die gerade im Begriff war, einen Schluck Wein zu trinken, hielt inne. »Deshalb glühst du also so.«

O verdammt! Sie wollte ihre Familie nicht anlügen, brachte es aber auch nicht fertig, unhöflich zu sein und zu den anderen zu sagen, dass sie das nichts anginge. Sie hatte den halbherzigen Versuch unternommen, sich zur Bemäntelung des Ganzen eine Geschichte auszudenken; jetzt würde sich zeigen, ob sie damit durchkam.

»Das tust du!«, verkündete Beth triumphierend. »Du hattest ein Date!«

»Nicht direkt.« Date. Was für ein Highschoolbegriff, um ihre und Jaxons Abenteuer zu charakterisieren.

»Hast du dich mit einem heterosexuellen Erwachsenen männlichen Geschlechts getroffen?«, fragte ihre Mutter.

»So kann man es ausdrücken.« Zweifellos heterosexuell, und durch und durch männlich. »Aber wir haben keine Dates in dem Sinne, dass sich zwischen uns eine Beziehung anbahnt. Darauf ist im Moment keiner von uns aus. Deshalb ziehen wir nur durch die Gegend und haben Spaß miteinander, ganz so, wie ich es mit meinen Freundinnen mache.«

Ihre Schwester zog skeptisch eine Augenbraue hoch. »Mit einem heterosexuellen Mann durch die Gegend zu ziehen ist nicht dasselbe, wie mit einer Freundin durch die Gegend zu ziehen.«

»Nein, aber …«

Glücklicherweise wurde Suzanne in dem Moment von Bethanys Mann Joel gerettet, der in die Küche kam und sie freudig umarmte. »Hey, da ist ja meine Lieblingsschwägerin.«

»Das sagst du zu all deinen Schwägerinnen«, neckte sie ihn. In der Tat hatte er noch drei andere, die Frauen seiner Brüder.

»Diejenige, mit der ich gerade zusammen bin, ist immer meine Lieblingsschwägerin«, erwiderte er. »Und gewöhnlich bist du das, weil meine Brüder solche Nomaden sind.«

»Tja, bei der Familie Brennan kannst du dich darauf verlassen, dass sie Nestbauer und keine Nomaden sind«, antwortete Suzanne.

»Passt mir ausgezeichnet.« Er legte den Arm um Bethany und zog sie an sich. »Ich bin insofern aus der Art geschlagen, als ich der Einzige in der Familie bin, der nicht die unruhige Zigeunermentalität geerbt hat.«

Seine Eltern arbeiteten zurzeit als Entwicklungshelfer

in Afrika, während seine Brüder und ihre Frauen über die ganze Welt verteilt waren und so unterschiedlichen Aktivitäten wie Fotojournalismus, Medizin und Kunst nachgingen. Joel hingegen war ebenso wie Bethany ein bodenständiger Mensch.

»Ich glaube, du bist perfekt«, teilte Suzanne ihm mit. Joel war genau die Art Mann, wie sie ihn sich selbst wünschte. Obwohl er einen guten Job als Highschoollehrer hatte, rangierten Beth und die Kinder immer an erster Stelle. Er und Beth waren ein Team in dem Sinne, dass sie einander stets eine Stütze waren und ihre jeweiligen Fähigkeiten sich gegenseitig ergänzten.

»Suze trifft sich mit einem Mann«, erklärte Beth ihrem Mann.

»Ach was.«

Der gute alte Joel! Nie steckte er seine Nase in die Angelegenheiten anderer.

»Ist das Dinner denn noch nicht fertig?«, erkundigte sich Suzanne.

Ihr Dad lachte. »Mit solchen Ablenkungsmanövern habe *ich* leider nie Erfolg. Aber es ist fertig. Wer möchte eine Hühnchenkeule? Declan? Krystina?«

Als sie alle mit gefüllten Tellern vor sich am Tisch saßen, nahm Suzanne ihre Gabel und häufte Kartoffeln mit Soße darauf.

»Wie ist dieser Typ denn nun, Suze?«, fragte Beth, während ihre Mutter gleichzeitig sagte: »Wo hast du diesen Mann denn kennengelernt?«

Suzanne legte ihre Gabel hin. »Im Moment möchte ich wirklich noch nicht darüber sprechen. Wir sind uns erst vor Kurzem begegnet, sodass ich den Typ kaum kenne.«

»Das kommt schon noch«, meinte Beth, »wenn du Mr, äh, Namenlos öfter siehst. Denk doch mal an Joel. Der war ja auch ein ganz Fremder für mich, als er in den Laden kam, um seiner Mutter Blumen zum Geburtstag zu schicken. Dann haben wir ein paar Mal zusammen Kaffee getrunken, sind miteinander ausgegangen, und als wir uns drei Jahre kannten, haben wir uns verlobt.«

»Hört sich ideal an«, entgegnete Suzanne, »aber so weit ist es bei mir noch nicht, dass ich darauf warte, dass mein persönlicher Joel aufkreuzt. Ich bin erst vierundzwanzig und studiere noch. Im Moment will ich lediglich ein bisschen Spaß haben. Gib mir noch drei oder vier Jahre. Danach kannst du dann mir in den Ohren liegen und mich ständig fragen, ob ich schon den Richtigen gefunden habe.«

»Finde ich sinnvoll«, erklärte ihr Vater. »Du solltest nichts überstürzen.«

»Klar, Schwesterchen«, sagte Beth, »stoß dir erst mal die Hörner ab.«

Erleichtert nahm Suzanne ihre Gabel wieder auf. Endlich war sie in der Lage, das wunderbare Essen, das ihr Vater zubereitet hatte, zu genießen.

»Hörner?«, sagte Krys lachend. »Mami, Tantchen hat doch gar keine Hörner!«

Joel grinste seine Frau schelmisch an. »Na, Beth, möchtest du das mit den Hörnern vielleicht erklären?«

»Sicher. An Krystinas dreißigstem Geburtstag.«

Die Erwachsenen lachten alle. Krys blickte verwirrt drein, während ihr kleiner Bruder in dem Moment nach dem Salzstreuer griff und dabei sein Glas mit Milch umstieß.

Sich die Hörner abstoßen, dachte Suzanne bei sich, als sie dabei half, die verschüttete Milch aufzuwischen. Beth hatte recht. Das war genau das, was sie machte. Und es war in der Tat sinnvoll, wie ihr Vater gesagt hatte.

Sie hielt mitten im Aufwischen inne. O Gott, da hatte sie es für extrem waghalsig gehalten, sich auf eine erotische Eskapade einzulassen, und dabei war sie die ganze Zeit nur die vernünftige Suzanne gewesen! Sie stieß ein Lachen aus.

Alle hielten in ihrem Tun inne und drehten sich ihr zu. »Hey, was ist denn so komisch?«

Am Montagmorgen um fünf Uhr dreißig klingelte Jaxons Wecker.

Er stöhnte und wünschte, das Racketballspiel um sechs absagen zu können, aber Rick würde bereits auf dem Weg zum Zug sein. Sein Kumpel wohnte und arbeitete in Berkeley, und es war toll von ihm, dass er bereit war, am Montag, Mittwoch und Freitag extra in die Innenstadt zu kommen, um mit Jaxon ein Match auszutragen.

Eine Stunde später war er nicht mehr so zufrieden mit Rick.

Jax hetzte über den Spielplatz und knallte gegen die Wand, als der Ball an ihm vorbeizischte. Sein Kumpel juchzte triumphierend. »Mann, bist du heute eine lahme Rechtsanwaltsschnecke.«

Was eine tödliche Beleidigung war. Er und Rick, beide Rechtsanwälte, die früher in derselben Basketballmannschaft gespielt hatten, hatten nichts als Verachtung für ihre Kollegen übrig, deren Ärsche immer fetter und deren Bäuche immer runder wurden.

Jax rächte sich, indem er den Ball derart zurückschmetterte, dass er in die hinterste Ecke flog. Doch Rick raste zur Ecke und fing den Ball ab, bevor er auf die Erde fallen konnte.

Gewöhnlich war Jax immer der bessere Athlet gewesen. Auf dem College hatten seine Disziplin und sein Elan stets dazu geführt, dass er zum Mannschaftskapitän gewählt worden war. Rick war ebenfalls ein toller Spieler und rundum guter Sportler gewesen, hatte sich aber nie besonders angestrengt.

Es verdross Jax ungemein, dass Rick im Laufe der letzten Monate häufig ihre Racketballmatches gewonnen hatte.

Als die Spielzeit um war, gingen die zwei Männer zu den Duschräumen. »Hast du das Wochenende wie gewöhnlich am Schreibtisch verbracht?«, fragte Rick.

Jaxons schlechte Laune verflüchtigte sich, und er grinste übers ganze Gesicht. »Ob du es glaubst oder nicht, ich habe mir freigenommen. Allerdings musste ich die Arbeit letzte Nacht nachholen.«

»Freigenommen? Na, jedenfalls nicht, um als Basketballtrainer zu fungieren.«

Rick versuchte ständig, ihn zu überreden, mit den unterprivilegierten Kindern, um die er sich kümmerte, zu trainieren. Ein bizarrer Zeitvertreib für einen Mann, der aus einer wohlhabenden afroamerikanischen Familie stammte.

»Bist du immer noch bemüht, deine Schuldgefühle abzuarbeiten, weil du so verdammt privilegiert aufgewachsen bist?«, spöttelte Jax.

»Und du? Bist du immer noch dabei, deine Wurzeln zu ignorieren und so zu tun, als wärst du ein Weißer?«, gab sein Kumpel zurück.

»Na klar«, erwiderte Jax. »Versuche nach wie vor rauszufinden, wie ich meine Haut bleichen kann.«

So kabbelten sie sich immer.

Später, als sie sich anzogen, sagte Rick: »Was hältst du davon, diese Woche mal zum Dinner zu kommen?«

Das war nicht drin – nicht, wenn er sich heute Abend mit seiner Mutter traf und vorhatte, sich das kommende Wochenende für Suzanne freizuhalten. »Das geht nicht. Hab zu viel zu tun. Trotzdem danke.« Er schlüpfte in sein blassblaues Baumwollhemd, das ihn über hundert Dollar gekostet hatte. Obwohl er es im Ausverkauf erstanden hatte.

»Diese Ausrede wird langsam schal.« Rick zog ebenfalls

sein Hemd an, das auch blau war, aber aus Jeansstoff bestand. »Rosa glaubt mittlerweile, du magst sie nicht. Stimmt das, Mann?«

»Nein. Rosa ist super, und Jase ebenfalls.« Was stimmte. Rick hatte eine Collegelehrerin geheiratet, eine Latina, die nicht nur äußerst intelligent und kultiviert, sondern auch extrem sexy und warmherzig war. Und ihr gemeinsamer Sohn Jason – wie alt mochte er jetzt sein? Ungefähr drei? – war ein absolut helles, lebhaftes Bürschchen.

Jax band seine Krawatte um und zog sein Jackett an. »Ehrlich, es liegt nur an der Arbeit.«

»Du arbeitest zu viel.« Rick, der sein Hemd am Kragen offen gelassen hatte, hatte gar kein Jackett dabei.

Und du nicht genug. »Das muss man auch, um weiterzukommen.« Was ihm im Gegensatz zu Rick gelingen würde. All die Privilegien, mit denen Rick aufgewachsen war, hatten gegen ihn gearbeitet und ihm den Antrieb, den Drang, Erfolg zu haben, geraubt.

Rick schüttelte den Kopf. »Die alte Geschichte. Wir haben nun mal unterschiedliche Definitionen von *weiterkommen.*«

Jax lachte. »Ja, und jeder von uns hält die seine für die richtige.« Er wusste verdammt gut, dass die seine die richtige war, aber um des lieben Friedens willen musste man eben bestimmte Konzessionen machen.

»Vielleicht sind sie es ja beide«, sagte Rick. »Ich verstehe darunter, eine bescheidene Kanzlei in Berkeley, ein kleines Haus und Familie zu haben – das entspricht genau meinen Vorstellungen, während du … Nun, niemand hat je behauptet, du seist nicht ehrgeizig. Was immer du erreichen möchtest, erreichst du auch, Jax.«

Innerhalb eines machbaren Rahmens, dachte Jax bei sich. Die Vorstellung, alles erreichen zu können, war zwar schön, aber man musste auch seine Grenzen kennen. Dazu gehörte zum Beispiel die Tatsache, dass er einen lausigen Ehemann abgab, wie Tonya ihm einige Monate nach ihrer Heirat mitgeteilt hatte. Damals hatte ihn das so verdrossen, dass er sich mächtig ins Zeug gelegt hatte, aber trotzdem war es ihm nicht gelungen, Arbeit und Ehe unter einen Hut zu bringen. Es war ganz richtig von ihr gewesen, sich auszuklinken und sich einen Mann wie Benjamin zu suchen, der ihr gab, was sie brauchte.

Benjamin war genau solch ein netter Typ wie Rick.

Aber Jax würde es weiterbringen. Für ihn war das wichtiger.

Manchmal fragte sich Jax, warum er und Rick über all die Jahre hinweg Kumpel geblieben waren. Als sie sich kennengelernt hatten, war es ganz natürlich gewesen sich zusammenzutun – zwei schwarze Basketballspieler, die beide Jura studierten. Doch je besser sie sich kennenlernten, desto mehr traten die zwischen ihnen bestehenden Unterschiede hervor. Rick ging davon aus, dass ihm alles ohne Probleme zufiel. Jax hingegen, der arme Immigrant mit Stipendium, war nicht in der Lage, auch nur die geringste Kleinigkeit als selbstverständlich zu betrachten.

Als sie in den morgendlichen Sonnenschein hinaustraten, fragte Rick: »Bis Mittwoch?«

»Klar.« Ein wenig verlegen, weil sie nicht oft über persönliche Dinge sprachen, fügte Jax hinzu: »Warum machen wir das eigentlich immer noch, Mann?«

»Racketball spielen?«

»Ja.« In Wirklichkeit meinte er, warum sie in Kontakt blieben. Allerdings war es so, dass sie es einzig und allein dem Racketball zu verdanken hatten, dass sie in Verbindung blieben.

Rick schlug ihm auf die Schulter. »Damit du dich nicht

in eine weiß getünchte lahme Rechtsanwaltsschnecke verwandelst.«

»Ja, klar, das wird's wohl sein.«

Rick machte sich davon, um den Zug zu erwischen, der ihn nach Berkeley zurückbrachte. Jax, der das Gefühl hatte, als hätte er mehrere Pfunde abgeschwitzt, kaufte sich ein paar Bagelsandwiches mit Ei und einen großen Becher starken Kaffee. Um sieben Uhr dreißig saß er an seinem Schreibtisch, um da fortzufahren, wo er vor wenigen Stunden aufgehört hatte.

Jeden Montag um neun kamen die Anwälte der Kanzlei zusammen, um ihre Fälle zu besprechen. Als das erledigt war, sagte der Seniorpartner Trent Jefferson: »Okay. Jetzt noch Folgendes. Family Friend hat eine Sammelklage am Hals. Man wirft ihnen Diskriminierung bei ihrer Einstellungspraxis vor.«

Hank Campbell, einer der anderen Partner, stieß einen Pfiff aus. »Auweia, und das bei deren Saubermannsimage.«

Family Friend, ein wichtiger Klient der Kanzlei, war eine große Kaufhauskette, die damit für sich warb, dass ihre Unternehmenskultur auf christlichen Werten basierte. Nach dem 11. September hatte die Beliebtheit der Firma immens zugenommen.

Jefferson schaute in der Runde umher, bis sein Blick sich auf Jax heftete. »Wollen Sie das vielleicht übernehmen, Navarre? Die Vorwürfe überprüfen, mit dem Klienten sprechen?«

»Sehr gern.« Das war der größte Fall, der ihm bisher übertragen worden war. Dabei würde er sich zwar den Arsch abarbeiten, aber schaffen würde er es.

»Die meisten solcher Fälle lassen sich durch einen Vergleich beilegen«, erklärte Jefferson.

Und falls das eintrat, würde Jax die Gelegenheit verlieren, vor Gericht zu gehen. Indes … »Stimmt, aber dieser vielleicht nicht.«

»Warum sagen Sie das?«, fragte Campbell.

»Es ist zwar richtig, dass viele große Firmen, gegen die solche Vorwürfe erhoben wurden, einen Vergleich geschlossen haben, aber die konnten sich das auch leisten. Ich meine nicht, finanziell, sondern in puncto Publicity, weil sie nicht dieses Saubermannsimage aufgebaut hatten. Wenn Family Friend sich auf einen Vergleich einlässt, wird die Öffentlichkeit das als indirektes Schuldeingeständnis werten. Und das könnte sich äußerst nachteilig auf den Umsatz auswirken. Denken Sie doch nur daran, was passiert ist, als die Wal-Mart-Kette unter Beschuss geraten ist. Obwohl die Vorwürfe nie bestätigt wurden, hat das zu erheblichen finanziellen Einbußen geführt. Meiner Ansicht nach wäre in unserem Falle die beste Strategie die, die Sache vor Gericht zu bringen und eindeutig zu gewinnen.«

Etliche der Anwesenden nickten, was Jax vermuten ließ, dass er den ersten Test bestanden hatte.

»Wenn Sie eine Möglichkeit entdecken, wie sich die Sache gewinnen lässt«, sagte Jefferson, »können Sie die Leitung des Falls übernehmen.«

Hauptanwalt bei einem derart großen Ding? Mannomann! Jax konnte sich kaum ein Grinsen verkneifen, als er die Männer musterte, in deren Händen seine Zukunft lag. »Hört sich gut an.«

Jefferson reichte ihm eine Akte. »Hier drin ist eine Kopie der Klageschrift. Lesen Sie sie, rufen Sie Sam Miller an, den Generaldirektor von Family Friend, stellen Sie ein paar Nachforschungen an, zuerst im Bereich von San Francisco. Wenn wir uns gegen einen Vergleich entscheiden – und ich teile Ihre Ansichten zu diesem Punkt –, werden Sie mit Managern oder Firmen im ganzen Land sprechen müssen.«

Mensch, das war ja wirklich ein *großes* Ding.

»Erstatten Sie uns nächste Woche Bericht«, fuhr Jefferson fort, »und legen Sie uns dar, wie Sie vorgehen wollen. Wenn Sie Hilfe brauchen, ziehen Sie Marianne hinzu.«

Marianne Bryant, die gerade mit gierigen Augen die Akte in Jaxons Hand anstarrte, war Angestellte der Kanzlei und brannte vor Ehrgeiz. Jax glaubte nicht, dass er Hilfe brauchte. Wozu Konkurrenz fördern?

Während Jefferson zum nächsten Fall überging, schmiedete Jax bereits Pläne. Er würde sich mit Miller verabreden, über Mittag durcharbeiten, um alles auf die Reihe zu bringen, und anschließend mit seiner Mom zu Abend essen. Da das auf längere Sicht wahrscheinlich sein letzter freier Abend sein würde, nahm er sich vor, ihn zu genießen.

O Scheiße. Suzanne. Er würde das Treffen am Wochenende absagen müssen. Wirklich schade, aber bestimmte Dinge hatten für ihn nun mal Vorrang.

10

Um sechs schloss Jax sich dem Strom der Pendler an und nahm den Zug nach Berkeley. Seine Mom wohnte ungefähr in derselben Gegend wie Rick und seine Familie und hatte einen zweistöckigen Bungalow mit kleinem Garten. Nichts Ausgefallenes, aber die Preise waren in jeder einigermaßen akzeptablen Gegend leider verdammt hoch.

Als Jax seine Stelle bei Jefferson Sparks angetreten hatte, hatte er jeden Penny, den er nicht für Miete, Essen und angemessene Garderobe benötigte, gespart, um seine Studiendarlehen abzubezahlen und das Geld für eine Anzahlung zusammenzukratzen, um seiner Mutter ein Haus zu kaufen.

Im letzten Jahr hatte er es endlich geschafft, obwohl die Hypothek so hoch war, dass sie ihm Albträume bereitete.

Seine Mom war Geschäftsführerin eines Ladens für Damenbekleidung und vermietete den ersten Stock ihres Hauses an Studenten. Sie behauptete, die Gesellschaft der jungen Leute, mit denen sie ihre Küche teilte, tue ihr wohl und halte sie jung.

Sie bot Jax an, sich an der Abzahlung der Hypothek zu beteiligen, doch darauf ließ er sich nicht ein. Er würde ohnehin nie in der Lage sein, all die Opfer wieder gutzumachen, die sie ihm gebracht hatte, als er herangewachsen war.

Schwer zu glauben, dass die Gegend so teuer ist, dachte er bei sich, als er die Straße hinunterging. Die hier herrschende Atmosphäre war salopp und freundlich, und die Einwohnerschaft bestand größtenteils aus jungen Familien und Paaren im Ruhestand.

Die gegenwärtigen Untermieterinnen seiner Mutter, Hannah und Clare, ein lesbisches Pärchen, saßen Bier trinkend auf den zur Haustür führenden Stufen und winkten ihm zu, als er näher kam.

»Habt ihr einen schönen Sommer?«, fragte er sie.

Clare grinste. »Das Wetter ist wunderbar, aber dass ich für meinen Lebensunterhalt arbeiten muss, finde ich nicht so prickelnd. Das ist viel zu erwachsen für mich!«

Hannah stieß ihrer Partnerin den Ellbogen in die Seite. »Sofern man eine Tätigkeit als wissenschaftliche Mitarbeiterin als Arbeit bezeichnen kann.«

»Ich arbeite mit meinem Gehirn, weil ich zufällig eins habe. Wer keins hat, muss eben auf seine Muskelkraft zurückgreifen.«

»Das ist aber gut für den Muskeltonus«, konterte Hannah, indem sie einen ihrer kräftigen braunen Arme hob und ihn betrachtete. Sie studierte Architektur und hatte in den Semesterferien einen Job als Bauarbeiterin, eine Tätigkeit, die ihr gut zu bekommen schien.

Clare wandte den Blick vom Arm ihrer Partnerin ab und sah Jax an. »Wie ich gehört habe, führst du Darissa ins Rivoli aus.«

Ins Rivoli? Dieses beliebte Restaurant war etwas für gehobene Ansprüche, hatte jedoch zivile Preise. Darissa Navarre brachte es einfach nicht fertig, sich ein teures Restaurant auszusuchen.

Doch wenn er an das Essen dort dachte, lief ihm jetzt schon das Wasser im Munde zusammen. Als sie das letzte Mal im Rivoli gewesen waren – um den Geburtstag seiner Mutter zu feiern –, hatte er überbackene Pilze gegessen, die einfach unglaublich geschmeckt hatten, während das anschließende Lammgericht ebenso lecker wie einfallsreich gewesen war.

»Und zum Nachtisch kommt ihr hierher«, erklärte Hannah. »Gestern Abend hat sie nämlich ihren berühmten Schokoladenkuchen mit Ingwer gebacken. Wir durften aber nur dran riechen, denn sie hat gesagt, dass er erst heute Abend angeschnitten wird. Also kommt nicht zu spät nach Hause, okay?«

»Zu Befehl, gnädige Frau.«

In dem Moment hörte er Schritte im Haus und hob den Kopf. Als seine Mutter die Tür öffnete, grinste er sie an. Darissa Navarre hatte kein leichtes Leben gehabt, doch davon merkte man ihr nichts an, wenn man sie so vor sich sah. Als sie ihn zur Welt gebracht hatte, war sie erst fünfzehn gewesen. Jetzt war sie fünfundvierzig, sah aber wesentlich jünger aus – und außerdem verdammt gut mit ihrer aufrechten Haltung, dem markanten Gesicht und dem gekräuselten schwarzen Haar.

»Hallo, schöne Frau, haben Sie zufällig irgendwo meine Mutter gesehen?«

Sie lachte und breitete die Arme aus. »Komm her, du Schmeichler.«

Nachdem er sie fest umarmt hatte, trat er einen Schritt zurück. »Klasse Kleid.« Da er sich mit Damenmode nicht auskannte, hatte er keine Ahnung, welcher Designer es entworfen haben mochte. Das Einzige, was er festzustellen vermochte, war, dass die Farbe – die an reife purpurrote Weintrauben erinnerte – ihre dunkle Haut noch satter und kräftiger wirken ließ.

Sie zwinkerte ihm zu. »Das ist das Gute daran, wenn man in einem Bekleidungsgeschäft arbeitet.«

Nachdem sie und sein Stiefvater sich getrennt hatten, hatte sie allerlei Jobs gehabt, einer immer mieser als der andere. Für eine Immigrantin aus Jamaika, die noch nicht einmal einen Highschoolabschluss hatte, war das Jobangebot in den

Staaten nicht sonderlich umfangreich, doch sie hatte genommen, was zu haben war. Alles um seinetwillen, damit etwas aus ihm werden konnte.

In den letzten Jahren war sie endlich in der Lage gewesen, sich auf ihre eigene Karriere zu konzentrieren. Dass sie die Abendschule mit Glanz und Gloria abschloss, erfüllte sie mit Selbstvertrauen und ermöglichte es ihr, sich nach hochkarätigeren Jobs umzusehen. Jaxon überraschte es in keiner Weise, dass es ihr gelang, einen zu finden. Seine Mutter war eine intelligente Frau und gute Menschenkennerin, ganz zu schweigen davon, dass sie stille Würde besaß und eine warmherzige Person war.

Vielleicht war er ja voreingenommen, aber trotzdem meinte er, dass es keine prächtigere Frau als seine Mutter gab.

Als sie zu ihrem uralten Honda gingen, fiel ihm der Porsche ein, den er in Vancouver gemietet hatte. »Du wirst bald einen neuen Wagen brauchen. Was hältst du von einem Cabrio?«

Sie zog die Augenbrauen hoch. »Die sind nicht praktisch.«

Da war es wieder, das praktische Denken, das stets ihrer beider Leben bestimmt hatte.

»Machen aber Spaß«, erwiderte er.

Sie kniff argwöhnisch die Augen zusammen, dann grinste sie. »Ja, kann ich mir vorstellen. Das hast du wohl am vergangenen Wochenende gemacht, wie? Bist in einem heißen kleinen Wagen durch die Gegend gefahren, vielleicht sogar mit einer heißen kleinen Braut.«

Hätte er doch bloß nichts von Cabrios gesagt. Er machte die Beifahrertür für sie auf. »Du sagtest am Telefon, du hättest Neuigkeiten für mich.«

Als er sich hinters Steuer setzte, lachte sie. »Plumper geht's wohl nicht, wie? Okay, du möchtest also das Thema wechseln, und da ich in der Tat Neuigkeiten habe, werde ich dir das sogar durchgehen lassen.«

Dankbar, dass sie auf sein unbeholfenes Ablenkungsmanöver eingegangen war, sagte er, während er losfuhr: »Lass hören.«

»Ich spiele mit dem Gedanken, einen Teilzeitjob anzunehmen, Freitag- und Samstagabend.«

»Mom, das hast du doch nicht nötig. Du hast doch schon einen Fulltime-Job. Hör mal, wenn du mehr Geld brauchst …«

Sie berührte seinen Arm. »Moment mal, mein Junge, es geht nicht ums Geld, sondern ums Vergnügen. Hast du schon vergessen, dass wir gerade von Dingen gesprochen haben, die Spaß machen?«

Er sah sie an und bemerkte ein Funkeln in ihren dunklen Augen. »Oh, oh, das gefällt mir aber gar nicht. Willst du dich als Stripperin verdingen oder so?«

Sie brach in schallendes Gelächter aus. »Na, wenn das kein Kompliment ist, dass ein Junge bei seiner alten Mama auf solch einen Gedanken kommt. Tatsache ist, dass Tonya und ich darüber gesprochen haben, ob ich vielleicht in ihrem neuen Restaurant arbeiten sollte.«

Er war froh, dass seine Mom und Tonya nach der Scheidung gute Freundinnen geblieben waren. Von dieser Neuigkeit war er freilich in keiner Weise erbaut. »Vergiss es, Mom. Deine Tage als Kellnerin sind lange vorbei.«

»Würdest du mir bitte erst mal zuhören? Wer hat denn was von Kellnern gesagt? Sie braucht eine Empfangsdame. Sie meint, unter der Woche könne sie das selbst übernehmen und dabei gleichzeitig ein Auge auf das Küchenpersonal und die Kellner und Kellnerinnen haben. Aber sie hofft, dass es an den Wochenenden rappelvoll ist, und sie will, dass ihren Gästen die größtmögliche Aufmerksamkeit zuteil wird. Sie möchte, dass ich die Leute begrüße, dafür sorge, dass sie einen Tisch bekommen, mit dem sie zufrieden sind, mich erkundige, wie es ihnen gefällt und so weiter.«

»Ja, das könntest du wunderbar. Aber wäre es nicht zu anstrengend, nachdem du den ganzen Tag im Geschäft gearbeitet hast?«

»Sicher werden mir die Füße brennen, aber du weißt doch, wie sehr es mich aufmöbelt, wenn ich mit Menschen zusammen bin. Ich mag es nun mal, mit anderen Umgang zu pflegen und dafür zu sorgen, dass die Leute eine gute Zeit haben. Außerdem habe ich dann ja den ganzen Sonntag, um die Füße hochzulegen und mich auszuruhen.«

Jaxon parkte, und als sie beide aus dem Wagen stiegen, fuhr seine Mutter fort: »Es gibt noch einen anderen Grund, warum mich die Sache reizt.«

»Nämlich?«

»Tonya kann es sich nicht leisten, mir viel zu zahlen, aber dafür würde sie mich zur Geschäftspartnerin machen.«

»Zur Geschäftspartnerin? Tatsächlich?«

»Oh, natürlich nur auf ganz bescheidene Weise, aber trotzdem wäre ich Mitbesitzerin, Jax. Wir wären zu viert: Tonya, Benjamin, Consuela und ich. Stell dir das doch bloß mal vor! Wir würden Meetings abhalten und gemeinsam Entscheidungen treffen.«

»Wow, Mom, ich bin beeindruckt.« Er schüttelte den Kopf. Seine Mutter Partnerin in einem aufstrebenden Restaurationsbetrieb! Sie hatte immer steif und fest behauptet, Amerika sei das Land der unbegrenzten Möglichkeiten – für diejenigen, die sich den Arsch abarbeiteten – , und sie zwei waren der lebende Beweis dafür.

Als er sie ins Rivoli geleitete, stellte er fest, dass in dem spartanisch eingerichteten Restaurant Hochbetrieb herrschte. Trotzdem hatten sie Glück und bekamen einen Tisch mit Blick auf den hinter dem Haus gelegenen Garten.

Jax nahm die Weinkarte zur Hand. »Das müssen wir feiern.« Er dachte an Suzanne und ihr Gespräch über Champagner, den man nur zu ganz besonderen Gelegenheiten trinken durfte, damit er nicht langweilig und alltäglich wurde.

Er winkte den Kellner herbei und besprach sich mit leiser Stimme mit ihm.

Der Kellner eilte davon und sagte: »Ihr Champagner kommt sofort.«

»Champagner?«, sagte seine Mutter. »Ich muss mich doch sehr wundern, Jaxon. Wo ist denn der kleine Junge geblieben, der jeden Penny von seinem Taschengeld in sein Sparschwein gesteckt hat?«

»Jetzt habe ich mehr Pennys als damals. Da kann ich es mir schon erlauben, ein paar davon auszugeben.« Er umarmte sie rasch. »Vor allem für meine Lieblingsfrau.«

»Deine Lieblingsfrau?«, erwiderte sie. »Willst du damit sagen, am Wochenende habe es keine heiße kleine Braut gegeben?«

»Ich …« Wo blieb denn bloß der Kellner?

»Warum tust du denn so geheimnisvoll, Jax?« Sie kniff die Augen zusammen.

Er wusste, was dieser Gesichtsausdruck zu bedeuten hatte. Sie würde nicht mehr locker lassen. Und wenn er ihr nichts erzählte, würde sie, ehe er sich's versah, wieder versuchen, ihn mit jemandem zu verkuppeln, so wie sie es damals bei Tonya gemacht hatte.

»Ja, stimmt schon, ich habe mich mit einer Frau getroffen.« Er schaffte es nicht, sich ein selbstzufriedenes Grinsen zu verkneifen. Möglicherweise hätte er ja doch das Bedürfnis gehabt, jemanden von Suzanne zu erzählen. »Und sie ist in der Tat ganz schön heiß, wenn du es unbedingt wissen willst.«

»Juhu, mein Baby hat Dates!«

»Zügle deine Begeisterung!«, bat er sie. »Ich habe sie erst einmal gesehen. Kann sein, dass wir uns wieder treffen.« Oder auch nicht. Er würde ihr mailen und die Verabredung am Wochenende absagen müssen. Vielleicht schrieb Suzanne ihn daraufhin hab. Von einer Frau wie ihr konnte man nicht erwarten, dass sie herumsaß und auf ihn wartete.

»Na, sicher werdet ihr euch wieder treffen. Hört sich doch so an, als hättet ihr Spaß miteinander gehabt.«

»Ja, schon, aber du weißt, dass ich keine Zeit für eine Beziehung habe. Das ist der Hauptgrund, warum Tonya und ich uns getrennt haben.«

»Ich liebe dieses Mädchen wie eine Tochter, aber trotzdem finde ich, sie hätte länger durchhalten und versuchen müssen, sich mit dir ins Benehmen zu setzen. Vielleicht hätte ich dann jetzt schon Enkelkinder.«

Er schüttelte energisch den Kopf. »Nein. Tonya hat es versucht, wir beide haben es versucht, aber es hat nicht geklappt. Es war besser, einen klaren Schlussstrich zu ziehen. Gott sei Dank, dass wir *keine* Kinder haben.«

Sie runzelte die Stirn, und in ihre warmen braunen Augen trat ein besorgter Ausdruck. »Du bist immer so ehrgeizig gewesen …«

Und wo hatte er das gelernt? Sie hatte bis zur Erschöpfung gearbeitet, um ihm eine gute Ausbildung zu ermöglichen. Sie ähnelten sich in vielerlei Hinsicht. Obwohl sie beide keine Dummköpfe waren, waren sie nicht so begabt, dass ihnen alles zufiel. Für alles, was sie erreicht hatten, hatten sie beide verdammt hart gearbeitet.

»Mom, du weißt, dass das erforderlich ist, um …« Jax

verstummte, da der Kellner endlich mit dem Champagner kam.

Geschickt zog der Mann den Korken heraus und goss die goldgelbe sprudelnde Flüssigkeit in die eleganten Sektflöten.

Als sie wieder allein waren, hob Jax sein Glas, und seine Mutter nahm das ihre in die Hand. »Auf deine neue Unternehmung«, sagte er. »Auf Tonyas und Darissas Restaurant!«

Sie lachte glucksend. »Das hört sich nach einem Landgasthof an.« Nachdem sie mit ihm angestoßen hatte, trank sie einen Schluck Champagner. »Mmm. Köstlich.« Sie zog die Flasche aus dem Eiskübel und las das Etikett. Dann holte sie ein kleines Notizbuch aus ihrer Handtasche, um etwas hineinzuschreiben.

»Was machst du denn da?«

Sie blickte hoch. »Ich bin schließlich im Gastgewerbe tätig und muss Informationen sammeln.«

Aha. Deshalb hatte sie sich gestern anders besonnen und seine Einladung, auswärts zu essen, angenommen. »Dieses Restaurant rühmt sich doch damit, nur frische Zutaten aus der hiesigen Gegend zu verwenden, stimmt's?«

»Klar.« Sie hörte auf zu schreiben und grinste. »Das Rivoli ist Konkurrenz für uns. Ich bin nur hier, um Recherchen anzustellen.«

»Soll ich eine Speisekarte für dich klauen?«

Sie verdrehte die Augen. »Die habe ich mir schon längst online angesehen.«

Jawohl, diese Frau war genauso erfolgsorientiert wie ihr Sohn.

Nachdem sie ihm mitgeteilt hatte, was er – um ihrer Recherchen willen – bestellen sollte, fragte sie: »Wie läuft's bei dir in der Kanzlei?«

»Ich mache mehr Überstunden als alle anderen. Ich bin dabei, neue Klienten an Land zu ziehen, größtenteils auf Empfehlung schon vorhandener Klienten. Außerdem hat mir der Seniorpartner gerade einen wichtigen neuen Fall übertragen.«

Er hatte den Nachmittag damit verbracht, die von der National Association for the Advancement of Colored People eingereichte Anklageschrift durchzugehen. Morgen Vormittag würde er sich mit Sam Miller treffen, dem Generaldirektor von Family Friend.

Seine Mutter strahlte übers ganze Gesicht. »Das ist ja wunderbar.«

»Es ist eine ganz große Sache. Und stell dir mal vor, vielleicht darf ich dabei sogar als Hauptanwalt auftreten. Wenn ich den Fall gewinne, dürfte einer Partnerschaft wirklich nichts mehr im Wege stehen.« Obwohl es wahrscheinlich Jahre dauern würde, bis der Fall vor Gericht kam; Sammelklagen schienen sich immer ewig hinzuziehen. Doch wenn er Jefferson beweisen konnte, dass er das Ganze unter Kontrolle hatte …

Seine Mom streckte den Arm aus und griff nach seiner Hand. »Du wirst es schon schaffen, Jax. Dir gelingt alles, was du dir vornimmst. Ich bin ja so stolz auf dich.«

Das wusste er, hörte es aber immer wieder gern. Er war alles, was sie hatte. Seinetwegen hatte sie ihre Familie in Jamaika verlassen, seinetwegen hatte sie dieses amerikanische Arschloch geheiratet, seinetwegen war sie in die Staaten gekommen. Was immer er machte, machte er für sie, um zu beweisen, dass sie die richtige Entscheidung getroffen hatte und damit sie stolz auf ihn sein konnte.

Der Kellner kam mit den Vorspeisen: Ziegenkäsesoufflé für sie, Räucherlachs für ihn. Sie probierten, ließen sich gegenseitig kosten und gaben ihr Urteil ab. Während

Jax genüsslich kaute, machte seine Mutter sich weitere Notizen.

Nachdem sie ihr Notizbuch geschlossen und noch ein paar Bissen von ihrem Soufflé gegessen hatte, sagte sie: »Jetzt erzähl mir mal mehr über dieses Mädchen, mit dem du dich triffst.«

Er hätte sich denken können, dass sie auf dieses Thema zurückkommen würde. Die Frau ließ sich nun mal nicht ablenken.

»Das ist nichts Ernstes.« Er zuckte die Achseln. »Sie scheint sehr nett zu sein, wir haben Spaß miteinander.« Sexuellen Spaß. Er versuchte, diesen Gedanken beiseitezuschieben, weil er schon immer den Verdacht gehabt hatte, seine Mom könne seine Gedanken lesen.

»Hört sich nach einem guten Start für eine Beziehung an«, sagte sie. Nahm er da ein Funkeln in ihren Augen wahr?

Wie sollte er es ihr bloß erklären? Sie begriff einfach nicht, wie viel Arbeit erforderlich war, damit er in dem Gebiet, auf das er sich spezialisiert hatte, Erfolg hatte. Er musste Stunde um Stunde am Schreibtisch verbringen, seine Hausaufgaben machen, Beziehungen anknüpfen.

Zweimal in seinem Leben hatte er den Fehler begangen, seine Fähigkeiten zu überschätzen. Auf der Highschool hatte er eine ziemlich ernsthafte Beziehung mit der Cheerleaderin der Schule gehabt, doch da das dazu geführt hatte, dass er nicht mehr genügend Zeit zum Lernen hatte, und seine Zensuren immer schlechter geworden waren, hatte er die Sache abgebrochen.

Der zweite Fall war Tonya, die er nie hätte heiraten sollen. Doch er war verliebt gewesen und hatte sich wie Superman gefühlt. Er wurde mit allem fertig.

Bloß dass das nicht stimmte. Wenn er sich wie Rick mit einem weniger prestigereichen Tätigkeitsfeld begnügt hätte, hätte er nicht so hart arbeiten müssen. Allerdings wäre er dann nichts als Mittelmaß gewesen, und das reichte ihm nicht.

Ihm war durchaus bewusst, dass er ein typisches Immigrantenkind war – jemand, der immer der Beste sein wollte. Als er als kleiner Junge nach Amerika gekommen war, hatte er sehr schnell viel über das neue Land gelernt, und dazu gehörte, dass die Amerikaner bei einem Mann drei Dinge am meisten schätzten: Geld, Status, Macht. Dinge, die für einen Schwarzen schwerer zu erreichen waren, die sich aber trotzdem erreichen ließen.

»Wie heißt sie?« Die Frage seiner Mutter riss ihn aus seinen Gedanken.

»Wie?«

»Das Mädchen, mit dem du keine Beziehung hast.«

»Suzanne.« Alias Leichtsinn 69.

»Hübscher Name. Was macht sie beruflich?«

Keine Ahnung. Deshalb sagte er: »Mom, hör auf, darauf herumzureiten, ja? Das ist nichts Ernstes.«

»Mmm. Ein schwarzes Mädchen, ein braunes Mädchen, ein weißes Mädchen, ein gelbes Mädchen?«

»Weiß.« In Wirklichkeit war sie golden.

»Ist das klug?«

»Machst du hier auf Rassistin, Mom?«

»Du weißt genau, dass ich keine bin. Aber es ist nun mal eine Tatsache, dass gemischtrassige Beziehungen mehr Druck ausgesetzt sind. Manche Leute werden euch scheel ansehen.«

»Wir haben keine Beziehung!« Und er würde ihr ganz sicher nichts davon erzählen, was auf dem Spielplatz geschehen war und was die Polizisten gedacht hatten.

Seine Mutter grinste kätzisch, was ihn ungemein aufbrachte. »Hab schon verstanden, mein Junge.« Trotzdem war deutlich zu merken, dass sie ihm nicht glaubte.

Frustriert knirschte er mit den Zähnen. »Und wann hattest du das letzte Mal ein Date?«

Ihr Grinsen wurde noch breiter. »Am Sonnabend.«

»Tatsächlich?« Warum hatte er bloß angenommen, seine Mutter habe keine Dates? »Wer ist der Typ? Jemand Besonderes?«

Sie bewegte die Hand auf und ab. »Ein netter Typ, nichts Ernstes. Wir haben einfach Spaß miteinander.«

Au verflucht, sie verstand es wirklich, ihn mit seinen eigenen Waffen zu schlagen. »Du hast mir nie erzählt, dass du Dates hast.«

»Wusste nicht, dass ich das von meinem Sohn absegnen lassen muss«, spöttelte sie.

Er stieß empört die Luft aus. »Natürlich musst du das nicht. Aber ich dachte ...« Dass sie hübsch zu Hause blieb, kochte, mit ihren lesbischen Untermieterinnen plauderte und wie eine Nonne lebte. »Ich versteh ja, warum du männliche Gesellschaft haben möchtest. Abgesehen von meiner.«

Sie streckte den Arm aus, um ihm die Hand zu drücken. »Jax, ich habe Dates, seit es mir gelungen ist, meine Arbeitszeit zu reduzieren. Wusstest du das nicht? Klar, von Zeit zu Zeit hat eine Frau das Bedürfnis nach männlicher Gesellschaft.«

Meinte sie damit Sex? Darüber wollte er lieber *nicht* nachdenken. »Du hast mir nie irgendeinen deiner Partner vorgestellt.« Hörte sich das nicht extrem kindisch und weinerlich an?

»Du hast mir ja auch nie irgendeine deiner Partnerinnen vorgestellt. Wahrscheinlich aus demselben Grund. Sie alle sind nichts Ernstes. Wir haben nur Spaß miteinander.«

Er wünschte, sie würde aufhören, ihm seine eigenen Worte an den Kopf zu werfen. War ihre Vorstellung von Spaß dieselbe wie seine und Suzannes?

Seine Mutter war eine schöne, begehrenswerte Frau. Warum war ihm nicht klar gewesen, dass die Männer hinter ihr her sein würden? »Hast du je daran gedacht, wieder zu heiraten?«

Sie schüttelte voller Entschiedenheit den Kopf. »Ich bin an meine Unabhängigkeit gewöhnt.«

Eine weitere Sache, die sie beide gemeinsam hatten.

Die Tollen Vier hatten beschlossen, das Montagabenddinner im SalaThai in der Cambie Street stattfinden zu lassen.

Suzanne traf als Letzte ein. Sie hatte bei der Notoperation eines Weimaraners zugesehen, der von einem Auto angefahren worden war, und war nach wie vor ganz aufgedreht, teils vor Erleichterung, weil der Hund durchkommen würde, teils aus Vorfreude darauf, dass sie eines Tages selbst operieren würde.

An jedem anderen Abend hätte sie darauf gebrannt, ihren Freundinnen alle schauerlichen Einzelheiten der Operation mitzuteilen, doch sie vermutete, dass die Frauen einzig und allein am Thema Sex interessiert waren.

Doch als sie durch das volle Restaurant auf den Ecktisch zusteuerte, den ihre Freundinnen ergattert hatten, nahm sie statt des verschmitzten, vielsagenden Grinsens, mit dem sie gerechnet hatte, einen ernsten Ausdruck in Rinas und Anns Gesicht wahr, während Jenny verärgert dreinblickte.

»Stimmt irgendwas nicht?«, fragte Suzanne.

»Manche Leute haben einen Knick in der Optik«, erwiderte Jen mit finsterer Miene.

Offenbar hatten ihre Freundinnen sich gestritten.

Rina tätschelte ihr die Hand. »Warum bestellst du dir nicht ein Bier, Suze?«

»Gute Idee.« Ob sie sich wegen ihr und Jax gestritten hatten? Oder ging es um etwas völlig anderes?

Sie bestellte bei einer schlanken Asiatin, die ein rotes Top im asiatischen Stil und einen schwarzen, mit Brokat besetzten Rock trug, ein Singha.

»Jaxon ist ein schöner Mann«, sagte Rina. »Du hast uns verschwiegen, dass er wie Denzel Washington aussieht.«

Ah, das hatte Jenny also am Samstag gemeint. »So? Für mich sieht er wie Jaxon aus.«

»Denzel«, stellte Jen voller Entschiedenheit fest. »Natürlich wie der jüngere Denzel.«

»Denzel ist immer noch ein verdammt attraktiver Mann«, meinte Ann. »Jaxon wird auch gut aussehen, wenn er älter ist.«

Vermutlich. Aber wie Jaxon mit vierzig, fünfzig oder sechzig aussehen würde, war für Suzanne eigentlich nicht relevant.

Die Kellnerin brachte ihr Bier, und Suzanne trank einen Schluck.

»Na«, sagte Rina, »jedenfalls gebt ihr zwei ein wunderbares Paar ab. Und sicher hattet ihr eine tolle Zeit, aber ...« Sie fummelte an einem ihrer langen, aus Draht und Perlen bestehenden Ohrringe herum. »Tatsache ist, dass ich mir Sorgen um dich mache.«

Suzanne lächelte sie an. »Danke, aber nachdem wir jetzt zwei Abende miteinander verbracht haben, bin ich mir ziemlich sicher, dass er mich nicht ermorden wird.«

»Schön zu wissen«, bemerkte Ann in trockenem Ton.

»Es ist dein Herz, worum ich mir Sorgen mache«, erklärte Rina.

»Mein Herz ist dabei überhaupt nicht involviert. Wie ich euch schon gesagt habe, geht es bei dieser Sache nur um Sex. Es ist genau so, wie Jenny gesagt hat. Ich tobe mich einfach nur aus.« Sie warf Jenny einen Unterstützung heischenden Blick zu.

»Siehst du! Was habe ich dir gesagt?« Jenny wies mit einem ihrer pinkfarbenen, mit Glitzersteinen besetzten Fingernägel auf Rina. »Suze hat sich ihre Spieltaktik genau überlegt. Sie weiß, was sie tut.«

»So ist es. Mensch, Mädels, selbst meine Schwester meint, ich sollte mir die Hörner abstoßen. Ich bin nicht auf der Suche nach einem Ehemann, ich möchte ein ... Sexspielzeug haben.« Schon als sie das Wort aussprach, ließ die herabwürdigende Bezeichnung sie innerlich zusammenzucken. Und trotzdem waren sie und Jaxon im Grunde nichts anderes füreinander.

Sie sah Rina in die besorgt dreinblickenden braunen Augen. »Ich werde mich nicht in ihn verknallen, ehrlich.«

Ihre Freundin runzelte die Stirn. »Das passt so gar nicht zu dir, Suze. Du hast kaum Dates, du hast ganz bestimmte Vorstellungen bezüglich Heirat und Familie, du bist total auf deine Familie und deine Karriere fixiert. Du bist nicht der Typ Frau, der sich zum Sexspielzeug eignet.«

Sie dachte an das Kondomsortiment, das Jenny ihr gegeben hatte, und grinste. »Suzanne, die sexy Zwillingsschwester, ist aber der Typ. Und es gefällt mir, die sexy Zwillingsschwester zu sein. Nur im Moment, nur ein Weilchen. Mein Lebensplan hat sich dadurch nicht geändert. Ich habe immer vorgehabt, mit dem Ehemann-Suchspiel erst in ein paar Jahren anzufangen.«

Rina unterließ es, Suzannes Grinsen zu erwidern. »Ich will nicht, dass du irgendwie verletzt wirst. Es war okay, dass du dich einmal mit Jaxon getroffen hast – zum Spaß und um herauszufinden, was es mit deinen kretischen Erinnerungen wirklich auf sich hat. Aber jetzt nimmt die Affäre einen anderen Charakter an und droht ins Romantische abzudriften, denn du hast vor, ihn am nächsten Wochenende wiederzusehen. Suzie, das ist der Beginn einer Beziehung.«

»Das ist überhaupt keine Beziehung, geschweige denn eine romantische. Dabei geht es nur um Sex, um meine erogenen Zonen, zu denen mein Herz nicht gehört.« Suzanne richtete den Blick auf Ann. »Du bist heute ungewöhnlich still.«

Ihre Freundin wirkte erschöpft und gestresst, als läge ihr mehr auf der Seele als nur das Jaxon-Problem. Ob sie vielleicht beruflichen Ärger hatte? Wenn Suzanne es recht bedachte, hatte Ann ziemlich merkwürdig geklungen, als sie am Samstagabend miteinander telefoniert hatten.

Ann wich ihrem Blick aus. Dann zwang sie sich, Suzanne wieder anzusehen. »Ich bin ganz Rinas Meinung. Ich habe auch Angst, dass du dich Hals über Kopf verliebst.«

Suzanne schüttelte den Kopf. »Ich begreife das nicht. Letzte Woche habt ihr mich alle angestachelt und mir lediglich eingeschärft, vorsichtig zu sein. Was hat sich denn inzwischen geändert?«

»Nun lasst Suze doch endlich in Ruhe, Mädels«, warf Jenny ein. »Ihr beide habt die Anzeige schließlich mitverfasst. Da ist es nicht fair, jetzt auf ihr herumzuhacken.«

Ann rieb sich die Stirn. »Trotzdem hat Rina recht. Ein einmaliges Treffen ist etwas anderes als eine laufende Beziehung. Und …« Sie sah Suzanne finster an. »… lass gefälligst deine Wortklaubereien. Wenn man sich mit einem Typ mehrmals trifft, mit ihm Sex hat und sich mit ihm unterhält, ist das eine Beziehung. Und das ist ein Mann, über den du so gut wie gar nichts weißt. Ich glaube, es ist höchste Zeit, dass du was über ihn herausbekommst.«

Obwohl Suzanne selbst gern mehr über Jaxon gewusst hätte, ließen Anns Worte sie in die Defensive gehen. »Das verstößt gegen die Champagnerregeln.« Sie warf Rina und Jenny einen Blick zu. »Jaxon und ich haben diese Regeln aufgestellt, damit unser Zusammensein etwas Besonderes bleibt. Sprudelnd und prickelnd, versteht ihr. Ohne je schal zu werden.«

»Dir ist doch hoffentlich klar, dass diese Regeln nicht den geringsten Sinn machen, oder?«, sagte Ann grimmig. »Jedenfalls für niemand, der einigermaßen bei Verstand ist.«

»Für Jaxon und mich machen sie aber Sinn, und das ist für mich ausschlaggebend.« Sie beugte sich vor, um ihre Hand auf die Anns zu legen. »Verstehst du denn nicht? Ich will, dass diese Sache anders ist. Ich will Champagner sein und kein Tischwein im Pappkarton.«

»Tja …« Ann schloss einen Moment lang die Augen. »Okay.« Sie machte die Augen wieder auf. »Ich gebe ja zu, dass eine Beziehung, die all diese blöden, banalen persönlichen Einzelheiten ausklammert, einen gewissen Reiz hat.«

»Also ich nicht«, mischte Rina sich mit leiser, aber entschlossener Stimme ein. »Ich bin nur dann bereit, Zeit in eine Beziehung zu investieren, wenn ich merke, dass sie irgendwo hinführt. Wenn ich merke, dass wir einander besser kennenlernen, uns näherkommen, Dinge entdecken, die wir am anderen respektieren und bewundern, lernen, einander zu vertrauen …« Sie verstummte und zuckte verlegen die Achseln. »Ihr versteht schon, was ich meine.«

»Da stimme ich dir völlig zu«, sagte Suzanne. »Genau das schwebt mir vor, wenn ich mich einmal entschließe, eine Familie zu gründen. Aber das liegt noch in weiter Ferne. So weit bin ich noch nicht.«

»Zuerst musst du dich mal richtig austoben«, meinte Jenny. »Wie wir alle.«

»Ich versteh das ja«, ergriff Ann das Wort, »und ich will damit ja auch nicht sagen, du sollst seine Lieblingsfarbe oder sein Sternzeichen oder den Namen seines Lehrers in der ersten Klasse herausfinden. Aber willst du denn nicht wenigstens seine Adresse und seine private Telefonnummer wissen? Oder was er beruflich macht?«

Tatsache war, dass Suzanne diese Dinge durchaus wissen wollte. Gleichzeitig glaubte sie jedoch an den Wert der Champagnerregeln. »Das ist eine heikle Angelegenheit. Wo soll man da die Grenze ziehen? Außerdem – was würde das ändern? Ich habe zwei Abende mit ihm verbracht und glaube wirklich nicht, dass er eine physische Bedrohung darstellt.« Sie lächelte süffisant. »Abgesehen davon, dass ich Muskeln entdeckt habe, von denen ich gar nicht wusste, dass ich sie habe.«

»Klasse!«, meinte Jenny.

»Und was mein Herz betrifft«, fuhr Suzanne fort, »meint ihr nicht, dass die Gefahr, verletzt zu werden, viel größer ist, wenn ich den Typ wirklich kennenlerne? Man verliebt sich nicht in jemand, mit dem man nur Sex hat. Man verliebt sich so, wie Rina gesagt hat, nämlich indem man den anderen langsam kennenlernt und die Dinge entdeckt, die besonders an ihm sind und bei denen man innerlich dahinschmilzt.«

»Das ist richtig«, erwiderte Rina mit nachdenklichem Stirnrunzeln. Offenbar machte es sie nicht sonderlich glücklich, zustimmen zu müssen.

»Ich glaube immer noch, dass du versuchen solltest, mehr über ihn herauszufinden …«, begann Ann.

»Okay, okay.« Jenny hielt beide Hände in die Höhe. »Was haltet ihr von einem Kompromiss? Suze, könntest du nicht irgendwas herausfinden, ohne dass es sexmäßig den Bach runtergeht?«

»Wenn mir ein gangbarer Weg einfiele, würde ich das vielleicht machen«, räumte Suzanne ein. »Aber wenn ich ihm all diese Fragen stelle, dann wird er mich ebenfalls ausfragen. Wenn ich anfange, von meiner Familie und meinem

Job zu reden, werde ich mich nicht mehr sexy fühlen, sondern wie …«

»Wein im Pappkarton«, ergänzte Jenny. »Wogegen ja nichts einzuwenden ist, obwohl er natürlich meilenweit von Champagner entfernt ist.«

Nach einer kurzen Pause sagte Rina: »Vermutlich ist das eins von den Dingen, über die wir uns einfach nicht einig werden können. Und da wir gerade von Regeln sprechen – dafür haben wir doch eine Regel, stimmt's?«

»In der Tat«, sagte Suzanne erleichtert. »Wir sind uns einig, uneins zu sein, und lassen das Thema fallen.«

Nachdem die anderen reihum genickt hatten, fuhr sie fort: »Wollen wir jetzt bestellen?«

»Ja«, meinte Jenny. »Und danach will ich alles über deine Sexkapaden hören.«

Sie winkte die Kellnerin herbei, und bald hatten sie alle ein frisches Bier vor sich stehen und machten sich über die aromatischen Currys, Chinapfannen und Pad-Thai-Gerichte her.

Gebannt hörten die anderen zu, als Suzanne von ihren Wochenendabenteuern mit Jaxon berichtete. Obwohl sie einen beträchtlichen Teil ausließ, musste sie zugeben, dass sich das Erlebnis noch pikanter anhörte als das Essen, das sie gerade verzehrten.

Als sie ihnen von ihrem Calamares-Schwanzring-Vergleich erzählte, lachten ihre Freundinnen so laut, dass die anderen Gäste sich nach ihnen umdrehten.

»Ich weiß noch nicht mal, was ein Schwanzring *ist*«, gestand Rina im Flüsterton.

»Ich eigentlich auch nicht«, räumte Suzanne ein, »aber ich habe schon mal was darüber gelesen.« Sie ließ den Blick in die Runde schweifen. »Jenny? Ann? Habt ihr diesbezügliche Erfahrungen?«

Ann, die immer noch ungewöhnlich schweigsam war, schüttelte den Kopf.

»Das schreit förmlich nach Recherchen«, meinte Jen. »Könnte mir vorstellen, dass ich einen Artikel darüber schreibe.«

Suzanne fuhr mit ihrer Geschichte fort, bis sie zu dem heißen Kuss gelangte, den Jaxon ihr gegeben hatte, als er sie bei ihrem Miata abgesetzt hatte.

»Tolle Nacht«, sagte Jenny.

»Ja.« Bis auf … »Allerdings gab es eine ziemlich unschöne Sache«, fügte sie mit leiser Stimme hinzu.

Ann machte eine ruckartige Bewegung mit der Hand, sodass sie gelbes Curry auf das Tischtuch verkleckerte. »Tut mir leid. Inwiefern unschön, Suze?«

»Ich habe euch doch erzählt, dass die Bullen gekommen sind, als wir auf dem Spielplatz waren, aber dabei habe ich was ausgelassen. Die haben nämlich eine rassistische Nummer abgezogen. Weil Jaxon schwarz ist und ich weiß bin. Sie haben auf ziemlich beleidigende Weise nachgeprüft, ob es wirklich Sex in beiderseitigem Einvernehmen war.« Sie stieß ein gekünsteltes Lachen aus. »Sie haben sogar gefragt, ob er Zuhälter sei und ich eines seiner, äh, Dämchen bin.«

»Eine Bordsteinschwalbe?«, fragte Jenny. »Du?«

»Ist ja widerwärtig«, meinte Rina.

»Übelstes rassistisches Profiling«, stellte Ann fest.

»Genau.«

»Wie hat Jaxon diese Unterstellung aufgenommen?«, fragte Ann.

»Ohne allzu große Überraschung. Er hat gesagt, ihm sei schon Schlimmeres passiert.«

»Kann ich mir gut vorstellen«, sagte Jenny in bitterem Ton.

Die anderen starrten sie an.

»Es ist total daneben, aber es passiert nun mal«, erklärte Jenny. »Er ist Farbiger; natürlich passiert da so was. Verdammt noch mal, *mir* passiert so was ja auch!«

»Dir?«, sagte Suzanne.

»Erinnert ihr euch noch an die SARS-Epidemie und dass man die mit China und chinesischen Leuten assoziierte? Nun, damals bin ich mit ein paar Freunden – weißen Freunden – in die Staaten gefahren, und *ich* war diejenige, die an der Grenze aussteigen musste und deren Pass doppelt und dreifach überprüft wurde.«

»Mir passiert so was auch«, sagte Rina leise.

»Dir?«, hakte Suzanne nach. »Weil du Jüdin bist? Aber du bist ja noch nicht mal praktizierende Jüdin.«

Rina schüttelte den Kopf. »Nein, es ist, weil ich … exotisch aussehe. Dunkle Haut, krauses schwarzes Haar, große Nase. Die Leute wissen nicht so recht, woran sie mit mir sind. Ich könnte ja aus dem Irak kommen.«

»Scheiße«, sagte Ann. »Das stinkt zum Himmel.«

»Wie kommt es, dass ihr zwei noch nie darüber gesprochen habt?«, wollte Suzanne wissen. »Ich komme mir schrecklich naiv vor, weil mir das bisher nicht klar gewesen ist.«

Jenny und Rina wechselten einen Blick. Jen zuckte die Achseln. »Weil es obszön ist. Wer will sich denn über obszöne Dinge unterhalten?«

Allerdings hatten sie nicht die geringsten Bedenken, intime sexuelle Einzelheiten zu erörtern.

Gleichwohl hatte Jen recht. Sex war nicht obszön. Vorurteile schon.

»Das ist ja so toll an dir und Ann«, sagte Rina. »Unsere Hautfarbe spielt nicht die geringste Rolle für euch.«

»Wer unter euch ohne Sünde ist, der werfe den ersten Stein«, sagte Ann mit leiser Stimme.

»Ja, und was du nicht willst, das man dir tut und so

weiter«, pflichtete Jen ihr bei. »Du und Suze, ihr sagt zwar, ihr seid nicht religiös, aber ihr *lebt* so, als wärt ihr es. Ihr seid anständig und einfühlsam, in viel größerem Maße als die meisten dieser stockkonservativen *angeblichen* Christen.«

»Langsam wird die Unterhaltung ein bisschen zu schwergewichtig«, warf Rina ein. »Suze, die Sache mit der Polizei tut mir leid, aber wenn du dich weiterhin mit Jaxon treffen willst, musst du auf solche Vorkommnisse gefasst sein.«

»Du glaubst doch nicht etwa, dass mich das davon abhalten würde, mich mit ihm zu treffen?«

Rina streckte den Arm aus, um Suzanne an sich zu drücken. »Natürlich nicht. Hat Jenny nicht gerade ebendas gesagt?« Nach einer kurzen Pause fügte sie hinzu. »Es ist schon spät. Höchste Zeit, nach Hause zu gehen.«

Sie beglichen die Rechnung und schnappten sich ihre Sachen. Draußen auf der Straße umarmten sie einander reihum, wie sie es immer taten. Bloß dass heute Abend die Umarmungen ein wenig intensiver ausfielen.

Nachdem Jenny und Rina sich davongemacht hatten, holte Suzanne Anns Autoschlüssel heraus. »Höchste Zeit, wieder die Autos zu tauschen. Es war lieb von dir, mir den Miata zu leihen.«

»Kein Problem.«

Gott, was waren sie beide ernst und feierlich.

Um die Stimmung ein wenig aufzulockern, sagte Suzanne: »Mein Schwager war absolut grün vor Neid, als er am Sonntag dein Auto gesehen hat. Offenbar hatte er auch mal einen Sportwagen, bevor er geheiratet und eine Familie gegründet hat.«

»Wenn man Kinder hat, ist ein Zweisitzer zu klein«, murmelte Ann, während sie die Autoschlüssel austauschten. »Hör mal, halte mich wegen Jaxon auf dem Laufenden, ja? Gib mir … gib uns allen Bescheid, wenn du ihn wieder siehst. Bitte, Suze!«

Suzanne berührte ihren Arm. »Ann? Ist alles in Ordnung? Du bist den ganzen Abend unheimlich still gewesen. Ich weiß, dass wir, was die Regeln betrifft, unterschiedlicher Meinung sind, aber das ist doch keine große Sache, nicht wahr? Ich weiß deine Besorgtheit sehr zu schätzen.«

Ann war Suzannes Blick ausgewichen, doch plötzlich sah sie sie unverwandt an. Ihre Wangen hatten sich gerötet. »Deshalb war ich nicht so still. Ich habe ziemliche … Scheiße gebaut. O verdammt, Suze, ich muss es dir einfach erzählen, sonst werde ich noch verrückt.«

»Du hast Scheiße gebaut?« Suzanne schüttelte den Kopf. »Kann ich mir nicht vorstellen.«

»Du hast die Geschichte ja noch nicht gehört«, erwiderte Ann mit grimmigem Gesichtsausdruck. »Hast du Zeit für einen Kaffee und eine Beichte?«

»Klar.«

11

Ein paar Häuser weiter entdeckten sie einen Coffee-Shop, wo sie zwei Latte macchiato bestellten. Nachdem der Kaffee gebracht worden war, schlang Anne ihre Hände um die schüsselförmige Tasse und verschränkte verkrampft die Finger ineinander.

»Leg los«, sagte Suzanne.

»Es geht um letzten Freitag. Du weißt doch, dass wir ausgemacht hatten, dass Jenny, Rina und ich nach Hause fahren würden, sobald du uns ein Zeichen gegeben hast, nicht wahr?«

»Ja.«

»Ich bin zwar vom Parkplatz gefahren, aber da mir der Gedanke, dich mit einem Fremden allein zu lassen, überhaupt nicht behagte, habe ich anschließend auf dem Nachbarparkplatz wieder haltgemacht.«

»Du bist zurückgekommen? Ich habe dich gar nicht gesehen.«

»Ich wollte dir nicht den Abend verderben.« Anns Gesicht war knallrot.

»Du … was hast du gesehen?« Suzanne merkte, wie sich ihre Wangen sich ebenfalls röteten, als ihr klar wurde, was Anns Worte möglicherweise implizierten. O Gott, hatte eine ihrer besten Freundinnen sie etwa beim Sex beobachtet? »Ann, wie konntest du nur?« Obwohl sie wusste, dass ihre Freundin einen überfürsorglichen Zug an sich hatte, wäre sie nie auf den Gedanken gekommen, dass Ann ihr nachspionieren würde.

»Es ist nicht ganz so schlimm, wie du annimmst.«

»Sondern?«

»Ich habe gesehen, wie ihr euch mit euerm Picknickkorb hinter einem großen Baumstamm niedergelassen habt, aber danach hat mir der Baumstamm die Sicht versperrt, ehrlich. Ich dachte mir, dass du, wenn es Probleme geben sollte, um Hilfe rufen würdest und ich dich dann hören würde. Damit ihr mich nicht seht, bin ich nicht näher gekommen.«

»Na, ein Glück, dass *wir dich* nicht gesehen haben.«

Ann zuckte zusammen. »Ich hab dir doch gesagt, dass ich Scheiße gebaut habe.«

Suzanne, deren Herz wie wild hämmerte, versuchte, sich wieder zu beruhigen. Okay, allzu schlimm war es nicht. Sie und Jaxon hatten sich hinter dem Baumstamm geliebt, und Ann hatte sie nicht gesehen. Nachdem sie gepicknickt hatten, waren sie … Suzanne riss die Augen auf. »Du warst noch da, als wir nackt gebadet haben?!«

Ann senkte den Kopf und nickte.

»Mensch, Ann.«

»Es tut mir leid, leid, leid.« Ann schaute auf und schüttelte den Kopf. »Nein, Moment mal, *so leid* tut es mir nun auch wieder nicht.« Obwohl ihre Wangen immer noch glühten, sah sie Suzanne unverwandt an. »Das ist schließlich ein öffentlicher Strand. Ich hatte das Recht, dort zu sein. Außerdem war ich nicht die Einzige, die euch beobachtet hat. Da war auch noch ein schwules Pärchen, das seinen Hund ausführte. Und ich habe es nur getan, weil du mir am Herzen liegst und ich mir Sorgen machte.«

»Das …« Es war schwer, Anns Logik beziehungsweise ihren Beweggründen etwas entgegenzusetzen. »Das ist mir extrem peinlich«, murmelte Suzanne. »Was Jaxon und ich gemacht haben, war ziemlich abgedreht, aber in der Situation selbst kam es mir völlig okay vor.«

»Es …« Ann zögerte einen Moment, um dann fortzufahren: »Es sah auch okay aus. Es war … wunderschön, Suzie. Es hätte mir peinlich sein müssen zuzusehen, ich hätte mich abwenden müssen, aber …«

»Ja, verdammt noch mal, das hättest du!«

»Es war wie in einem Film.« Ann starrte in ihren Kaffee. »Wie ihr da im Mondlicht standet, konnte man nur eure Silhouetten sehen, sodass ich nicht den Eindruck hatte, jemanden wahrzunehmen, den ich kenne, sondern einfach eine weibliche Figur, zusammen mit einer männlichen Figur. Der Anblick war eher sinnlich als sexy. Und … sehr anrührend.«

Ann schaute auf. »Deshalb mach ich mir ja solche Sorgen um dich. Weil es dabei nicht nur um Sex geht.«

»Natürlich tut es das. Das müsste gerade dir doch klar sein. Schließlich hast du ja alles beobachtet.«

Ann schüttelte den Kopf. »Zwischen euch beiden besteht ein Band.«

»Sexuelle Chemie.«

»Mehr als das. Das konnte ich sehen. Und wenn ich es sehen konnte, musst du es spüren.«

»Das … Na gut, wenn wir L… Sex miteinander haben, dann fühlt sich das an, als ob … wir uns ergänzen. Uns im tiefsten Innern berühren.«

»Wenn ihr Liebe macht. So wolltest du es nennen, und genau das ist es.«

Suzanne schüttelte energisch den Kopf. »Ist es nicht. Es ist lediglich so, dass wir sexuell sehr gut zusammenpassen, sodass der Sex etwas äußerst Intimes und Vertrautes bekommt.«

Ann löffelte die schaumige Milch von ihrem Latte. »Ich hätte genauer hinhören sollen, als du das erste Mal von ihm erzählt hast.«

Suzanne zwang sich, ruhig zu bleiben. »Wie meinst du das?«

»Als du von jenem Nachmittag in der Höhle erzählt hast, hast du da nicht gesagt, der Sex sei wirklich intim gewesen, sei die Art von Liebesakt gewesen, die zur Zeugung eines Kindes führen müsste?«

»Ich … Ja, okay, so fühlt es sich in der Tat an. Aber jetzt denk doch mal vernünftig darüber nach, Ann. Es ist gar nicht möglich, dass ich mich in ihn verliebt habe. Um jemanden zu lieben, muss man den Betreffenden so gut kennen, dass man ihn respektiert.« Ihr fiel ein, wie Jaxon der griechischen Witwe geholfen hatte und wie er zum Spielplatz zurückgegangen war, um das Kondom zu beseitigen. Doch als sie zum ersten Mal Sex gehabt hatten, hatte sie diese Dinge nicht gewusst – hatte sie überhaupt nichts über ihn gewusst.

»Liebe setzt ein geistiges und ein emotionales Band voraus«, fuhr sie fort, »nicht nur ein körperliches.«

»Das sagt dein Verstand, aber vielleicht weiß dein Körper es besser.« Ihre Freundin musterte sie mit ernstem Blick. »Vielleicht stellst du fest, dass es wirklich Liebe ist, sobald dein Verstand und deine Emotionen deinem Körper nicht mehr hinterherhinken. Deshalb ist es so wichtig zu wissen, mit welcher Art Mann du es zu tun hast. Ich kenne dich, Suzanne. Was, wenn er verheiratet ist?«

»Er ist Single.«

»Sagt er. Und du glaubst ihm?«

»Ja! Warum sollte er mich anlügen?«

»Weil du dich nicht mit ihm treffen würdest, wenn er verheiratet wäre.«

»Das weiß er nicht.« Und sie vertraute Jaxon. Oder etwa nicht? »Im Übrigen haben wir das alles schon durchgekaut.« Sie erhob sich. Von ihrem Kaffee hatte sie kaum etwas getrunken.

Ann stand ebenfalls auf. »Sei nicht böse auf mich, Suze.«

Sie hörte sich derart bekümmert an, dass Suzannes Herz dahinschmolz. Rasch drückte sie Ann an sich. »Ich könnte nie böse auf dich sein. Sag mal, hast du Rina und Jen was von alldem erzählt?«

»Natürlich nicht. Ich habe nur gesagt, dass ich befürchte, du könntest dich emotional engagieren.«

»Das werde ich nicht.«

Als Ann sich zum Gehen wandte, murmelte sie etwas vor sich hin, das klang wie: »Das hast du bereits.«

Am Dienstagvormittag konferierte Jax zwei Stunden lang mit Sam Miller, einem extrem übergewichtigen, kahlköpfigen Mann, der energisch abstritt, dass an den gegen die Manager von Family Friend erhobenen Vorwürfe irgendetwas dran sei. Obwohl das beruhigend war, wäre es wesentlich nützlicher gewesen, ein paar konkrete Fakten in die Hand zu bekommen.

Nachdem Jax Miller verlassen hatte, legte er sich einen Aktionsplan zurecht – einen, der es erforderlich machen würde, dass er in den nächsten anderthalb Wochen mindestens sechzehn Stunden am Tag arbeitete.

Als er in sein Büro zurückgekehrt war, hörte er den Anrufbeantworter ab. Seine Exfrau bat um seinen Rückruf. Er klingelte Alan Cohen an, den Rechtspfleger, der Tonyas Akte bearbeitete, und ließ sich von ihm rasch über den Stand der Dinge informieren. Dann rief er Tonya an.

»Hey, Mädchen, was hast du meiner Mutter denn da für ein Angebot gemacht?«

Sie lachte glucksend. »Die Frau ist zu gut für diese Welt, Jax. Sie war bereit, sich mit einem Anteil von fünf Prozent zu begnügen, aber ich konnte sie dazu überreden, zehn Prozent zu akzeptieren.«

»Dann ist es also abgemacht? Ihr werdet wirklich Partner?«

»Die Sache ist geritzt, seit heute Vormittag. Sie hat gesagt, sie habe gestern Abend mit dir darüber gesprochen. Danke, dass du nicht versucht hast, es ihr auszureden.«

»Hast du schon mal versucht, meiner Mom was auszureden?«

»Stimmt. Die Sturheit hast du von ihr geerbt. Na, jedenfalls werden wir den im Partnerschaftsvertrag festgelegten Anteil ändern müssen. Darissa und Consuela bekommen jede zehn Prozent, ich und Benjamin jeweils vierzig.«

Nachdem sie weitere Einzelheiten durchgesprochen hatten, sagte Tonya: »Ich hab noch aus einem anderen Grund angerufen.«

»Ah ja?«

»Wir wollen eine Dinnerparty geben, sozusagen als Testessen für unser Restaurant. Mit zwei, drei Dutzend Leuten. Was hältst du davon, auch zu kommen?«

»Mmm. Würde ich gern, aber …« Er und Benjamin schafften es mittlerweile, ziemlich unbefangen miteinander umzugehen, während einige von Tonyas Freunden nach wie vor gewisse Vorbehalte ihm gegenüber hatten. Außerdem würde er in den nächsten zehn Tagen ohnehin keine freie Zeit haben. »Wann soll das Essen denn stattfinden?«

»Den Tag habe ich noch nicht festgelegt, aber wahrscheinlich in ein, zwei Wochen.« Sie machte eine Pause, dann sagte sie: »Lass mich raten. Du hast zu viel zu tun.« Die Bitterkeit, die in ihrer Stimme mitschwang, war ihm nur allzu vertraut. Sicher dachte sie: Genau wie damals, als wir verheiratet waren.

»Es könnten einige potenzielle Klienten für dich dabei sein«, fügte sie in noch bittererem Ton hinzu.

»Darum geht's nicht«, erwiderte er, obwohl es zumindest

zum Teil durchaus darum ging. Für ihn stellte jede gesellige Zusammenkunft die Gelegenheit dar, neue geschäftliche Kontakte zu knüpfen. Aber verdammt noch mal, er wollte Tonya wirklich unterstützen. »Gib mir Bescheid, wenn du den Tag festgelegt hast. Dann werde ich mein Möglichstes tun.«

»Echt?« Sie klang angenehm überrascht.

»Klar.«

»Du kannst auch eine Freundin mitbringen«, fuhr sie in neckendem Ton fort. »Das heißt, falls du im Moment überhaupt Dates hast.«

»Ähm …«

»Jax? Hast du Dates?«

Wenn die Sache erst in ein paar Wochen stattfand, konnte er Suzanne vielleicht nach San Francisco einladen. Aber würde er sie zu Tonyas Dinnerparty mitnehmen wollen? Würde Suzanne das interessieren? Nein, das konnte er nicht machen. Die Champagnerregeln sprachen zweifellos dagegen. »Das ist ein bisschen kompliziert.«

»Ooh, hört sich ja interessant an. Inwiefern?«

Er beschloss, das zu erwähnen, was sich leicht erklären ließ. »Sie wohnt in Vancouver. BC, nicht Washington. Ich habe sie letztes Wochenende besucht. Und wir sind erst seit Kurzem, äh, zusammen.«

»Klingt nach was Ernstem, wenn du deshalb extra nach Vancouver fliegst. Wie habt ihr euch denn kennengelernt?«

Er hüstelte verlegen. »Ist schon lange her. Das war, bevor ich dich getroffen habe. Und vor Kurzem … haben sich unsere Wege wieder gekreuzt.«

»Jax, du musst sie einfach mitbringen! Ich will sie unbedingt kennenlernen.«

Er sollte seine Sexgöttin seiner neugierigen Exfrau vorstellen? Obwohl es ihn interessiert hätte, was die beiden voneinander halten würden, wäre der damit verbundene Stress zu viel für ihn gewesen. Ganz abgesehen davon, dass auch seine Mutter anwesend sein würde. Er wollte nicht, dass die Frau auf falsche Gedanken kam.

»O Jax, ich werde total nett zu ihr sein«, gurrte Tonya. »Schließlich ist jede Freundin von dir …«

Freundin. War Suzanne eine Freundin? Vermutlich schlossen die Regeln auch Freundschaft aus.

Aber vielleicht auch nicht. Es war unmöglich, *nicht* dieses und jenes über einander zu erfahren. Selbst die oberflächlichste Konversation konnte aufschlussreich sein. Er wusste, dass Suzanne Tiere, Blumen und Sonnenschein liebte und kalte Duschen, männlichen Chauvinismus sowie Umweltverschmutzung hasste. Sie hatte nichts gegen Reiseführer einzuwenden, zog es aber vor, mit den Einheimischen ins Gespräch zu kommen.

Obwohl er am Rande mitbekam, dass Tonya irgendetwas über die Dinnerparty sagte, war er mit seinen Gedanken ganz woanders.

Bisher hatte er, was Suzanne betraf, mit seinem Schwanz gedacht. Doch jetzt wurde auch sein Kopf einbezogen. Ihm wurde klar, dass es, obwohl sie vielleicht noch keine Freunde waren, wahrscheinlich darauf hinauslaufen würde, falls sie einander weiterhin sahen. War es möglich, eine Beziehung zu haben, die sowohl Freundschaft als auch tollen Sex einschloss? Oder würden die sexuellen Funken verpuffen, wenn die Freundschaft sich vertiefte? Der Champagner würde schal werden, und eben deshalb hatten sie ja ihre Regeln.

Doch bei Tonya und Benjamin war nichts von dem prickelnden Gefühl verloren gegangen, obwohl ihre Beziehung sich vertieft hatte – Freundschaft, Liebe, Ehe, ja, sogar eine geschäftliche Partnerschaft hatten nichts an diesem Gefühl zu ändern vermocht.

Aber Tonya und Benjamin waren eben in der Lage, Beruf und Beziehung unter einen Hut zu bringen. Er selbst hatte bewiesen, dass er diese Fähigkeit nicht besaß. Freundschaft erforderte wesentlich mehr Zeit und Energie als Sex. Wenn er versuchte, sich mit Suzanne anzufreunden, würde er versagen, und es gab nichts, was er mehr hasste, als zu versagen.

»*Jaxon Navarre!* Bist du noch da?«

Er fuhr zusammen. »Entschuldigung. Ja, bin ich.«

»Dieses Mädchen muss ja wirklich eine Wucht sein. Seit etwa zehn Minuten rufe ich deinen Namen, ohne irgendeine Antwort zu bekommen. Also, wie heißt sie denn? Was macht sie beruflich? Ist sie schwarz, weiß, gelb, braun?«

Ihre Fragen erinnerten an die seiner Mutter. Plötzlich wurde ihm einiges klar. »Mom hat sich offenbar nicht nur über das Restaurant mit dir unterhalten.« Die zwei Frauen hatten schon immer hinter seinem Rücken die Köpfe zusammengesteckt, was ihn stets aufs Neue fuchtig machte.

»Mensch, Jax, du hast aber eine lange Leitung.«

»Warum stellst du denn diese Fragen überhaupt, wenn du die Antworten bereits kennst?«, sagte er verstimmt.

»Weil Darissa gesagt hat, dass du nicht sonderlich viel verraten hast. Deshalb haben wir beschlossen, dass ich versuche, mehr aus dir herauszubekommen. Und das habe ich auch. Von Vancouver hast du deiner Mutter nichts erzählt, ebenso wenig die Tatsache, dass du diese Suzanne schon vor Jahren kennengelernt hast. Darissa hat gesagt, ihrer Ansicht nach habe das Mädchen einen Sportwagen …«

»Einen roten Miata«, bestätigte er widerwillig. »Aber mehr erfährst du nicht.«

»Bis ich sie kennenlerne.«

»Ich habe nicht gesagt, dass ich …« Aber Tonya hatte bereits aufgelegt.

Und jetzt musste er, bevor er sich an die Arbeit machte, Suzanne eine E-Mail schreiben, um ihr mitzuteilen, dass er sich am kommenden Wochenende nicht mit ihr treffen konnte. Mist!

Nein. Moment mal. Er wollte Suzanne nicht so behandeln, als gehöre sie zu den geschäftlichen Dingen, die es im Laufe eines arbeitsreichen Tages zu erledigen galt. Er würde mit der Mail warten, bis er heute Abend zu Hause war.

Als Suzanne am Montagabend vom Dinner mit ihren Freundinnen heimgekehrt war, hatte sie keine E-Mail von Jaxon vorgefunden. Und sie war zu durcheinander und verwirrt, als dass sie in der Lage gewesen wäre, ihm irgendeine frivole, oberflächliche Botschaft zu schicken.

Am Dienstag hatte sie frei. Dafür, dass sie sonnabends arbeitete, durfte sie sich jede Woche einen Tag freinehmen. Der Tag schleppte sich dahin. Sie fuhr nach Granville Island hinunter, um dort Kaffee zu trinken. Anschließend machte sie einen langen Spaziergang am Ufer des False Creek, bis sie zu einem Markt gelangte, wo sie Lebensmittel einkaufte. Als sie wieder zu Hause war, tat sie ein Hühnchen, Gemüse und Gewürze in den Kochtopf. Nachdem sie ein paar veterinärmedizinische Zeitschriften gelesen hatte, tat sie etwas für ihre Sonnenbräune, indem sie im Garten ihrer Mutter Unkraut zupfte.

Ihre E-Mail checkte sie etwa nur drei Dutzend Mal.

Nach dem Abendessen plauderte sie am Telefon mit einer Kommilitonin und sah sich ein paar Fernsehshows an. Anschließend machte sie es sich mit einem Roman auf ihrem Bett gemütlich – wobei sie ständig die Ohren spitzte, um zu hören, ob neue E-Mails eintrafen. Das war doch lächerlich. Sie benahm sich wie ein Highschoolmädel, das darauf wartete, dass ein ganz bestimmter Junge anrief.

Und dieser Junge hatte offenbar nicht die Absicht.

Um elf schlüpfte sie unter die Bettdecke und machte das Licht aus. Sie schlummerte ein, wachte zwei oder drei Stunden später wieder auf und dachte an Jaxon. Wenn sie ihre E-Mail nicht noch einmal checkte, würde es ihr nicht gelingen, wieder einzuschlafen.

Und jetzt war tatsächlich eine Botschaft vom Höhlenmann da, die erst vor wenigen Minuten eingegangen war.

Bevor sie sie las, klickte sie auf ANTWORTEN und schrieb: *Wenn du noch da bist, Jaxon, dann bleib online. Ich habe deine Nachricht gerade erhalten.*

Dann las sie, was er geschrieben hatte. Verdammt, er konnte sich am Wochenende nicht mit ihr treffen.

Warum?

Er schrieb lediglich, dass er es nicht schaffen würde.

Wegen einer anderen Frau? Oder langweilte er sich bereits mit ihr?

In dem Moment traf eine weitere Mail von ihm ein.

Bin noch da. Du bist also auch eine Nachteule, Suzanne. Die Vorstellung, dass wir beide wach sind, in verschiedenen Städten, während der Rest der Welt schläft, ist verdammt sexy.

Muss ständig an all die Dinge denken, die wir am letzten Wochenende gemacht haben …

Okay, gelangweilt schien er nicht zu sein.

Woran denkst du am liebsten zurück?, schrieb sie.

Muss ich mich da für eine einzige Sache entscheiden?, erwiderte er.

Zunächst einmal.

Seine Antwort erfolgte sogleich. *Dann entscheide ich mich fürs Nacktbaden. Als du meinen Schwanz mit kaltem Wasser bespritzt und ihn anschließend in deinen heißen Mund genommen hast. Etwas Derartiges habe ich noch nie erlebt.*

Apropos heiß … Ihr wurde gerade ganz schön heiß.

Erzähl mal, wie es sich angefühlt hat, schrieb sie unverzüglich zurück. *Und stell dir vor, ich würde es jetzt im Moment wieder machen. Stell dir vor, wie ich dich in den Mund nehme. Ich weiß, dass du viel Fantasie hast, Jaxon.*

In den nächsten zehn Minuten durchlebten sie noch einmal den Sex, den sie bei Spanish Banks gehabt hatten, womit sie unter Beweis stellten, dass sie beide viel Fantasie hatten.

Nach einer Weile stand sie, von postorgasmischer Wärme durchglüht, vom Computer auf und sank ins Bett, wo ihr Hirn langsam wieder die Kontrolle über ihren Körper gewann.

Sie hatte den ganzen Abend darauf gewartet, dass er ihr mailte. Als er sich endlich gemeldet hatte – *um zwei Uhr morgens* –, hatte er ihre Verabredung abgesagt. Dann hatte sie zurückgemailt und sich auf Cybersex mit ihm eingelassen.

Tollen Cybersex, gewiss, aber trotzdem … War sie nicht ein bisschen zu verfügbar?

Er musste ja denken, sie habe nichts Besseres zu tun, als die ganze Nacht zu Hause zu sitzen und auf ihn zu warten.

Suzanne ärgerte sich so über sich selbst, dass sie beinahe nicht geantwortet hätte, als sie am nächsten Morgen Jennys Nachricht erhielt. *Müssen uns treffen. Alle vier. BG um 12.*

Ihre Freundinnen wollten sich also im Bread Garden mit ihr treffen und sie noch weiter drangsalieren, ja? Warum sollte sie sich darauf einlassen?

Oder vielleicht war sie ja paranoid. Am Montagabend hatten sie alle ihre Meinung kundgetan und sich darauf geeinigt, uneins zu sein. Möglicherweise hatte eine der anderen ein Problem, das besprochen werden musste. Sie schrieb zurück: *Bis um 12.*

Als Suzanne um fünf vor zwölf in Richtung Restaurant eilte, traf sie mit Rina zusammen, die vom Parkplatz kam.

»Was ist denn los?«, fragte Suzanne.

»Oh, äh, lass uns erst mal was zu essen holen.« Rina winkte in Richtung eines Terrassentischs, wo Ann und Jenny saßen und die Köpfe zusammensteckten.

Suzanne entschied sich für einen thailändischen Nudelsalat, Rina für einen griechischen Salat. Nachdem sie ihre Tabletts an sich genommen hatten, gesellten sie sich zu den anderen.

»Was geht hier vor sich?«, fragte Suzanne.

»Wir müssen mit dir reden«, erwiderte Ann.

»O nein, nicht schon wieder. Wir haben doch Montagabend schon alles durchgekaut. Ich finde, das reicht.«

Die drei anderen wechselten Blicke. Ann hatte ihr Gemüsewrap in kleine Stücke geschnitten, schien aber noch keinen Bissen gegessen zu haben. Jenny fummelte an der Stickerei auf ihrer pinkfarbenen Bluse herum. Rina schien es Schwierigkeiten zu bereiten, ihren Schal zu ihrer Zufriedenheit zu knoten.

Schließlich seufzte Ann, schlüpfte aus ihrer schwarzen Kostümjacke und sagte in ruhigem Ton: »Wir haben etwas gemacht, was dir nicht gefallen wird.«

Und das nach ihrem Voyeurismus am Samstag? »Was zum …«

Ann hob die Hand, um Suzanne Schweigen zu gebieten. »Nach dem Dinner am Montag hat Rina mich angerufen. Nachdem wir miteinander gesprochen hatten, habe ich Jenny angerufen. Wir alle machen uns Sorgen, weil du so fest entschlossen zu sein scheinst, nichts über diesen Mann in Erfahrung zu bringen.«

Suzanne schob ihren Salat weg. »Das ist meine Angelegenheit.«

»Du hast gesagt, du könntest Jaxon keine Fragen stellen, weil er dann ebenfalls welche stellen würde, richtig?«

Suzanne kam ein entsetzlicher Verdacht. »Ihr habt ihn doch nicht etwa überprüft?« Dann schüttelte sie rasch den Kopf. »Nein, dafür habt ihr nicht genug Informationen.«

»So viele brauchten wir gar nicht«, entgegnete Ann. »Jaxon Navarre in San Francisco. Das hat gereicht.«

Suzanne starrte sie an. »Hinter meinem Rücken habt ihr … Ich bin …« Ihr fehlten einfach die Worte.

Sie hatten sie hintergangen. Diese Frauen – ihre engsten Freundinnen (zumindest hatte sie das angenommen) – hatten sie hintergangen. »Wie konntet ihr nur? Verdammt noch mal, ich …« Sie schob ihren Stuhl zurück, um sich zu erheben.

Ann griff nach ihrer Hand. »Bleib hier. Hör dir erst mal an, was wir zu sagen haben.«

Während Suzanne sich von Anns Hand losmachte, sagte Jenny: »Suze, wir dachten, dass du gern etwas über ihn erfahren würdest, sofern es dir erspart bleibt, ihn direkt zu fragen.«

»Nun, das ist *nicht der Fall!*«

Das war jedoch eine Lüge. Sie hatte schon vorher mehr über Jaxon wissen wollen, und jetzt erfüllte die Nervosität ihrer Freundinnen sie mit Unruhe. Lag das nur daran, dass sie Schuldgefühle hatten? Oder hatten sie vielleicht etwas Furchtbares herausgefunden?

Obwohl ihr Herz immer noch wie wild hämmerte, blieb sie sitzen. Inzwischen hatte ihr Zorn sich ein wenig gelegt, und sie fühlte sich auch nicht mehr ganz so hintergangen. Diese Frauen waren wirklich ihre Freundinnen, selbst wenn sie sich falsch verhalten hatten.

»Suzie?«, sagte Rina. »Bist du sicher, dass du nichts über ihn wissen willst?«

Schließlich gewann ihre Neugier die Oberhand. Suzanne seufzte. »Nun erzählt mir bloß nicht«, versuchte sie zu scherzen, »dass er so was Grässliches wie Buchhalter ist.«

Ann schüttelte den Kopf. »Schlimmer.«

»Ein ehemaliger Knacki?«, fragte Suzanne ängstlich.

»Nein, so schlimm ist es nun auch wieder nicht«, antwortete Ann. »Er ist Rechtsanwalt.«

»Was?« Spontan schoss ihr durch den Kopf, dass das ein zu konventioneller Beruf für ihn war.

Ann legte die Unterarme auf den Tisch und beugte sich vor. »Ich habe seinen Namen in den Computer eingegeben und Internetrecherchen gemacht. Seine Firma hat eine Website, wo alle dort tätigen Rechtsanwälte aufgelistet sind. Er arbeitet für eine hochkarätige Kanzlei namens Jefferson Sparks und ist auf Sammelklagen spezialisiert. Ein prestigereicher Job.«

»Okay, Rechtsanwalt mag ja noch angehen.«

»Vielen herzlichen Dank«, sagte Ann.

»Also, es ist ja nicht so, als würdest du von deinen Kollegen in den höchsten Tönen schwärmen«, erwiderte Suzanne.

»Stimmt. Die meisten von uns sind selbstbezogene Workaholics.«

»Autsch!«, meinte Jenny. »Warum zum Teufel übst du denn dann diesen Beruf aus, Annie?«

»Verdammt gute Frage.«

Ihr Tonfall war so grimmig, dass die anderen sie verblüfft anstarrten. Sie zog zwar oft über ihren Beruf her, aber so ernst hatte sie sich dabei noch nie angehört.

Suzanne fiel ein, dass sie oft beobachtet hatte, wie Ann eine prall gefüllte Aktentasche mit nach Hause nahm, starken Kaffee trank, um möglichst lange arbeiten zu können, Pillen einnahm gegen Kopfschmerzen oder … Was waren das eigentlich für Pillen, die Ann ständig einnahm?

»Ann?«, sagte Suzanne. »Ist alles okay?«

Ann riss die Augen auf. »O Gott, tut mir leid. Hat sich das so angehört, als spräche ich in eigener Sache?« Sie schüttelte energisch den Kopf. »Nein, mir geht's bestens, Neues gibt's nicht zu berichten. Ich wollte damit nur sagen, dass die Juristerei ein Beruf ist, bei dem es schwer ist, sein Gleichgewicht zu finden. Man muss durch eine Menge Reifen springen, wenn man Erfolg haben möchte, und für eine Frau ist das Ganze besonders schwierig. Für einen farbigen Mann sicher auch, obwohl ich das bei Jaxon nicht unbedingt annehmen würde. Wer weiß, vielleicht kommt er sogar aus einer Familie von Rechtsanwälten.«

»Würde mich nicht überraschen«, sagte Suzanne. »So, wie er auftritt und sich kleidet .... Er hat einfach Klasse.«

»Tja, kann durchaus sein, dass ihm alles in den Schoß gefallen ist. Möglicherweise hat er es nicht nötig, von seiner Arbeit so besessen zu sein wie ich.«

»Am Wochenende war er es jedenfalls nicht.« Und das war alles, was Suzanne interessierte – wie er war, wenn er mit ihr zusammen war. »Na, vermutlich ist es gut zu wissen, dass er einen ehrbaren Beruf ausübt. Ich kann also ganz beruhigt sein.«

Die drei anderen wechselten Blicke.

Oh, oh. »Gibt es etwas, das mich beunruhigen sollte?«

»Jenny?«, sagte Ann.

»Äh ...« Jenny trank einen großen Schluck Cola – offenbar um Zeit zu gewinnen, was völlig untypisch für ihre sonst so unverblümte Art war.

»Raus damit«, forderte Suzanne sie auf.

Jenny stellte ihr Glas ab. »Er ist verheiratet.«

»Was?«, schrie Suzanne auf.

Rina griff nach ihrer Hand. »Tut uns leid, Suze, aber seine Sekretärin hat es bestätigt.«

»Seine Sekretärin? Ihr habt seine Sekretärin angerufen und sie gefragt, ob er verheiratet ist?« In Suzannes Innern herrschte das reinste Gefühlschaos. Jaxon hatte sie angelogen.

Nein, Moment mal, da musste irgendein Irrtum vorliegen. Sie konnte einfach nicht glauben, dass er ein Betrüger und Lügner war. Aber wie sollte sie das beurteilen? Ihre Freundinnen hatten recht. Sie kannte ihn ja kaum.

Jenny schüttelte den Kopf. »Ganz so plump bin ich nun doch nicht. Hast du vergessen, dass ich Journalistin bin? Ich verfüge über raffinierte Methoden, um Informationen herauszufinden.«

»Sprich weiter.«

»Ich habe mir bei der Auskunft seine private Telefonnummer besorgt und bei ihm angerufen. Natürlich so, dass weder mein Name auf dem Display auftauchte noch sich feststellen ließ, von wo ich anrufe. Jedenfalls meldete sich nur eine auf Tonband aufgezeichnete männliche Stimme, die die Nummer wiederholte und mich aufforderte, eine Nachricht zu hinterlassen. Ich hab's noch mehrmals probiert, aber jedes Mal ohne Erfolg. Dann habe ich sein Büro angerufen und seine Sekretärin verlangt. Ich habe behauptet, vom Kaufhaus Nordstrom in San Francisco zu sein.«

»Hä?«

»Ich sagte, Mr Navarres Frau habe letzte Woche etwas gekauft, das sie geliefert haben wolle, aber ich bräuchte noch eine Bestätigung und könnte sie nicht erreichen. Ich sagte, ich hätte ihr eine Nachricht auf ihrem Anrufbeantworter hinterlassen, aber sie hätte nicht zurückgerufen, und da sei mir eingefallen, dass sie erwähnt habe, Mr Navarre sei Rechtsanwalt, deshalb hätte ich mir seine Nummer rausgesucht. Da Nordstrom für seinen Kundendienst berühmt ist, habe ich gehofft, dass seine Sekretärin mir die Geschichte abkaufen würde.«

Jenny spielte mit ihrem Colaglas herum. »Ich dachte, seine Sekretärin würde sagen, ich hätte den falschen Navarre erwischt, weil ihr Boss nicht verheiratet sei.«

»Und was hat sie gesagt?«, fragte Suzanne beklommen.

Jenny sog scharf den Atem ein. »Sie hat gesagt: *Sie rufen wegen Tonya an?*«

»Tonya«, wiederholte Suzanne mit ausdrucksloser Stimme. Jaxon hatte eine Frau namens Tonya.

»Daraufhin habe ich einen Rückzieher gemacht und gesagt, das sei der falsche Navarre, der Vorname der Frau laute Mary. Anschließend habe ich mich entschuldigt und sie gebeten, den Anruf zu vergessen.«

»Tonya«, sagte Suzanne noch einmal, um dann hinzuzufügen: »Der verfluchte Kerl hat mich angelogen!«

Suzanne war fuchsteufelswild und gleichzeitig so benommen, dass sie nur am Rande mitbekam, wie ihre drei Freundinnen ihr die Schulter tätschelten und ihren Arm streichelten.

»Das tut uns sehr leid, Suze«, sagte Ann. »Aber es ist besser, Bescheid zu wissen, nicht wahr?«

»Sie könnten getrennt leben«, meinte Jenny. »Danach konnte ich die Sekretärin natürlich nicht fragen, aber es schien sie ziemlich zu überraschen, dass jemand versuchte, Tonya über Jaxons Büro zu erreichen.«

Rina und Ann nickten, und Suzanne stellte fest, dass auch ihr Kopf auf und ab ging. Das musste die Erklärung sein. Er hatte nicht wirklich gelogen. Viele Leute, die getrennt lebten, sahen sich selbst als Singles.

»Suzie?«, sagte Rina. »Ich weiß, dass du dich nie mit einem verheirateten Mann einlassen würdest, aber was hältst du von einem Typ, der von seiner Frau getrennt lebt?«

Was sie davon hielt? Sie war so verwirrt, dass sie nicht mehr klar denken konnte.

»Wenn sie zum Beispiel die Scheidung eingereicht haben und nur noch darauf warten, dass sie rechtskräftig wird?«, erkundigte sich Jenny.

»Trotzdem ist es Untreue«, sagte Suzanne langsam.

»Ach, nun komm«, entgegnete Ann. »Wenn ein Paar beschlossen hat, sich zu trennen, und die entsprechenden Schritte in die Wege geleitet hat, müssen sie dann einander trotzdem noch treu sein?«

»O Gott, ich weiß auch nicht«, erwiderte Suzanne, die einen Schluck Ice Tea trank und angestrengt nachdachte. »Ihr kennt meine Einstellung in puncto Scheidung. Die Menschen sollten erst heiraten, wenn sie sich absolut sicher sind, und hinterher sollten sie dann ihr Eheversprechen einhalten. Aber wenn Jaxon und Tonya die Scheidung bereits eingereicht haben …«

»Ist es sicher nicht so, als hättest du seine Ehe kaputt gemacht«, fiel Rina ihr ins Wort. »Obwohl du aufpassen musst, dass er nicht versucht, sich mit dir über seine gescheiterte Ehe hinwegzutrösten.«

»Stimmt schon, obwohl wir ja nur Sex miteinander haben. Spielt es denn, solange es toller Sex ist, eine Rolle, ob er sich damit über irgendetwas hinwegtrösten will?« Sie stach ihre Gabel in den thailändischen Salat und wickelte ein paar Nudeln um die Zinken. »Wenn ich Jaxon als Ehemann in Betracht zöge, würde ich ihn jetzt wahrscheinlich von der Liste streichen, denn er scheint die Ehe nicht so ernst zu nehmen wie ich. Aber so, wie die Dinge liegen, kann es mir eigentlich egal sein, ob er verheiratet war.«

»Was, wenn er Kinder hat?«, fragte Rina leise.

Suzanne ließ ihre Gabel auf den Teller fallen. »O mein Gott! Nein, das ist unmöglich. Er hätte es nicht fertig gebracht, seine Kinder im Stich zu lassen. Solch ein Mann ist er nicht. Da bin ich mir ganz sicher.«

»Eine Trennung von der Ehefrau heißt nicht unbedingt, dass man seine Kinder im Stich lässt«, meinte Ann. »Und eine unglückliche Ehe kann für Kinder härter sein als eine zivilisierte Scheidung.«

»Das eine wie das andere ist für Kinder furchtbar«, erwiderte Suzanne voller Überzeugung. Bei diesem Thema stiegen stets Erinnerungen an Liz in ihr auf, die vor langer Zeit ihre beste Freundin gewesen war. Eltern waren ihren Kindern etwas schuldig, hatten ihnen gegenüber eine Verpflichtung, vor der sie sich nie drücken durften.

»Was die Ehe betrifft, legst du echt hohe Maßstäbe an«, sagte Rina. »Ich will zwar nicht sagen, dass du damit falsch liegst, aber das ist lediglich ein Ideal. Die Wirklichkeit sieht anders aus. Dass Paare sich trennen, kommt ständig vor, ob sie nun Kinder haben oder nicht. Ungefähr die Hälfte aller Ehen endet mit einer Scheidung.«

Suzanne sah sie finster an. »Wenn fünfzig Prozent aller Männer auf der Welt ihre Frauen verprügeln, heißt das noch lange nicht, dass es richtig ist.«

Rina warf den anderen beiden einen Blick zu.

Jenny stieß ein Schnauben aus. »Alles wie gehabt. Darüber haben wir schon x-mal gesprochen, und das Ergebnis ist immer dasselbe. Tatsache ist, dass Suzie wartet, bis der *Leave It to Beaver*-Typ kommt.«

Suzanne reckte das Kinn vor. »Ja, das tu ich, und ich sehe keinen Grund, mich dafür zu entschuldigen. Ich *verdiene* einen solchen Mann, der solide, verantwortungsbewusst und anständig ist.« Einen Mann, der sein Kind *nie* im Stich lassen würde.

So wie Liz' Vater es damals, als sie Teenager gewesen waren, getan hatte.

Verdammt noch mal, ihre Gefühle drohten sie zu überwältigen. Sie merkte, wie ihr Tränen in die Augen stiegen, und versuchte, sie wegzublinzeln.

»Hey, Suze.« Rina legte ihr den Arm um die Schultern und drückte sie an sich. »Ist ja okay. Wir wissen, wie ernst deine Ansichten über die Ehe sind. Wir wollten dich nicht kritisieren.«

Suzanne zog die Nase hoch. »Kann ja sein, dass ich Idealistin bin. Aber so bin ich nun mal. Vielleicht erzähle ich euch irgendwann einmal, warum ich so bin, aber nicht heute, okay?« Sie hatte diesen Frauen schon viele Geheimnisse anvertraut, aber die Geschichte mit Liz war einfach zu schmerzlich.

»Wenn du nicht willst, brauchst du es uns nicht zu erzählen«, sagte Ann. »Wir müssen ja nicht bei allem einer Meinung sein.«

»Genau. Hauptsache, ihr seid meiner Meinung«, warf Jenny mit albernen Grinsen ein, »weil ich nämlich immer recht habe.«

Was die anderen mit Kichern und Schnauben quittierten. Im Großen und Ganzen war Uneinigkeit die Norm, und gewöhnlich betrachtete Suzanne ihre Meinungsverschiedenheiten als etwas, das zum Nachdenken anregte. Nur wenn es um ihre Ansichten zum Thema Ehe ging, hatte sie Schwierigkeiten, objektiv zu sein.

»Das Großartige an den Tollen Vier ist«, stellte Ann fest, »dass wir einander respektieren und uns gegenseitig am Herzen liegen, stimmt's?«

»Stimmt«, antworteten Jenny und Rina im Chor.

Unmittelbar darauf sagte auch Suzanne mit leiser Stimme: »Stimmt.« Ihr wurde bewusst, dass sie ihren Freundinnen so gut wie vergeben hatte. Angesichts der Dinge, die die anderen herausgefunden hatten, kam sie sich dumm und naiv vor, weil sie selbst keine Nachforschungen über Jaxon angestellt hatte.

»Also«, sagte Ann, »um zum Hauptthema, das heißt zu Jaxon zurückzukehren. Suze, du musst herausfinden, ob er verheiratet ist oder getrennt lebt. Richtig?«

»Absolut.«

Oder vielleicht sollte sie den Kontakt einfach abbrechen, und zwar sofort.

Er hatte sie hinsichtlich seines Familienstands irregeführt und hatte das nächste Treffen ohne jede Erklärung abgesagt.

Vielleicht war die erotische Eskapade damit zu Ende.

12

In jener Nacht schlief Suzanne nicht mehr als ein, zwei Stunden. Als sie aufstand, fühlte sie sich erschöpft und wusste nach wie vor nicht, wie sie mit Jaxon verfahren sollte. Die neben ihrem Bett in einer Vase stehende Tigerlilie welkte dahin. Vielleicht war das ja ein Zeichen.

Was für ein Glück, dass sie ihre Arbeit liebte. Kaum hatte sie die Tür der Klinik geöffnet, da hob sich ihre Stimmung. Sie begrüßte die ersten Patienten, einen schwermütig dreinblickenden Basset und seine muntere blonde Besitzerin – nein, Haustiere und ihre Menschen sahen sich nicht immer ähnlich –, und geleitete sie ins Behandlungszimmer.

Jetzt war sie in ihrem Element, und jede Liebkosung eines pelzigen, seidigen oder borstigen Fells war Balsam für ihr unruhiges Herz.

Erst als sie in der Mittagspause nach draußen ging, um sich ein Sandwich zu holen, kehrten ihre Gedanken zu Jaxon zurück.

War sie bereit, auf den tollen Sex zu verzichten? Ja, ganz bestimmt, wenn er verheiratet war. Aber wenn er so gut wie geschieden war …

Sie holte ihr Handy heraus und rief Ann an. »Tut mir leid, wenn ich dich störe, ich weiß, dass du viel zu tun hast, aber ich zermartere mir den Kopf darüber, was ich machen soll. Ob ich die Sache vielleicht einfach abbrechen sollte?«

»Hast du noch mehr über ihn herausgefunden?«

»Nein, aber vielleicht hat das ohnehin keinen Sinn. Die Geschichte wird einfach zu kompliziert.«

Ann seufzte. »Ich will dir ja nicht raten, unbedingt weiterzumachen, aber wenn du dich jetzt nicht schlau machst, wirst du das immer bedauern, Suze. Sammle Fakten, analysiere sie, anschließend entscheide, wie du dich verhalten willst.«

»Du hast immer den vollen Durchblick.«

»Von wegen! So was ist immer viel leichter, wenn es sich um das Leben von jemand anderem handelt.«

Sie musste sich informieren. Ihre Freundin hatte recht. Schließlich war es unfair, über jemanden ein Urteil zu fällen, wenn man nicht genug über den Betreffenden wusste. Sie hatte zwar nicht Jura studiert wie Ann und Jaxon, verfügte aber trotzdem über ein ausgeprägtes Gerechtigkeitsgefühl. »Danke, Ann. Werde mich ans Faktensammeln machen.« Als Suzanne auflegte, fühlte sie sich gleich viel besser.

Bis sie dann darüber nachdachte, wie sie an diese Fakten kommen sollte. Jaxon einfach zu fragen würde gegen die Regeln verstoßen. Außerdem – woher würde sie wissen, ob seine Antworten der Wahrheit entsprachen?

Nachdem sie den Sandwich-Shop betreten hatte, stellte sie sich an und versuchte zu entscheiden, was sie haben wollte. Als sie an der Reihe war, starrte sie die Behälter mit Sandwichbelag an. »Ein Sandwich mit Thunfisch. Nein, mit Ei.«

Sobald die Bedienung, eine gelangweilt dreinblickende Asiatin, begonnen hatte, den Ei-Mayo-Mix aufs Brot zu streichen, wünschte Suzanne, sie wäre bei Thunfisch geblieben.

»Sprossen oder Salat?«, fragte die Bedienung.

Gott, ihr Gehirn war wie verklebt. »Ganz wie Sie wollen.«

Die Asiatin zog ihre gepiercte Augenbraue hoch, stieß einen genervten Seufzer aus und klatschte eine Kelle Sprossen auf die Eifüllung.

Während sie das Sandwich bezahlte, das sie gar nicht

haben wollte, kam Suzanne zu Bewusstsein, dass es an der Zeit war, eine andere Freundin anzurufen, um sich ihre Kenntnisse zunutze zu machen.

Draußen wählte sie Jennys Nummer. »Ich brauche deine Hilfe. Du weißt doch, wie man an Informationen gelangt.«

»Über Tonya? Ich habe ihren Namen eingegeben. Im Telefonbuch für San Francisco steht er nicht, und über Google habe ich auch nichts herausgefunden.«

»Wie kann ich seinen Familienstand eruieren?«

»Vermutlich gibt es im Internet irgendeine Art von standesamtlichem Register, das man abrufen kann. Wahrscheinlich gegen eine Gebühr. Ich habe schon mit dem Gedanken gespielt, es selbst zu machen, dachte aber, dass dich das noch mehr verärgern würde. Wie dem auch sei, ist es nicht leichter, einfach seine Nummer anzurufen und Tonya Navarre zu verlangen?«

Klar, das lag auf der Hand. Andererseits … »Das geht nicht. Jaxon könnte ans Telefon gehen.«

»Dann legst du eben auf. Und natürlich musst du den Anruf blockieren.«

»Blockieren?«

»Damit er ihn nicht zurückverfolgen kann.« Jenny stöhnte. »Du hast keinen Schimmer, wie? Okay, dann mache ich es halt. Da er meine Stimme nicht kennt, kann ich Tonya Navarre verlangen, wenn er rangeht.«

»Ich bin dir was schuldig.«

»Klar. Einiges sogar, mein Schatz.«

Suzanne stieß einen tiefen Seufzer der Erleichterung aus. Jetzt, da sie sich nicht mehr um die Sache zu kümmern brauchte, konnte sie sich ein wenig entspannen. Zumindest solange, bis sie etwas von Jenny hörte.

Was den ganzen Nachmittag nicht der Fall war.

Nach der Arbeit ging sie mit zwei Kommilitonen aus, mit

denen sie sich alle zwei oder drei Wochen zum Essen und Plaudern traf. Mohinder musste während des Sommers im Lebensmittelgeschäft seines Vaters arbeiten. Tiff hatte immerhin einen Job an Land gezogen, der etwas mit Tieren zu tun hatte, was aber hieß, dass sie in einem Hundesalon arbeitete. Beide waren extrem neidisch auf Suzannes Job in der Klinik.

Widerwillig stellte Suzanne ihr Handy aus und versuchte, sich auf die Unterhaltung mit ihren Freunden zu konzentrieren. Doch gleich nachdem sie sich von ihren Kommilitonen verabschiedet hatte und zu ihrem VW-Bus ging, schaltete sie es wieder ein. Keine Nachrichten. Dabei war es schon nach zehn.

Sie wählte Jennys Nummer.

»Während du dich mit deinen Freunden amüsiert hast«, grummelte Jenny, »hat sich an meinem Zeigefinger eine dicke Hornhaut gebildet, weil ich x-mal auf die Wiederwahltaste gedrückt habe. Es geht niemand ran. Ich kann das nicht die ganze Nacht fortsetzen, Suzie.«

»Nein, natürlich nicht«, murmelte Suzanne. Verdammt noch mal. Warum war denn am Donnerstagabend um zehn niemand zu Hause? »Tut mir leid, Jenny. Danke, dass du es versucht hast.«

»Morgen um sieben habe ich ein Frühstücksinterview. Wenn ich aufgestanden bin, versuche ich es noch mal. In aller Herrgottsfrühe muss doch jemand da sein.«

In seinen kurzen Arbeitspausen dachte Jax ständig nur an eins.

An Telefonsex.

Nachdem er und Suzanne neulich Cybersex veranstaltet hatten, war ihm zu Bewusstsein gekommen, dass sie stattdessen hätten zum Telefonhörer greifen können. Ihre Stimme zu hören wäre ihm lieber, als Worte auf einem Bildschirm zu lesen.

Sie hatte eine tolle Stimme, die ein wenig rauchig und sehr, sehr sexy klang.

Als sie am vergangenen Wochenende Sex miteinander gehabt hatten, hatten sie während des Akts nicht viel gesagt. Zwar hatten sie ein bisschen gekeucht und gestöhnt, aber da sie sich immer mehr oder weniger in der Öffentlichkeit befunden hatten, hatten sie sich ruhig verhalten müssen.

Er hatte noch nie gehört, wie sie ihm obszöne Ausdrücke ins Ohr flüsterte.

Mann, allein schon der Gedanke machte ihn total an.

Als er am Donnerstag von der Arbeit nach Hause kam, war es schon spät am Abend. Während er die Haustür des Apartmentgebäudes aufschloss, überlegte er, ob von seinen zwei Mitbewohnern wohl jemand zu Hause sein würde. Beide kamen wie er immer spät nach Hause – Levi, weil er viel arbeitete und den Rest seiner Zeit mit seiner Freundin Rachel verbrachte; Tod, weil er sich ständig in Schwulenbars und auf Schwulenpartys herumtrieb. Er hoffte, dass die zwei nicht da waren; er mochte es, die Wohnung ganz für sich zu haben.

Besonders heute, da er ständig an Telefonsex dachte.

Um sich Bewegung zu verschaffen, benutzte er die Treppe.

Jedenfalls war es besser, sich auf Telefonsex zu konzentrieren, statt sich mit der beunruhigenden Frage auseinanderzusetzen, die ihm ständig im Kopf herumging. Wie kam es, dass Suzanne um zwei Uhr morgens noch wach gewesen war?

War sie wirklich eine Nachteule? Oder war sie gerade von einem heißen Date nach Hause gekommen?

Würde sie in ein und derselben Nacht mit zwei Männern

Sex haben, mit dem einen im wirklichen Leben, mit dem anderen per E-Mail?

Gott, das war Suzanne, die zu allem fähig war. War das nicht genau das, was sie so unwiderstehlich machte?

Es war verrückt, eifersüchtig zu sein.

Er war so verflucht konventionell. Sein Gehirn hatte extreme Probleme damit, die Tatsache zu verarbeiten, dass diese *Sache* zwischen ihm und Suzanne keiner der herkömmlichen Regeln folgte.

Sondern von eigenen, höchst ungewöhnlichen Regeln beherrscht wurde, den Champagnerregeln. Und bei denen war von Treue keine Rede.

Wenn er Besitzansprüche auf Suzanne erhob, war er wirklich ein gottverdammter Höhlenmann.

Er schloss die Apartmenttür auf und trat, »Reiß dich zusammen« vor sich hinmurmelnd, ein.

»Wieso das?«, fragte Levi. Er saß mit seinem Notebook und einer Bierdose vor sich auf der Couch. Im Fernsehen lief gerade eine jener Natursendungen, die er so liebte.

»Wegen einer Frau. Weshalb denn sonst?«

»Die Frage könnte Tod besser beantworten als ich.« Levi kicherte. »Er ist nämlich gerade mit jemand in seinem Schlafzimmer, der ganz entschieden keine Frau ist.«

»Ach, du Schande.«

»Tja, deshalb habe ich auch den Fernseher angestellt. Da weiß ich wenigstens nicht so genau, ob es Löwen sind, die brüllen, oder Tod und seine neueste Eroberung.«

»Wie lange sind sie denn schon dabei?«

»Keine Ahnung. Ich bin vor etwa einer Stunde nach Hause gekommen. Das Telefon klingelte gerade, aber ich habe es nicht rechtzeitig geschafft ranzugehen, und Tod hat nicht reagiert. Was wohl an den Geräuschen lag, die aus seinem Zimmer kamen – Geräusche, die ich nicht hören wollte.«

O ja, es hatte gewisse Nachteile, mit anderen die Wohnung zu teilen. Doch die Mieten in der Innenstadt waren exorbitant. Solange er noch die Hypothek seiner Mutter abzahlen musste, konnte er sich kein eigenes Apartment leisten. Und bei all den Überstunden, die er machte, brauchte er eine Wohnung in der Nähe seines Büros.

Jax schnappte sich ein Bier und ging in sein Zimmer, das glücklicherweise nicht an das Tods, sondern an das Levis angrenzte.

Er kannte Suzannes Familiennamen. Wahrscheinlich hätte er ihre Nummer im Telefonbuch nachschlagen können, aber das wäre irgendwie aufdringlich gewesen. Es war besser, wenn er ihr mailte und ihr Telefonsex vorschlug. Wenn sie darauf einging, konnten sie ja ihre Nummern austauschen. Er würde sein Handy benutzen müssen, da das Apartmenttelefon allen drei Bewohnern zur Verfügung stand.

Okay, wie sollte er es formulieren, damit es sexy, aber nicht plump klang? *Hey, Suzanne, bin gerade nach Hause gekommen und denke dauernd an deine sexy Stimme. Weißt du was? Wir haben uns noch nie unanständige Sachen gesagt. Was hältst du davon, es mal am Telefon auszuprobieren?*

Nachdem er auf ABSCHICKEN geklickt hatte, machte er sich daran, seinen Anzug auszuziehen. Ob Suzanne zufällig wohl auch am Computer sitzen und eine Antwort schicken würde? Das Timing zwischen ihnen beiden war manchmal geradezu unheimlich.

Das Telefon im Wohnzimmer klingelte. Er hörte, wie Levi abnahm, konnte jedoch nicht verstehen, was er sagte. Kurz darauf klopfte Levi leise an seine Tür. »Jax?«

Ein Anruf für ihn? Zu dieser späten Stunde? Außerdem rief ihn jeder, der ihn kannte, in seinem Büro oder über seine Handynummer an. Ob das Suzanne war? Hatte sie seine E-Mail bekommen und sich von der Auskunft seine Nummer geben lassen?

Er eilte zur Tür und öffnete sie. »Ist das für mich?«

»In gewisser Weise. Eine Frau, die nach Tonya Navarre gefragt hat.«

Die beiden sahen sich erstaunt an.

»Seit unserer Scheidung heißt sie doch gar nicht mehr Navarre«, sagte Jax.

»Und diese Telefonnummer hat sie auch nie gehabt. Deshalb habe ich gesagt, sie habe wieder geheiratet und heiße jetzt Tonya Keeler. Ihre Nummer wüsste ich nicht, könnte sie aber von dir bekommen. Die Frau ist noch am Apparat.«

»Ich weiß nicht recht, ob ich Tonyas Nummer an eine Fremde weitergeben sollte.«

»Ja, du hast recht, das habe ich nicht bedacht«, erwiderte Levi mit zerknirschter Miene. »Ihren Nachnamen hätte ich auch nicht nennen sollen.«

»Ich werde mal mit der Frau sprechen, um herauszufinden, wer sie ist.«

Doch als er das Telefon aufnahm, war die Leitung tot. »Die Nummer der Anruferin ist blockiert worden«, stellte er fest. »Wahrscheinlich irgendeine Werbekampagne. Trotzdem werde ich Tonya mailen, um sie davon in Kenntnis zu setzen.«

»Ja, und sag ihr, dass es mir leid tut, okay?«

Jax ging zu seinem Computer, um Tonya rasch ein paar Zeilen zu schreiben.

Dann checkte er seine Höhlenmann-Mailbox. Verdammt, keine Nachricht von Leichtsinn 69. Vielleicht war Suzanne ja ausgegangen.

Mit einem anderen Mann?

»Tonya hat wieder geheiratet?«, sagte Suzanne zu Jenny, die gerade angerufen hatte, um Bericht zu erstatten. »Puh, das erleichtert mich ungemein! Aber warum hat Jaxons Sekretärin denn das nicht gesagt?«

»Vielleicht weil mein Anruf sie so überrascht hat. Oder weil ich sie nicht habe zu Wort kommen lassen. Tut mir leid, Suze, ich glaube, ich habe die Sache vermasselt.«

»Nun, das hast du ja heute Abend wieder gutgemacht.« Jaxon hatte sie also nicht angelogen. Es war richtig, ihm zu vertrauen.

»Warte mal einen Moment«, sagte Jenny. »Ich bin gerade dabei, Tonya Keeler als Suchbegriff einzugeben. Mal sehen, ob sie auftaucht.«

Kurz darauf hörte Suzanne klickende Geräusche – Jen, die die Tastatur bearbeitete. Wie die Frau mit derart langen Fingernägeln so schnell tippen konnte, war Suzanne schleierhaft.

Wow, er war also wirklich Single. Sie war so froh, dass sie Jen angerufen hatte, als seine Nachricht auf dem Bildschirm erschienen war, in der er ihr mitteilte, dass er zu Hause sei. Heute Nacht würde sie vielleicht endlich Schlaf finden.

»Hey, da ist sie«, verkündete Jen. »Ein kurzer Paragraf in einer Restaurantkolumne. Tonya Keeler, Küchenchefin im Bijoux, verlässt das Restaurant, um ihre eigene Gaststätte aufzumachen. Zusammen mit ihrem Mann Benjamin Keeler. Ich werde dir den Link mailen.«

»Danke.«

Sie hatte Fakten gesammelt, und jetzt wusste sie Bescheid. Wenn sie wollte, konnte sie weiterhin mit ihm Sex haben.

Er hatte Telefonsex vorgeschlagen.

Vermochte sie sich vorzustellen, dass sie … Warum kam ihr Telefonsex noch waghalsiger vor als richtiger Sex?

»Jen, hast du schon mal Telefonsex gehabt?«

»*O. Mein. Gott!* Du hast Telefonsex?«

»Noch nicht.«

»Du hängst mich derart ab, Mädel, dass es nicht mehr lustig ist. Ich brauche *unbedingt* einen neuen Freund. Wie wär's, wenn wir uns Jaxon teilen? Er mag doch gemischtrassige Beziehungen, nicht wahr?«

Suzanne kicherte, wusste sie doch, dass Jenny das nicht ernst meinte. Oder zumindest war sie sich dessen ziemlich sicher. »Hände weg, ich hab ihn zuerst gesehen.«

Nachdem sie beide aufgelegt hatten, gab Suzanne den Link ein, den Jenny ihr geschickt hatte, und las den Artikel aufmerksam durch. Hörte sich so an, als sei Tonya eine erfolgreiche Frau. Leider war kein Bild von ihr dabei. Ob sie hinreißend aussah? Und wie sie wohl so war, die Frau, mit der Jaxon einst sein Leben hatte verbringen wollen?

Was war mit der Ehe der beiden passiert?

Aber konnte ihr das nicht völlig egal sein?

Unschlüssig schwebten ihre Finger über der Tastatur. Sollte sie ihm gleich zurückmailen, um ein Datum für Telefonsex auszumachen?

Nein, es war besser, erst einmal eine Nacht darüber zu schlafen.

Darüber zu schlafen hieß, davon zu träumen. Einen heißen, sexy Traum.

Gleich nachdem sie aufgestanden war, mailte sie Jax. *Eine kleine »akustische« Aktion? Das könnte mir gefallen. Abgemacht, Höhlenmann. Wie wär's mit heute Abend?*

Telefonsex, heute Abend.

War sie wirklich dazu in der Lage? Wenn sie so auf den im hellen Morgenlicht daliegenden Garten ihrer Mutter hinausblickte, konnte sie sich einfach nicht vorstellen, dass sie am Telefon Obszönitäten von sich gab. Oder dass sie es überhaupt fertigbrachte, schlüpfrige Dinge zu sagen! Im Bett war sie immer ziemlich still gewesen. Natürlich hatte es vor Jaxon nicht sonderlich viel gegeben, über das zu sprechen gelohnt hätte.

Sie konnte nur hoffen, dass die sexy Suzanne in Aktion treten würde, wenn sie seine Stimme am Telefon hörte.

Einen Versuch würde sie machen, einen einzigen. Und wenn es nicht klappte, dann hieß das vielleicht, dass es an der Zeit war, es gut sein zu lassen und wieder in ihr eigentliches Selbst zu schlüpfen.

Vielleicht so gegen elf?, schrieb sie. *Scheint mir eine prima Methode zu sein, die Woche ausklingen zu lassen.*

Während sie zur Arbeit fuhr, dachte sie über die Informationen nach, die ihre Freundinnen über Jaxon herausgefunden hatten. Es erleichterte sie zu wissen, dass er wirklich Single war – aber andererseits hatte sie ihm das von Anfang an geglaubt. Nur weil ihre Freundinnen sich Sorgen gemacht hatten, war auch sie unruhig geworden.

Und er war Rechtsanwalt. Ann hatte gesagt, dass er auf Sammelklagen spezialisiert sei. Was das wohl hieß? Vielleicht vertrat er ja vor Gericht Menschen, die durch Medikamente, Tabak, Umweltverschmutzung und dergleichen zu Schaden gekommen waren.

Zu gern würde sie ihn danach fragen, aber das würde gegen die Regeln verstoßen. Außerdem durfte sie ihn nicht merken lassen, dass sie wusste, dass er Rechtsanwalt und geschieden war, weil sie diese Tatsachen von ihren Freundinnen und nicht von ihm selbst erfahren hatte. Verflucht noch mal. Ihr heimliches Wissen richtete eine Schranke der Täuschung zwischen ihnen auf.

Es war eine Sache, sich darauf zu einigen, einander keine persönlichen Details mitzuteilen. Das war keine Täuschung, sondern der bewusste Entschluss, etwas auszuklammern.

Aber das hier war etwas anderes, weil sie so tun musste, als seien ihr Fakten unbekannt, die sie in Wirklichkeit kannte.

Wenn sich herausgestellt hätte, dass er verheiratet war, wäre sie froh gewesen, dass ihre Freundinnen sich eingemischt und diesen Umstand herausgefunden hatten. Aber er war nicht verheiratet. Er hatte sie nicht angelogen, sodass es ihr jetzt lieber gewesen wäre, wenn die Frauen nicht ihre Nase in ihre und Jaxons Angelegenheit gesteckt hätten.

Böse konnte sie freilich nicht auf sie sein, weil sie verstand, warum sie es getan hatten. Wenn eine von ihnen angefangen hätte, sich so … waghalsig und leichtsinnig zu benehmen wie sie, hätte sie sich wahrscheinlich auch eingemischt.

Als sie die Klinik betrat, zog sie offenbar ein derart finsteres Gesicht, dass Trish sagte: »Autsch! Probleme mit dem Freund?«

»Nein. Eher Probleme mit den Freundinnen. Wünschst du dir auch manchmal, deine Freundinnen würden sich nicht um deine Angelegenheiten kümmern?«

Trish kicherte. »Ständig. Aber wenn sie das täten, wären sie eben keine Freundinnen mehr, nicht wahr?«

Suzanne musste ebenfalls lachen. »Vermutlich ist das in der Definition des Worts inbegriffen, wie?«

»Genau.« Trish sah sie verschmitzt an. »Na, hast du heute Abend ein heißes Date mit deinem Typ?«

Zählte es als Date, wenn sie sich in verschiedenen Städten befanden?

»Darauf kannst du Gift nehmen«, erwiderte Suzanne. Heute Abend gegen elf, hatte sie gesagt.

Im Laufe des Tages fragte Jax sich immer wieder, was es mit der von Suzanne vorgeschlagenen Zeit auf sich hatte.

Offenbar hatte sie Pläne für den Abend, die aber wahrscheinlich eher in einem Kinobesuch mit anschließendem

Snack als in einem heißen Date bestanden. Oder vielleicht war es überhaupt kein Date, und sie ging nur mit Freunden aus. Freunden oder Freundinnen?

Was ihn selbst betraf, so verbrachte er den Freitagabend damit, umfangreiche Recherchen zum Thema Diskriminierung bei der Vergabe von Jobs anzustellen, um sich über die rechtlichen Probleme sachkundig zu machen, die der gegen Family Friend angestrengte Prozess mit sich brachte. Zur Dinnerzeit eilte er nach draußen, um sich zwei Big Macs und eine Tüte Pommes zu holen. Dann arbeitete er bis zehn Uhr dreißig weiter.

Als er nach Hause ging, kam er an rappelvollen Restaurants und Clubs vorbei, aus denen laute Musik dröhnte. San Francisco sprühte vor Energie, und auch er war wie elektrisiert, wenn er daran dachte, dass er bald Suzannes sexy Stimme hören würde.

Das Apartment war leer, was ihn ungemein erleichterte. Allerdings war das an einem Freitagabend auch nicht sonderlich überraschend. Nachdem er sich ausgezogen hatte, nahm er schnell eine Dusche und holte sich ein Bier aus dem Kühlschrank.

Er machte die Tür seines Schlafzimmers zu, schloss ab und streckte sich mit zwei Kissen im Rücken auf dem Bett aus.

Punkt elf wählte er die Nummer, die er schon auswendig kannte. Vor lauter Vorfreude bekam er einen Steifen.

Als das Telefon zum zweiten Mal klingelte, runzelte er die Stirn.

Jetzt klingelte es zum dritten Mal. Sie war doch diejenige, die elf Uhr vorgeschlagen hatte. Ob sie noch nicht wieder zu Hause war?

Nach dem vierten Klingeln setzte er sich kerzengerade hin.

Fünf Mal. Er hatte vergessen, beim Nachhausekommen seine E-Mail zu checken. Vielleicht hatte sie inzwischen eine andere Zeit vorgeschlagen oder sogar abgesagt.

Sechs Mal. Seine Erektion hatte sich mittlerweile verflüchtigt.

»J… Jaxon?«

Statt sexy klang ihre Stimme erstickt und zittrig.

»Suzanne? Bist du okay?«

»Mir geht's … b … bestens.«

Entweder hatte sie sich eine üble Erkältung eingefangen, oder sie war gerade dabei, mit einem anderen Liebe zu machen – aber wenn das der Fall war, warum zum Teufel war sie dann ans Telefon gegangen? –, oder aber sie weinte gerade.

Zögernd fragte er: »Stimmt etwas nicht? Weinst du?«

»Nein, ich … Ach, Mensch, es ist nur so, dass Bondi gestorben ist, und …« Sie schniefte laut.

»Bondi?« War ein Verwandter von ihr gestorben? Oder ein enger Freund? Ein anderer Liebhaber?

Sie murmelte etwas vor sich hin, das mit »Jack Russell« endete.

Ein Liebhaber namens Jack Russell, der den Spitznamen Bondi hatte? So ein Mist. Er rief an, um Telefonsex mit ihr zu haben, und sie trauerte um einen anderen Typ.

Okay, keine voreiligen Schlüsse. »Dieser … äh … Bondi … Jack … war das ein Freund von dir?«

»Ein Freund? Nein, ein Hund.«

Hatte sie eben »Hund« gesagt?

»Ein Jack-Russell-Terrier.«

Ihr Hund war gestorben. Verflucht, das tat sicher weh. Obwohl er nie ein Haustier besessen hatte – dafür hatten ihm und seiner Mutter immer das Geld und die Zeit gefehlt –, liebte er Tiere. Als Junge hatte er stets die Kinder beneidet, die Hunde, Katzen oder Hamster besaßen. Wenn die Tiere starben, hatte er die anderen allerdings nicht mehr beneidet.

»Das tut mir leid, Suzanne. War er dein Hund?«

»Nein, nein. Wir haben ihn heute Nachmittag operiert, und ich dachte, er würde durchkommen.«

Operiert? Jetzt begriff er alles. »Du bist Tierärztin.«

»Angehende.« Sie schnäuzte sich. »Ich arbeite als Assistentin in einer Tierklinik.«

Wenn sie Tierärztin werden wollte, würde sie sich doch sicher daran gewöhnen müssen, dass Tiere, die sie behandelte, starben.

Als hätte sie seine Gedanken gelesen, sagte sie: »Gewöhnlich bin ich nicht so weinerlich, wenn ein Patient stirbt. Aber das war die erste größere Operation, bei der ich assistiert habe, und sie ist gut verlaufen. Später jedoch ...«

Jaxon trank einen Schluck Bier. Junge, Junge, war er ratlos! Als er angerufen hatte, hatte er nur an Telefonsex gedacht. Und jetzt musste er sich mit einer weinenden Frau auseinandersetzen.

»Es ist ja nicht deine Schuld«, tröstete er sie. »Sicher hast du alles getan, was in deinen Kräften stand.«

»Ich weiß. Klar weiß ich das.« Sie schniefte von Neuem, um dann plötzlich hinzuzufügen: »O mein Gott, Jaxon, was mache ich denn da? Tut mir schrecklich leid, dass ich so fertig bin und gegen die Regeln verstoße.«

Regeln? Ach richtig, über persönliche Dinge wollten sie ja nicht sprechen. »Das ist schon okay.« Genau genommen gefiel es ihm sogar irgendwie, dass sie ihn an ihrem Leben teilhaben ließ. Auf die Tränen hätte er allerdings verzichten können.

»Ich werde jetzt auflegen«, sagte sie, »und mich zusammenreißen. Anschließend rufe ich dich zurück. Okay?«

Er wünschte, ihr irgendwie helfen zu können, doch der Hund war nun einmal gestorben. Daran vermochte er nichts zu ändern. Gerade als er ihm Begriff war zu erwidern: »Okay«, fiel ihm etwas ein, das seine Mutter einmal gesagt hatte. »Manchmal«, hatte sie gesagt, »muss eine Frau sich einfach ausweinen.«

Dieser Ratschlag hatte ihm gute Dienste geleistet, als er und Tonya frisch verheiratet gewesen waren. Bevor er es dazu hatte kommen lassen, dass seine Arbeit einen Keil zwischen sie trieb.

Außerdem war das Suzanne. Sie fühlte sich beschissen, und vielleicht konnte er ihr ja helfen.

»Nein, leg nicht auf. Das ist schon okay. Vielleicht musst du dich einfach ausweinen. Wegen Bondi.«

Er hörte, wie sie zittrig einatmete. Dann stammelte sie: »Ich … ich …« Den Rest konnte er nicht verstehen, weil sie so laut schluchzte.

Hilflos umklammerte er das Telefon. Wenn er bei ihr gewesen wäre, hätte er ihr Papiertaschentücher gereicht. Oder ein Bier. Oder sie in den Arm genommen, damit sie endlich aufhörte zu weinen. »Ich wünschte, ich wäre bei dir. Dann könntest du dich an meiner Schulter ausweinen.«

»Ich … ich sehe ganz furchtbar aus.«

Typisch Frau. »Das tut jeder, der weint. Außerdem würde ich dein Gesicht ja nicht sehen, wenn du es an meine Schulter schmiegst. Und wenn du willst, könnten wir das Licht ausmachen. Hauptsache, du fühlst dich besser.«

Kurz darauf murmelte sie: »Tut mir leid.«

»Was denn?«

»Dass ich meinen Kummer bei dir abgeladen habe.«

»Hey, dafür sind Freunde doch da.«

Erst nachdem er die Worte ausgesprochen hatte, kam ihm zu Bewusstsein, was er gesagt hatte. Freunde. Er dachte kurz darüber nach und erkannte, dass er es ernst gemeint hatte. Genau diese Situation war erforderlich gewesen, damit er begriff, dass sie Freunde waren.

»Danke. Kannst du mal einen Moment warten?«

»Selbstverständlich.«

Er hörte, wie sie sich mehrmals schnäuzte. Dann nahm sie den Hörer wieder auf. »Jetzt fühle ich mich viel besser.« Sie stieß ein zittriges Lachen aus. »Selbst am Telefon kann man sich prima an deiner Schulter ausweinen, Jaxon.«

»Danke.«

»Die meisten Männer klinken sich aus, wenn eine Frau weint.«

Er grinste reumütig. »Ja, das ist der erste Impuls. Der aber nicht unbedingt der beste ist.«

»Sehr kluge Einstellung. Für einen Mann. Wo hast du das gelernt?«

»Ich geb's zwar nur ungern zu, aber das hat meine Mom mir beigebracht.«

»Deine Freundinnen waren darüber sicher sehr froh.«

»Vermutlich. Und meine Ex.«

»Deine Ex? Meinst du damit deine Exfrau?« Ihre Stimme klang angespannt.

»Verdammt noch mal, jetzt verstoße ich auch gegen die Regeln.«

»Nein, das ist schon okay. Das … interessiert mich.«

Eher steckte wohl Neugier dahinter. Und diese Neugier fand er schmeichelhaft. »Ja, ich habe eine Ex. Unsere Ehe hat nur ein paar Monate gedauert.«

»Oje, wie bedauerlich.«

»Es hat einfach nicht sollen sein. Wir waren auf unterschiedliche Dinge aus.«

»Keine Kinder?«

»Nein! Gott, nein.«

»Wie lange ist es her, seit ihr euch getrennt habt?«

O ja, Suzanne war zweifellos neugierig. »Über zwei Jahre.«

»Denkst du manchmal an sie? Deine Exfrau?«

Er lehnte sich gegen die Kissen. »Tonya? Klar. Hör mal, es war nicht das, was du vielleicht denkst; es war keine miese Scheidung. Sicher hatten wir auch Zoff miteinander, aber trotzdem sind wir Freunde geblieben. Es ist sogar so …« Er verstummte abrupt. Er war im Begriff gewesen, die Eröffnung von Tonyas Restaurant und die Einladung zum Dinner zu erwähnen. Nein, so weit war er noch nicht. »Es ist sogar so, dass ich zu ihrer Hochzeit gegangen bin«, fügte er rasch hinzu.

»Sie hat wieder geheiratet?«

»Sie hat Benjamin kennengelernt, und drei Monate später waren sie verheiratet. Er ist ein netter Typ.« Und ein besserer Ehemann. Die Art von Mann, die Tonya verdiente.

Nachdem einen Moment lang Schweigen geherrscht hatte, sagte er: »Suzanne? Was denkst du gerade?«

»Normalerweise verstehen sich geschiedene Paare nicht so gut.«

»Vermutlich nicht. In der Hinsicht hatten Tonya und ich Glück miteinander.« Außerdem hatte er sich ein dickes Fell zulegen müssen, um sich gegen all die Sticheleien zu schützen, die sie nach wie vor gegen ihn vom Stapel ließ. Allerdings wusste er, dass er viele dieser Sticheleien verdiente. Und es war einfacher, sie sticheln zu lassen, als ständig nicht zu gewinnende Auseinandersetzungen um die Prioritäten, die er setzte, auszutragen.

Ohne es zu bemerken, hatte er sich entspannt. Er griff hinter sich, um eines der Kissen zurechtzurücken. Zu schade, dass Suzanne nicht neben ihm lag, den Kopf auf seiner Brust, umwallt von ihrem feurig goldenen Haar.

»Ich möchte nicht indiskret sein«, sagte sie, »aber trotzdem würde ich gern wissen, was mit deiner Ehe schief gegangen ist. Da ihr zwei einander immer noch gewogen seid, muss es ein starkes Band zwischen euch gegeben haben.«

Er hatte Tonya geliebt. Wirklich. Aber vielleicht nicht genug? »Es war nicht stark genug. Oder möglicherweise war es einfach nicht die richtige Art von Band. Wir haben unterschiedliche Prioritäten gesetzt.«

»Tatsächlich?«

»Wir haben beide hart gearbeitet. Tonya hatte Kurse belegt, um zu lernen, wie man ein Restaurant führt, und ich hatte gerade angefangen, mir eine Praxis aufzubauen.«

»Eine, äh, Praxis?«

Er hatte sich verplappert. Am Wochenende hatte er strikt darauf geachtet, ihr nicht zu erzählen, dass er ein langweiliger Rechtsanwalt war. Jetzt, im Banne des nächtlichen Ferngesprächs, war er kurz davor gewesen, aus der Schule zu plaudern. Die Champagnerregeln hatten schon ihren Sinn. »Tut mir leid, diese Dinge sollte ich nicht sagen. Ich glaube, es wäre besser, wieder nach den Regeln zu spielen.«

»Wir haben bereits so oft gegen sie verstoßen, dass wir sie zumindest heute Nacht außer Kraft setzen können. Was für eine Art Praxis, Jaxon?«

Scheiße. Er konnte nicht lügen. »Als Rechtsanwalt«, erwiderte er mit ausdrucksloser Stimme.

»Du bist Rechtsanwalt?« Ihre Stimme klang gekünstelt. Es war genau so, wie er angenommen hatte. Sie hielt Rechtsanwälte entweder für absolute Langweiler oder für Mistkerle. Oder für beides. Dass Mistkerle aufregend waren, hatte jedenfalls noch nie jemand behauptet.

»Für Prozessrecht.«

»Das heißt, du verklagst Leute?«

»Das dürfte dich kaum interessieren, das ist ziemlich langweilig.«

»Langweilig? Aber … dir gefällt es doch, oder? Ich meine, wenn es dir nicht gefiele, würdest du es doch nicht machen.«

Er schüttelte den Kopf. Waren die Dinge so simpel für sie? »Gefällt dir denn die Arbeit als Tierärztin?«

»Das ist genau das, was ich schon immer machen wollte.« Zum ersten Mal heute Abend hörte sich ihre Stimme entspannt und glücklich an. »Als Kind habe ich jedes kranke Tier, das ich in die Hände bekam, verarztet.«

Zum ersten Mal stellte er sich Suzanne als Tierärztin vor, stellte sich vor, wie sie mit einem Kittel bekleidet in einem OP-Saal für Tiere stand. Dann malte er sich aus, wie sie als Kind – ob man sie damals wohl Suzie genannt hatte? – Vögel mit gebrochenen Flügeln aufgelesen und versucht hatte, sie zu heilen. Und wie sie als Studentin einen Stapel schwerer Lehrbücher zusammenpackte.

Das war seine sexy Gespielin?

»Im Winter studierst du also und im Sommer arbeitest du in einer Klinik?«, fragte er.

»Letzteres mach ich das ganze Jahr über, zumindest als Teilzeitjob. Ich will nicht, dass meine Eltern …« Sie verstummte abrupt.

»Dass deine Eltern was?«

»Jetzt langweile *ich dich.*«

Das war zwar kein prickelnder Sex, aber langweilig war es auch nicht. Er war neugierig geworden und versuchte, all diese neuen Informationen in das Bild einzupassen, das er sich von Leichtsinn 69 gemacht hatte. »Nein, ich möchte gern mehr hören. Was ist mit deinen Eltern? Wolltest du sagen, sie können es sich nicht leisten, dir das Studium zu finanzieren?«

»Sie haben mich immer unterstützt, aber ich tu, was in meinen Kräften steht. Sie sind nicht reich und müssen zusehen, dass sie sich ihre Rente sichern.«

Eine rücksichtsvolle, liebevolle Tochter. Er fügte diese Komponente dem bisherigen Bild hinzu.

»Es ist hart, zu studieren und zu arbeiten«, sagte er.

»Das schaff ich schon.« Sie machte eine Pause. »Hört sich an, als würdest du das kennen.«

»Ich hatte auf dem College ein Sportstipendium und ...«

»Ist ja nicht wahr!«

»Wieso denn nicht? Findest du, ich sei nicht sportlich?«

»Doch, doch«, erwiderte sie, um kichernd hinzuzufügen: »Obwohl ich nicht glaube, dass für die sportlichen Leistungen, die ich bei dir erlebt habe, Stipendien vergeben werden.«

Er lachte glucksend. »Stimmt. Das Stipendium habe ich leider für etwas weit Konventionelleres erhalten, nämlich für Basketball.«

»Tatsächlich?«

»Ich weiß ja, dass ich kein Zwei-Meter-Mann bin, sondern nur eins neunzig groß, was für einen Basketballspieler ziemlich klein ist, aber ich war trotzdem ganz gut.«

»Du hast also Basketball gespielt und studiert. Da hattest du sicher vollauf zu tun.«

»Außerdem hatte ich auch einen Teilzeitjob.«

»Wow. Und dann hast du Jura studiert, ja? Auch mit Stipendium?«

»Ja, aber das war ein wissenschaftliches, kein Sportstipendium.«

»Nochmals wow!«

Er stöhnte laut. »Okay, du hältst mich also weder für sportlich noch für besonders helle. Was siehst du denn dann in mir, Suzanne?«

»Mmm«, gurrte sie. »Eine Menge, Jaxon. Aber ich glaube, das Erste, was ich gesehen habe, war, … Also du darfst nicht vergessen, dass das ein Nacktbadestrand war, und … nun ja …« Sie machte eine vielsagende Pause.

Endlich meldete sich wieder Leichtsinn 69 zu Wort! Darauf hatte er sich den ganzen Tag gefreut. Sein Schwanz geriet in Bewegung. »Du hast also meine großen braunen … Augen gesehen?«

Sie lachte. »Groß war es zweifellos, und braun auch …«

»Wenn du so weiterredest, wird's gleich noch größer.«

»Ich wünschte, ich könnte mich persönlich darum kümmern. Aber da wir nur miteinander telefonieren, werde ich wohl … meinen … Mund benutzen müssen.«

Er stellte sich vor, wie ihr Mund sich um seinen Schwanz schloss, worauf dieser derart regsam wurde, dass Jaxon die Unterhose zu platzen drohte.

»Ich stelle mir deinen Mund vor, Suzanne, deinen sinnlichen, verlockenden Mund.« Jetzt wollte er sich auch ein Bild von ihrem übrigen Körper machen können. »Wo bist du eigentlich gerade? Und was hast du an?«

»Ich liege auf dem Bett, aber was ich anhabe, dürfte dich kaum interessieren.«

»Jedenfalls kein Nachthemd, wie?«

»Nein, sondern zerknitterte Kleidung, die ich den ganzen Tag getragen habe.« Leichtsinn 69 war wieder verschwunden. »Tut mir schrecklich leid«, sagte sie in verärgertem Ton. »Das ist genau das Gegenteil von dem, was ich für heute Abend geplant hatte. Ich wollte ein duftendes Schaumbad nehmen, dann das Mieder aus Seide und Spitze anziehen, das ich extra gekauft habe, und …«

»Dann leg los.«

»Wie? Du meinst, ich soll all das machen und dich dann zurückrufen?«

»Nein, ich meine, dass du es sofort machen sollst, zusammen mit mir.«

»Aah.« Der Ton ihrer Stimme verriet, dass sie verstand, worauf er hinauswollte, und sehr angetan davon war.

Sein Schwanz war ebenfalls sehr angetan. »Hast du ein schnurloses Telefon?«

»Klar.«

»Okay. Also, was möchtest du zuerst tun? Vielleicht ein Glas Wein trinken?«

»Das hört sich wunderbar an. Ich habe welchen im Kühlschrank.« Er hörte ein Quietschen – Sprungfedern? – , dann sagte sie: »Ich bin auf dem Weg in die Küche.« Eine Pause trat ein. »Jaxon? Möchtest du dich mir anschließen? Möchtest du auch ein Glas Wein?«

»Gute Idee.«

Er ließ sein schal gewordenes Bier stehen und verließ sein Schlafzimmer, froh, dass Tod und Levi noch nicht zurück waren. Gab es irgendwo in der Wohnung Wein? Im Küchenschrank entdeckte er eine ungeöffnete Flasche. Prima. Natürlich würde er sie dem, der sie gekauft hatte, ersetzen. »Ich habe einen Shiraz Cabernet von Beringer. Und du?«

»Einen Pinot gris von Grey Monk. Außerdem ist da noch eine Flasche Eiswein, die Jenny mir zum Geburtstag geschenkt hat. Der ist wahrscheinlich ganz toll, aber ich glaube, den werde ich aufheben. Damit wir ihn demnächst einmal zusammen trinken können.« Sie senkte die Stimme und fuhr in verführerischem Ton fort: »Bist du sicher, dass du am Wochenende nicht kommen kannst?«

War er sich sicher? Aber was waren denn das für Überlegungen? Er würde sechzehn Stunden am Tag arbeiten müssen, um mit der Family-Friend-Sache weiterzukommen. Wenn er das die ganze Woche machte, bestand vielleicht die Möglichkeit … »Ich werde versuchen, nächstes Wochenende zu kommen.«

»Wirklich?«

»Wirklich.«

Sie lachte glucksend. »Dann hebe ich den Eiswein bis dann auf.«

Wie meinte sie das? »Soll das heißen, du lädst mich zu dir ein?« Um was zu tun? Um Wein zu trinken und Sex zu haben? Dinner zu essen und Wein zu trinken und Sex zu haben? Oder um bei ihr zu übernachten?

»Oh, ich …«

Mist, er hatte den falschen Schluss gezogen. Sie hatte gemeint, dass sie den Wein zu einem Picknick mitbringen würde.

Doch dann sagte sie: »Ja, das tue ich. Wenn du das nächste Mal herkommst. Zum Dinner. Ist das in Ordnung? Oder findest du das zu banal?«

Er lachte gezwungen. »Überhaupt nicht.«

»Prima. Okay, jetzt werde ich mir ein Glas Wein einschenken.«

Ihm fiel ein, dass Tonya immer eine Zeremonie daraus gemacht hatte, Wein einzuschenken. »Hast du besondere Weingläser?«

»Rina hat mir mal Kristallgläser geschenkt.«

Rina. Sie hatte also eine Freundin – oder Verwandte – namens Rina. Und eine andere Freundin namens Jenny, die ihr den Eiswein geschenkt hatte.

»Dann nimm eines dieser Gläser«, sagte er.

»Okay. Und wie steht es bei dir? Hast du auch besondere Gläser?«

In dieser Junggesellenbude, wo er und seine Mitbewohner das Bier gleich aus der Dose tranken? »Leider nicht, aber wir werden so tun, als ob.«

Er nahm ein billiges Glas vom Regal. »Jetzt gieß ich mir Wein ein. Und du?«

»Ich hebe mein Glas, um einen Trinkspruch auszubringen.«

Er hob ebenfalls sein Glas. »Und wie lautet der?«

»Auf uns, Jaxon, wie sonst? Und auf den gemeinsamen Abend.«

»Darauf trinke ich gern.«

Er nahm einen großen Schluck Wein. Gutes Zeug. »Na, wie steht's jetzt mit dem Bad?«

»Sofort. Bei Kerzenlicht.«

Es bestand nicht die geringste Aussicht, dass er in diesem Apartment Kerzen finden würde. Bei Suzanne war das sicher anders, und sogleich entstand in seinem Kopf ein Bild, das ihn total anmachte. »Wie wär's, wenn du mehrere Kerzen auf den Rand der Badewanne stellen würdest?« Damit ihr nackter Körper vom flackernden Kerzenlicht beschienen wurde.

»Hört sich gut an«, erwiderte sie mit rauchiger Stimme.

Er rieb sich mit der Hand über die Unterhose, die sich unter seiner Erektion spannte. Wenn Suzanne doch bloß da gewesen wäre, um ihn zu berühren! Und was jetzt? Sollte er sich auch Wasser einlaufen lassen und in die Wanne klettern? Oder sollte er sich damit begnügen, auf dem Bett zu liegen und sich vorzustellen, wie sie badete?

»Jaxon? Nimmst du ein Bad mit mir?«

»Möchtest du das?«

»Was ist denn das für eine Frage?«

Glücklicherweise hatte das Apartment zwei Badezimmer. Er eilte in das mit einer Wanne und schloss die Tür hinter sich ab. Während beide Wasser einließen, sagte er: »Jetzt solltest du dich ausziehen.«

»Du dich auch. Was hast du eigentlich an?«

»Einen Boxerslip.« Der bis zum Platzen gefüllt war.

»Mehr nicht? Sexy. Welche Farbe?«

»Marineblau.«

»Nicht schlecht, aber bei deiner schönen Haut solltest du dramatischere Farben tragen. Schwarz, Weiß, vielleicht auch Rot.«

»Rote Unterwäsche? Ich bitte dich!«

Sie stieß das für sie typische kehlige Lachen aus. »Boxershorts aus roter Seide. Was hältst du davon?«

Er stöhnte. »So was würde ich nur für dich tragen, Suzanne.«

»Das will ich doch hoffen.« Nach einer kurzen Pause fügte sie hinzu: »Ich habe mir übrigens gerade die Jeans ausgezogen. Jetzt muss ich das Telefon ablegen, um mir das T-Shirt über den Kopf ziehen zu können.«

Während er wartete, stellte er sie sich in BH und Höschen vor. Vielleicht hatte sie ja einen Tanga an. Ob sie dieses sexy Zeug ständig trug oder nur bei einem Date?

Oder nur, wenn sie mit ihm zusammen war?

»Okay, jetzt habe ich mich auch bis auf die Unterwäsche ausgezogen«, sagte sie. »Bist du bereit, deinen Slip auszuziehen?«

»Mensch, der platzt mir gleich.«

»Der platzt dir gleich? Nur … deswegen?«

»Weil ich an dich denke. Deine Stimme höre. Gott, wie gern wäre ich bei dir, um dich anzufassen und mich von dir anfassen zu lassen.«

»Ich würde dich auch gern anfassen. Aber wir haben ja unsere Fantasie, unsere Hände und unsere Stimmen.«

»O ja! Also stell dir vor, meine Hände wären auf deinem Körper. Ich mache dir den BH auf und streife ihn ab, dann nehme ich deine Brüste in meine Hände. Deine schönen Brüste, jede davon genau eine Handvoll.«

»Und da wir gerade von einer Handvoll sprechen … Oh, warte mal, meine Wanne ist voll.«

Das einlaufende Wasser hatte er völlig vergessen. Er drehte ebenfalls die Hähne zu.

»Jaxon? Hast du immer noch deine Unterhose an?«

»Ja.«

»Findest du nicht auch, dass wir sie endlich ausziehen sollten? Ich möchte meine Finger darunterschieben und sie dir langsam herunterziehen.«

Während er seine Unterhose abstreifte, versuchte er sich vorzustellen, dass statt seiner Finger die ihren am Werk waren. Was offenbar gut funktionierte, weil sein Schwanz in die Höhe schnellte und steil nach oben ragte. »Hast du dein Höschen noch an?«

»Ja, und es ist ganz feucht.«

Er zog scharf den Atem ein. Sie begehrte ihn. Selbst aus der Ferne. Diese Sache turnte sie genauso an wie ihn. Mann, was war er doch für ein Glückspilz!

Er konzentrierte sich auf ihr Bad. »Hast du schon Kerzen aufgestellt? Und was ist mit dem Schaumbad?«

»Ich habe um die Wanne ein halbes Dutzend Kerzen angezündet und das Licht ausgemacht. Außerdem habe ich nach Jasmin duftendes Badesalz ins Wasser getan, sodass es hier ganz tropisch-schwül riecht.«

Er stellte sich den Duft und das Kerzenlicht vor. »Bist du bereit, in die Wanne zu steigen?«

»Wolltest du nicht, dass ich mein Höschen ausziehe?«

O ja, seine Gedanken waren ein wenig durcheinandergeraten, als sie ihm mitgeteilt hatte, dass ihr Höschen feucht sei. »Ja, bitte. Stell dir vor, ich zöge es dir aus. Ich will dich nackt haben. Ich will deinen schönen nackten Körper sehen.«

»Dann weide dich an meinem Anblick, denn jetzt stehe ich nackt im Kerzenlicht. Lass uns in die Wanne steigen.«

»Lass mich in den hinteren Teil, dann kannst du dich gegen mich lehnen. Was hältst du davon?«

»Sehr viel.«

Er setzte sich in die Wanne und zog die Knie an. Sein Schwanz strebte der Oberfläche des Wassers entgegen. »Komm rein. Das Wasser ist wesentlich wärmer als am Freitag.«

Sie kicherte. »Am letzten Freitag war das Wasser stimulierend.«

»Du warst stimulierend. Das bist du immer. Was machst du jetzt?«

»Ich lehne mich gegen dich«, murmelte sie. »Warte mal, ich drehe mich ein bisschen, damit ich …«

»Lass meinen Schwanz zwischen deine Beine gleiten.«

»Du bist so hart. Das fühlt sich fantastisch an.«

»Jetzt greife ich nach vorn, um deine Brüste zu liebkosen. Leg deine Hände auf deine Brüste und stell dir vor, es wären meine Hände, die deine immer härter werdenden Brustwarzen streicheln, während ich dir gleichzeitig das Haar küsse, meinen Mund zu deinem Ohr wandern lasse und daran herumknabbere. Spürst du meine Lippen, meine Hände?«

»O ja. Aber ich will dich auch anfassen. Deshalb greife ich nach unten, um deinen Schwanz in beide Hände zu nehmen. Spürst du mich?«

Er lehnte sich zurück, schloss die Augen und überließ sich der gemeinsamen Fantasie. Nachdem er seine Hand zwischen die Beine geschoben hatte, berührte er sich und bildete sich ein, seine großen Finger wären ihre kleinen, anmutigen Finger. »Wie fasst du mich an? Hart, sanft? Schnell, langsam?«

»Ich liebkose dich nur ganz leicht, spiele mit dir, reize dich. Lasse meine Fingerspitze wieder und wieder um deine Eichel kreisen.«

Er ließ seinen Finger kreisen und musste ein Stöhnen unterdrücken.

»Ich greife ebenfalls nach unten«, verkündete er, »nach deinen vollen, üppigen Lippen, die vor Lust ganz geschwollen sind. Ich streichle sie sanft, um dich genau so zu reizen, wie du mich reizt. Du hast solch eine süße Muschi. Möchtest du dich mir öffnen?«

»Ja. O ja«, seufzte sie. »Ich will dich in mir haben.«

»Alles zu seiner Zeit. Zunächst einmal bekommst du nur einen Finger. Spürst du ihn? Spürst du, wie er sachte in dich eindringt, dein Körper ihn aufnimmt?«

»Das fühlt sich wunderbar an.«

Jaxons Finger kreiste nach wie vor um seine Eichel, doch ihm stand der Sinn nach mehr. »Suzanne? Würdest du meinen Schwanz in die Hand nehmen? Ich will deine Finger fest um mich spüren, will, dass du meinen Schwanz reibst. Würdest du das für mich tun?«

»Sofort, Jaxon, sofort.«

Er packte seinen Schwanz und rieb mehrmals heftig auf und ab, was seine Lust ins Unermessliche steigerte. Wie kam es nur, dass er sich bei dieser Frau so schnell dem Höhepunkt näherte, obwohl sie noch nicht einmal bei ihm war? Er riss seine Hand zurück.

»Ich brauche einen Schluck Wein«, sagte er keuchend. »Wie steht's mit dir?«

»Wein? Oh, Wein. Ja, gute Idee. Ich lege das Telefon mal kurz ab.«

Er grinste in sich hinein. Sie wollte ihren Finger nicht aus der Möse nehmen, um nach dem Glas zu greifen. Stattdessen legte sie lieber den Hörer hin.

Er stürzte ein paar Schluck Wein hinunter und wartete, bis sie sich wieder meldete. »Mmm, dieser Wein schmeckt wirklich gut.«

»Wo ist mein Finger?«, fragte er.

»Dein … Oh, der ist, äh, immer noch in mir.«

Er grinste noch breiter. »So tief, wie es nur geht?«

»Möglicherweise nicht«, hauchte sie.

»Dann steck ihn tief rein und lass ihn kreisen. Mach den Punkt ausfindig, der dich zum Stöhnen bringt, und streichle ihn, drück mit dem Finger drauf.«

»O Jaxon«, wimmerte sie. Dann fragte sie: »Liebkost meine Hand dich noch?«

»Nein, ich … ich musste aufhören, weil ich kurz vorm Höhepunkt war.« Er schloss die Augen und flüsterte ins Telefon: »Ich will erst kommen, wenn ich in dir bin.«

»In mir?«

»Hmm. Ich werde mich ein wenig hochsetzen, okay? Und ich möchte, dass du dich auch hochsetzt.«

»Sodass ich mit dem Rücken zu dir auf deinem Schoß sitze?«

»Genau. Und dann möchte ich, dass du den Hintern ein bisschen hebst, damit ich in dich eindringen kann. Würdest du das tun?«

»O ja.«

»Jetzt greife ich zwischen deine Beine, drücke deine vollen Lippen auseinander … Bist du bereit?«

»Ja, mach!«

»Jetzt dringe ich langsam in dich ein.« Er schlang die Hand um seinen Schwanz. »Du bist so heiß und eng. Das fühlt sich wunderbar an.«

»Dein Schwanz ist so groß, dass er mich ganz ausfüllt.«

Er stellte sich vor, wie ihre Finger in ihrem Körper steckten und seinen Schwanz nachahmten. »Beweg die Finger ganz langsam, bis sie völlig drin sind. Jetzt heb den Hintern so, dass ich fast aus dir herausgleite. Jetzt lass dich wieder sinken … »

»Du bist wieder ganz in mir, presst dich gegen mich, während ich mich gegen dich presse.«

»Ich bewege mich in dir hin und her, greife nach vorn, um deine Klitoris zu streicheln.«

»Gott, ja.«

Langsam massierte er sich den Schwanz und stellte sich vor, wie ihre heißen Körper sich aneinander rieben. Als er hörte, wie Wasser gegen den Rand der Wanne platschte, war das für ihn, als klatsche nacktes Fleisch aufeinander.

Immer größer wurde seine Lust, während er auf und ab rieb. »Suzanne, du bist wunderbar, du bist toll«, keuchte er. »Schneller, ich reibe immer schneller, ich kann mich nicht mehr beherrschen.« Seine Hand pumpte heftig auf und ab, sein erhitztes Blut brauste durch seine Adern, während er dem Höhepunkt entgegenstürzte.

»Du brauchst dich nicht zurückzuhalten«, stöhnte sie. »O Gott, ich spüre dich so deutlich in mir, gleich kommt's mir, ich …«

»Suzanne! Ich will …«

»O Jaxon! Gleich ist es so weit …«

»Jetzt komm!« Fast schrie er die Worte, als er zum Höhepunkt gelangte. Sein Körper bäumte sich auf, sein Samen spritzte in die Luft, ihre Stimme hallte in seinen Ohren wider, als sie seinen Namen rief.

Immer neue Zuckungen durchliefen seinen Körper, bis er schließlich atemlos ins Wasser zurücksank. Dabei bemerkte er, dass er den Hörer immer noch ans Ohr gepresst hielt. »Suzanne?«, sagte er mit schwacher Stimme.

»O mein Gott«, flüsterte sie.

13

Am Montagabend trafen die Tollen Vier sich im Vij, einem hochkarätigen indischen Restaurant, das Fusion Food anbot und das die Freundinnen ab und an aufsuchten, wenn ihnen der Sinn nach Prassen stand. Da es in dem äußerst beliebten Restaurant stets rappelvoll war und entsprechend lautstark zuging, konnten die Frauen sicher sein, dass die anderen Gäste nichts von ihrer Unterhaltung mitbekommen würden.

Ann war noch nicht da. Jenny und Rina saßen Suzanne gegenüber und bombardierten sie mit Fragen zu Jaxon. Suzanne nippte an ihrem hellen indischen Bier, lächelte die beiden kätzisch an und sagte: »Das erzähle ich euch, wenn Ann gekommen ist.«

Deshalb überbrückten sie die Zeit damit, die Speisekarte zu studieren, und bestellten anschließend vier Gerichte. Inzwischen kannten sie Anns Geschmack und wussten unter anderem um ihr Faible für »Lamm am Stiel«.

Als Ann hereingestürmt kam und sich auf einen Stuhl plumpsen ließ, war es so, als fege ein Hurrikan durch den Raum. Sie schleuderte ihre Aktentasche unter den Tisch, wobei dieser ins Wackeln geriet. Und als sie sich aus ihrem Jackett pellte, stieß sie mit dem Ellbogen gegen ein Wasserglas.

Suzanne konnte das Glas gerade noch rechtzeitig festhalten. »Nur keine Hektik. Wir nehmen es dir nicht übel, dass du zu spät kommst, und wir haben schon bestellt. Lamm am Stiel, Curryhuhn mit Kokosnuss und Zwiebeln …«

»Mir ist alles recht«, fiel Ann ihr ins Wort. »Ich habe den ganzen Tag nichts gegessen.«

»Das ist ungesund«, schalt Rina sie.

»Du hast's gerade nötig, so was zu sagen«, fuhr Ann sie an. »Du selbst isst doch auch nie richtig, sondern stocherst immer nur im Essen herum. Das macht mich ganz verrückt.«

Auf diese Bemerkung hin trat tiefe Stille ein. Ann klatschte sich mit der Hand gegen die Stirn. »Verdammter Mist. Tut mir echt leid, Rina. Ich bin heute absolut ungenießbar.«

»Du weißt doch, dass ich ein Gewichtsproblem habe«, erwiderte Rina in vorwurfsvollem Ton.

»Stimmt ja gar nicht!«, sagten die anderen im Chor.

»Als ob ihr drei mit euern perfekten Figuren das beurteilen könntet!«

»Du hast eine tolle Figur«, stellte Jenny fest. »Kurvenreich, so wie Männer es lieben. Wenn ich solch einen Körper hätte wie du, würde ich ihn zur Schau stellen, statt ihn unter lauter Stoff zu verstecken.«

»Stopp!«, sagte Suzanne. Rinas körperliche Selbstwahrnehmung war ein weiteres der Themen. Zumindest in diesem Punkt waren sie sich einig, dass sie sich nicht darüber einigen konnten.

»Tut mir wirklich leid«, entschuldigte sich Ann.

Rina seufzte. Ihre Bambiaugen blickten nach wie vor verletzt drein. »Ist schon okay. Hattest du einen harten Tag im Büro?«

Ann fuhr sich mit den Fingern durchs Haar. »Das Übliche. Obwohl ich das ganze Wochenende gearbeitet habe, bin ich immer noch im Rückstand. Ich habe das Gefühl, nicht mehr alles unter Kontrolle zu haben, und deshalb bin ich vermutlich so gereizt.«

»Was du nicht sagst!«, spöttelte Jenny. »Madame Kontrollfreak hasst es also, die Kontrolle zu verlieren?«

Die Kellnerin brachte Ann ein indisches Bier und stellte außerdem einen Korb mit pikanten Pommes auf den Tisch.

Unverzüglich schnappte Ann sich ein paar Pommes. »Okay, damit haben wir genug von mir gesprochen. Was tut sich so mit Jaxon, Suze?«

Suzanne lächelte verschmitzt. »Telefonsex«, antwortete sie kurz und knapp.

»Nicht möglich!« Anns Gesicht entspannte sich, und sie grinste breit. »Davon möchte ich jedes kleinste Detail hören.«

»Lieber nicht, sonst würdet ihr alle unruhig auf euren Stühlen hin und her rutschen. Aber ich werde euch eine Zusammenfassung geben.«

Nachdem die vier sich vorgebeugt und die Köpfe zusammengesteckt hatten, erzählte Suzanne den anderen von dem Telefonbadesex am Freitagabend.

»O Gott, Suzie, solch einen Mann würde ich zu gern kennenlernen!«, stöhnte Jenny.

»Ich auch!«, sagten Rina und Ann im Chor.

»Ich glaube, wir brauchen eine neue Gruppenregel«, erklärte Jenny. »Wenn eine von uns einen absolut fabelhaften Mann ausfindig macht, muss sie ihn mit den übrigen teilen.«

Alle brachen in kreischendes Gelächter aus. »Nichts zu machen«, stieß Suzanne lachend hervor. »Und du würdest dich auch nicht darauf einlassen, wenn du einen heißen Typ kennenlernst. Apropos … was habt *ihr* eigentlich alle am Wochenende gemacht? Ist bei euch sexuell auch was Sensationelles gelaufen?«

Ann machte eine wegwerfende Handbewegung. »Gar nicht dran zu denken. Wenn ich nicht gearbeitet habe, habe ich geschlafen. Bedauerlicherweise allein.«

»Ich hatte Sex«, sagte Jenny ohne jede Begeisterung. »Mit

Pete. Ihr wisst doch, der Koreaner. Früher habe ich den mal für gut gehalten, aber verdammt noch mal, Suze, davon hast du mich gewaltig abgebracht. Ein Jaxon ist Pete ganz gewiss nicht.«

Rina nickte. »Ich hatte ein Date mit einem neuen Typ namens Sam, aber als er mich geküsst hat, war es nur irgendwie okay. Jedenfalls bin ich nicht …«

»… besonders scharf auf ihn«, ergänzten die anderen drei im Chor.

Wie oft hatte eine von ihnen das schon gesagt?

»Verstehe«, meinte Suzanne. »Genau so ist es mir bei allen anderen Männer vor Jaxon ergangen.« Als sie einen Schluck Bier trank, bemerkte sie, dass die anderen sie anstarrten. »Was ist denn los?«

»O mein Gott, er ist es«, hauchte Jenny.

»Der Richtige. Dein Mr Cleaver«, seufzte Rina versonnen. »Du hast ihn gefunden.«

Suzanne stieß ein Schnauben aus. »Spinnt hier nicht rum. Er ist *im Moment* der Richtige, mehr nicht, okay?«

»Verstehe«, sagte Ann leise. »Du sagst ja auch dauernd, dass du ihn gar nicht kennst.«

»Tu ich auch nicht.« Suzanne machte eine Pause. »Obwohl ich sagen muss, dass er ein Geheimnis kennt, das nur wenigen Männern bekannt ist.«

»Klar, er weiß, wo der G-Punkt ist.« Jenny kicherte.

»Nein! Na ja, doch, das auch, aber das habe ich nicht gemeint. Er weiß, dass eine Frau sich manchmal einfach ausweinen muss. Seine Mom hat es ihm beigebracht.«

Sie bemerkte, dass die anderen vielsagende Blicke wechselten. »Meine Güte, ja, wir *haben* uns unterhalten. Ist schließlich keine große Sache.«

»Doch«, behauptete Rina.

»Eine sehr große«, bestätigte Ann.

»Zwanzig Zentimeter im Normalzustand, um genau zu sein«, meinte Jenny.

»Kreisch!!«

Wie konnte sie Ann jetzt noch darum bitten, ihr am nächsten Samstagabend, wenn Jaxon in der Stadt sein würde, ihr Apartment zu überlassen? Nun ja, das Beste war, wenn sie es hinter sich brachte. Das Schlimmste, was passieren konnte, war, dass die anderen sie ewig und drei Tage durch den Kakao ziehen würden. »Ann, darf ich dich um einen Gefallen bitten?«

»Klar. Jederzeit.«

Suzanne hatte gewusst, dass die vier Freundinnen ungeachtet aller Witzeleien alles füreinander tun würden. Deshalb hatte sie Ja gesagt, als Jaxon sie gefragt hatte, ob sie ihn zum Dinner zu sich einlade.

»Könnten wir am Samstagabend die Wohnungen tauschen? Jaxon kommt her, und ich habe ihn, äh, irgendwie zum Dinner eingeladen.«

»Irgendwie?«, sagte Jenny, indem sie eine Augenbraue hochzog.

»Ein romantisches Dinner bei Kerzenlicht«, seufzte Rina.

Ann lachte glucksend. »Gott, mein Apartment wird gar nicht wissen, wie ihm geschieht. Dort hat schon seit ewigen Zeiten niemand mehr Sex gehabt. Na selbstverständlich können wir tauschen. Aber was willst du denn deinen Eltern erzählen? Warum beißt du nicht einfach in den sauren Apfel und lädst den Typ in deine Wohnung ein?«

»Das ist nicht drin! Ich kann keinen Sex haben, wenn meine Eltern sich direkt gegenüber befinden.«

Ann legte den Kopf schräg. »Du hast noch nie in deiner Wohnung Sex gehabt?«

»Nein. Das habe ich immer in der Wohnung des jeweiligen Mannes gemacht.« Allerdings hatte Ann mit ihrer ersten Frage ein echtes Problem angeschnitten. »Ich weiß nicht, was ich meinen Eltern erzählen soll, wenn wir die Wohnungen tauschen.«

»Hmm.« Ann beugte sich vor und legte nachdenklich die Stirn in Falten. »Wie wär's denn, wenn ich gar nicht in deine Wohnung, sondern zu Rina ginge?« Sie warf Rina einen Blick zu, die zustimmend nickte. »Du sagst deinen Eltern, dass du dich mit uns triffst, weil wir eine Pyjamaparty veranstalten wollen und uns die ganze Nacht Wiederholungen von *Sex and the City* ansehen wollen.«

»Tolle Idee, obwohl ich das mit *Sex and the City* lieber auslassen werde. Bist du einverstanden, Rina?«

»Mein kleines Haus liebt es, Gäste zu haben.«

Rina hatte, nachdem ihre Eltern bei einem Autounfall ums Leben gekommen waren, einiges Geld geerbt. Mit einem Teil davon hatte sie sich in North Vancouver einen Bungalow gekauft. Da ihr Vater bei der Air Force gedient hatte, war sie in ihrer Kindheit ständig unterwegs gewesen, sodass sie jetzt Wert auf ein festes, eigenes Zuhause legte.

Nachdem die hinreißend aussehende indokanadische Kellnerin Platten mit köstlich duftendem Essen gebracht hatte, langten die Frauen begeistert zu. Was in Rinas Fall hieß, mit der ihr eigenen, eher mäßigen Begeisterung, die sie beim Essen an den Tag legte.

Sobald der größte Hunger gestillt war, fragte Jenny: »Was haltet ihr eigentlich von Feuerwehrmännern?«

»Ooh«, erwiderte Rina, »also das sind echt heiße Typen. Hast du ein Date mit einem Feuerwehrmann, Jen?«

Jenny verzog das Gesicht. »Ich bitte dich! Klar sind die schnuckelig anzusehen, aber machen wir uns nichts vor. Was den Verstand betrifft, haben die nicht viel zu bieten.«

»Autsch!«, sagte Suzanne lachend.

»Es geht nicht um ein Date, sondern um einen Artikel«, erklärte Jenny.

»Über den niedrigen IQ von Feuerwehrmännern?«, wollte Ann wissen. »Glaube nicht, dass so was gut ankommt. Seit dem 11. September ist die Öffentlichkeit sehr für Feuerwehrleute eingenommen.«

»Und völlig zu Recht«, meinte Rina. »Das sind echte Helden.«

»Kann schon sein«, entgegnete Jenny. »Aber ihr kennt doch den Feuerwehrkalender, oder?«

Rina fächelte sich mit ihrer Serviette Luft zu. »O ja! Eine ganz heiße Sache.«

»Und die Einnahmen werden für wohltätige Zwecke gespendet«, fuhr Jenny fort. »Aber jetzt kommt das Neue an der Sache. Statt den Kalender für nächstes Jahr nur zu verkaufen, wollen sie auf der Bühne einen Wettbewerb veranstalten, bei dem das Publikum die zwölf Besten aussuchen soll. Das wird sicher eine Menge Geld einbringen.«

»Und sehr vergnüglich werden!«, meinte Ann.

»Und Stoff für einen verdammt guten Artikel abgeben«, sagte Jenny. »Ich habe schon die Zusage von einer Zeitung, die meine Geschichte auf dem Titelblatt rausbringen will.«

»Gib mir Bescheid, falls du für deine Recherchen eine Assistentin brauchst«, bot Rina sich an.

Als Suzanne am späten Mittwochabend von der Klinik nach Hause kam, klingelte, kaum dass sie durch die Tür war, das Telefon. Jaxon?

Nein, ihre Schwester. »Hast du am Freitagabend schon was vor?«, fragte Bethany.

Das Einzige, was sie am Freitagabend vorhatte, war, sich den Samstagabend mit Jaxon auszumalen. »Wieso?«

»Du weißt doch, dass die Kinder freitags immer bei Mom und Dad übernachten. Jetzt sind die beiden aber zu einem Dinner eingeladen worden. Natürlich habe ich gesagt, dann lassen wir die Sache eben mal ausfallen. Daraufhin hat Mom gesagt, du könntest vielleicht ...«

»Kein Problem«, fiel Suzanne ihr ins Wort, während sie aus den Schuhen schlüpfte und die schmerzenden Zehen hin und her bewegte. »Wenn du mit Joel ausgehen willst, komme ich zum Babysitten.«

»Könntest du nicht auf die Kinder bei Mom und Dad aufpassen, bis sie nach Hause kommen?«

Suzanne ließ sich neben Melody und Zorro auf die Couch plumpsen und kraulte die beiden Katzen. »Was habt ihr denn vor? Wo wollt ihr hin?«

»Was vor haben wir schon, aber wir wollen nirgendwo hin. Weißt du denn nicht, was es mit den Freitagabenden auf sich hat?«

Den Freitagabenden? »Ich weiß, dass Mom und Dad es lieben, wenn ihre Enkelkinder am Wochenende bei ihnen übernachten, aber ich verstehe nicht, warum es so schlimm ist, wenn das einmal ausfällt.«

»Mom sagt, das würde einen negativen Präzedenzfall schaffen.«

»Äh ... inwiefern?« Offenbar bekam sie irgendetwas nicht mit.

»Weil die Freitagabende für Joel und mich reserviert sind. Damit wir ein Paar sein können.«

»Ein Paar?« Natürlich waren sie ein Paar; schließlich waren sie seit fünf Jahren verheiratet.

»Na, du weißt schon«, sagte Bethany in leicht gereiztem Ton. »Nur wir zwei. Um ein bisschen in sexy Romantik zu machen wie damals, als wir noch Dates hatten.«

»Oh!« Diesen Teil der Geschichte hatte Suzanne noch

nie gehört. »Hmm. Scheint mir eine gute Idee zu sein.« Das musste sie sich für später merken, wenn sie Mr Cleaver gefunden hatte.

»Das ist ganz wichtig. Wenn man verheiratet ist, kann es leicht passieren, dass man einander für selbstverständlich nimmt und alles langweilig und öde wird. Und wenn man Kinder hat, ist es noch schwerer, nicht den Schwung zu verlieren, das heißt, all die Dinge zu bewahren, die einen ursprünglich zusammengebracht und dazu geführt haben, dass man sich ineinander verliebt.«

Suzanne fuhr fort, das warme seidige Fell der Katzen zu streicheln, während sie über Bethanys Worte nachdachte. »Ist es nicht unvermeidlich, dass diese Anziehungskraft nachlässt? Ich meine, Beziehungen haben nun mal bestimmte Phasen. Den Schwung, das Prickeln gibt es in der Datingphase, stimmt's? Geht es in der Ehe nicht eher um Verpflichtung und Verantwortung und vielleicht auch darum, das Gefühl der Liebe zu vertiefen?«

»Sicher, aber es ist leichter, sich um die ernsthaften Angelegenheiten zu kümmern, wenn es zwischen den Ehepartnern immer noch knistert.«

Suzanne dachte daran, wie Bethany und Joel sich zueinander verhielten. Den größten Teil der Zeit waren sie vollauf damit beschäftigt, sich mit den Kindern zu befassen. Bisweilen jedoch verrieten eine kurze Berührung oder ein Blick, dass zwischen ihnen eine ganz besondere Vertrautheit bestand. Suzanne hätte nie gedacht, dass der Grund dafür war, dass die beiden ein prickelndes Sexleben hatten. »Habe ich dich jetzt richtig verstanden? Du willst damit also sagen, dass ihr zwei an den Freitagabenden heißen Sex habt und dass das eure Ehe irgendwie in Schwung hält?«

Ihre Schwester kicherte. »Auf jeden Fall ist es sehr hilfreich.«

»Haben Mom und Dad eine Ahnung, was ihr treibt, während sie auf eure Kinder aufpassen?«

Das Kichern ihrer Schwester ging in glucksendes Lachen über. »Was glaubst du wohl, von wem der Vorschlag ursprünglich stammte?«

»Doch nicht etwa von Mom?« Die Vorstellung war so befremdlich, dass Suzanne aufstand und im Zimmer hin und her tigerte.

»Ungefähr ein Jahr, nachdem wir geheiratet hatten, war ich irgendwie deprimiert. Ich weiß nicht, ob du dich noch daran erinnern kannst. Joel und ich haben schwer geschuftet, Krys war schon da, außerdem haben wir das Haus renoviert. Ich hatte das Gefühl, als hätten wir uns in zwei Arbeitstiere mittleren Alters verwandelt. Dann wurde ich wieder schwanger, was mich zu einem Arbeitstier mittleren Alters vom Umfang eines Elefanten machte. Jedenfalls hat Mom mich daraufhin in einem Restaurant zum Lunch eingeladen und mir gehörig die Augen geöffnet.«

»Mom hat Eheberatung bei dir gemacht? Na ja, da sie und Dad eine der besten Ehen führen, die ich kenne, ist sie vermutlich in dieser Hinsicht Expertin. Aber ich kann einfach nicht glauben, dass sie wirklich … Sex empfohlen hat. Ich meine, sie und Dad …«

»Doch, meine naive kleine Schwester, sie haben immer noch welchen. Sogar recht häufig, seit du aus dem Haus ausgezogen bist.«

»Meine Güte, Bethany, das sind zu viele Informationen auf einmal.« Suzanne warf einen Blick aus dem Fenster und schaute zum Haus ihrer Eltern hinüber. Ob sie wohl …?

»Unsinn. Sex ist was ganz Normales und gehört zu jeder intakten Beziehung dazu.«

Suzanne zog die Vorhänge vor und schwor sich, nie wieder ins Haus ihrer Eltern zu gehen, ohne vorher anzuklopfen. »Stimmt schon, aber nicht zur Beziehung unserer Eltern.« Was nur halb als Scherz gemeint war.

»Mom hat mir erzählt, dass die beiden ein ähnliches Problem hatten wie Joel und ich, als du ein Baby warst und ich auf die Grundschule ging. Ständig waren sie müde, hatten zahllose Verpflichtungen und konzentrierten sich ganz darauf, Eltern zu sein statt ein Ehe- oder Liebespaar. Daraufhin sind sie zu einem Eheberater gegangen.«

»Tatsächlich?« Wie kam es, dass sie von diesen Dingen nichts wusste?

»Sie wussten, dass sie sich liebten; sie hatten nur den inneren Kontakt verloren. Der Eheberater half ihnen, das Band der Intimität wiederaufzubauen, und ein wichtiger Teil davon war Sex.«

»Du willst damit sagen, dass unsere Eltern …«

»… heißen Sex haben. Jawohl. Und Joel und ich ebenfalls«, fügte sie selbstgefällig hinzu. »Das solltest du auch mal ausprobieren, Schwesterherz.«

»Habe ich! Tu ich!« Au verdammt. Beth verstand es doch immer wieder, sie aus der Reserve zu locken. Eigentlich hatte sie nicht vorgehabt, irgendetwas über ihre Beziehung zu Jaxon zu sagen.

»Im Ernst?«, kreischte Bethany. »Wer ist er? Raus mit der Sprache, Suze.«

Jetzt, da der Spieß umgedreht war, beschloss Suzanne, ihre Schwester zappeln zu lassen. »Mensch, Bethany, ich habe gar nicht gemerkt, dass es schon so spät ist. Ich muss Schluss machen. Jedenfalls werde ich am Freitag auf die Kinder aufpassen, damit ihr zwei heißen Sex haben könnt. Übrigens … falls euch die Ideen ausgehen sollten … dann versucht es doch mal mit Nacktbaden bei Spanish Banks.«

Nachdem sie aufgelegt hatte, hallte ihr der schrille Schrei ihrer Schwester noch in den Ohren wider.

Dann brach sie in Lachen aus, das mindestens fünf Minuten andauerte.

Anschließend checkte sie ihre E-Mails. Sie und Jaxon hatten im Laufe der Woche nur kurze Nachrichten ausgetauscht, hauptsächlich um zu bestätigen, dass er am Samstag nach Vancouver kommen konnte.

Heute Abend hatte sie Post vom Höhlenmann, die sie sofort öffnete.

Mir ist gerade klar geworden, dass ich meine Badewanne von nun an stets mit anderen Augen sehen werde, weil ich mir jedes Mal vorstelle, dein süßer Körper befände sich zusammen mit mir in der Wanne.

Sie lächelte und schloss kurz die Augen. O ja, sie wusste *genau,* was er meinte. Allein bei dem Gedanken wurde ihr erschöpfter Körper wieder munter.

Hoffe, du fühlst dich wegen Bondi ein bisschen besser. Du kannst sie nicht alle retten, Suzanne, sondern nur dein Möglichstes tun. Und dass du das getan hast und immer tun wirst, weiß ich.

Sie starrte auf den Bildschirm. Er hatte sich an ihren Kummer erinnert und genau die richtigen Worte gefunden. Fast kam es ihr so vor, als läge sie ihm am Herzen.

War das möglich? War es denkbar, dass diese von Champagnerregeln bestimmte Beziehung sich zu etwas Echtem, Tiefem, Dauerhaftem entwickelte? Dass Jaxon Navarre tatsächlich der Richtige war?

Nein, natürlich nicht. Sie lebten nicht nur in verschiedenen Städten, wo sich jeder von ihnen sein eigenes Leben aufbaute, sondern waren auch sonst in vielerlei Hinsicht sehr gegensätzlich. Ein hochkarätiger Rechtsanwalt und eine Tierärztin? Ein geschiedener Mann und eine Frau, die eheliche und elterliche Verpflichtungen für das Wichtigste auf der Welt hielt? Nein, das ging nicht.

Aber vielleicht waren sie ja auf dem besten Weg, Freunde zu werden. War es möglich, mit einem Freund heißen Sex zu haben? Vermutlich würden sie dies am Samstag herausfinden.

Danke für deine verständnisvollen Worte, Jaxon. Ja, ich fühle mich besser, und du hast völlig recht. Ich kann in der Tat nicht alle retten. Aber versuchen möchte ich es schon.

Okay, das waren genug ernsthafte Dinge.

Ich habe einen langen Tag hinter mir und freue mich auf ein schönes, entspannendes Bad. Ein entspannendes. Hmmmmm? Meinst du, das ist möglich? Oder meinst du, ich werde die Augen zumachen und deinen Körper spüren … unter mir, in mir?

Übrigens habe ich in der Mittagspause eine Kleinigkeit für dich gekauft. Na ja, eigentlich für mich. Aber du wirst sie tragen, ja? Ich kann mich genau erinnern, dass du nicht nein gesagt hast.

Oh, habe ich schon erwähnt, dass sie rot sind?

Lachend klickte sie ABSCHICKEN an. Sie konnte es gar nicht erwarten, seinen sexy Körper in rotseidenen Boxershorts zu sehen. Sich wieder frisch und munter fühlend, schenkte sie sich ein Glas Wein ein und ging ins Badezimmer.

Am Donnerstagmorgen las sie seine Antwort. *Suzanne, du bringst mich zum Erröten.*

Sie lachte glucksend und schrieb zurück: *Wer's glaubt, wird selig. Aber ich werde mein Möglichstes tun …*

Lächelnd machte sie sich auf den Weg zur Arbeit.

Als das Telefon klingelte, lag Suzanne, umgeben von Katzen, schon im Bett, las eine veterinärmedizinische Zeitschrift und trank Ingwer-Pfirsich-Tee.

»Du möchtest mich also zum Erröten bringen«, sagte eine männliche Stimme.

»Jaxon!« Im Nu wich ihre Entspanntheit einem Gefühl der Erregung.

»Ist es okay, dass ich anrufe, obwohl wir nichts vereinbart hatten?«

Verstieß das gegen die Regeln? Wahrscheinlich, aber trotzdem war es eine nette Überraschung. »Klar.«

»Ich habe angefangen, dir eine Mail zu schreiben, bin aber zu dem Schluss gekommen, dass ich lieber mit dir reden möchte. Hast du Zeit?«

»Für dich? Aber sicher«, säuselte sie in verführerischem Ton. »Nun, Jaxon, ich habe mir dich in rotseidenen Boxershorts vorgestellt.«

»Da bist du nicht die Einzige. Konnte mich heute kaum auf meine Arbeit konzentrieren.«

»O Gott, das tut mir leid«, sagte sie mit betont unaufrichtiger Stimme.

Er lachte glucksend. »Glaubst du wirklich, ein Mann fühlt sich sexy, wenn er solches Zeug trägt?«

Ah, offenbar dachte er, er würde sich albern vorkommen.

»Tja, keine Ahnung«, erwiderte sie. »Wie, glaubst du, wird es sich denn anfühlen, wenn dein Schwanz und deine Eier von Seide umschmeichelt werden, die so weich und aufreizend ist wie die Hand einer Frau? Und stell dir nur mal vor, wie es für mich sein wird, wenn ich mit der Hand über den glatten Stoff streiche und spüre, wie du darunter hart wirst. Hmm! Hört sich irgendwas davon sexy für dich an?«

»Mannomann!«

Sie lachte. »Hast du noch nie Seide getragen?«, fragte sie. Was hatten seine Exfrau und seine früheren Freundinnen sich eigentlich gedacht? Sie lächelte in sich hinein. Offenbar waren sie nicht so sexy gewesen wie sie.

»Nein. Ich würde aber annehmen, dass ich bereit bin, es einmal zu versuchen.«

»Hey, schlag gefälligst nicht solch einen noblen und aufopferungsvollen Ton an. Du weißt verdammt gut, dass du die Idee verführerisch findest.«

»Okay, ich geb's ja zu«, entgegnete er. »Sag mal, wo bist du eigentlich? Was machst du gerade?«

»Und was habe ich an?« Sollte sie sich eine sexy Lüge ausdenken? Sie beschloss, die Wahrheit zu sagen. »Ich liege im Bett, habe aber leider kein sexy Negligee an, sondern nur ein langes Tank-Top und ein Höschen. Ich habe gerade etwas über Diabetes bei Katzen gelesen. Nicht sehr aufregend, fürchte ich. Wie steht's mit dir?«

»Ich geb's zwar nur ungern zu, aber ich bin noch im Büro. Hab mich den ganzen Tag mit einem großen Fall, an dem ich arbeite, befasst und muss noch einigen Papierkram erledigen. Aber ich brauchte einfach eine Pause mit Suzanne.«

»Das freut mich.« Seine Worte riefen ein warmes Gefühl in ihr hervor, das zwar sehr angenehm war, ihr gleichzeitig aber auch Angst einjagte, weil die Empfindung eher in ihrem Herzen als zwischen ihren Beinen angesiedelt war. Du lieber Himmel, darum ging es in ihrer Beziehung doch gar nicht. »Nun, was hältst du von einem kleinen frivolen Gespräch?«, hauchte sie, wobei sie versuchte, ihre Stimme so sinnlich wie möglich klingen zu lassen.

Er stöhnte. »Könnte mir nichts Schöneres vorstellen – außer einem fliegenden Teppich, der mich direkt in dein Bett transportiert. Aber Tatsache ist, dass ich arbeiten muss. Tut mir leid, wenn ich dich enttäusche.«

Und Tatsache war, dass ihr nicht der Sinn nach Sex stand, weil sie müde war. Es gefiel ihr, dass er nur zum Plaudern angerufen hatte. Mist. Steuerte sie am Ende wirklich auf Probleme zu?

Falls ja, dann ging es ihm vielleicht auch so. Dann konnten sie die Champagnerregeln über Bord werfen. Aber was dann? Die Regeln hatten ihr Verhältnis zueinander definiert. Was würden sie ohne sie sein? Sie hatten den Begriff »Beziehung« vermieden, weil sie beide nach eigener Aussage nicht auf so etwas aus waren. Aber das hier ging allmählich in Freundschaft über, und Freundschaft *war* eine Beziehung. Und Freundschaft plus toller Sex war …

O Gott, in welche Richtung gingen ihre Gedanken denn da?

Aber vielleicht würde es nichts schaden, die Stimmung zu testen, um herauszufinden, ob sie auch noch auf anderen Ebenen als der rein sexuellen miteinander kompatibel waren.

»Du enttäuschst mich nicht«, erwiderte sie. Sie versuchte, sich ihn vorzustellen, und malte sich aus, wie er an einem großen Mahagonischreibtisch saß, der mit Akten und Papieren überhäuft war. »Du hast zurzeit wohl ganz schön zu tun, wie?«

»Das scheint mir ständig so zu gehen.«

Das hörte sich im Hinblick auf ihre Kompatibilität nicht allzu gut an. »Bist du ein Workaholic?«, fragte sie, wünschte jedoch sofort, einen weniger abfälligen Begriff gewählt zu haben.

»Nein, ein schwer beschäftigter Rechtsanwalt.« Er stieß ein Schnauben aus. »Aber das läuft wohl auf dasselbe hinaus.«

»Ich habe eine Freundin, die in einer großen Kanzlei arbeitet, sodass ich ziemlich gut darüber Bescheid weiß.« Die arme Ann schleppte ständig eine volle Aktentasche mit sich herum, schüttete Kaffee in sich hinein, um bis spät in die Nacht arbeiten zu können, und litt unter nervösen Kopfschmerzen. »Wenn sie sich mal Zeit für gesellige Stunden gönnt, führt das immer dazu, dass sie bis in die frühen

Morgenstunden am Schreibtisch sitzt, um die Arbeit nachzuholen.«

»Das kenne ich. Genau dies habe ich nämlich letzte Nacht getan.«

»Du hast dir freigenommen?« Um was zu tun? Und mit wem? Sie hatte in keiner Weise das Recht, ihn danach zu fragen.

»Musste mit meiner Mom was Geschäftliches besprechen, deshalb habe ich sie zum Dinner ausgeführt.«

Sie lächelte erleichtert. »Das hört sich nett an. Was ist mit deinem Vater?«

»Den habe ich nie kennengelernt. Er und Mom waren nicht verheiratet. Als sie schwanger wurde, war sie noch ein Kind. In den ersten Jahren haben sie und ihre Mutter mich aufgezogen. Das war auf Jamaika.«

Er war also auf Jamaika geboren. So hatte sie sich seine Familie überhaupt nicht vorgestellt. Bei der Klasse, die er hatte, hatte sie angenommen, er habe reiche, gebildete Eltern. »War dein Vater aus Jamaika oder Tourist?«

»Aus Jamaika. Wesentlich älter als meine Mutter. Geschäftsmann. Und verheiratet.«

»Oh.«

»Er hat sie nur ausgenutzt. Sie war jung und naiv. Er hat ihr erzählt … Na, du kannst dir schon denken, was er ihr erzählt hat. Außerdem ist das ihre Geschichte, nicht meine. Die muss sie selbst erzählen.«

»Wie traurig für sie.«

»Sie war vierzehn, als sie feststellte, dass sie schwanger war. Mit fünfzehn hat sie mich dann bekommen.«

Suzanne schüttelte den Kopf und versuchte sich vorzustellen, wie das wohl gewesen war. »Als ich vierzehn war, hatte ich noch nicht mal ein Date mit einem Jungen gehabt.«

»Das holst du jetzt aber alles nach, was, Suzanne?«

»Ich gebe mir zumindest Mühe. Danke, dass du mir dabei behilflich bist, Jaxon.«

»Ist mir ein Vergnügen, gnädige Frau. Stehe Ihnen in jeder Hinsicht zur Verfügung.«

»In jeder Hinsicht?« Doch eigentlich war sie mehr an seiner Vergangenheit interessiert als an frivolem Geplauder. Deshalb fragte sie rasch: »Wann bist du in die Staaten gekommen?«

»Mit fast vier Jahren. Mom sah, wie unser Leben verlaufen würde, wenn wir auf Jamaika blieben, aber sie wollte mehr. Besonders für mich. Sie lernte einen amerikanischen Touristen kennen, der ihr anbot, sie zu heiraten und uns nach Kalifornien mitzunehmen.«

»Sind sie noch verheiratet?«

»Nein. Die Ehe hat nur ein paar Jahre gehalten. Jeder von ihnen hat sich selbst was vorgemacht. Sie hat versucht, sich einzureden, dass sie ihn liebte. Was ihn betraf, nun, er war ein Weißer, der sehr von ihrem exotischen Aussehen angetan war, als er sie im Urlaub kennenlernte. Als er jedoch mit ihr nach Hause zurückkehrte, stellte er fest, dass sie nicht in seinen Freundes- und Kollegenkreis passte.«

»Das ist nicht fair«, sagte Suzanne entrüstet.

»Nein.« Er seufzte. »Er war schon älter und arbeitete als Grundstücksmakler. Wollte Kunden zu sich einladen und wollte deshalb eine Frau haben, die nicht nur jung und vorzeigbar, sondern auch kultiviert war. Das Arschloch. Meine Mom lernt schnell; wenn er ihr eine Chance gegeben hätte, hätte sie sich alles, was sie wissen musste, angeeignet.«

»Mistkerl. Und dann sind sie geschieden worden?«

»Ja. Dabei hat meine Muter schlecht abgeschnitten, weil sie so naiv war und es seinem Rechtsanwalt überlassen hat, das Ganze zu regeln.«

Suzanne runzelte die Stirn. »Hätte sie die Sache nicht

noch mal aufrollen lassen können? Besonders, da ein Kind mit im Spiel war.«

»Dafür war ihr Stolz zu groß. Außerdem war ich ja nicht *sein* Sohn.«

»Aber er hat euch beide in die Staaten geholt. Er hatte bestimmte Verpflichtungen.« Ein weiterer Mann, der familiäre Verantwortung übernommen und sich dann davor gedrückt hatte.

»Mom sagte, was wirklich zählte, sei, dass er uns hierhergebracht hat und wir dadurch amerikanische Staatsbürger geworden sind. Danach müssten wir selbst unseren Weg machen.« Er legte eine Pause ein, um dann leise hinzuzufügen: »Sie hat immer zu mir gesagt: *Jaxon Navarre, deine Zukunft liegt in deiner Hand. Du kannst alles werden, was du werden willst, und du kannst es sogar noch besser machen als die Weißen.*«

In der Tat, eine stolze Frau, die vielleicht ein bisschen zu stolz oder zu stur war. Oder vielleicht hatte es ihr auch einfach nur an Kenntnissen gemangelt, um sich und ihrem Sohn zu sichern, was ihnen zustand. »Ist sie arbeiten gegangen?«

»Ja. Da sie die Highschool nicht abgeschlossen hatte, bekam sie nur schlecht bezahlte Jobs. Oft hatte sie zwei Jobs – tagsüber arbeitete sie als Kellnerin, nachts machte sie Büros sauber. Sobald es nur irgend ging, habe ich mir als Junge auch Jobs besorgt. Habe Zeitungen ausgetragen oder im Laden an der Ecke gearbeitet, wo ich Kisten abgeladen habe.«

Suzanne hatte großes Mitgefühl mit beiden. Er war gezwungen worden, früh erwachsen zu werden, aber war seiner Mutter denn etwas anderes übrig geblieben? »War es …« Sie verstummte. Bisher hatten sie nur ein einziges Mal über Rasse und Rassismus geredet, und zwar nachdem die Polizisten sie auf dem Spielplatz erwischt hatten. Sollte sie das Thema jetzt zur Sprache bringen?

»Was denn?«

»Vielleicht sollte ich das nicht erwähnen, aber ich habe mich gerade gefragt, ob alles schwerer für euch zwei war, weil ihr aus Jamaika seid.«

»Für sie wahrscheinlich schon. Sie war doppelt benachteiligt, als Schwarze und als Frau. Aber Darissa Navarre hat sich stets ihre Würde bewahrt. Was mich betrifft, so war es nicht allzu schlimm. Auf der Schule, auf die ich gegangen bin, gab es viele schwarze Kinder. Ich habe fleißig gearbeitet, gute Zensuren bekommen, war gut in Sport und bin mit den anderen Kindern bestens ausgekommen. Vermutlich hat meine Hautfarbe mir sogar genutzt, als ich dieses Basketballstipendium erhielt.«

»Tatsächlich?«

»Nun komm, du weißt doch, dass weiße Jungs nicht springen können.«

Sie lachte glucksend. Es gefiel ihr, dass er frei von Selbstmitleid war. Was offenbar auch für seine Mutter zutraf. Darissa. Ein interessanter Name für eine interessante Frau mit Mumm. Ob sie sich wohl je kennenlernen würden? Mittlerweile hoffte Suzanne es.

»Sobald ich auf dem College war«, fuhr er fort, »war es allerdings schwierig, die Leute zu überzeugen, mich ernst zu nehmen. Jedermann weiß, dass Sportler beschränkt sind. Mein Trainer und mein Studienberater haben ständig versucht, mich zu überreden, anspruchslose Kurse zu belegen, aber ich war ja schließlich vor allem deswegen auf dem College, um Bildung zu erwerben.«

»Und dort hast du so gut abgeschnitten, dass du ein Jurastipendium bekommen hast. Eine ganz schöne Leistung.« Sie konnte sich gut vorstellen, wie stolz seine Mutter gewesen sein musste.

»Tja, ich bin eben sehr fleißig.«

»Warum gerade Jura, Jaxon?«

»Mom hat mich hierhergebracht, damit etwas aus mir wird. Ich habe damals nicht nur Zeitungen ausgetragen, sondern sie auch gelesen, um herauszufinden, welche Berufe Prestige und Geld einbringen. Der des Rechtsanwalts gehörte dazu. Dann stellte ich fest, dass dem Obersten Gerichtshof der Vereinigten Staaten auch ein Schwarzer angehört, ein Mann namens Thurgood Marshall.«

»Einer? Von all diesen Richtern nur einer?«

»Ja. Aber der bewies, dass es zu schaffen war. Ein Schwarzer trifft Entscheidungen, an die die Menschen sich ungeachtet ihrer Rasse oder sozialen Stellung zu halten haben. Wer sonst hat denn noch so viel Macht? Nur Politiker. Deshalb habe ich beschlossen, entweder das Richteramt anzustreben oder in die Politik zu gehen, und beides lässt sich am besten erreichen, wenn man Rechtsanwalt ist.«

Wow, er war wirklich ehrgeizig. Und offenbar beabsichtigte er, etwas darzustellen in der Welt. Bewundernswert, aber sie war so selbstsüchtig, einen Mann haben zu wollen, für den seine Familie an erster Stelle rangierte. »Es ist also dein Ziel, entweder im Obersten Gerichtshof zu sitzen oder Präsident zu werden, ja?«, fragte sie in halb scherzhaftem, halb ernstem Ton.

»Fürs Erste genügt es mir, wenn ich in meiner Kanzlei Partner werde. Danach werden wir weitersehen.«

Hmm. Vielleicht meinte er damit, er würde abwarten, was sich dann sonst noch in seinem Leben tat. Abwarten, ob er wieder heiratete, Kinder hatte. Ob sie ihn danach fragen sollte?

Stattdessen entschied sie sich für eine unverfänglichere Frage. »Wo hast du denn Jura studiert?«

»In Berkeley. Wir wohnten damals in L.A., wo ich auch aufgewachsen bin. Aber Mom und ich hielten es für eine gute Idee, nach San Francisco überzusiedeln – weniger Rassismus, weniger Umweltverschmutzung, weniger Verkehr. Und Berkeley hat eine gute juristische Fakultät. Ich habe mich beworben, bekam ein Stipendium, und dann sind wir hierhergezogen.«

»Es ist schön, dass sie mit dir nach San Francisco ziehen konnte.« Es gefiel Suzanne, dass er seiner Mutter so nahe stand.

»Es hat sich für uns beide als gut erwiesen.«

Vor Suzannes innerem Auge entstand das Bild einer Frau, die älter aussah, als sie in Wirklichkeit war, und deren Körper verbraucht und abgearbeitet war, doch deren Augen vor Liebe leuchteten.

Ihre eigene Mom würde Darissa Navarre mögen. Sofort stellte sie sich vor, wie die beiden Frauen in der Küche ihrer Mutter zusammen Kaffee tranken, sich über ihre Kinder unterhielten und von Enkelkindern träumten.

Suzanne schüttelte heftig den Kopf. Was zum Teufel machte sie denn da?

»Sagtest du nicht, dass deine Eltern noch zusammen sind und du eine Schwester hast?«, fragte Jaxon.

»Meine Eltern sind seit fast dreißig Jahren verheiratet. Dad ist Geschichtsprofessor. Mom hat einen Teilzeitjob in einem Gartencenter und arbeitet außerdem als ehrenamtliche Gartenarchitektin in verschiedenen Seniorenheimen. Meine Schwester Bethany ist acht Jahre älter als ich. Sie ist Geschäftsführerin eines Blumenladens und hat einen Highschoollehrer geheiratet. Sie und Joel haben zwei kleine Kinder.«

Ihr kam zu Bewusstsein, was sie da beschrieb: zwei *Leave It to Beaver*-Familien. Obwohl sie nicht reich waren, hatte sich niemand von ihnen je fragen müssen, wo die nächste Mahlzeit herkommen würde. Weder sie noch Beth hatten während der Schulzeit je arbeiten müssen.

»Hört sich nett an«, meinte er, und sie überlegte, ob er wohl neidisch war. Doch dann sagte er: »Wir haben beide großes Glück, weil wir so liebevolle Eltern haben.«

»Das stimmt.«

Nachdem sie einen Moment lang geschwiegen hatten, sagte er: »Wie kommt es, dass eine angehende Tierärztin, die aus solch einer normalen Familie stammt, sich zu solch einer Sexbombe entwickelt hat, Suzanne?«

Obwohl sie ihm allerlei über die vernünftige Suzanne erzählt hatte, hielt er sie nach wie vor für eine Sexbombe. Sie grinste zufrieden. »Ein weiterer Glücksfall, nehme ich an.« Ebenso wie es ein Glücksfall war, dass sie Jaxon gefunden hatte, der die sexy Zwillingsschwester zum Leben erweckte. »Ich wünschte wirklich, du wärest hier. Ich kann einfach nicht glauben, dass du noch arbeiten musst.«

»Die Juristerei ist ein hartes Spiel, bei dem man durch viele Reifen springen muss.«

»Ein Basketballspieler müsste doch an Reifen gewöhnt sein.«

Er lachte. »Es ist leichter, einen Ball durch einen Reifen zu werfen, als selbst hindurchzuspringen.«

»Dann sollten wir jetzt Schluss machen.«

»Da muss ich dir leider zustimmen …«

»Ich freue mich auf Samstagabend.« Sie freute sich wirklich darauf. Nicht nur auf den Sex.

»Ich auch.«

Seine tiefe, rauchige Stimme löste ein wollüstiges Kribbeln aus, das durch ihren ganzen Körper strömte.

»Und du versprichst, sie zu tragen, ja? Die rotseidenen Boxershorts, meine ich.« Bevor er etwas erwidern konnte, legte sie lachend auf.

14

Während Jaxon durch die Straßen zwischen der Sixth Avenue und False Creek fuhr, nahm er beeindruckt die attraktiven Apartmentgebäude und Reihenhäuser wahr, an denen er vorüberkam. Wie konnte eine Studentin es sich leisten, hier zu wohnen? Diese Gegend war meilenweit von den ärmlichen Vierteln entfernt, in denen er und seine Mutter während seiner Schul- und Studienzeit gelebt hatten.

Ja, er und Suzanne kamen in der Tat aus unterschiedlichen Welten. Trotzdem hätte er nicht mit ihr tauschen wollen. Wenn er so aufgewachsen wäre wie sie, hätte er sich wahrscheinlich auch mit einer Durchschnittskarriere begnügt, statt danach zu streben, das Bestmögliche zu erreichen. Nicht dass irgendetwas am Beruf des Tierarztes, den Jobs, die ihre Familienangehörigen hatten, oder der kleinen Kanzlei seines Kumpels Rick auszusetzen gewesen wäre. Für Menschen wie sie war das völlig in Ordnung, denn sie hatten ja nichts unter Beweis zu stellen.

Er jedoch wollte mehr. Er wollte so weit kommen, wie es nur irgend ging.

Als er auf den Parkplatz gegenüber von Suzannes Wohnhaus fuhr, war er ein bisschen nervös. Am Telefon hatte er gespürt, dass sich zwischen ihnen eine Freundschaft entwickelte, und jetzt suchte er sie zu Hause auf. Gewiss, er freute sich darauf, sie zu sehen, Sex mit ihr zu haben, sich weiter mit ihr zu unterhalten – doch er hatte weder die Zeit noch die Energie, die er in eine Beziehung hätte investieren müssen.

Wenn die Dinge aus dem Ruder zu laufen drohten, würde er der Sache ein Ende machen müssen. Es war nicht fair, Suzanne annehmen zu lassen, er könne mehr geben als das, wozu er in der Lage war.

Er stieg aus dem Auto, nahm einige Päckchen an sich und überquerte die Straße. Ihr Wohnhaus war ein niedriger, verputzter Ziegelbau, dessen Balkons zum Teil üppig mit Blumen geschmückt waren. Während Jaxon auf den Klingelknopf drückte, ließ er den Blick über die Balkons schweifen. Vielleicht würden sie, wenn es dunkel war, auf dem ihren Sex haben.

Sex. Ja, nur darum ging es zwischen ihm und Suzanne.

»Jaxon? Zweiter Stock. Dann bis zum Ende des Gangs. Beeil dich!«

Allein der Klang ihrer Stimme bewirkte, dass sein Schwanz steif wurde. Er konnte es kaum erwarten, sie zu berühren, und die Fahrt mit dem Fahrstuhl schien ewig zu dauern.

Ihre Tür öffnete sich, noch bevor er sie erreichte, und da stand Suzanne, die noch schöner war, als er es in Erinnerung hatte, und um deren sinnlichen Mund ein Willkommenslächeln spielte. Bekleidet war sie – heiliger Bimbam! – mit einem spärlichen Etwas aus Seide und Spitze, das fast dieselbe Farbe hatte wie ihre Haut.

Er blieb vor ihr stehen und starrte sie an.

»Hätte ich mich fein machen sollen?«, murmelte sie mit einem schelmischen Glitzern in den Augen.

»Gott, nein!« Er stürzte auf sie zu, ließ seine Päckchen fallen, riss sie an sich und drängte sie durch die Tür, um sie leidenschaftlich zu küssen.

Nach einer Weile löste sie die Lippen von den seinen und stieß hervor: »Die Tür!« Dann streckte sie die Hand aus und schob sie zu. »Möchtest du …«

In dem Moment vermochten sein Körper und sein Gehirn nur an eins zu denken. »Dich.« Von Neuem bemächtigte er sich ihres Munds, und sie presste sich gegen ihn. Ihre Zunge und ihre Lippen waren so hungrig wie die seinen, ihre Hände nicht minder gierig.

Sie zog ihm das Hemd aus der Hose und strich ihm, seine Muskeln knetend, mit den Händen über den Rücken. Dann glitt sie nach unten und packte sein Gesäß, um ihn gegen sich zu drücken. Sein steifer Schwanz drängte sich so fordernd zwischen ihre Bäuche, dass er nicht länger warten konnte.

Er machte in aller Eile seinen Gürtel auf. Als er seine Hose aufknöpfte, kamen ihm ihre Hände in die Quere, was ihn noch ungeduldiger machte.

»O Jaxon!«, stöhnte sie, während sie seinen Reißverschluss aufzog. »Mach schnell!«

Hastig schob er Hose und Unterhose nach unten. Suzanne pellte sich aus einem winzigen Höschen. Wenn er nicht bald in sie eindringen konnte …

Er drehte sich mit ihr herum und drückte ihre Schultern gegen die geschlossene Tür. Gleichzeitig schob er seine Hand zwischen ihre Beine. Ja, sie war bereit, war so heiß und feucht, dass sein Blut kochte. Er packte sie bei der Taille und hob sie hoch, bis sie die Beine um ihn schlingen konnte. Sogleich versuchte sie, ihn mit ihren warmen Fingern zu erregen.

Er schob ihre Hand beiseite, nahm seinen Schwanz, machte ihren Eingang ausfindig und drang in sie ein.

»Jaxon!«, schrie sie. Im selben Moment spürte er – so unglaublich es war –, wie ihr Körper in Zuckungen geriet.

Stöhnend stieß er wieder und wieder zu, immer heftiger, immer tiefer, bis auch er schließlich zum Höhepunkt kam und er spürte, wie sein Samen sich in sie ergoss.

Keuchend atmend klammerte Suzanne sich an ihn, das Gesicht gegen seinen Hals geschmiegt, die Brüste gegen seine Brust gepresst, während ihre langen Haarsträhnen über die Schultern fielen. Nach wie vor hämmerte sein Herz wie wild, nach wie vor bewegten sich seine Hüften rhythmisch hin und her. Er senkte den Kopf, um die Stirn gegen ihr Haar zu legen. Obwohl ihm die Knie weich waren, zwang er sich, aufrecht stehen zu bleiben und Suzanne zu stützen.

Nach einer Weile hob er den Kopf. Sie tat es ihm nach. Ihre grünen Augen waren wie verschleiert und blickten verträumt drein. »Wow!«, seufzte sie.

»Kann man wohl sagen.«

Wie es für eine Frau typisch war, kam sie schneller wieder zu Atem als er. Auch ihr Bedürfnis zu reden stellte sich eher wieder ein.

»Das muss eine Art Rekord gewesen sein«, meinte sie. »Selbst für uns. Bei mir ist es losgegangen, sobald du in mich eingedrungen bist.«

»Bei mir auch.«

Sachte hob er sie an, zog sich aus ihr zurück und stellte sie auf die Füße. Dann bückte er sich, um sich Hose und Unterhose hochzuziehen. In dem Moment wurde ihm etwas klar. »Au verflucht, Suzanne. Wir haben's ohne Kondom gemacht.«

Auch sie schaute nach unten, sodass sie jetzt beide auf seinen feuchten nackten Penis starrten. »Ich habe ebenfalls nicht daran gedacht. Ich nehme die Pille. Und ... äh ... irgendeine andere Gefahr besteht nicht. Ich meine, ich ...«

»Ich bin auch sauber. Ehrlich.«

Für ihn hieß »sauber«, dass er und Tonya monogam gewesen waren. Danach hatte er nur ein paar Mal Sex gehabt, stets mit Kondom. Er fragte sich, was »sauber« wohl für Suzanne bedeutete. So sexy, wie sie war, hatte sie zweifellos eine Menge Liebhaber gehabt, die sicher immer Kondome benutzt hatten.

Aber das ging ihn nichts an. Sie hatte gesagt, sie sei sauber, und allein das zählte.

Erneut machte er sich daran, sich die Hosen hochzuziehen. Sie legte ihm die Hand auf den Arm, um ihn daran zu hindern.

»Jaxon? Zieh dich aus. Du weißt doch, ich habe ein Geschenk für dich.«

Ach ja. Rotseidene Boxershorts.

»Bin gleich wieder da«, gurrte sie, während sie das Spitzenhöschen aufhob, das sie bei der Begrüßung getragen hatte.

Während er sich weiter auszog, ließ er den Blick durch ihr Wohnzimmer schweifen. Nett, aber nicht das, was er erwartet hatte. Irgendwie nobel und förmlich. Dieses Zimmer passte in keiner Weise zu dem Bild, das er sich von Suzanne gemacht hatte.

Was hatte er denn erwartet? Rote Satinlaken und einen Spiegel an der Decke? Nun ja, im Schlafzimmer war er ja noch nicht gewesen.

Er legte Hose und Hemd zusammen und hängte sie über einen Stuhl.

»Miau?«

Als er sich umdrehte, sah er eine flauschige goldfarbene Katze auf sich zukommen. Okay, das passte. Natürlich musste Suzanne ein Haustier haben.

Die Katze strich um seine Beine, und er hockte sich hin, um sie unter dem Kinn zu kraulen. Er wünschte, Suzanne würde endlich mit den Boxershorts kommen. Rote Seide mochte ja genierlich sein, doch so schlimm, wie sich ihrer Katze nackt zur Schau zu stellen, war es ganz bestimmt nicht.

Katzen. Eine zerrupft aussehende schwarze Katze kam ins Zimmer geschlichen und musterte ihn mit zusammengekniffenen Augen von Weitem. Wenn Katzen finster dreinzublicken vermochten, dann war das bei dieser zweifellos der Fall.

Suzanne kam in ihrem sexy elfenbeinfarbenen Outfit zurück. Sie reichte Jaxon einen feuchten Waschlappen.

»Du hast Katzen«, sagte er, während er sich ein wenig zur Seite drehte, um sich zu säubern.

»Du bist doch nicht etwa gegen Katzen allergisch?«

»Nein, aber ich glaube, die schwarze mag mich nicht.«

»Das ist Zorro. Er ist misstrauisch, besonders gegenüber Männern. Der arme Bursche hatte ein hartes Leben. Ich habe ihn in einer Gasse gefunden.«

»Streifst du durch die Gassen, um nach streunenden Katzen zu suchen?«

Nachdem sie Jaxon ein in Seidenpapier eingewickeltes Päckchen gegeben hatte, nahm sie Zorro auf den Arm. »Ich kam gerade aus einem Restaurant und ging zu meinem Auto zurück. Plötzlich hörte ich, wie zwei Katzen miteinander kämpften, und bin dazwischengegangen. Die eine rannte davon. Dem armen Zorro war das eine Ohr halb abgerissen. Da konnte ich ihn doch nicht einfach dort lassen.«

»Wohl wahr.« Schließlich war sie ja das Mädchen, das alle verletzten Tiere in der Nachbarschaft gerettet hatte. »Und was ist mit Blondchen?« Er zeigte auf die freundliche Katze.

»Melody ist ein Schatz. Sie gehörte einer Freundin, die einen Mann mit schweren Allergien geheiratet hat. Melody ist schon seit Jahren bei mir. Als Zorro letztes Jahr zu uns kam, hat sie einen mäßigenden Einfluss auf ihn ausgeübt.«

»Die Schöne und das Biest?«

Sie lächelte. »Genau.« Dann legte sie den Kopf schräg. »Hast du je Haustiere gehabt?«

Er machte das Päckchen auf und starrte die Shorts an, die so knallig rot wie ein Feuerwehrauto waren.

»Haustiere? Nein. Als ich ein Kind war, hatten wir schon genug Probleme damit, für unser eigenes Essen zu sorgen.«

»Und jetzt?«

Er zuckte die Achseln. »Ich bin ja nie zu Hause.«

Er schüttelte die Boxershorts aus und schlüpfte erst in das eine, dann in das andere Hosenbein. »Ein Haustier zu haben ist eine Verpflichtung.« Und es gab nur zwei Dinge, denen er sich verpflichtet fühlte: seiner Karriere und dem Wohlbefinden seiner Mutter.

»Ja, das stimmt.« Seine Bemerkung schien Suzanne zu freuen.

Er zog die Shorts hoch, bis der Bund seine Hüften umschloss. Er kam sich unsäglich blöd vor. »Äh … entspricht das deinen Vorstellungen?«

»Du bist wirklich ein absolut hinreißender Mann.«

Das Feuer in ihren Augen verriet ihm, dass er nicht so albern aussah, wie es ihm vorkam. »Ich werde gleich rot, gnädige Frau.«

»Darf ich mal anfassen?«

Ohne seine Antwort abzuwarten, trat sie näher und fuhr ihm mit den Händen über die von Seide umhüllten Gesäßbacken. Dann ließ sie die Hände nach vorn gleiten, um seine edlen Teile zu betasten. Er musste zugeben, dass die Seide auf seiner Haut sich äußerst sinnlich anfühlte, besonders wenn ihre warmen Finger darüberstrichen. Sein Schwanz begann zum Leben zu erwachen. Suzanne gab ihm einen Klaps. »Später, mein Freund.«

Sie wandte sich ab und bückte sich, um das Seidenpapier aufzuheben. O Mann, sie trug einen Tanga. Ihr cremefarbener Hintern lugte unter dem Saum ihres knappen Spitzentops hervor. Er trat vor und presste sich von hinten gegen sie.

Sie presste sich ebenfalls gegen ihn, wackelte verführerisch mit den Hüften und wich zurück. »Das Dinner ist gleich fertig.«

»Wenn du mir eine Minute Zeit gibst, bin ich auch gleich fertig.« Doch die Erwähnung von Essen brachte ihm zu Bewusstsein, dass er einen Bärenhunger hatte. Außer einem Bagel nach dem Sport und zwei Tüten mit Erdnüssen im Flugzeug hatte er bisher nichts gegessen.

Er trat von ihr weg und hob eines der Päckchen auf, die er mitgebracht hatte. »Ich habe auch was für dich. Eigentlich wollte ich dir ja einen roten Seidentanga kaufen, aber dann habe ich das hier entdeckt, und da stand dein Name drauf.«

Mit funkelnden Augen nahm sie das pinkfarbene Päckchen an sich. Und als sie es aufmachte und einen grünseidenen Morgenmantel herausnahm, strahlte sie übers ganze Gesicht.

»Passt zur Farbe deiner Augen«, murmelte er.

»Der ist wunderschön. Und so elegant.« Sie strich über den Stoff. »Danke, Jaxon.«

»Zieh ihn mal an. Ich hoffe, er passt.«

Das tat er. Überdies brachte er ihre Kurven gut zur Geltung und endete oberhalb des Knies, sodass ihre super Beine zu sehen waren.

Sie warf sich in seine Arme. »O Jaxon, der ist einfach klasse.« Dann eilte sie davon. »Ich muss mich sofort im Spiegel betrachten.«

Suzanne starrte in den bis zum Boden reichenden Spiegel, der in Anns Schlafzimmer stand. Wer war diese Frau mit dem feurigen Haar, den rosigen Wangen und dem schlanken, in Seide gehüllten Körper? Sie sah schick aus, aber auch sexy. Es war das erste Mal in ihrem Leben, dass sie in einen Spiegel blickte und sich sexy fand.

Das hatte sie Jaxon zu verdanken.

Als sie ins Wohnzimmer zurückging, hockte Jaxon da und sprach leise mit Zorro. Ihr Straßenkater hob den Kopf und ließ sich von Jaxon unterm Kinn kraulen. Sie hatte es noch nie erlebt, dass Zorro so schnell zu einem Mann Vertrauen fasste.

Ihr Herz drohte dahinzuschmelzen. Sie räusperte sich. »Was haltet ihr Jungs davon, zum Essen zu kommen?«

Jaxon erhob sich. »Ich weiß zwar nicht, wie es mit Zorro steht, aber ich habe einen Bärenhunger.« Er reichte ihr eine Papiertüte. »Dank deines Teppichs ist das nicht kaputt gegangen, als ich sie hab fallen lassen. Da ist eine Flasche Rotwein drin. Ich hoffe, das ist okay. Da ich wusste, dass ich keine Gelegenheit haben würde, ihn zu kühlen, habe ich keinen Weißwein mitgebracht. Außerdem habe ich mir gemerkt, dass du Roten wie Weißen trinkst.«

Er passte gut auf, und er war umsichtig. Es sei denn, er wurde, wenn er sie sah, derart von Leidenschaft gepackt, dass er eine Flasche Rotwein zu Boden fallen ließ.

Sie verspürte den Drang, die Hand zu heben und die Vorzüge dieses Mannes an den Fingern abzuzählen.

Was aber, wenn ihre Finger nicht reichten!

»Rotwein ist super.« Es war ein Zinfandel aus einer kalifornischen Kellerei namens Ridge. »Diesen Wein kenn ich gar nicht. Ist das ein Lieblingswein von dir?«

»Ich verstehe nicht viel von Weinen. Deshalb habe ich eine Expertin um Rat gefragt, das heißt meine Exfrau Tonya, die im Restaurantgewerbe arbeitet.«

»Ach was!« Es freute sie, dass er so gut mit seiner Exfrau auskam. Wirklich! Wie konnte eine Frau einen Mann respektieren, der über seine Ex herzog? Verdammt noch mal, sie musste ihre blöde Eifersucht überwinden und ihm einen weiteren Punkt gutschreiben.

Sie führte ihn in die Küche.

»Sie hat immer davon geträumt, ein eigenes Restaurant zu eröffnen«, erklärte er, »und jetzt macht sie es.«

Sie reichte ihm Anns Korkenzieher. »Wie schön für sie. Ich könnte mir vorstellen, dass das in San Francisco gar nicht so einfach ist. Sicher gibt es dort doch schon jede Menge guter Restaurants.«

»Sie hat Recherchen angestellt und will etwas aufziehen, das ein bisschen anders ist als die anderen Restaurants. Außerdem hat sie einen jungen Koch engagiert, den sie für großartig hält.« Er lachte glucksend. »Sogar meine Mom hat sie mit einbezogen, als Empfangsdame und Miniteilhaberin.«

»Ach was!« Seine Mutter und seine Ex waren also auch gute Freundinnen? Das hörte sich ein bisschen zu idyllisch an.

Nein, da meldete sich bloß wieder ihre Eifersucht.

Als Jaxon Wein einschenkte, holte sie eine Platte mit Hühnerfleischspießen aus dem Kühlschrank. »Ich dachte, wir essen auf dem Balkon. Ich habe einen asiatischen Salat gemacht, und die Spieße können wir grillen, während wir einen Schluck Wein trinken.«

»Asiatischen Salat?«

»Aus Kohl, rotem Paprika, Nudeln, Sesamkörnern, Mandeln, Sojasauce, Ingwer. Viele Köstlichkeiten. Hört sich das okay an?« Das Rezept stammte von Jenny.

»Das hört sich einfach wunderbar an.«

Er folgte ihr zur Balkontür und warf einen Blick auf das Gebäude auf der anderen Straßenseite. »Sollte ich nicht ein bisschen mehr anziehen? Es ist ja noch nicht dunkel.«

»Wird es aber bald sein. Außerdem bist du genauso bedeckt, als würdest du eine Badehose tragen.« Ihre Lippen gerieten ins Zucken. »Eine rotseidene Badehose.«

Sie zündete den Grill an. Jaxon stand nach wie vor in der Tür.

»Du traust dich wohl nicht?«, spöttelte sie.

»Ach, was soll's.« Er ging nach draußen, stellte die zwei Weingläser auf den Balkontisch und setzte sich auf einen Stuhl.

Sie nahm auf dem anderen Stuhl Platz und ließ sich von der angenehm sanften, feuchten Meeresluft befächeln. »Schön?«

»Ja.« Er lächelte ein wenig verlegen, dann trat ein Funkeln in seine Augen. Er hob sein Glas in ihre Richtung. »Ein Trinkspruch. Auf ein langsames, gemächliches, sinnliches Liebesspiel. Heute Nacht.«

Sie stieß mit ihm an und schickte sich an zu trinken, als er sagte: »Ich bin noch nicht fertig.«

»Ach, es kommt noch was?«

»Heute Nacht, auf diesem Balkon.«

»Oh! O ja, darauf trinke ich gern.«

Sie nippte an ihrem Wein, der, wie sie zugeben musste, vorzüglich schmeckte. Und den Tonya ausgesucht hatte. Seine Ex. Seine Freundin. »Jaxon? Du hast vorhin gesagt, ein Haustier sei eine Verpflichtung.«

»Ja, und?«

»Du hast geheiratet und dich dann scheiden lassen. Hältst du die Ehe nicht für eine Verpflichtung?«

Er trank einen Schluck Wein und dachte nach. »Nicht auf die gleiche Weise. Ein Haustier ist von dir abhängig. Ein Ehepartner nicht – es sei denn, er oder sie ist schwer krank, behindert oder etwas in der Art. Aber normalerweise besteht eine Ehe aus zwei völlig eigenständigen Erwachsenen.«

Völlig eigenständig hätte sie nicht gesagt. »Sie ist eine Partnerschaft gleichberechtigter Menschen.« Trotzdem – wenn man einander einen feierlichen Eid schwor, musste man ihn auch halten. Und durfte sich nicht einreden, dass es okay war, den anderen zu verlassen, weil er oder sie auch allein zurechtkommen würde.

Da sie keinen Streit vom Zaun brechen wollte, sagte sie: »Aber Kinder sind wirklich von einem abhängig.«

»Klar, die sind wie Haustiere.« Er stieß ein Lachen aus. »Entschuldigung, das hört sich blöd an. Was ich meine, ist, dass ein Kind die stärkste Verpflichtung darstellt, die man eingehen kann. Ich glaube, Eltern hören nie auf, sich verantwortlich zu fühlen.«

»Mom sagt, dein Kind bleibt immer dein Kind, auch wenn es selbst schon Kinder hat.«

Er nickte, dann schnupperte er. »Das riecht aber gut.«

Sie sah nach den Fleischspießen und holte den Salat, Teller und Besteck aus der Küche. »Es ist wirklich nichts Besonderes.«

»Sieht wunderbar aus und riecht großartig.«

Während sie gemütlich aßen, stellte Jaxon Suzanne zu deren Überraschung eine Menge Fragen über ihre Arbeit und ihre beruflichen Pläne. Entweder war er außergewöhnlich höflich, oder er hielt es nicht für totale Zeitverschwendung, sich mit Suze, der vernünftigen Zwillingsschwester, abzugeben.

Die Sonne ging unter, in den Fenstern jenseits der Straße flammten Lichter auf, am Himmel funkelten die Sterne. Trotz der entspannten Atmosphäre ging Suzanne Jaxons Trinkspruch nicht aus dem Sinn. Bald würden sie auf langsame, sinnliche Weise Liebe machen. Direkt hier auf dem Balkon.

Wenn sie ihr Weinglas hob, liebkoste die Seide ihres neuen Morgenmantels ihren Arm. Der Stoff glitt von ihren Beinen und entblößte ihre Schenkel. Und was Jaxon betraf, so vermochte sie den Blick kaum von seinem hinreißenden athletischen Körper loszureißen. Ihre Nerven prickelten vor Erregung.

Sie trank ihren Wein aus. »Ich werde abräumen. Das dauert nur einen Moment.«

»Ich helfe dir.«

Nach der Dunkelheit auf dem Balkon war das Licht in der Küche von blendender Helligkeit. Melody und Zorro kamen angeschlichen, um nachzusehen, ob es irgendwelche Essensreste gab. Sie hatte die Katzen mitgebracht, da sie sie nicht in ihrer Wohnung hatte allein lassen wollen. Mouse hatte sofort die Computertastatur in Anns Arbeitszimmer mit Beschlag belegt und würde sich wahrscheinlich nie blicken lassen, doch die zwei anderen waren auf Erkundungstour gegangen.

Während Suzanne die Essensreste wegräumte, bestückte Jaxon den Geschirrspüler. Dann machte sie den Kühlschrank auf. »Erinnerst du dich noch an den Eiswein?«

Als sie sich umdrehte, sah sie, dass Jaxon sich hingehockt hatte und Zorro sanft an seinem unversehrten Ohr kraulte. Der Kater, der nie schnurrte, hatte die Augen genüsslich zu Schlitzen verengt.

Irgendetwas in ihrer Brust krampfte sich zusammen. Verdammt. Ann und Rina hatten sie gewarnt, und sie hatte unbekümmert geschworen, dass sie ihr Herz aus allem heraushalten würde.

Doch dieser Mann verstand sich mit Zorro. Er glaubte, dass Kinder zu haben eine schwerwiegende Verpflichtung sei. Er hatte ihr einen eleganten Morgenmantel gekauft, der zur Farbe ihrer Augen passte, er hatte sie gefickt, als sei sie die verführerischste Frau auf der Welt, und er hatte ihr intelligente Fragen zu ihrer Arbeit gestellt. Er hatte Suzanne, die sexy Zwillingsschwester, und Suze, die Vernünftige, erlebt und schien beide zu mögen.

Sie holte den Wein heraus und fummelte mit dem Korkenzieher herum. Auch sie mochte ihn. Sie empfand Hochachtung vor ihm, weil er es trotz seiner bescheidenen Herkunft so weit gebracht hatte. Und sie vertraute ihm. Andernfalls wäre er nicht hier in Anns Apartment.

Sie waren zweifellos von den Champagnerregeln abgewichen, und bisher gefiel ihr das eigentlich recht gut, auch wenn sie ein bisschen Angst hatte. Sie war immer ein vernünftiges Mädchen gewesen, das alles durchplante, doch jetzt hatte sie keine Ahnung, in welche Richtung sie und Jaxon steuerten.

Sie zog den Korken heraus. »Eiswein?«, fragte sie mit belegter Stimme.

»Gern.« Er beugte sich über Zorro, murmelte etwas, das sie nicht verstand, streichelte den Kater noch einmal und erhob sich.

Nachdem er sein Weinglas an sich genommen hatte, ergriff er ihre Hand und zog sie sanft auf den Balkon. Dort legte er die zwei Sitzpolster der Stühle auf den Fußboden, ließ sich auf einem nieder und streckte ihr die Hand entgegen. »Gesellst du dich zu mir?«

Sie sank auf das Polster neben ihm. Was jetzt? Er hatte ihr ein langsames und sinnliches Liebesspiel versprochen.

Er streckte die Hand aus, um ihr den seidenen Morgenmantel erst von der einen, dann von der anderen Schulter zu streifen. Der Stoff glitt bis zu ihrer Taille und gab den Blick auf das elfenbeinfarbene Hemdchen frei, das sie extra seinetwegen gekauft hatte.

Sie griff nach den Gläsern und reichte ihm das seine. »Du hast noch gar nicht gekostet.«

Er hob sein Glas. »Worauf trinken wir, Suzanne?«

Verdammt noch mal, Tonyas wunderbarer Zinfandel und der Anblick von Jaxons gutgewachsenem, mit roter Seide bekleidetem Körper hatten ihr Gehirn derart benebelt, dass ihr nichts Passendes einfallen wollte.

Sie versuchte, die sexy Zwillingsschwester heraufzubeschwören, und hatte eine Idee. Sie hob ebenfalls das Glas. »Auf Seide. Sinnliche, sexy, verführerische Seide. Und darauf, dass du diese Boxershorts nächste Woche im Büro trägst.«

»Ich kann mich beherrschen.«

»Du bist ganz schön feige.«

Er knurrte leise, dann stieß er mit ihr an.

Sie tranken beide einen Schluck Wein. Suzanne schloss die Augen, um die intensive, pfirsichartige Geschmacksnote voll auszukosten.

Als sie die Augen wieder aufmachte, sah sie, dass Jaxon anerkennend lächelte. »Wunderbares Zeug.«

Er nahm einen weiteren Schluck. »Fast so wunderbar wie du, Suzanne. Habe ich schon gesagt, wie sehr mir dieses sexy Top gefällt? Und der Tanga ebenfalls.«

»Soll ich alles ausziehen?«

Er stellte sein Glas ab. »Noch nicht.«

Er streckte die Hand aus und strich ihr mit einem seiner Finger durch die Seide hindurch ganz sachte über die linke Brust. Unverzüglich schwoll ihre Brustwarze an. Sein Finger machte kreisende Bewegungen, die immer enger und enger wurden, bis er schließlich über ihre Brustwarze rieb. Als er seinen Daumen zu Hilfe nahm und ihre Brustwarze behutsam drückte, schoss eine Hitzewelle durch ihren Körper.

Sie warf den Kopf zurück und drängte sich fordernd gegen seine Finger, wie um ihn daran zu erinnern, dass sie auch noch eine andere Brust hatte.

Er veränderte seine Stellung und kniete sich hin, um sie mit beiden Händen liebkosen zu können. Sie warf einen

Blick nach unten und bemerkte, dass seine Erektion die Seidenshorts aufblähte. Eines Tages würde sie ihn gern nur mit ihren Berührungen in diesen Zustand versetzen, doch er war ihr immer ein paar Schritte voraus.

Sie kniete sich ebenfalls hin, nahm seinen Kopf in beide Hände und spürte die köstliche Drahtigkeit seiner kurzen Locken. Sie berührte ihn direkt unterhalb des Ohrs mit den Lippen und knabberte an seinem Ohrläppchen herum.

Er stöhnte. »Gott, wie ich dich begehre.«

»Du kannst mich ja auch haben.« Sie ließ ihre Zungenspitze in sein Ohr schnellen. »Aber nicht gleich.« Er stöhnte von Neuem. »Es war schließlich deine Idee«, murmelte sie, »langsam vorzugehen.«

Er lachte heiser. »Beklagst du dich etwa?«

»Überhaupt nicht. Ich halte das für eine super Idee.«

»Tatsächlich?«

Er beugte den Kopf, um sich durch das Hemdchen hindurch mit den Lippen über ihre Brustwarze herzumachen und daran zu saugen und zu lecken. Es war ein quälender Genuss, ihn zu spüren, ohne dass er ihr Fleisch direkt berührte.

Von Sekunde zu Sekunde nahm ihre Erregung zu. War sie überhaupt in der Lage, mit Jaxon *langsam* vorzugehen?

Sie brauchte eine Verschnaufpause. Außerdem war es an der Zeit, den Spieß umzudrehen. Sanft schob sie seinen Kopf weg.

»Was …«

Bevor er den Satz zu Ende sprechen konnte, legte sie ihm die Hand auf die Brust und drückte ihn nach unten. »Jetzt bin ich dran.«

Sie beugte sich über ihn, sodass ihre Haare seine Brust und seinen Bauch kitzelten. Dann neigte sie den Kopf, um ihn mit den Lippen zu liebkosen. Auch er hatte Brustwarzen, was sie ihm in Erinnerung rief, indem sie daran sog, bis er aufstöhnte.

Sie drückte ihm einen Finger gegen die Lippen. »Pst! Die Nachbarn!«

Sie merkte, wie er lautlos lachte. »Ich werde ganz brav sein«, versprach er.

»Das will ich hoffen«, flüsterte sie. Anschließend ließ sie die Hand über seine Boxershorts gleiten, unter denen sie seinen steifen Schwanz spürte.

»Was willst du, Suzanne?« Abrupt setzte er sich hoch, um wieder die Führung zu übernehmen. »Willst du meine Lippen? Hier?« Er beugte sich vor und sog erneut durch das Hemd hindurch an ihrer Brustwarze. »Oder hier?« Er schob die Hände unter ihr Seidenhemdchen und zog es ihr über den Kopf.

»Wo du willst. Überall.«

Seine Lippen bemächtigten sich der ihren, seine Zunge schnellte vor, machte eine kreisende Bewegung, zog sich zurück, schnellte – in Nachahmung des Geschlechtsverkehrs – wieder vor. Er schmeckte nach Wein, schmeckte süß und fruchtig, was sie förmlich berauschte. Als er sich von ihr löste, stöhnte sie auf. Sie legte sich zurück, damit er besser an sie herankam, und stöhnte von Neuem auf, als sein Mund ganz langsam über ihren Körper glitt, um ihn intensiv zu belecken, daran zu knabbern und zu saugen.

»Und hier vielleicht auch?« Seine Zunge drang in ihren Nabel ein. »O ja«, keuchte sie. Sie presste Schultern und Füße gegen das Polster und bäumte sich ihm entgegen.

»Oder hier?« Er blies seinen heißen Atem gegen das Vorderteil ihres Tangas. Ihre Schenkel öffneten sich, ihr Becken krümmte sich ihm entgegen und verlangte nach mehr, während seine Zunge den klatschnassen Stoffstreifen zwischen ihren Beinen erkundete. Sie spürte, wie ihr Körper sich dem Höhepunkt näherte, nur darauf wartete, dass …

Plötzlich hörte er auf, packte sie bei den Hüften und drehte sie auf den Bauch. Sein Finger fuhr über den schmalen Stoffstreifen zwischen ihren Gesäßbacken, bis sie sich hilflos hin und her wand.

Da sie auf einmal keine Berührung mehr spürte, warf sie einen Blick über die Schulter. Er kniete mit aufrechtem Oberkörper neben ihr und sah sie an. Genauer gesagt, ihren Hintern.

Dann beugte er sich vor, um zärtlich in eine ihrer Gesäßbacken zu beißen. Sie vergrub das Gesicht in ihren verschränkten Armen und gab sich ganz ihren Empfindungen hin. Während er an ihrer Gesäßbacke knabberte, ließ er gleichzeitig seinen Finger über ihren Tanga gleiten, bis er zu der Stelle gelangte, wo dieser zwischen ihren Beinen verschwand. Ihre Muskeln zogen sich zusammen, die Spannung zwischen ihren Beinen nahm zu.

»Jaxon!«, keuchte sie.

»Was willst du, Suzanne?«, flüsterte er ihr ins Ohr, während sein Finger sie unablässig zwischen den Beinen streichelte. Wenn er so weitermachte, würde sie gleich kommen, das wusste sie, das spürte sie. Doch plötzlich hörte er auf.

Sie stöhnte.

Er fuhr ihr mit der Zunge ins Ohr. »Möchtest du jetzt kommen? Oder möchtest du noch warten?«

»Nein, jetzt.« Wie sollte sie es ertragen, noch länger zu warten? Andererseits trug das Hinauszögern tatsächlich zur Steigerung der Lust bei … »Oder doch nicht. Ach, ich weiß auch nicht, ich möchte …«

Er fuhr fort, sie zu streicheln. Ihr Körper spannte sich an, wartete auf den endgültigen Stimulus, der ihr Erleichterung verschaffen würde. Jaxon hielt von Neuem inne.

»Ich möchte dein Gesicht sehen, wenn du kommst«, sagte er, packte sie bei den Hüften und rollte sie auf den Rücken.

»Ich möchte dich in mir haben.«

»Noch nicht. Zunächst einmal konzentrieren wir uns ganz auf dich.«

Er griff nach seinem Glas, tauchte jedoch, statt zu trinken, den Finger in den Wein. Dann strich er mit dem nassen Finger über eine ihrer Brüste. Anschließend beugte er sich vor, um ihre bereits erigierte Brustwarze zu belecken. »Das ist also Eiswein. Schmeckt gut.«

Sie bäumte sich auf, um ihre Brust gegen seine Lippen zu pressen. Nachdem er ausgiebig an ihrer Brustwarze gesogen hatte, wanderte seine Zunge zum Nabel.

Er zog ihren Tanga ein Stück nach unten und wühlte seine Finger in ihr krauses Schamhaar, unterließ es jedoch, ihr den Tanga ganz auszuziehen. Dann machte er sich wieder mit dem Mund über die Seide her, die ihren Schritt bedeckte.

»O Gott!« Ihr Körper schnellte hoch, denn wieder war sie kurz vorm Höhepunkt.

Sie vermochte es nicht länger zu ertragen. Verzweifelt packte sie seinen Kopf und presste ihn gegen sich, um endlich zu bekommen, was sie brauchte.

Diesmal machte er keinen Rückzieher. Seine Finger fuhren fort, sie zu streicheln, seine Zunge streichelte durch die Seide hindurch ihre geschwollene Klitoris, während sein heißer Atem ihr erhitztes Fleisch behauchte. Sie reckte sich seinem Mund entgegen und spürte, wie ihr Höhepunkt unaufhaltsam nahte.

Als sie befriedigt war, sank sie zurück, und Jaxon legte sich neben sie.

Nachdem ein oder zwei lange Minuten verstrichen waren, drehte sie sich auf die Seite und sah ihn an. »Jetzt bist du dran, ja?«

»Gemach, gemach.«

Sie ließ den Blick über seinen Körper wandern, um anschließend mit der Hand über seine Brust, seine Rippen und seine mit roter Seide bedeckte Hüfte zu streichen. Obwohl er aufs Äußerste erregt war, hatte er »gemach, gemach« gesagt. Vielleicht würden sie es diesmal ja wirklich schaffen, langsam vorzugehen.

»Dreh dich auf den Bauch«, murmelte sie.

15

Zärtlich streichelte ihm Suzanne mit ihren kleinen Händen den Rücken. Dann knetete sie ihm mit erstaunlicher Kraft die Muskeln. Nach all den Stunden, die er am Schreibtisch verbracht hatte, war diese Massage die reinste Wohltat. Einen Augenblick lang stellte er sich vor, wie es wäre, jeden Abend nach Hause zu kommen und von den liebevollen Berührungen einer Frau verwöhnt zu werden.

Fast hätte er laut herausgelacht. Welche Frau, die noch ganz richtig im Kopf war, würde denn bis Mitternacht aufbleiben, um einen karrierebesessenen Rechtsanwalt zu massieren?

Nein, das hier war wahrscheinlich ein einmaliges Erlebnis, sodass es sich empfahl, jeden Moment auszukosten.

Er war hin und her gerissen zwischen dem sinnlichen Vergnügen, das ihre Hände ihm bereiteten, und dem lustvollen Begehren seines angeschwollenen, von Seide umhüllten Penis, der gegen das Polster drückte. Während Suzannes Finger seine Muskeln bearbeiteten, wurde sein Körper immer wieder aufs Aufreizendste gegen das Polster gepresst.

Ihre Hände wanderten weiter nach unten, bis sie zum Bund der Boxershorts gelangten. Gespannt wartete er darauf, ob sie ihm die Hose ausziehen würde.

Stattdessen liebkoste und knetete sie jedoch seine Gesäßbacken durch die Seide hindurch – wie er zugeben musste, ein völlig neues Gefühl, das auf seine Weise ebenso erotisch war wie die direkte Berührung ihrer Finger.

Sie ließ sich wahrhaftig Zeit. Ihre Hände glitten über seine Schenkel bis zu seinen Waden und verweilten sogar kurz bei seinen Füßen, um sie zu massieren.

Er wusste, was er Suzanne beim nächsten Mal mitbringen würde. Massageöl. Und dann würde er *ihrem* Körper diese süße Qual zufügen.

Sie beugte sich über seinen Kopf, wobei ihre Haare seinen Rücken kitzelten. »Was hältst du davon, dich umzudrehen? Dann kann ich mich auch deiner Vorderseite widmen.«

Sie wollte sich seiner Vorderseite widmen. O Mann, davon hielt er sehr viel.

Als er sich auf den Rücken drehte, heftete sich ihr Blick sofort auf seine Leistengegend. Sie grinste. »Immer noch ganz schön beteiligt, wie ich sehe.«

»Um Zuwendung bittend.«

»Mmm. Tja, da fange ich aber nicht an.« Dann wandte sie sich wieder seinen Füßen zu, um sich von dort allmählich an seinen Schienbeinen und seinen Schenkeln hinaufzuarbeiten. Sein steifer Schwanz versuchte, seinem seidenen Gefängnis zu entkommen, was Suzanne jedoch ignorierte. Das war die reinste Qual. Trotzdem genoss Jaxon jede Minute.

Als ihre geschickten Finger zwischen seinen Beinen entlangfuhren und seine Hoden streiften, presste er unwillkürlich die Schenkel zusammen, sodass ihre Hand feststeckte.

Er zwang sich, seine Muskeln zu entspannen. Ungehindert fuhren ihre Finger fort, ihn zu streicheln.

Sie ließ sich auf die Fersen sinken und musterte seinen Körper. »Jetzt die Schultern, würde ich vorschlagen«, murmelte sie, was er mit einem frustrierten Stöhnen quittierte.

»Was ist denn los, Jaxon? Warst du nicht derjenige, der langsam und sinnlich vorgehen wollte?«

Na, das würde er ihr aber heimzahlen. Wenn er erst mal dieses Massageöl hatte …

Sie beugte sich über seine Schultern, gab jedoch einen

unzufriedenen Laut von sich. »Von hier aus komme ich schlecht an beide Schultern heran. Ich glaube, ich muss …« Dann setzte sie sich rittlings auf ihn, sodass ihre Gesäßbacken seinen Schwanz einklemmten.

Jaxon bäumte sich auf. Suzanne erschauderte, gab ihm aber einen Klaps auf die Hüfte. »Reiß dich zusammen! Erst möchte ich deine Schultern massieren.«

Sie mochte sich zwar cool anhören, doch ihr seidener Tanga war klatschnass, ihre Innenschenkel von Feuchtigkeit überzogen. Offenbar quälte sie auch sich selbst. Er genoss es, dass sein Körper sie so anturnte.

Sie legte ihm die Hände auf die Schultern. »So war es auch in der Höhle«, sagte er. »Erinnerst du dich noch?«

Sie lächelte. »Ja. Aber damals warst du in mir.«

»Das könnte ich jetzt auch sein«, erwiderte er voller Eifer.

Sie streifte seine Lippen mit den ihren. »Noch nicht.«

Nachdem sie seine Schultern geknetet hatte, strich sie ihm mit den Händen über die Brust, spielte an seinen Brustwarzen herum und erkundete seine Rippen. Er versuchte, still zu liegen, doch als sie sich bewegte und ihr Schritt gegen seine Leistengegend rieb, bäumte er sich unwillkürlich wieder auf. Ihre intimsten Körperteile waren nur durch zwei dünne Stoffschichten voneinander getrennt, und der moschusartige Duft ihrer Erregung erfüllte die Luft.

Sie presste sich fest an ihn und drückte mit den Schenkeln gegen seine Hüften. Ihr Körper bewegte sich rhythmisch auf und ab, sodass ihre Gesäßbacken gegen seinen erigierten Schwanz rieben. Jaxon sah ihre prallen Brustwarzen und hörte, wie sie abgehackt keuchte. Sie war kurz davor zu kommen.

Dagegen hatte er nichts einzuwenden, doch wenn sie noch eine Weile so weitermachte, würde er selbst ebenfalls kommen. Und das wollte er erst, wenn er in ihr war. Er schob die Hand zwischen ihre Körper, um ihre Klitoris ausfindig zu machen.

»Oh!«, stöhnte sie, als er anfing, sie zu reiben.

»Komm doch, Suzanne«, murmelte er. »Komm jetzt.«

Und das tat sie, indem sie den Körper mit aller Kraft gegen den seinen presste, dass es ihm nur mit äußerster Willensanstrengung gelang, sich zurückzuhalten. Er biss die Zähne aufeinander, spannte jeden Muskel an und riss sich zusammen, bis Suzanne endlich den Höhepunkt erreichte und ihr Körper erschlaffte. Jaxon schob sie sanft von sich.

»Jaxon?«, murmelte sie mit benommenem Gesichtsausdruck.

»Steh auf«, stieß er hervor.

»Oh, entschuldige.«

Sie stützte die Hände aufs Polster, hob eines ihrer Beine an und machte sich daran, von ihm herunterzuklettern. Jede Bewegung, jede Veränderung des Drucks stellte eine Herausforderung für seine Selbstbeherrschung dar.

»Tut mir leid, dass ich so schwer bin.«

Als sie endlich von ihm heruntergestiegen war, krächzte er: »Du bist … nicht … schwer.«

»Aber …« Möglicherweise bemerkte sie jetzt endlich seine verkrampften Muskeln. »Oh, wie egoistisch von mir. Du warst auch kurz davor zu kommen, Jaxon. Lass mich …«

Sie streckte den Arm nach ihm aus, doch er hielt sie am Handgelenk fest. »Nein! Ich will in dir sein.«

»Das will ich auch.«

»Dann lass mir eine Minute Zeit. Wenn du mich jetzt anfasst, ist im Nu alles vorbei.«

Während Suzanne einen Schluck Wein trank, beobachtete sie Jaxon und bemerkte, wie die Spannung in seinem Körper allmählich nachließ. Nach einer Weile setzte er sich auf, griff nach seinem Weinglas und nahm einen Schluck.

Sie spürte die wohlige Schwere körperlicher Befriedigung. Sie war so entspannt, der Wein so köstlich, die Sterne so hell, dass sie sich am liebsten zusammengerollt hätte und eingeschlummert wäre.

Was aber nicht ging, weil Jaxon noch nicht gekommen war. Das Beste hatte sie sich bis zum Schluss aufgehoben. Seit sie das Thema Boxershorts angeschnitten hatte, stellte sie sich vor, wie er sich durch Seide hindurch anfühlen würde. »Meine Massage ist noch nicht beendet. Du hast mich abgelenkt.«

»*Ich* habe *dich* abgelenkt?«

Sie kicherte und stellte die beiden Weingläser auf den Boden. »Leg dich wieder hin.«

»Möchtest du ein Kondom benutzen? Ich habe welche in meiner Hose, aber die ist drinnen.«

Was war Sex mit Gummi im Vergleich zu dem Genuss, es ohne Kondom mit Jaxon zu machen? »Ich will dich. Nur dich. Ist das okay?«

Er stöhnte. »Mehr als okay.«

Nachdem er sich auf dem Polster ausgestreckt hatte, strich sie ihm voller Zärtlichkeit über die Haare, die wunderbar drahtigen Locken, das markante Gesicht, die breiten Schultern, die muskulöse Brust und den straffen Bauch. Dann fuhr sie ihm sachte mit den Fingern über die Vorderseite seiner Boxershorts. Sein Schwanz war so groß, dass er bis zum Bund reichte, wo er so gegen den Stoff drückte, dass die Hose ein Stück sperrte. Allein dieser Anblick bewirkte, dass ihr befriedigter Körper wieder zum Leben erwachte.

Sie nahm seine Hoden in die Hand, spürte durch den dünnen Stoff hindurch sein starres Schamhaar und strich ihm von Neuem über seine harte Männlichkeit. Die glatte Seide und das heiße harte Etwas darunter stellten – genau wie sie es sich ausgemalt hatte – einen perfekten Kontrast dar. Sie umspannte seinen Schwanz mit der Hand und drückte ihn sachte. Jaxon stieß ein leises, zittriges Stöhnen aus.

»Wenn du in deinem Büro sitzt«, flüsterte sie, »und diese Shorts anhast, dann ruf dir in Erinnerung, dass ich dich gerade so anfasse.«

Sie schob die Hand durch den Schlitz und packte seinen nackten Schwengel. »Und so.«

»Meinst du, das könnte ich vergessen?«

Sie hakte die Finger unter den Hosenbund. »Runter damit.« Er hob die Hüften, und sie zog die Shorts herunter und warf sie beiseite.

»Du auch. Zieh den Tanga aus.«

Sie gehorchte und legte sich neben ihn.

»Ich möchte in dir sein, Suzanne.«

»Mach schnell!« Sie spreizte die Beine, er legte sich auf sie, machte ihren Eingang ausfindig und drang langsam in sie ein. Suzanne stieß einen wollüstigen Seufzer aus, den er mit einem Kuss quittierte.

Als er ganz in sie eingedrungen war, zog er sich langsam ein Stück zurück, um seinen Schwanz sogleich wieder in sie gleiten zu lassen. Sie presste sich fest gegen ihn. Ihre Erregung nahm immer mehr zu, und sie ließ ihr freien Lauf, da sie annahm, dass auch er bald zum Höhepunkt kommen würde.

Doch da täuschte sie sich. Ohne die Selbstbeherrschung zu verlieren, ging Jaxon, wie er es versprochen hatte, langsam und genüsslich vor – was ihm auf geradezu unvorstellbare Weise gelang. Immer wenn einer von ihnen sich dem Höhepunkt näherte, hörte er auf, sich zu bewegen und küsste sie auf Stirn und Nase, bis sie beide wieder zu Atem gekommen waren. Dann machte er weiter.

Die köstliche Spannung war fast unerträglich. Sie spürte,

wie ihre Erregung wieder in die Höhe schnellte, und stieß ein Wimmern aus.

»Möchtest du kommen?«, fragte er.

»N… nein. Nur mit dir zusammen.« Dieses Verzögerungsspiel vermochte sie ebenso zu spielen wie er.

Er hielt inne und drückte ihr einen Kuss aufs Kinn. Sie spähte über seine Schulter und zählte die Sterne, während sie darauf wartete, dass ihr Körper sich beruhigte.

Dann fing Jaxon von Neuem an.

Ihre Körper waren glitschig vor Schweiß. Suzanne war inwendig so geschwollen, dass die Reibung, die bei Jaxons Bewegungen entstand, geradezu unerträglich war. Ihre Empfindungen waren wesentlich intensiver als bei den Liebesakten, bei denen sie ein Kondom benutzt hatten. Wenn er zurückglitt, hatte sie das Gefühl, als zöge er sie mit sich. Und wenn er wieder zustieß, tief in sie eindrang, berührte er Stellen, von deren Existenz sie bisher nichts gewusst hatte.

Ihr Liebhaber. Ihr perfekter Liebhaber.

Sie strich ihm über den Rücken, streichelte seine straffen Muskeln, drückte seine harten Gesäßbacken und spürte, wie deren Muskeln sich anspannten, wenn er zustieß.

Plötzlich hielt er inne. »Ich halte es nicht länger aus«, keuchte er.

»Tu dir keinen Zwang an«, flüsterte sie ihm ins Ohr.

»Aber es ist so schön. Ich will nicht, dass es aufhört.«

Sie kitzelte ihn mit der Zungenspitze am Ohr. »Alle schönen Dinge …«

»O Gott!«, stöhnte er. Er fing wieder an, sich zu bewegen, in immer schnellerem Rhythmus, mit immer heftigeren, fordernderen Stößen.

Ihr Körper reagierte derart auf das fieberhafte Tempo, dass sie zu einer Gefangenen ihrer Empfindungen wurde. Ihr ganzes Wesen konzentrierte sich einzig und allein auf die Stelle, wo ihre Körper miteinander verbunden waren, wo er wieder und wieder zustieß, wo es nicht mehr möglich war, den einen vom anderen zu trennen, weil sie völlig miteinander verschmolzen waren, wo Lust und süße Qual ein und dasselbe waren …

Mit einem letzten, gewaltigen Stoß und unter lautem Ächzen kam er, und während Suzannes Körper in hilflose Zuckungen geriet, spürte sie, wie der Strahl seines Safts sich in sie ergoss.

»Jaxon!«, rief sie aus, den Mund gegen seine Schulter pressend.

Wie konnte es sein, dass sich etwas so absolut vollkommen anfühlte?

Und abermals kam ihr der Gedanke: *Dieser Liebesakt sollte zur Zeugung eines Kindes führen.*

Was verrückt war. Gleichwohl schien ihr die Idee ebenso perfekt zu sein wie ihre Vereinigung.

Schwer lag sein Körper auf ihr, und seine Brust hob und senkte sich, während er keuchend nach Luft rang. Auch ihre Brust hob und senkte sich, und sie genoss es, wie ihre weichen, verschwitzten Brüste sich gegen seine festen Muskeln pressten. Ein perfekter weiblich-männlicher Kontrast.

Er küsste sie auf die Wange. »So heftig bin ich noch nie im Leben gekommen. Du bist wirklich toll, Suzanne.«

»Zu einem solchen Akt gehören immer zwei.«

»Das ist zweifellos die beste Methode«, erwiderte er, um dann hinzuzufügen: »Ich fürchte, ich war nicht sonderlich leise. Hoffe, von deinen Nachbarn hat keiner was gehört.«

»Es ist doch schon spät. Sicher schlafen die bereits alle.« Zumindest hoffte sie das. Andernfalls wäre der Ruf der armen Ann ruiniert.

»Gut. Ich würde nicht wollen, dass jemand die Polizei ruft«, sagte er leise lachend.

»Einmal ist genug«, stimmte sie ihm zu.

Er hievte sich von ihr herunter und ließ sich auf das andere Polster fallen. »Ich kann einfach nicht glauben, dass wir uns mitten in der Stadt befinden und hier nackt unter den Sternen liegen.«

»Vancouver ist eine prima Stadt.«

»Vor allem durch dich.«

Sie bemerkte, dass sie jetzt, da sein warmer Körper nicht mehr auf ihr lag, fröstelte. »Es ist ziemlich frisch geworden. Wollen wir nach drinnen gehen, um eine Tasse Kaffee zu trinken?«

»Gute Idee.« Er reckte sich und stand auf. »Ich habe seit mindestens sieben Stunden keinen Kaffee getrunken. Für mich ist das ein echter Rekord.«

Nackt stand er vor ihr. Sie blieb liegen und genoss den Anblick, bis er ihr die Hand entgegenstreckte und sie hochzog.

»Du bist wohl süchtig, wie?«, fragte sie.

»An manchen Tagen kommt's mir so vor, als lebte ich davon. Dabei ist der Kaffee im Büro gar nicht mal so gut.«

Sie sammelte die seidenen Kleidungsstücke auf, mit denen der Balkon dekoriert war. »Möchtest du normalen Kaffee oder lieber etwas Dekadentes wie zum Beispiel einen Latte mit Haselnusssirup?« Da sie wusste, dass Ann eine Espressomaschine hatte, hatte sie ein paar ausgefallene Zutaten mitgebracht.

Er lachte glucksend, ein Geräusch, das so dunkel und kräftig war wie der feinste Kaffee. »Dekadent? Ich habe dich doch gerade gehabt.«

Drinnen zog sie ihren neuen Morgenmantel an und reichte ihm die Boxershorts. »Wenn ich das Licht anmache, sollten wir zumindest ein bisschen was anhaben. Auch wenn es mir gegen den Strich geht, wenn du all dieses süße Beiwerk bedeckst.«

Als er die Shorts anzog, sagte sie: »Jetzt machst du das nicht mehr so zaghaft wie beim ersten Mal.«

»Okay, ich geb ja zu, dass Seide sich schön anfühlt. Könnte mich direkt daran gewöhnen.«

Sie entschieden sich für Latte und nahmen den Kaffee mit ins Wohnzimmer.

Als Jaxon sich auf der Couch niederließ, stieß er einen zufriedenen Seufzer aus. »Tja, da sitze ich nun an einem Samstagabend um elf, habe seidene Unterwäsche an, trinke einen leckeren Latte und habe gerade mit der verführerischsten Frau auf Erden Liebe gemacht.«

Sie kuschelte sich neben ihm auf die Couch. »Das Leben ist ganz schön, wie?«

»Das Leben ist verdammt schön. Normalerweise wäre ich jetzt noch im Büro.«

»Musst du wirklich so viel arbeiten?«

»Ja, sicher.«

»Was würde passieren, wenn du es nicht tätest?« Er sah sie verdutzt an. »Ich meine, würden sie dich dann rausschmeißen?«, fuhr sie fort.

Er lachte. »Das ist eher unwahrscheinlich. Aber sie würden mich nicht zum Partner machen.« Er trank einen Schluck Kaffee, gab einen anerkennenden Laut von sich und stellte die Tasse wieder hin. »Wenn man in eine Kanzlei eintritt, gibt es drei Möglichkeiten. Man verlässt sie schnell wieder, weil man es nicht schafft, Fuß zu fassen, oder weil es einem dort nicht gefällt. Man arbeitet sich hoch, um Partner zu werden, und das ist die Richtung, die ich eingeschlagen habe. Oder man bleibt einfacher Angestellter. Jede Kanzlei braucht Angestellte, nicht jeder kann Partner werden.«

»Worin besteht der Unterschied zwischen einem Angestellten und einem Partner?« Eigentlich wusste sie darüber durch Ann ganz gut Bescheid, aber sie wollte hören, wie Jaxon das Ganze sah.

»Partner machen prestigereichere Arbeit und haben bei Entscheidungen, die die Kanzlei betreffen, ein Mitspracherecht. Sie verdienen mehr Geld, haben einen höheren Status. Die Leute, die zu Partnern gemacht werden, sind die Leute mit Ehrgeiz. Einige der Angestellten sind ebenso helle wie sie, sind ebenso gute Rechtsanwälte, aber ihnen fehlt der Ehrgeiz. Sie sind damit zufrieden, Mittelmaß zu bleiben.«

»Und das bist du nicht.«

Er schüttelte energisch den Kopf. »Deshalb ist Mom nicht mit mir nach Amerika gegangen.«

Suzanne legte den Kopf schräg. »Ich zweifle nicht daran, dass sie vorhatte, dir ein besseres Leben mit mehr Möglichkeiten zu bieten, aber … Wäre sie wirklich enttäuscht, wenn du kein Partner würdest?«

Er sah sie unverwandt an. »Das wird nicht passieren. Ich werde Partner. Und zwar schneller, als es je ein Mitarbeiter geschafft hat.«

»Aber …« Er hatte ihre Frage nicht beantwortet. Sollte sie weiter in ihn dringen? Sie beschloss, die Sache auf andere Weise anzugehen. »Siehst du sie oft?«

»Nicht so oft, wie ich gern möchte, weil ich zu viel zu tun habe, aber sie rangiert bei mir gleich nach der Arbeit. Wofür sie volles Verständnis hat.«

Erst kam also seine Karriere, dann seine Mutter. Aber andererseits klang es so, als diene die Sache mit der Karriere zumindest teilweise dazu, die Hoffnungen zu erfüllen, die seine Mutter in ihn setzte.

»Sicher ist sie total stolz auf dich. Stolz auf das, was du erreicht hast. Und das wäre sie auch, wenn du kein Partner würdest.«

Er schüttelte den Kopf. »Du verstehst nicht, worum es geht,

Suzanne. Ich habe einen ganz bestimmten Plan, und zwar schon seit meiner Grundschulzeit. Damals habe ich gelernt, was die Amerikaner bei einem Mann am meisten schätzen. Erfolg im Beruf. Macht. Geld. Und danach strebe ich.«

»Es gibt wichtigere Dinge.«

Er zog die Augenbrauen hoch. »Ah ja? Nämlich?«

Sein herablassender Ton ließ sie innerlich zusammenzucken. »Familie, Freunde. Gesundheit. Ein ausgeglichenes Leben zu führen und sein Selbstwertgefühl selbst zu bestimmen.«

»Ich habe jede Menge Selbstwertgefühl«, erwiderte er mit kühler Stimme.

Verflucht. Sie wollte nicht mit ihm streiten, sondern nur mit ihm darüber diskutieren. »Gut«, sagte sie, sich um einen warmen, zustimmenden Tonfall bemühend. »Was spielt es denn dann für eine Rolle, ob die Leute dich für mehr oder minder erfolgreich halten?«

»Die Meinung der Leute spielt durchaus eine Rolle«, entgegnete er in grimmigem Ton. »Als Frau müsstest du das doch wissen. Du gehörst ja ebenfalls einer benachteiligten Minderheit an.«

Warum war ihr das nicht schon eher klar geworden? »Es geht also darum, dass du schwarz bist.«

»Verdammt noch mal, es geht darum … ein Mann zu sein.«

Ein Mann? Wollte er damit andeuten, dass ihr Vater kein richtiger Mann war, weil er nie nach Reichtum und Status gestrebt hatte? »Stimmt«, sagte sie, ohne den Zorn, der in ihrer Stimme mitschwang, unterdrücken zu können. »Es geht darum, welche Art Mann man sein möchte. Ein Workaholic, der von *Speichelleckern* statt von Freunden umgeben ist, von Leuten, die um ihn herumscharwänzeln, weil er Geld und Macht besitzt. Oder ein Mann mit Familie und

Freunden, die ihn lieben, ein Mann, der einen Beruf ausübt, der ihm etwas bedeutet.«

Jaxon, dessen Hände seine Kaffeetasse umklammerten, gab keine Antwort.

War er sauer oder dachte er nur nach? Wenn er doch bloß etwas sagen würde!

Vielleicht sollte sie das Thema wechseln, aber dafür war es wiederum zu wichtig. Außerdem war dies der Mann, der sich Thurgood Marshall zum Vorbild genommen hatte. Nach ihrem letzten Gespräch hatte sie den Namen nachgeschlagen und herausgefunden, welch großen Einfluss er bei der Durchsetzung der Bürgerrechte in den Staaten gehabt hatte.

»Tut mir leid«, sagte sie. »Ich habe überreagiert. Aber ich habe nicht ganz verstanden, was du eigentlich sagen willst.«

»So kompliziert ist das gar nicht. Ich will es bis nach oben schaffen.«

Aber was hieß *oben* für ihn? »Du sagtest, dein Spezialgebiet seien Sammelklagen«, stellte sie fest.

»Richtig.«

»Dann vertrittst du also Menschen vor Gericht, die sich gegen Ungerechtigkeiten wehren?«

»Nein, ich vertrete die Firmen, die verklagt werden. Häufig von einer Horde von Unruhestiftern.«

Sie runzelte die Stirn. »Ich kann dir nicht ganz folgen.«

Er stellte seine Tasse ab. »Wir leben in einer prozesssüchtigen Gesellschaft, stimmt's? Viele Menschen versuchen, als Trittbrettfahrer finanziell von diesem System zu profitieren. Im Moment bearbeite ich gerade einen Fall, der ein sehr gutes Beispiel dafür ist. Du kennst doch die Family-Friend-Ladenkette, nicht wahr? Die sind von einer Gruppe von Angestellten verklagt worden, die es aus Unfähigkeit einfach nicht bringen und was von Diskriminierung daherfaseln, weil sie hoffen, dass Family Friend Geld rausrückt, um ihnen das Maul zu stopfen.«

Er hörte sich so hart und unerbittlich an. Gleichwohl begriff sie, woher das herrührte. Seine Mutter hatte zweifellos gegen alle möglichen Hindernisse anzukämpfen gehabt, doch statt darüber zu jammern, dass man sie diskriminiere, hatte sie sich ihren Stolz bewahrt. Trotzdem durfte man es einem Arbeitgeber nicht durchgehen lassen, wenn tatsächlich Diskriminierung vorlag. Angestellte durften sich nicht alles gefallen lassen. Außerdem war das Ganze mehr als nur eine moralische Frage, denn Diskriminierung war verboten.

»Und wurden die Angestellten deiner Meinung nach diskriminiert oder nicht?«, fragte sie zögernd.

»Mein Klient sagt Nein. Und dementsprechend werde ich den Fall darstellen.«

»Bist du denn gar nicht an der Wahrheit interessiert?«

Er stieß ein Schnauben aus. »Du bist ziemlich naiv. Im Rechtswesen geht es nicht um die Wahrheit, sondern darum, wer die besseren Argumente hat, was normalerweise bedeutet, den besseren Rechtsanwalt. Family Friend hat mich, einen verdammt guten Rechtsanwalt, der sich für sie den Arsch aufreißen wird und dem die Mittel einer großen Kanzlei zur Verfügung stehen. Die Kläger haben die NAACP.« Er machte eine Pause. »Das ist …«

»Die National Association for the Advancement of Colored People«, sagte sie leise.

»Stimmt. Erstaunlich, dass du das weißt.«

»Thurgood Marshall hat für sie gearbeitet. Ich habe mich über ihn sachkundig gemacht. Er hat gegen Rassendiskriminierung gekämpft.«

Sie beugte sich vor. »Dein Held, Jaxon. Er stand auf der anderen Seite.«

»Er … Herrgott noch mal, Suzanne, du begreifst einfach nicht, was es mit dem Rechtssystem auf sich hat.«

»Vermutlich nicht«, erwiderte sie in bitterem Ton. Und sie hatte angenommen, Jaxon gehöre zu den Guten, die danach strebten, die Welt zu verbessern.

Er nahm seine Tasse auf, stellte sie wieder hin und sagte mit gepresster Stimme: »Darüber werden wir uns schwerlich einigen können. Wir kommen aus unterschiedlichen Milieus, die unsere Zielvorstellungen geprägt haben.«

Das war richtig. Welches Recht hatte sie, ihn zu verurteilen?

Keins. Sie hatte lediglich das Recht, traurig darüber zu sein, dass er nicht der Mann war, den sie erhofft hatte.

Sie schluckte schwer und berührte zaghaft seinen Arm. »Du hast recht. Entschuldige bitte. Außerdem geht mich das sowieso nichts an.«

Er rückte zwar nicht von ihr weg, fasste sie aber auch nicht an. »Stimmt.«

Sie nahm die Hand von seinem Arm.

Nachdem sie eine Weile schweigend nebeneinander gesessen hatten, stand er auf. »Es ist schon spät.«

»Ja.« Sie erhob sich ebenfalls, zog den Morgenmantel um sich und machte den Gürtel zu, während er sich ankleidete.

Dann begleitete sie ihn bis zur Tür. Ohne ein Wort zu sagen, sahen sie einander an. Ist das das Ende?, überlegte sie. Wie kam es, dass der heutige Abend, der so wunderbar angefangen hatte, so rasch ins Gegenteil umgeschlagen war?

Vielleicht sollte sie ihm den Laufpass geben, doch vorhin hatte sie sich ihm so nahe gefühlt.

»Jaxon? Wir sind beide verstimmt, aber dass Menschen nicht einer Meinung sind, passiert ständig, ob sie sich nun über Politik, Religion oder andere Themen unterhalten. Erinnerst du dich noch an die Champagnerregeln? Dass wir uns vorgenommen hatten, Alltagsdinge wie unseren Beruf auszuklammern und unbeschwert und fröhlich miteinander umzugehen? Ich glaube, das war ganz richtig.«

Sein Gesicht wurde weicher. »Wir haben unsere eigenen Regeln aus den Augen verloren. Das war dumm von uns.«

»Wir sollten nicht zulassen, dass ein Streit alles verdirbt.«

Er nickte bedächtig. »Das wäre noch dümmer. Also, was meinst du? Wir haben davon gesprochen, morgen ein Picknick zu machen. Wollen wir es durchziehen? Oder brauchen wir ein bisschen Zeit, um uns wieder zu beruhigen?«

Wenn sie sich morgen nicht sahen, würden sie nicht wissen, ob sie in der Lage waren, sich wieder zusammenzuraufen. Es war besser, das herauszufinden. »Da du in der Stadt bist«, erwiderte sie, »sollten wir uns auch treffen. Ich verspreche dir, dass ich nicht über Beruf und Arbeit reden werde.« Ebenso wenig über andere Dinge, die irgendwie bedeutungsvoll waren.

»Wir halten uns wieder an unser ursprüngliches Abkommen.«

»Nur Sex.« Sie zwang sich zu einem Lächeln. »Wenn wir uns darauf beschränken, läuft zwischen uns alles bestens.«

Er lächelte ebenfalls. »Genau.« Er berührte ihre Wange und strich ihr eine Haarsträhne aus dem Gesicht. »Dann sehen wir uns morgen.«

Sie griff nach seiner Hand und presste sie sich gegen die Lippen. Dann nahm sie seinen Mittelfinger in den Mund und sog genüsslich daran. Nachdem sie den Finger wieder freigegeben hatte, flüsterte sie: »Bis morgen.«

Doch sobald die Tür hinter ihm ins Schloss gefallen war, rannte sie in Anns Schlafzimmer und warf sich aufs Bett. Tränen der Trauer strömten ihr übers Gesicht, weil etwas zu Ende gegangen war, das gerade erst begonnen hatte.

16

Die Sonne knallte heiß auf Jaxons nackten Oberkörper, doch die vom Meer kommende Brise brachte ihm eine gewisse Abkühlung. Er und Suzanne lagen ausgestreckt auf einer Decke im Stanley Park, umgeben von Picknicksachen, die sie auf einem großen, sehr belebten Markt auf Granville Island gekauft hatten.

Obwohl sie den Streit von letzter Nacht mit keinem Wort erwähnt hatten, wirkte er ungeachtet all ihrer Bemühungen, wieder in ihre vorherige sexy Stimmung zu kommen, nach. Warum mussten Beziehungen bloß immer so kompliziert werden?

Sie hatten die Regeln aus gutem Grund aufgestellt und hätten nie dagegen verstoßen dürfen. Als sie sich ganz auf Sex konzentriert hatten, war alles fantastisch gewesen.

Nun ja, auch ihr Gespräch am Telefon war sehr schön gewesen, ebenso wie das, was in ihrer Wohnung passiert war, bis sie dann in Streit geraten waren. Mist. Sie hatten die Sache wirklich vermasselt.

Er schaute Suzanne an, deren Locken golden in der Sonne schimmerten und deren schlanker, mit weißen Shorts und einem blaugrünen Tank-Top bekleideter Körper einfach toll aussah. Er beugte sich vor, um ihre Lippen mit den seinen zu berühren.

Sie lächelte. »Ein schöner Tag, nicht wahr?«

Na großartig. Jetzt redeten sie schon übers Wetter. Zuvor hatten sie über Essen gesprochen, über das reichhaltige Angebot auf dem Granville-Island-Markt und über die Vor- und

Nachteile verschiedener Picknickplätze. Arbeit und Familie waren nicht ein einziges Mal erwähnt worden. Er fragte sich, was für Pläne sie wohl für den Rest des Tages haben mochte, traute sich aber nicht, das Thema anzuschneiden.

Sex, rief er sich in Erinnerung. Die sicherste Sache war, wenn sie sich auf Sex beschränkten.

Er legte den Kopf so in ihren Schoß, dass er sie ansehen konnte. Sie fuhr zusammen und blickte zu ihm herunter. Dann streckte sie zögernd die Hand aus, um sein Haar zu streicheln.

»Du wirst Wachtposten spielen müssen«, sagte er.

»Wachtposten?«

»Mm-hm. Wenn du nicht willst, dass …« Er schob die Hand unter ihr Top und ihren BH, um ihre Brustwarze zu liebkosen.

Ihr Körper versteifte sich. »Hier ist es so frei und ungeschützt.«

»Wir werden nichts machen, was dir nicht behagt.«

Er drehte den Kopf, um seinen warmen Atem gegen den Schritt ihrer Shorts zu blasen.

»Oh!«

Er fuhr ihr mit den Fingern über die Shorts und ließ sie über die Naht zwischen ihren Beinen gleiten, hin und her, bis sie anfing, sich zu winden. Dann presste er den Mund auf die Naht und blies heftig dagegen.

»Jaxon«, zischte sie. »Die Leute werden uns sehen.«

»Sie werden einen Mann sehen, der ein Schläfchen macht und den Schoß seiner Dame als Kopfkissen benutzt. Das ist alles, was sie sehen werden, falls du still liegst.«

Nachdem einige Sekunden verstrichen waren, sagte sie: »Dann werde ich mich zusammenreißen und still liegen.«

Er lachte und drückte seinen Mund von Neuem gegen ihre Shorts. Dann machte er sich, ohne ihr auch nur die

Shorts aufzuknöpfen, daran, sie mit seinen Fingern, seinen Lippen, seiner Zunge und seinem heißen Atem zum Höhepunkt zu bringen. Bedauerlicherweise schaffte er das nicht, ohne dabei selbst in Erregung zu geraten.

Sie legte große Selbstbeherrschung an den Tag und machte kaum eine Bewegung. Sogar als die Wellen des Orgasmus durch ihren Körper strömten und den Stoff ihrer Shorts gegen Jaxons Lippen drückten, verhielt sie sich ruhig.

Einige Minuten später zog sie ihn am Ohr. »Setz dich auf.«

»Wir könnten es auch noch einmal machen.«

»Oder ich könnte es dir machen.«

Sein Schwanz fing an zu pulsieren. Das ging doch nicht. Das war doch unmöglich, oder?

Er setzte sich auf und schaute umher. Sie befanden sich auf einem Hügel, der dem Hafen von Vancouver gegenüberlag. Unten auf dem Kai wimmelte es von Spaziergängern, Fahrradfahrern und Leuten auf Rollerblades. Diese hin und her flutende Menge war jedoch einige Hundert Meter von ihnen entfernt.

»Du hast einen Steifen«, stellte Suzanne fest.

»Kann man wohl sagen.«

»Dagegen könnte ich was tun«, fuhr sie mit rauchiger, verführerischer Stimme fort.

Ringsum saßen andere Ausflügler im Gras, die jedoch alle mindestens hundertfünfzig Meter entfernt waren. Gelegentlich kamen allerdings Leute über den Rasen geschlendert, und sogar zwei berittene Polizisten waren schon aufgetaucht.

Er konnte nicht zulassen, dass sie es ihm hier besorgte. Andererseits … »Was schwebt dir denn so vor?«

»Ich dachte, ich könnte auch ein Schläfchen machen und den Kopf in deinen Schoß legen.«

»Mein Gott.«

»Zieh dein T-Shirt an.«

Er gehorchte und ließ das Shirt frei über seine Shorts hängen. Vor lauter Spannung wurde er von Minute zu Minute steifer.

Sie legte sich auf die Seite und bettete den Kopf auf seine Schenkel. »Mmm, schwarzes T-Shirt und schwarze Shorts. Wie praktisch. Da wird es niemand bemerken, wenn ich …«

Geschickt streifte sie ihm die Shorts herunter, sodass sein Schwanz nur noch von seinem T-Shirt bedeckt war. Ihr Haar breitete sich über seine Leistengegend aus. Jaxon spürte ihren warmen Atem. Dann fing sie an, seine Hoden mit der Zunge zu bearbeiten.

Fast wäre er in die Höhe geschnellt.

»Halt doch still, Jaxon!«

»Dann mach keine plötzlichen Bewegungen mehr.«

»Ich werde nur ganz sachte Bewegungen machen.« Gemäß ihrer Ankündigung machte sie sich daran, an der Wurzel seines Schwanzes herumzuknabbern.

Gott, war das schön. Obwohl ihr Kopf sich nur minimal bewegte, war das, was ihre Zunge und ihre Lippen vollbrachten, die reinste Zauberei. Anschließend schob sie auch noch die Hand unter sein T-Shirt, um seinen Schwanz festzuhalten, während sie daran herumknabberte.

Sie nuschelte etwas, das er nicht verstand.

»Wie?«

»Gibst du auch gut acht?«

Sein Kopf schnellte in die Höhe. Das hatte er völlig vergessen. Doch es war niemand näher als zuvor.

»Alles in Ordnung. Mach endlich weiter.«

Ihre Schultern bebten, weil sie leise in sich hineinlachte. Dann fuhr ihre Zunge über seinen Schaft und umspielte die Eichel. Ihre Lippen schlossen sich um ihn und fingen an zu saugen. Während sie seinen Schwanz streichelte, ließ sie ihre Zunge herumwirbeln und bewegte den Mund auf und ab, was ihm das Gefühl vermittelte, als glitte er in ihrer Möse hin und her. Er merkte, wie er sich immer mehr dem Höhepunkt näherte …

Plötzlich hörte er Stimmengewirr. Als er einen Blick über die Schulter warf, sah er, dass oben auf der Straße ein Reisebus haltgemacht und eine Gruppe von Asiaten ausgespuckt hatte, die quer über den Rasen liefen und auf ihrem Weg zum Kai wahrscheinlich an ihm und Suzanne vorbeikommen würden.

Er drückte ihren Kopf mit der Hand nieder. »Hör auf. Es kommen Leute.«

Sie hielt inne, doch nach wie vor kitzelte und reizte ihn ihr Atem. Er spannte jeden Muskel an und sagte, um sich abzulenken, im Kopf die Ergebnisse von Basketballspielen vor sich her. Trotzdem spürte er sie immer noch.

Auf seiner Stirn brach ihm kalter Schweiß aus, während er gegen den Drang abzuspritzen ankämpfte.

Die ersten Mitglieder der Reisegruppe kamen vorüber, ohne dass jemand von ihnen Notiz von Jaxon und Suzanne genommen hätte. Die Leute waren vollauf damit beschäftigt, miteinander zu plaudern, ihre Reiseführer zu konsultieren oder Fotos zu schießen.

Jaxon litt Höllenqualen. Wie viele Leute waren denn noch in diesem verdammten Bus? Der Strom schien gar nicht mehr enden zu wollen, und die ganze Zeit über hielt Suzanne seinen Schwanz gepackt, während ihr warmer Atem die empfindlichste Hautpartie seines Körpers umfächelte.

Endlich kam der Rest der Gruppe vorüber. Mit zusammengebissenen Zähnen wartete Jaxon, bis sie in sicherer Entfernung waren.

»Sie sind weg«, stieß er hervor.

»Sind wir wieder allein?« Unablässig kitzelte und reizte ihn ihr Atem.

»Ja, und ich bin …«

»Bereit?«

»… fast wahnsinnig vor Lust!«

»Tja …« Sie beleckte die Spitze seines Schwanzes. »Dann werden wir wohl etwas unternehmen müssen …«

In dem Moment setzte sein Orgasmus ein, den keine Macht auf Erden hätte aufhalten können. Mit seinem letzten bewussten Gedanken gab er sich den Befehl, ruhig zu liegen. Ihr Mund schloss sich gerade noch rechtzeitig um ihn, um die ersten Tropfen aufzufangen, die sich aus ihm ergossen. Um sich nicht zu verraten, durfte er sich nicht aufbäumen, doch sie schien genau zu wissen, was er brauchte, denn sie fuhr in ihren Bewegungen fort, um an ihm zu saugen und seinen Saft herunterzuschlucken.

O Mann! Die körperliche Erleichterung, die sie ihm verschafft hatte, war so groß, dass er sich fast benommen fühlte.

Gleichwohl überkam ihn einige Minuten später ein unerklärliches, an Enttäuschung grenzendes Gefühl. Als sie es letzte Nacht draußen auf ihrem Balkon getrieben hatten, war es anders, war es intensiver gewesen. Ob sie das wohl je wieder erleben würden?

Er wickelte sich einige ihrer goldenen Locken um die Finger und zog daran. »Komm hoch, bevor die Polizisten wieder aufkreuzen.«

Sie hob den Kopf, grinste ihn an und leckte sich wie eine Katze über die Lippen. »Du schmeckst gut.«

Sie machte es sich neben ihm gemütlich. »Wer ist denn vorbeigekommen?«

»Eine ganze Busladung von Touristen.«

Sie brach in Lachen aus. »Echt?«

Er zeigte in Richtung Wasser. »Da. Mit Kameras.«

»Ob sie uns wohl fotografiert haben?«

Jaxon erschauderte. Was hatte er sich eigentlich dabei gedacht?

Nun ja, er war mit Suzanne zusammen. Und das hieß, dass sein Unterleib ihn beherrschte.

Er warf einen Blick auf seine Armbanduhr. »Wir müssen aufbrechen.«

Schweigend sammelten sie ihre Sachen ein. Anschließend gingen sie zu dem Auto, das er gemietet hatte. Diesmal war es kein Porsche, sondern ein ganz normaler Wagen.

Er fuhr zu ihrem Apartmenthaus in False Creek und machte vor dem Gebäude halt. Sein Gepäck war im Auto. Ob sie ihn wohl hinaufbitten würde, damit er sich umziehen konnte? Nein, das tat sie nicht. Kein Problem, das konnte er auch auf dem Flughafen machen.

Und was jetzt?

Er half ihr, die Decke und den Picknickkorb aus dem Kofferraum zu nehmen. Sie stand mit Decke und Korb in den Armen da und hielt ihn – absichtlich oder zufällig – dergestalt auf Distanz.

Ihr Gesichtsausdruck war ebenso unergründlich wie ihre Stimme, als sie sagte: »Es war alles sehr schön, Jaxon.«

»Finde ich auch.« Die falsche Herzlichkeit in seinem Ton ließ ihn innerlich zusammenzucken. »Ich nehme an …« Er war im Begriff gewesen, ein neues Treffen vorzuschlagen, war sich aber in keiner Weise sicher, was er wollte. Beziehungsweise wie sie dazu stand.

»Ich vermute, du hast eine Menge Arbeit nachzuholen«, sagte sie in ruhigem Ton.

Richtig. Er konnte es sich nicht leisten, sich abermals freizunehmen.

Schlagartig kam ihm die Erkenntnis, dass er im Moment nicht bereit war, noch mehr Arbeitszeit für … Sex zu opfern. Der Sex war toll gewesen, doch fürs Erste war er in dieser Hinsicht gesättigt. Es war höchste Zeit, dass er sich wieder dem zuwandte, was bei ihm an erster Stelle rangierte.

Außerdem wollten sie beide das Ganze ja auch nicht zu etwas Regelmäßigem machen. Wie sie zu Beginn gesagt hatten, durfte man Champagner nur ab und an trinken, damit er etwas Besonderes blieb.

»Stimmt«, erwiderte er. »Nun, lass uns in Kontakt bleiben. Wenn einem von uns wieder der Sinn nach einer … was war es noch mal? … nach einer erotischen Eskapade steht …«

Sie schloss kurz die Augen. Um was zu verbergen? Erleichterung? Oder Enttäuschung? Dann nickte sie.

Er beugte sich vor und berührte ihre Lippen mit den seinen. »Tschüs, Suzanne.«

Jax kochte innerlich. Er schmetterte den Ball mit derartiger Wucht in Ricks Richtung, dass dieser gar nicht erst versuchte, ihn zu erwischen, sondern ihm lediglich auswich.

»Scheiße!«, stieß Rick keuchend hervor.

»Fünfzehn«, rief Jax, der das Match gewonnen hatte. Da das seit Monaten das erste Mal war, dass er Rick besiegt hatte, hätte er sich eigentlich großartig fühlen müssen, doch stattdessen bedauerte er lediglich, dass die Spielzeit um war. Er hätte gern noch weiter auf den Ball eingedroschen.

»Mann, welche Laus ist dir denn heute über die Leber gelaufen?«, fragte Rick, als sie zum Umkleideraum gingen.

»Überhaupt keine.«

Rick wischte sich mit dem Handrücken über seine verschwitzte Stirn. »Hast wohl das ganze Wochenende gearbeitet?«

»Hätte ich eigentlich tun müssen.« Wenn er gearbeitet hätte, wäre es ihm und Suzanne erspart geblieben, etwas Tolles zu vermasseln. »Ich habe einen großen Fall, der meiner Karriere förderlich sein könnte.«

»Worum geht's denn dabei?«

»Um eine Sammelklage gegen Family Friend.«

»Family Friend? Wow, das ist ja wirklich 'ne große Sache. Wie lautet der Grund der Klage?«

»Diskriminierung.«

Sein Freund, der gerade seinen Spind aufschloss, hielt inne und drehte sich um. »Rassendiskriminierung?«

»Ja. Um die Geschlechtszugehörigkeit geht's zwar auch, aber primär um die Rasse.«

Rick nickte. »Leuchtet ein, dass sie dir den Fall übertragen haben. Der Alibischwarze, was?«

Scheiße. Gegen diesen Gedanken hatte er sich bisher gewehrt. Verdammt noch mal, man hatte ihn wegen seines Könnens ausgesucht, nicht wegen seiner Hautfarbe. Oder etwa nicht? »Was soll das heißen?«, gab er barsch zurück.

Rick zuckte die Achseln. »Wenn ein Fall von sexueller Diskriminierung vor Gericht kommt, sucht man sich eine Verteidiger*in* aus, stimmt's?«

Und wer war besser als ein farbiger Anwalt geeignet, gegen die NAACP zu kämpfen?

»Okay, strategisch gesehen macht das Sinn«, gab er zu. »Heißt aber trotzdem nicht, dass es meiner Karriere nicht verteufelt gut bekommt.« Jaxon schloss seinen Spind auf und steckte seinen Schläger ins Futteral.

Rick verstaute seinen Schläger ebenfalls. »Strebst du einen Vergleich an oder willst du die Sache ausfechten?«

»Ausfechten.« Jaxon legte seine Gründe dar.

»Leuchtet ein. Falls du gewinnst.«

»Das muss ich. Ich könnte wetten, dass es sich nur um eine Horde von Jammerern handelt, die von der allgemeinen Prozesssucht profitieren wollen.«

»Wer vertritt die Gegenseite?«

Verdammt. Er hätte das Thema nicht zur Sprache bringen sollen. »Die NAACP.«

Rick, der sich gerade sein verschwitztes T-Shirt über den Kopf zog, stieß einen Pfiff aus. »Ganz schön heikel. Dann kämpfst du gegen eine Organisation, die dabei mitgeholfen hat, unser Land zu einem Land zu machen, in dem Leute wie wir eine gute Ausbildung bekommen können und bessere Berufsaussichten haben.«

»Jeder Klient hat das Recht auf einen guten Anwalt«, entgegnete Jax. »Das haben sie uns auf der juristischen Fakultät eingebläut. Was spielt es da für eine Rolle, wer die andere Seite vertritt?«

»Wenn du schwul wärst, würdest du dann einen Fall übernehmen, bei dem es gegen eine Schwulenrechtlerorganisation geht?«

»Warum nicht?«

Rick starrte ihn mit besorgtem Gesichtsausdruck an. »Ich weiß zwar, dass du kein Onkel Tom bist, aber ist dir schon mal in den Sinn gekommen, dass du dieses *ich-tu-so-als-sei-ich-ein-Weißer* zu weit treibst?«

Scheiße, nicht schon wieder. Hatte er nicht erst am Sonnabend durch Suzanne erfahren, dass jemand, der aus der privilegierten Mittelschicht stammte, nicht verstehen konnte, wie das Leben für ihn war? Offenbar war es bei Rick trotz seiner schwarzen Hautfarbe in keiner Weise anders.

»Ist dir schon mal in den Sinn gekommen, dass dich das einen Dreck angeht?«, erwiderte Jax.

Nachdem sie einander mit finsterer Miene angestarrt hatten, trat Rick einen Schritt zurück. »Vermutlich hast du recht.« Er schnappte sich ein Handtuch und stolzierte in Richtung Duschraum davon.

Jax lehnte sich gegen seinen Spind und presste seine Unterarme gegen das kalte Metall. Mit hämmerndem Herzen kämpfte er gegen den Drang an, auf jemand oder etwas einzuschlagen.

In dieser Woche fand das Treffen der Tollen Vier in der Favorito Pasta Trattoria am Broadway statt, einem anheimelnden Kiezrestaurant, wo das Essen großartig und die Preise unglaublich günstig waren.

Die Frauen bestellten eine Flasche Chianti, und jede suchte sich ein anderes Gericht aus, damit sie sich gegenseitig kosten lassen konnten. Suzanne hatte Schwierigkeiten, etwas auszuwählen, denn seit sie und Jaxon sich am Sonntag getrennt hatten, hatte sie keinen Appetit mehr. Schließlich entschied sie sich für Lasagne, weil sie sich das, was sie nicht schaffte, einpacken lassen konnte. Vorausgesetzt, dass Jenny es ihr nicht vorher wegaß.

Sobald die Kellnerin verschwunden war, beugte Jen sich erwartungsvoll vor. »Also, Suze, dann lass mal hören. Habt ihr neue sexuelle Stellungen entdeckt?«

Suzanne quälte sich ein Lächeln ab. »Am Samstag haben wir es, kaum dass wir uns begrüßt hatten, direkt hinter der Tür gemacht. Im Stehen.«

»Ist ja heiß!«, stellte Jenny fest.

»Später hatten wir dann auf dem Balkon Sex, auf ganz langsame, sinnliche Weise.«

»Ich habe nie Zeit, auf den Balkon zu gehen, geschweige denn dort Sex zu haben«, warf Ann ein.

»Am Sonntag haben wir im Stanley Park ein Picknick gemacht und …«

»Ihr hattet doch nicht etwa im Stanley Park Sex?«, fragte

Rina sie in halb entsetztem, halb hoffnungsvollem Ton.
»Na ja, er, äh, hat's mir durch meine Shorts besorgt, und ich, wisst ihr …«

»Du hast ihm einen geblasen?«, fragte Jenny in ungläubigem Ton.

»Ja.«

Jennys Augen funkelten. »Im Park, am helllichten Tag, mit Leuten um euch herum? Nicht schlecht, Mädel!«

»Na ja, unmittelbar in unserer Nähe war niemand, aber am Kai und auf dem Rasen sind etliche Leute entlanggeschlendert.«

»Wow!«, seufzte Rina. »Ich kann mir überhaupt nicht vorstellen, so was zu machen.«

»Vor Jaxon hätte ich das auch nicht gekonnt.«

»Suze?«, sagte Ann. »Stimmt irgendwas nicht? Du hörst dich nicht so munter wie sonst an.«

»Nun sag bloß nicht, dass du all diesen unglaublichen Sex allmählich satthast«, meinte Jenny.

»Darum geht's nicht.«

Ann beugte sich mit zusammengekniffenen Augen vor. »Ist was schiefgelaufen? Hat er dir wehgetan?«

»Nein, jedenfalls nicht so, wie du es meinst. Aber wir hatten eine … Meinungsverschiedenheit.«

»Wie kann man sich denn nach diesem skandalösen Sex im Park streiten?«, wollte Jenny wissen.

»Es war eine Meinungsverschiedenheit, kein Streit. Außerdem war das Samstagabend.«

»Eine Meinungsverschiedenheit am Samstag, Versöhnungssex am Sonntag. Was ist daran so schlimm?«, fragte Jen.

»Die Meinungsverschiedenheit liegt dir nach wie vor auf der Seele, nicht wahr?«, sagte Rina. »Worum ging es denn?«

Suzanne seufzte. »Um Arbeit und Beruf. Um den Stellenwert, den sie im Leben eines Menschen einnehmen. Er hat sich diesen *ich bin ein hundertprozentiger amerikanischer Junge*-Traum zu Eigen gemacht, und zwar doppelt und dreifach, weil er ein schwarzes Immigrantenkind war. Er ist auf Macht, Geld und Status aus. Alles andere ist zweitrangig. Ich habe gesagt, dass es wichtigere Dinge gebe und dass mir ein ausgeglichenes Leben und ein Mann, für den seine Familie vor seiner Arbeit rangiert, mehr wert seien.«

Jenny verzog das Gesicht. »Autsch! Heftiger Zusammenprall zweier Wertsysteme!«

»Stimmt, aber das sollte eigentlich nicht allzu sehr ins Gewicht fallen. Es ist ja nicht so, als hätten wir was Ernsthaftes miteinander.«

»Abgesehen davon, dass du auf dem besten Wege bist, dich in ihn zu verknallen«, sagte Ann.

Richtig. Sie hatte in der Tat mit dem Gedanken gespielt, eine ernsthafte Beziehung daraus zu machen. Deshalb fühlte sich ihr Herz wie ein Klumpen Blei an, der ihr derart gegen die Brust drückte, dass sie nicht mehr richtig durchzuatmen vermochte. »Okay, kann schon sein, dass ich Gefahr lief, mich in ihn zu verknallen«, erwiderte sie mit leiser Stimme.

»Ach, Suzie«, sagte Rina voller Mitgefühl.

Suzanne zuckte die Achseln. Auf Mitleid konnte sie verzichten. »Nun ja, im Grunde genommen macht das nichts, weil er offenkundig nicht der Richtige für mich ist. Jetzt haben wir uns wieder für unsere Champagnerregeln entschieden. Nur Sex, keine tiefschürfende Konversation. Unser kleiner Krach hat gezeigt, dass wir diese Regeln brauchen.«

Als die Kellnerin riesige Teller mit köstlich duftendem Essen brachte, brachen sie das Gespräch ab, um Parmesan auf die Gerichte zu streuen und die Pfeffermühle zu betätigen.

Nachdem sie das Ritual, sich gegenseitig von ihrem Essen kosten zu lassen, hinter sich gebracht hatten, sagte Jenny:

»Dann seid ihr also wieder am Ausgangspunkt angelangt, ja? Toller Sex, frei von alltäglichen Dingen und ohne jegliche Verpflichtung. Hört sich doch gar nicht so schlecht an.«

»Nein, natürlich nicht, aber …«

»Aber?«, wiederholte Ann.

»Der Sex am Sonntag war schön«, fuhr Suzanne langsam fort. »Intensiv und ein bisschen gewagt. Jaxon ist hinreißend, er ist ein fantastischer Liebhaber. Er gibt mir das Gefühl, die verführerischste, attraktivste Frau auf der Welt zu sein. Was bleibt mir denn da noch zu wünschen übrig?« Das war die Frage, die sie sich seit anderthalb Tagen stellte.

»All das bei einem Mann zu finden, den du heiraten könntest«, antwortete Ann unverzüglich.

Und genau das war die Antwort, der Suzanne ausgewichen war. »Ja, okay, das ist das, was jede Frau möchte. Aber ehrlich gesagt, glaube ich nicht, dass ich jemanden finden werde, bei dem ich heißen Sex bekomme und der gleichzeitig ein solider Familientyp ist.«

»Warum denn nicht?«, entgegnete Rina. »Dass ein Mann Verantwortungsgefühl und Familiensinn besitzt, heißt doch noch lange nicht, dass er nicht auch sexy sein kann, oder?«

Suzanne legte ihre Gabel hin. »Keine Ahnung. Ich bin nie davon ausgegangen, dass ein prickelndes Sexleben Teil einer Ehe sein kann.«

»Wie Rina einmal gesagt hat«, warf Jenny ein, »hat Ward Cleaver sich in jeder Hinsicht gut um Beaver gekümmert.«

Suzanne gab ihr einen Klaps. »Hör auf damit. Ich meine es ernst.«

»Ich auch«, erwiderte Jenny. »Meine Güte, das war in den Fünfzigern. Natürlich wurde da nicht gezeigt, wie Ward und June Sex miteinander haben, aber ich bin sicher, dass sie welchen hatten und dass er klasse war.«

Da hatte Jen nicht ganz unrecht. Und ebendas rief Suzanne in Erinnerung, was ihre Schwester über ihre eigene Ehe und – du lieber Himmel – die ihrer Eltern gesagt hatte. Offenbar war es tatsächlich möglich, dass scharfer Sex auch in einer Langzeitehe eine große Rolle spielen konnte.

»Okay«, sagte sie langsam, »das gebe ich gern zu. Aber Lust und Liebe sind nun mal zwei verschiedene Dinge, stimmt's? Wenn man wegen seiner Lust heiratet, wird man zum Schluss mit leeren Händen dastehen, weil dieses intensive körperliche Begehren im Laufe der Zeit dahinschwindet. Sicher ist sexuelle Kompatibilität erforderlich, aber lediglich als Ausgangspunkt.«

Ja, das hörte sich überzeugend an. »Ich möchte einen Mann heiraten«, fuhr sie mit gestärktem Selbstbewusstsein fort, »der dieselben Wertvorstellungen hat wie ich, einen Mann, den ich mag und respektiere, einen verantwortungsbewussten Mann, dem ich vertrauen und den ich zu meinem Lebensgefährten machen kann. Einen Mann, mit dem ich Kinder haben kann, ohne befürchten zu müssen, dass er uns im Stich lässt, indem er sich aus dem Staub macht, mich betrügt oder die ganze Zeit arbeitet.«

Ihre drei Freundinnen wechselten Blicke. Suzanne lachte verlegen. »Okay, das habt ihr alles schon mal gehört.« Sie schob ein Stück Lasagne auf die Gabel.

»Sicher ist es dumm, nur aufgrund von Lust zu heiraten«, sagte Ann. »Aber Liebe und Respekt sind möglich, ohne dass die sexuelle Anziehungskraft nachlässt. Diese Dinge schließen sich nicht gegenseitig aus.«

»Bei meiner Schwester ist das so«, sagte Suzanne. Das Sexleben ihrer Eltern würde sie unerwähnt lassen.

»Ach, ist das romantisch«, seufzte Rina.

»Und ein großer Glücksfall«, warf Jenny ein.

»Es ist niemals nur eine Frage des Glücks«, erklärte Ann. »Man wird nie jemanden finden, der hundertprozentig zu einem passt. Ein Paar wird immer an seiner Beziehung arbeiten müssen.«

»Vermutlich«, sagte Suzanne.

»Also, dann sehen wir uns doch mal Jaxon an«, schlug Jenny vor. »Magst und respektierst du ihn denn nicht?«

Suzanne schob ein weiteres Stück Lasagne – die wirklich köstlich war – in den Mund und dachte, während sie kaute, über die Frage nach. »In mancherlei Hinsicht schon. Ich kann seinen Background nachvollziehen – ein Immigrantenkind, das nur von seiner Mutter großgezogen wurde und in Armut gelebt hat. Er hat sich den amerikanischen Traum zu eigen gemacht und will ihn auch verwirklichen. Allerdings ist das ein anderer Traum als der, den ich habe.«

»Auch dir ist deine Arbeit viel wert«, rief Rina ihr in Erinnerung.

»Und Jaxon hängt durchaus an seiner Familie.« Suzanne fiel ein, was er über seine Mom und seine Exfrau gesagt hatte. »Ebenso an seinen Freunden. Aber für mich stehen diese Belange an erster Stelle, während bei ihm seine Karriere vor allem anderen rangiert.«

»Ich will ja nicht für ihn Partei ergreifen«, sagte Ann, »aber man muss extrem hart schuften und braucht viel Zeit, um als Jurist voranzukommen. Für eine Frau ist es schwieriger als für einen Mann, und ich würde vermuten, dass es für einen Farbigen noch schwieriger ist.«

»Okay«, sagte Suzanne, »ich bin durchaus bereit, seinen Traum zu respektieren. Aber trotzdem möchte ich – verdiene ich – einen Mann, der es für wichtiger hält, mit mir und unseren Kindern zusammen zu sein, als die Karriereleiter zu erklimmen.«

»Ganz recht«, sagte Rina. »Kinder stehen an erster Stelle. Selbst wenn beide Eltern arbeiten, sollten ihre Jobs ihnen nicht wichtiger sein als ihre Kinder.«

»Nichts sollte wichtiger sein als Kinder«, erklärte Suzanne, die an ihre alte Freundin Liz dachte, voller Nachdruck.

Nachdem die drei anderen Blicke gewechselt hatten, sagte Rina in sanftem Ton: »Jetzt wäre eine gute Gelegenheit, es uns zu erzählen. Falls du dazu in der Lage bist.«

»Was soll ich euch denn erzählen?«

»Hör mal, wir alle teilen deine Wertvorstellungen, aber Tatsache ist, dass viele Ehen unglücklich sind, viele mit einer Scheidung enden, viele Kinder von ihren Eltern vernachlässigt werden. Wir alle halten das für sehr traurig und hoffen, dass es irgendwie besser wird.«

Sie warf Jen und Ann einen Blick zu, die beide nickten.

»Aber bei dir«, fuhr Rina fort, »geht die Sache emotional viel tiefer, Suze. Und das, obwohl deine Eltern ziemlich perfekt zu sein scheinen.«

Emotional viel tiefer. Ja, es war albern, ihren besten Freundinnen nichts davon zu erzählen. »Das Ganze ist kein finsteres Geheimnis. Es fällt mir nur schwer, darüber zu reden.«

Drei tröstende Hände streckten sich nach ihr aus, um ihr die Schulter zu tätscheln und ihre Hand zu streicheln.

»Als ich ein Kind war«, begann sie zögernd, »hatte ich eine beste Freundin namens Liz. Wir machten alles zusammen und weihten uns gegenseitig in unsere Geheimnisse ein. Ihr Vater arbeitete für eine große Firma und hatte beste Aussichten, die Leiter ganz nach oben zu klettern. Ein echter Karrieretyp.« Genau wie Jaxon.

»Liz' Mom übte keinen Beruf aus«, fuhr sie fort, »sondern spielte die vorbildliche Hausfrau und stellte ihr Leben ganz auf ihren Mann ein. Fungierte als Gastgeberin, wenn er Kunden oder Kollegen zu sich einlud. Beklagte sich nie, wenn er erst spät aus dem Büro nach Hause kam. Nicht, dass er ihr Verhalten irgendwie zu schätzen gewusst hätte, denn er betrog sie mit seiner Sekretärin.«

»Ist seine Frau dahintergekommen?«, fragte Ann.

»Ja, und als sie ihn zur Rede stellte, gab der Dreckskerl ihr die Schuld an allem. Er sagte, sie habe sich gehen lassen, er könne sich nicht mit ihr unterhalten, sie sei ein ungebildetes Dummchen.«

»Reizender Zeitgenosse«, sagte Ann in verächtlichem Ton.

»Hört sich an, als sei sie ziemlich waschlappig gewesen«, meinte Jenny. »Hatte die Frau denn gar kein Rückgrat?«

Suzanne seufzte. »Nein. Fairerweise muss man sagen, dass sie wohl nie die Chance hatte, eins zu entwickeln. Sie brach das College ab, um ihn zu heiraten, und besaß weder berufliche Qualifikationen noch Selbstvertrauen. Sie versuchte, eine gute Ehefrau zu sein, und er hat ihr das Leben schwer gemacht.«

»Und deine Freundin Liz hat darunter gelitten«, sagte Rina.

Gelitten. O ja. »Sie war wie ihre Mom und versuchte stets, es ihrem Vater recht zu machen.«

»Oje«, stöhnte Ann.

»Genau. Die arme Liz hatte in ihren Eltern zwei schlechte Vorbilder. Jedenfalls dürften sie und ihre Mom ihrem Vater ziemlich gleichgültig gewesen sein. Er ließ die beiden sitzen und heiratete seine Sekretärin. Wenn Liz ihn anrief, war er immer zu beschäftigt, um sich mit ihr zu treffen. Und ihre Mom war völlig fertig. Sie schluckte Tabletten, zog sich in ihre Depression zurück und kam mit dem Leben einfach nicht mehr klar.«

»Sie haben Liz beide im Stich gelassen«, sagte Rina traurig. »Das ist so unfair. Klar, dass ihre Mutter deprimiert und wütend und verängstigt war, aber Liz doch sicher auch. Aber ihre Mom war erwachsen, während Liz erst … wie alt war sie?«

»Vierzehn.«

»Wie hat Liz reagiert?«, fragte Ann leise.

Suzanne schloss, mit den Tränen kämpfend, die Augen. »Sie hat sich selbst die Schuld gegeben. Alles war ihre Schuld, weil sie keine perfekte Tochter war.«

»Kinder neigen dazu, sich verantwortlich zu fühlen«, erklärte Rina. »Vor allem, wenn ihre Eltern sie nicht eines Besseren belehren. Das erlebe ich ständig bei meinen Musikschülern.«

Suzanne nickte. »Ich habe versucht, ihr das zu erklären, aber sie hat nicht auf mich gehört. Ständig hat sie gebüffelt, weil sie nur Einsen nach Hause bringen wollte. Dauernd hat sie gesagt, sie sei nicht schlank genug, nicht hübsch genug. Sie wurde immer dünner und dünner. Ihre Mutter kochte keine richtigen Mahlzeiten. Wenn wir Liz zu uns nach Hause einluden, stocherte sie nur in ihrem Essen herum. Einmal habe ich Liz dabei erwischt, wie sie sich nach dem Dinner im Badezimmer übergab. Sie sagte, sie habe Grippe.«

»Anorexie?«, fragte Ann mit leiser Stimme.

Suzanne nickte. »Das hat auch meine Mom vermutet. Sie rief Liz' Mutter an und sagte, ihre Tochter brauche Hilfe. Liz' Mom fuhr sie an und sagte, dass sie beide eine schlimme Zeit durchmachen, aber schon damit fertig werden würden. Meine Mutter ließ jedoch nicht locker. Sie redete mit einer Psychologin an der Schule, die ihr versprach, der Sache nachzugehen.«

»Hat es was gebracht?«, wollte Rina wissen.

Wie sollte sie den Rest der Geschichte erzählen? Suzanne schluckte schwer. Wahrscheinlich spürten ihre Freundinnen, dass es kein Happy End gab, denn keine von ihnen sagte ein Wort. Stattdessen tätschelten sie ihr den Arm und griffen nach ihren Händen.

Suzanne holte tief Luft, um dann rasch hervorzustoßen:

»Sie hat eine Handvoll von den Tabletten ihrer Mutter geschluckt. Ich weiß nicht, ob es ein Versehen war oder ob sie es absichtlich gemacht hat, aber als ihre Mutter sie dann fand, war es schon zu spät.«

Rina stieß einen entsetzten Laut aus. Die anderen schwiegen, doch ihre schockierten Gesichter sprachen Bände.

Suzannes Augen brannten. Sie wischte sich mit der Hand die Tränen weg. »Wir alle fühlten uns schuldig. Ich, meine Eltern, die Schulpsychologin. Liz' Mutter vermutlich auch. Vielleicht hatte sogar ihr Dad endlich Schuldgefühle. Jedenfalls sah er bei der Beerdigung ziemlich fertig aus. Mehr als ihre Mutter, die bis zu den Kiemen mit Tabletten abgefüllt war.«

Suzanne zog ein Papiertaschentuch heraus und schnäuzte sich. »Jedes Mal, wenn ich daran denke, bringt es mich von Neuem auf. Ich werde nie einen Mann heiraten, der wie Liz' Vater ist.«

»Und du wirst deine persönlichen Belange nie den Bedürfnissen deiner Kinder voranstellen«, sagte Ann. »Wie es ihre Eltern getan haben.«

Nachdem sie alle einen Moment geschwiegen hatten, hob Rina ihr Weinglas, um einen Trinkspruch auszubringen. »Auf Liz. Ich hoffe, sie hat ihren Frieden gefunden.«

Die anderen hoben ebenfalls ihre Gläser und stießen mit Rina an. »Auf Liz.«

Obwohl Suzannes Augen sich wieder mit Tränen füllten, fühlte sie sich besser als vorher. Es war fast so, als würde ihre alte Freundin einen Moment lang in diese warmherzige, liebevolle Gruppe einbezogen.

»Das ist eine traurige Geschichte«, stellte Ann fest.

»Eine Frau muss einen Mann finden, dem ihre Bedürfnisse ebenso am Herzen liegen wie seine eigenen«, sagte Rina. »Deshalb muss man möglichst früh über diese Dinge reden und herausfinden, ob man dieselben Zukunftserwartungen hat.« Ihre Stimme wurde lauter, was ungewöhnlich für sie war. »Das ist der Grund, warum so viele Ehen scheitern. Weil die Menschen es unterlassen, über die wichtigen Bedürfnisse zu sprechen. Dann sind sie plötzlich verheiratet und stellen fest, dass sie nicht miteinander glücklich werden können.«

»Rina?«, warf Ann mit leiser Stimme ein.

Rina wurde rot. »Entschuldigung. Musste gerade an meine Eltern denken. Sei bloß froh, Suze, dass ihr zwei, du und Jaxon, noch rechtzeitig in Erfahrung gebracht habt, dass ihr nicht zusammenpasst.«

»Froh? Sonderlich froh fühl ich mich eigentlich nicht. Aber ich weiß, dass du recht hast. Es ist gut, dass ich herausgefunden habe, dass wir kein Paar sein können. Andernfalls hätte ich mich vielleicht ...« Sie zuckte die Achseln.

Ann nickte. »Emotional engagiert? Ist das denn nicht schon der Fall? Kannst du das jetzt so einfach abschalten? Kannst du wieder nach den Champagnerregeln spielen, ohne dass deine Gefühle dabei verletzt werden?«

Würde sie das schaffen? Oder war es Zeit, Jaxon aufzugeben? »Das weiß ich nicht.«

»Habt ihr zwei irgendwas geplant?«, fragte Jenny. »Zum Beispiel ein Telefonsexdate oder was in der Art?«

»Nein, wir brauchen erst mal eine Pause.« Würde sie die Erste sein, die den Kontakt wieder aufnahm? Würde sie ihn je wiedersehen, wenn sie nicht die Initiative ergriff?

Bedrückt sagte sie: »Da wir gerade von Pause reden – wollen wir nicht mal von was anderem sprechen? Rina, ist es dir schon gelungen, den Mann mit den Zauberfingern ausfindig zu machen?«

Rina schüttelte den Kopf. »Ich habe hin und her überlegt, ob ich das überhaupt möchte. Wir passen wahrscheinlich genauso wenig zusammen wie du und Jaxon.«

»Meine Güte«, sagte Jenny. »Hat denn keine von euch was Lustiges zu erzählen?« Sie starrte Ann an.

Ann zuckte die Achseln. »Ich jedenfalls nicht. Jetzt kommt's ganz auf dich an, Jen. Hattest du in der letzten Zeit irgendwelchen heißen Sex?«

»Mit heißem Sex hat dieser ganze Trouble angefangen«, warf Suzanne warnend ein. Dann drehte sie sich Jen zu. »Also ,wie läuft's denn so mit Pete, dem Whirlpooltyp?«

»Da läuft nicht mehr viel. Ich halte ihn mir nur solange warm, bis ich Ersatz finde.«

»Gibt's denn niemand, der hinter den Kulissen wartet?«, fragte Ann.

»Tja, am Freitagabend habe ich ein Date, das meine Tante arrangiert hat. Mit einem Buchhalter, der der Enkel einer der Damen ist, mit denen sie Mah-Jongg spielt. Irgendwie bezweifle ich, dass er sich als zweiter Jaxon erweisen wird.«

17

Jaxon stand den ganzen Montag neben sich und hatte Mühe, sich auf die Unterredungen bei Family Friend zu konzentrieren. Er hatte beschlossen, mit den Managern im Hauptbüro anzufangen und sie, statt sie in die Kanzlei kommen zu lassen, aufzusuchen, weil er meinte, dass sie dann entspannter sein und er mehr erfahren würde.

Das Problem war nur, dass ihn das, was er erfuhr, nicht sonderlich glücklich machte.

Zunächst einmal reagierten die meisten von ihnen, als sie ihn sahen, schockiert.

An seinem makellosen Anzug, seinem Hemd und seiner Krawatte und seinem gepflegten Haarschnitt konnte es nicht liegen. Es musste an seiner Hautfarbe liegen.

Die ihre war durchgehend weiß. Ebenso wie die auf ihren Schreibtischen stehenden Fotos von Familienangehörigen, Freunden und Kollegen nur Weiße zeigten.

Seine letzte Unterredung war typisch für alle anderen. Als er Wayne Bakker, den Marketingmanager, zu dem Vorwurf befragte, dass er im Rahmen einer Beförderung eine afroamerikanische Frau zugunsten eines Weißen übergangen habe, sagte der Mann: »Manche Leute sind eben nicht bereit, sich zu engagieren und mehr zu arbeiten.«

Das stimmte zwar, doch die Klägerin, um die es hier ging, schien nicht zu diesen Leuten zu gehören. »Ms Zachary arbeitet seit fünf Jahren für Family Friend«, entgegnete Jaxon, »und war in den letzten zwei Jahren als leitende Verkäuferin tätig. Mr Norris ist erst ein Jahr bei Ihnen.«

Als Bakker das lediglich mit einem mürrischen Blick quittierte, fuhr Jaxon fort: »Natürlich hat Mr Norris eine jobbezogenere Ausbildung gehabt.«

»Ja, das ist es. Er ist besser qualifiziert.«

Besser qualifiziert? Wohl kaum. Die Schwarze war besser qualifiziert, der Weiße verfügte über eine entsprechende Ausbildung. Und Bakker war ein verdammter Blödmann.

»Diese Leute wollen alles umsonst«, klagte der Manager. »Sie sind nicht bereit, mehr Zeit und Arbeit zu investieren.«

»Diese Leute?« Den Ausdruck hörte Jaxon heute nicht zum ersten Mal.

Bakker sah ihn finster an. »Leute, die keine Qualifikationen haben. Keine Ausbildung. Keine Arbeitsroutine. Was auch immer.«

Etwas in der Art hatte auch Jaxon immer gesagt. Die Leute durften sich nicht darauf verlassen, gefördert zu werden, bloß weil sie einer Minderheit angehörten, sondern mussten hart arbeiten, wenn sie etwas erreichen wollten.

Er glaubte aber auch, dass sie nicht diskriminiert werden durften, wenn sie hart arbeiteten. Und nach dem zu urteilen, was er heute bei Family Friend erfahren hatte, hatte er den Eindruck, dass Diskriminierung in dieser Firma gang und gäbe war.

Am Dienstagmorgen saß er wieder in seinem Büro, um die Notizen, die er sich gemacht hatte, zu einem Bericht auszuarbeiten. Einem Bericht, der ihn beunruhigte.

Als Caitlin hereinkam, um ihn etwas zu fragen, fuhr er sie an: »Siehst du nicht, dass ich beschäftigt bin?«

Sie versuchte, eine finstere Miene zu machen, was ihr mit ihrem sommersprossigen Elfengesicht jedoch nur halbwegs gelang. »Meine Güte, Jax, was ist denn heute mit dir los? Das ist schon das dritte Mal, dass du mich anschnauzt.«

»Tut mir leid, ich hab einfach viel zu tun. Mit mir ist überhaupt nichts los.«

»Du hast immer viel zu tun. Du solltest dir mal so was wie ein Privatleben anschaffen, Boss.«

»Ich habe ein Privatleben«, erwiderte er unwirsch. Warum hatte er sie bloß ermutigt, so ungezwungen zu sein? Sein Privatleben ging sie nicht das Geringste an. Trotzdem unterließ er es, sie von Neuem anzufahren.

»Ich habe gemeint, dass du dir zum Beispiel eine Freundin anschaffen solltest«, sagte sie. »Du brauchst ein bisschen Spaß und Spiel.«

Er hatte nicht die Absicht, ihr zu verraten, dass er gerade zwei Wochenenden damit verbracht hatte, jede Menge sexuellen Spaß und Spiel zu haben. »Ich habe keine Zeit, um Frauen kennenzulernen, geschweige denn mit ihnen auszugehen.«

»Der Kennenlernteil wäre kein Problem. Ich kenne mindestens ein Dutzend Mädchen, die liebend gern mit dir ausgehen würden. Du bist so was wie ein klasse Fang.«

Da war Suzanne ganz sicher anderer Meinung. »Ich will aber nicht eingefangen werden.«

Sie verdrehte die Augen. »Wenn ich es nicht besser wüsste, würde ich annehmen, dass du immer noch auf deine Frau fixiert bist.«

»Ex. Und du weißt es in der Tat besser.«

»Tonya kann sehr zufrieden sein, was? Ich habe die Einladung zu diesem Dinner in ihrem neuen Restaurant gesehen. Scheint eine tolle Sache zu werden. Kleiner Wink mit dem Zaunpfahl!«

Irgendwann brachte Caitlins Unverfrorenheit ihn immer zum Lachen. »Wenn es eröffnet ist, spendiere ich dir dort mal einen Lunch«, sagte er glucksend.

»Klasse! Als Gegenleistung besorge ich dir ein Date für dieses Dinner.«

Bis vor Kurzem hatte er mit dem Gedanken gespielt, Suzanne mitzunehmen. Das Einzige, wozu er Leichtsinn 69 jetzt noch einladen würde, war heißer Sex. Falls ihm je wieder der Sinn danach stand. »Ich gehe allein.«

Caitlin stieß ein aufgebrachtes Schnauben aus. »Na prima. Ganz wie du möchtest.« Dann stolzierte sie aus dem Büro.

Als er sich wieder seinem Computer zuwandte, sah er Tonyas Einladung neben dem Gerät liegen.

Das Seltsame war, dass Suzanne wahrscheinlich mit den anderen Frauen in seinem Leben gut harmonieren würde. Bloß mit ihm kam sie nicht gut aus.

Seine Mutter hatte gesagt, sie scheine ein nettes Mädchen zu sein. Und wie sich herausgestellt hatte, war sie das auch, ebenso wie sie eine Sexbombe war. Ein nettes Mädchen, das schließlich bei einem Mann landen würde, der weit weniger erfolgreich war als er. Aber so wollte sie es ja haben.

Es war nicht so, dass er sein bisheriges Leben damit zugebracht hatte zu versuchen, besser zu sein als andere. Na ja, vielleicht doch. Allerdings versuchte er nicht auf streberhafte Weise besser zu sein – zumindest hoffte er das. Ihm ging es darum zu beweisen, dass er alles erreichen konnte, was ein Weißer zu erreichen vermochte.

Und Suzanne würde sich einen Weißen aussuchen, der sich mit einem Erfolgsminimum begnügte.

Nicht dass er sich wünschte, sie würde sich ihn aussuchen, zum Beispiel um ihn zu heiraten und dergleichen Mist. Aber warum verdross es ihn dann so sehr, dass sie die Ziele, die er sich gesetzt hatte, ablehnte?

Weil es bedeutete, dass sie ihn ablehnte. Das, was er als Mensch war. Als Liebhaber fand sie ihn rundum akzeptabel, aber nicht als Menschen.

Er stieß einen tiefen Seufzer aus. Verflucht noch mal. Zwischen ihm und Suzanne hatte sich ansatzweise etwas Wertvolles entwickelt. Erschöpft und gestresst, wie er war, vermisste er jetzt eher die Freundin als die Sexbombe.

Doch ihre Beziehung war ja gerade dadurch in die Brüche gegangen, dass sie sich aufs Terrain der Freundschaft vorgewagt hatten. Offenbar waren in ihrem Fall Sex und Freundschaft nicht miteinander vereinbar.

Na schön, sie hatten also ihre Lektion gelernt. Aber warum ging ihm die Sache dann ständig im Kopf herum?

Er griff zum Telefon und wählte Tonyas Nummer, um ihr mitzuteilen, dass er allein zu ihrer Dinnerparty kommen würde.

»Dann kannst du Darissas Tischnachbar sein«, sagte sie.

»Bringt Mom denn kein Date mit?«

»Du müsstest eigentlich wissen, dass sie Privates und Geschäftliches strikt voneinander trennt.«

»Ja, stimmt. Mensch, dass sie Dates hat, habe ich ja erst vor einer Woche oder so von ihr erfahren. Vorher wusste ich das gar nicht.«

»Sie ist eben sehr zurückhaltend.« Tonya machte eine Pause, um anschließend zu sagen: »Jax, hast du wirklich nichts dagegen, dass sie in mein Geschäft eingestiegen ist?«

»Warum sollte ich?«

»Weil ein neues Unternehmen immer riskant ist. Ich weiß doch, welch großen Wert du auf ihre finanzielle Sicherheit legst.«

Das stimmte zwar, doch aus irgendeinem Grund hatte er diesen Aspekt des neuen Unternehmens nie hinterfragt. Als ihm klar wurde, warum, musste er lächeln. »Ich habe Vertrauen zu euch beiden. Ihr werdet die Sache schon in den Griff bekommen.«

Doch ihre Bemerkung über finanzielle Dinge erinnerte

ihn an etwas, das Suzanne und Rick gesagt hatten. Er biss sich auf die Lippe. »Bin ich zu sehr auf Geld fixiert?«

»Ist doch ganz natürlich, dass du dich auch in dieser Hinsicht um deine Mom kümmerst.«

»Ja, sicher, aber ich meine … im Allgemeinen. In meinem eigenen Leben, meinem Beruf.«

»Hm … Auf Geld fixiert? Nein, würde ich nicht sagen.« Gleichwohl war ihrem Tonfall zu entnehmen, dass es etwas gab, das sie sagen *würde.*

Er hielt nichts davon, sich von anderen kritisieren zu lassen, doch auf Tonyas Meinung legte er großen Wert. In vielerlei Hinsicht kannte sie ihn besser als jeder andere. »Aber?«, hakte er nach.

»Du brennst wirklich vor Ehrgeiz, etwas aus dir zu machen.«

»Du auch.«

»Nun ja, ich möchte mein eigenes Restaurant haben, möchte schalten und walten können, wie es mir gefällt, und möchte meine Gäste zufriedenstellen. Aber um der persönlichen Befriedigung willen, weißt du? Nicht um des … Ruhmes willen.«

Diese Feststellung kam so unerwartet, dass er lachen musste. »Glaubst du, ich sei auf Ruhm aus?«

»Du bist darauf aus, etwas zu beweisen, Jax. Dir selbst und der Welt.«

Klar war er das. »Willst du damit sagen, das sei schlecht?«

»Es führt dazu, dass du dich so sehr auf deine Ziele konzentrierst, dass alles andere weitgehend ausgeklammert wird. Das ist deine Methode, etwas zu erreichen.«

Richtig. Diese Methode hatte er sich schon als Kind angeeignet, und sie hatte immer Erfolg gehabt. Abgesehen von … »In unserer Ehe hat sie allerdings versagt.«

»Stimmt. Weil du sie nicht für ein wichtiges Ziel gehalten hast. Oder zumindest nicht für so wichtig wie deine Arbeit.«

Verdammt. Sie hatte recht. Er hatte sie zwar geliebt, aber seine Karriere hatte ihm mehr bedeutet. »Ich habe dich damals sehr enttäuscht. Dir wehgetan.«

»Ja.« Sie seufzte. »Herrgott noch mal, es ist nicht fair, allein dir die Schuld zuzuschieben. Ich habe auch Fehler gemacht. Ich wusste, wie hart du schuftest, und kannte deine Ziele. Schon als Praktikant hattest du kaum Zeit, dich mit mir zu treffen. Wie konnte ich da annehmen, dass du dich ändern würdest? Ich habe dich geliebt, Jax, aber uns beiden hätte klar sein müssen, dass unsere Ehe nicht gut gehen würde.«

Genau. Wenn sie je ein solches Gespräch geführt hätten, wie er und Suzanne es am Samstag getan haben, hätten sie nie geheiratet. »Ich habe dich auch geliebt«, sagte er leise. »Danke, dass du so verständnisvoll bist.«

Nachdem sie einen Moment geschwiegen hatte, lachte sie glucksend. »Statt wie sonst herumzusticheln, meinst du? Tut mir leid, aber vermutlich sind die alten Wunden doch noch nicht ganz verheilt. Was eigentlich verrückt ist, weil ich mit Benjamin so glücklich bin. Und dankbar, dass ich frei war, als er auftauchte.«

»Ich bin froh, dass diesmal alles so gut bei dir klappt.«

»Ich auch. Diesmal wusste ich, wonach ich suche. Benjamin und ich sind nicht nur ein Liebespaar, sondern gute Freunde und Partner. Wir lassen uns gegenseitig an unserem Leben teilhaben. Wir sprechen über unsere Jobs, helfen einander und achten stets darauf, dass noch Zeit zum Reden, Lieben und Lachen bleibt.«

Ja, Suzanne und Tonya würden in der Tat gut miteinander auskommen. Denn sie hatten dieselben Wertvorstellungen. Genau wie Rick.

War er der Einzige auf der Welt, der versuchte, den amerikanischen Traum zu leben?

Oder hatte er diesen Traum am Ende missverstanden?

Als Jax am Mittwoch aufstand, überlegte er, ob das gemeinsame Racketballspiel nach wie vor angesagt war. Eigentlich hatte er damit gerechnet, eine E-Mail von Rick zu bekommen, in der dieser die Verabredung absagte. Als keine eingetroffen war, hatte Jax mit dem Gedanken gespielt, selbst eine abzuschicken. Doch damit hätte er etwas zugegeben, und wenn Rick das nicht tat, dann würde er es ebenfalls nicht tun.

Im Umkleideraum des Clubs war Rick nirgendwo zu sehen.

Langsam nahm Jax seinen Schläger aus dem Futteral. Wenn die regelmäßigen Ballspiele mit Rick nicht mehr stattfanden, würde er sich auf andere Weise sportlich betätigen müssen. All die Stunden am Schreibtisch forderten ihren Tribut von seinem Körper.

Wenige Minuten später flog die Tür auf, und Rick kam atemlos hereingestürzt. »Der Zug hatte Verspätung.«

»Kein Problem.« Jax bückte sich, um seine Turnschuhe wieder zuzuschnüren.

Warum fühlte er sich so erleichtert? Er redete sich ein, das liege nur daran, dass er sportliche Betätigung brauchte und ihre drei Mal in der Woche stattfindenden Ballspiele die bequemste Methode darstellten.

Sie spielten, ohne sich zu unterhalten, und sagten lediglich den jeweiligen Spielstand an. Das Match war so hart und schnell, dass ihnen beiden der Schweiß ausbrach und sie außer Atem gerieten. Nachdem Jax das erste und Rick das zweite Spiel gewonnen hatte, lieferten sie sich einen harten Kampf, bis Jax schließlich auch das dritte Spiel gewann.

»Gutes Match«, keuchte Rick.

»Ja.«

Anschließend schwiegen sie abermals und sagten erst wieder etwas, nachdem sie sich geduscht und umgezogen hatten und zusammen auf die Straße traten.

»Hoffe, der Zug fährt wieder pünktlich«, sagte Jax.

»Ja.«

»Bis Freitag?«

»Ja.«

Okay, auch gut, es war ja nicht so, dass er sich unbedingt mit Rick unterhalten wollte. Bei ihren Treffen ging es schließlich vor allem darum, fit zu bleiben.

Trotzdem war diese Einsilbigkeit unangenehm. Er könnte Rick anrufen und sich entschuldigen. Aber verflucht noch mal, es war Rick, der zu weit gegangen war und statt der üblichen Spötteleien ernsthaft Kritik geübt hatte. Folglich war er derjenige, der sich als Erster entschuldigen musste.

Suzanne *hatte* sich entschuldigt.

Und was hatte das gebracht? Dass sie an einem Punkt angelangt waren, wo er das Gefühl hatte, dass er ihr noch nicht einmal mailen konnte, es sei denn, um abgedrehten Sex vorzuschlagen.

Am Donnerstagabend stellten sich bei Jax ernsthafte Entzugserscheinungen hinsichtlich Suzannes ein. Diesen Cold Turkey hielt er einfach nicht aus, er musste ihre Stimme hören.

Gegen zehn griff er nach seinem Handy und rief sie aus seinem Büro an. Auf sein »Hallo« folgte ein langes Schweigen.

Dann sagte sie: »Jaxon? Wie geht es dir?« Ihr Ton klang zurückhaltend.

Er beschloss, ehrlich zu sein. »Ich bin müde und überarbeitet. Alles wie gehabt.«

Sie lachte leise. Als sie weitersprach, hörte sich ihre Stimme ein wenig entspannter an. »Bist du auf der Partnerschaftsleiter schon ein Stück weiter nach oben gekommen?«

Er hörte genau hin, vermochte aber keinen stichelnden Unterton auszumachen. Mensch, war es schön, ihre Stimme zu hören.

»Hoffe ich zumindest.« Er warf einen Blick auf die Aktenstöße auf seinem Schreibtisch. »Es muss doch einen Grund geben …« Er verstummte.

»Grund wofür?« Sie hörte sich so sanft an, als wolle sie wirklich wissen, was er meinte.

»Dafür, dass ich mich derart totarbeite, wollte ich sagen.«

»Du kennst den Grund doch, oder? Wenigstens hat es sich so angehört, als du von deinen Zielen gesprochen hast.«

»Ich …«

»Hör mal«, unterbrach sie ihn, »es war mies von mir, dich zu attackieren, weil du bestimmte Prioritäten setzt. Ich hätte es besser wissen müssen. Ich habe drei Freundinnen, mit denen ich mich jede Woche treffe, und das Wunderbare an unserer Freundschaft ist, dass wir in der Lage sind, uneins zu sein. Wir diskutieren, äußern unsere Meinung, sind uns manchmal einfach nur einig, dass wir uns nicht einig sind, aber das sind keine Attacken. Wir sind uns gegenseitig eine Stütze, weil wir einander am Herzen liegen.«

Als er sich die vier vorstellte, musste er lächeln. »Ich bin mir nicht ganz sicher, ob du mich wirklich attackiert hast«, erwiderte er. »Gewiss, ich habe es so empfunden, aber das lag daran, dass du einen meiner empfindlichsten Punkte getroffen hast. Vielleicht habe ich überreagiert.«

»Ich weiß *genau,* wie das ist«, entgegnete sie. »Deshalb habe ich selbst ja so heftig reagiert. Mein empfindlicher Punkt sind Väter, die ihre Kinder ihrer Arbeit unterordnen.«

Er schob seinen Stuhl zurück, um die Beine auf den Tisch zu legen. »Das kann ich gut nachvollziehen. Schließlich hatte ich einen Vater, der mein Vorhandensein nicht anerkannt hat, und einen Stiefvater, dem es lieber gewesen wäre, wenn es mich nicht gegeben hätte.«

»O Jaxon, so habe ich das noch nie gesehen. Was bin ich doch für eine Idiotin!«

»Du brauchst mich nicht zu bemitleiden. Bei meiner Mom stand ich immer an erster Stelle.«

»Sie scheint eine wundervolle Frau zu sein.«

O ja, Suzanne und seine Mom würden zweifellos gut miteinander auskommen.

»Und wie steht's mit dir?«, fragte sie. »Möchtest du eines Tages Kinder haben? Als du von deinen Zielen gesprochen hast, hast du nichts von Familiengründung gesagt.«

Darüber hatte er noch nie nachgedacht. Als er und Tonya geheiratet hatten, waren sie übereingekommen, dass Kinder auf lange Sicht kein Thema waren. Aber ... wenn er es nicht schaffte, Ehe und Karriere unter einen Hut zu bringen, dann würde es ihm sicher auch nicht gelingen, sich so, wie es sich gehörte, um Kinder zu kümmern.

Warum war ihm diese Erkenntnis bisher noch nie gekommen?

»Wahrscheinlich eher nicht«, antwortete er.

Sein Verstand sagte ihm, dass das die richtige Entscheidung war. Aber dann ... würde er nie Vater sein. Würde seinem Kind nie bei den Hausaufgaben helfen oder ihm Basketball beibringen können. Würde nie in der Lage sein, sich anders als sein Vater und sein Stiefvater zu verhalten und ein richtiger Dad zu sein.

Und seine Mom würde nie Großmutter. Manchmal zog sie ihn damit auf, dass er endlich heiraten und sie zur Oma machen sollte. Ob sie das ernst meinte, wusste er nicht.

»Zu schade«, sagte Suzanne, »dass all diese großartigen Gene nicht weitergegeben werden.«

»Großartige Gene?«

»Gutes Aussehen, Intelligenz, athletischer Körperbau. Du bist der perfekte Mann.«

Er runzelte die Stirn. »Das glaubst du nicht wirklich. Du glaubst, ich sei ein Workaholic.«

»Nun ja … das bist du doch auch, oder? Aber das ist nicht genetisch bedingt.«

»Meine Mom hat ebenfalls hart gearbeitet.«

»Ja, aber um zu überleben und damit du ein schönes Leben hast.«

»Sie hat mir beigebracht, dass alles möglich ist, wenn man hart genug arbeitet.«

»Da hat sie dir was Gutes beigebracht. Jeder muss selbst entscheiden, wofür er arbeiten möchte. Das hast du getan, und jetzt ist es dein Bestreben, es zu verwirklichen. Das ist etwas, worauf man stolz sein kann.«

Jetzt attackierte sie ihn nicht, sondern behauptete, dass er stolz sein könne. Warum fühlte er sich trotzdem nicht besser?

Er lehnte sich im Stuhl zurück und bewegte seinen schmerzenden Nacken hin und her. Er hätte viel dafür gegeben, wenn sie ihm jetzt die Schultern massiert hätte. »Hey, Suzanne, du sagtest, dein empfindlicher Punkt seien Väter, die ihre Kinder im Stich lassen. Aber dein Vater ist doch für dich und deine Schwester da, oder?«

»Das ist eine lange Geschichte.«

Und offenbar eine, an der sie ihn nicht teilhaben lassen wollte. Wie albern, sich gekränkt zu fühlen. »Ist schon okay. Vergiss die Frage.«

»Nein, nein, es fällt mir nur schwer, darüber zu sprechen, obwohl ich es diese Woche schon einmal getan habe, und zwar als ich mit meinen Freundinnen zusammen war.« Sie seufzte leise, dann fuhr sie fort: »Als ich ein Mädchen war, hatte ich eine beste Freundin …«

Er hörte zu, wie Suzanne ihm die Geschichte von Liz erzählte. Als sie fertig war, sagte er: »Die arme Liz. Und du bist auch zu bedauern. Es muss sehr schmerzlich für dich gewesen sein zu wissen, dass deine Freundin litt, sich aber nicht von dir helfen lassen wollte.«

»Das war es. Ich habe immer noch das Gefühl, als hätte ich sie im Stich gelassen.«

»Du hast alles getan, was eine Freundin tun kann.«

»Wir alle wussten, dass ihre Mom Tabletten schluckte. Wir wussten, dass sie Liz zugänglich waren, wussten, dass sie verstört war, sich schuldig und deprimiert fühlte. Wir hätten damit rechnen müssen.«

»Hinterher ist man immer klüger. Ich bin sicher, das du damals alles in deiner Macht Stehende getan hast. Ich weiß doch, wie du bist.«

»Zumindest habe ich es versucht.«

Plötzlich kam ihm ein Gedanke. »Suzanne, was ist dein wichtigstes Ziel?«

»Ich würde sagen … ein mitfühlender, fürsorglicher Mensch zu sein. Eine gute Tochter, Schwester, Freundin. Eine gute Ehefrau und Mutter, wenn es so weit ist. Eine gute Tierärztin. Vermutlich auch – ich weiß, dass sich das irgendwie albern anhört – eine gute Weltbürgerin.«

»Dieses Ziel hast du bereits erreicht. Ich könnte wetten, dass du deine Familie oder deine Freunde noch nie im Stich gelassen hast. Und wenn du Mutter bist, wirst du immer für deine Kinder da sein.«

Sie sagte kein Wort, doch er hörte, wie sie schniefte.

»Brauchst du wieder eine Schulter zum Ausweinen? Ich wünschte, ich könnte dir meine anbieten.« Das meinte er ernst. Sicher, mit Tränen kam er nicht sonderlich gut zurecht, aber er hätte sie gern in den Arm genommen und sie getröstet.

»Du … du bist wirklich ein ganz süßer Mann.«

»Verdammt noch mal, ich mag dich eben.« Als er die Worte aussprach, wurde ihm klar, wie wahr sie waren. »Dass wir unterschiedliche Ziele haben, heißt doch noch lange nicht, dass wir keine Freunde sein können. Ich mag dich, und ich respektiere deine Ansichten, selbst wenn ich nicht immer mit ihnen übereinstimme.«

»Das ist genau wie bei den Tollen Vier«, murmelte sie.

»Den was?«

»Meiner Gruppe von Freundinnen.«

Ihre engsten Freundinnen. Es schmeichelte ihm, in diesen Kreis einbezogen zu werden.

»Weißt du, warum ich angerufen habe?«, fragte er.

»Äh … um Telefonsex zu haben?«, erwiderte sie zögernd.

Er lachte. »Nein, diesmal nicht. Du hast mir gefehlt. Unsere Freundschaft hat mir gefehlt.«

»Freundschaft«, wiederholte sie, um dann hinzuzufügen: »Mir ist gerade klar geworden, dass wir wieder gegen die Regeln verstoßen haben. Bloß dass wir uns diesmal nicht streiten.«

»Gott sei Dank nicht!«

Sie lachte. »Bisher haben wir fast nur über mich gesprochen, Jaxon. Jetzt erzähl mir mal etwas von dir, etwas aus deinem Leben. Vielleicht von einem Fall, an dem du gerade arbeitest, oder etwas von deiner Mutter. Oder warte mal … erzähl mir etwas über deinen kulturellen Background.« Vor Aufregung sprach sie immer schneller. »Ich weiß nicht viel über Jamaika. Was hat es mit Reggae auf sich? Der stammt doch aus Jamaika, oder? Und was ist eigentlich Hühnchen auf jamaikanische Art?«

Genau das war der Grund, warum er den Leuten nicht verriet, wo er herkam. Er war kein Jamaikaner, sondern Amerikaner. Hühnchen auf jamaikanische Art aß er ebenso wenig wie sie, und aus Reggae hatte er sich noch nie etwas gemacht, ganz abgesehen davon, dass er keine Zeit hatte, sich Musik welcher Art auch immer anzuhören.

»Dabei wird das Hühnchen an mehreren Stellen eingeritzt«, erklärte er, seine Ungehaltenheit unterdrückend, »in die man dann Gewürze füllt. Anschließend wird das Ganze in einem Steinofen gegart, in dem grünes Holz verbrannt wird, damit der Geschmack und das Aroma noch besser werden. Zumindest hat man es früher so gemacht. Heutzutage benutzen die meisten Leute eine Marinade und eine Soße, mit der das Gericht beim Garen begossen wird.«

»Hört sich köstlich an.«

»Weiß ich nicht mehr. Habe ich schon seit Jahren nicht gegessen.« Seit sein Stiefvater seiner Mom mitgeteilt hatte, dass sie jetzt Amerikanerin sei und lernen müsse, amerikanisches Essen zuzubereiten.

»Tatsächlich? Warum denn nicht?«

Die Frau begriff es einfach nicht. »Ich habe nur ein paar Jahre auf Jamaika gelebt, als kleiner Junge. Warum sollte ich mich für Jamaika interessieren? Ich bin Amerikaner.« In einem solche Maße, dass er immer abschaltete, wenn seine Mutter in Erinnerungen an ihr Leben auf Jamaika schwelgte.

»Sicher, aber trotzdem ist das dein kultureller Background.«

Sie waren Freunde, das hieß, dass sie imstande sein mussten, sich über dies und das zu unterhalten, ohne böse zu werden. Obwohl er mit so etwas nicht sonderlich viel Erfahrung hatte, wollte er es gern versuchen. »Hör mal, ich weiß nicht recht, wie ich es auf höfliche Weise sagen soll, aber ich habe ein bisschen das Gefühl, dass ich hier in ein, äh, Klischee gezwängt werde.«

»In ein Klischee? Hältst du mich etwa für eine Rassistin, Jaxon? Es hat doch nichts mit Rassismus zu tun, wenn man seinen kulturellen Background pflegt und sich für den anderen interessiert. Ich habe einen irischen und einen englischen Background. Das heißt, dass Dad uns irische Pub-Songs beibringt und Mom englische; dass Dad uns von dem Aberglauben erzählt, dass im Garten Leprechauns lauern, und dass wir, wenn die Erdbeeren reif sind, sie mit Devonshire Cream essen, wie es in England üblich ist.«

Was zum Teufel sollte er zu alldem sagen? Doch da sie bereits fortfuhr, brauchte er sich darüber keine Gedanken zu machen.

»Wenn hier jemand ein Rassist ist, Jaxon, dann du.«

»Ein Rassist? Was zum Geier redest du da eigentlich?« War ihr die Farbe seiner Haut entgangen?

»Du bist derjenige, der glaubt, man könne nicht vorankommen, wenn man schwarz ist, und müsse so tun, als sei man weiß.«

Ricks Worte fielen ihm wieder ein. *Ist dir schon mal in den Sinn gekommen, dass du dieses ich-tu-so-als-sei-ich-ein-Weißer zu weit treibst?*

»Kann sein, dass du nicht richtig hingesehen hast«, erwiderte er in scharfem Ton, »aber es dürfte mir wohl kaum gelingen, als Weißer durchzugehen.«

»Das habe ich nicht ... O Gott, wir sind schon wieder dabei. Wir brauchen diese Regeln wirklich.«

Das konnte man laut sagen!

Jax holte tief Luft, um seinen Zorn zu bezwingen. Nein, natürlich hielt er Suzanne nicht für eine Rassistin, und er war sicher, dass auch sie ihn nicht für einen Rassisten hielt. Ihm fiel ein, was sie über ihre Freundinnen gesagt hatte. »Vielleicht brauchen wir die Regeln gar nicht«, sagte er. »Offenbar sind wir gerade auf weitere empfindliche Punkte gestoßen. Das heißt noch lange nicht, dass wir uns streiten müssen.«

»Genau!«, entgegnete sie. »Du hast völlig recht. Stattdessen beruhigen wir uns und sind uns darüber einig, dass wir uneins sind. Noch besser wäre vielleicht, wenn wir uns weiter unterhielten und versuchten, die Perspektive des anderen zu begreifen.«

Ein weiteres Gespräch darüber, was es hieß, Jamaikaner zu sein? Er sollte sie wirklich mit seiner Mom zusammenbringen. »Vielleicht ein andermal, aber nicht heute Abend, okay?«

»Ja, natürlich«, sagte sie, nachdem sie einen Moment geschwiegen hatte. »Für uns alle gibt es Themen, über die zu sprechen wir nicht bereit sind. Bei mir war das die Geschichte mit Liz.«

»Danke. Außerdem ist es schon ziemlich spät. Ich muss langsam Schluss machen.« Er spielte mit dem Gedanken zu erwähnen, dass er noch arbeiten musste, aber darauf kam sie wohl von selbst.

»Ruf mal wieder an, wenn du Zeit hast.«

»Klar.« Vielleicht stand ihr jetzt, da die Dinge wieder einigermaßen im Lot waren, sogar der Sinn nach einem kleinen Spielchen? »Was hältst du denn davon, einen Telefonsextermin auszumachen, sexy Lady?«

»Gern«, sagte sie nach kurzem Zögern, um dann in verführerischem Ton fortzufahren: »Trägst du eigentlich im Büro deine Boxershorts?«

Verdammt, ausgerechnet das musste ihr einfallen. »Nein.«

»Dann zieh sie morgen an«, sagte sie in energischem Ton. »Und ruf mich morgen Abend an, wenn alle anderen nach Hause gegangen sind.«

Als er am Freitagmorgen aus der Dusche kam, klingelte sein Handy.

»Kann heute nicht zum Ballspiel kommen«, teilte Rick ihm mit.

Verdammt. Und nächste Woche würde Rick ebenfalls zu viel zu tun haben. Auf diese Weise drückte er aus, dass er verärgert war.

»Schade«, erwiderte Jaxon in kühlem Ton. Ob er sich entschuldigen sollte? Ging es nicht auch in diesem Fall nur um empfindliche Punkte und Überreaktion?

Während Jax noch darüber nachdachte, wie er anfangen sollte, fuhr Rick mit belegter Stimme fort: »Bei uns ist die Hölle los. Jase hat sich im Kindergarten irgendwas eingefangen.« Er hustete. »Rosa ging es die ganze Nacht schlecht, und ich glaube, mich hat's auch erwischt. Jedenfalls fühle ich mich rundum mies.«

Erwischt? Dann war das also kein Vorwand, um ihn abblitzen zu lassen? Erleichtert sagte er: »Du Armer. Kann ich irgendwas für dich tun?«

»Nein, aber trotzdem danke.« Rick hustete von Neuem, was sich ziemlich schlimm anhörte. »Wir werden alle im Bett bleiben. Bis Montag ist sicher wieder alles in Ordnung.«

»Gib mir Bescheid.«

Der arme Kerl. Das war eine beschissene Art, das Wochenende zu verbringen.

Wochenende. Moment mal. »Was ist denn mit deiner Basketballsache am Samstag? Hast du einen Ersatztrainer?«

Rick hustete abermals. »Nein. Willst du dich zur Verfügung stellen?«

Dieses Wochenende würde er nicht nach Vancouver fliegen. Die verlorene Zeit konnte er wieder herausholen, indem er nachts noch länger arbeitete. Außerdem brauchte er

Bewegung. Und Rick brauchte Hilfe, die Kinder brauchten einen Trainer, und Tatsache war, dass er aus unerfindlichen Gründen den Wunsch hatte, es zu tun.

»Ja, okay. Aber dann bist du mir was schuldig. Vielleicht könntet ihr mich mal zu euch zum Essen einladen, wenn ihr alle wieder fit seid.« Ihm kam zu Bewusstsein, dass er sich darauf freute – auf eine Mahlzeit im Familienkreis.

Um ersatzweise an einer Art von Leben teilzunehmen, wie er es nie haben würde.

Nicht dass er darauf erpicht gewesen wäre. Natürlich nicht.

Rick stieß ein überraschtes Lachen aus, hustete von Neuem und sagte: »Abgemacht.«

Nachdem Jax aufgelegt hatte, zog er eine Schublade seiner Kommode auf und langte automatisch nach einem Paar dunkler Unterhosen. In dem Moment stach ihm etwas Rotes ins Auge. Verdammt, er hatte es Suzanne versprochen.

Glücklicherweise würde er heute Morgen nicht in den Club gehen. Rick hätte sich totgelacht, wenn er Jaxons rote Boxershorts gesehen hätte.

Er zog die Shorts an. Ja, es fühlte sich wirklich gut an, wenn sich Seide gegen Haut schmiegte. Außerdem war jeder Zentimeter dieser Seide mit einer Erinnerung an Suzanne verknüpft.

Anschließend schlüpfte er in seine Anzughose. Statt fest in der Mitte verstaut zu sein, hing sein Schwanz lose im linken Hosenbein der Boxershorts. Als Athlet hatte er schon oft ein Suspensorium getragen und zog, wenn es um seine Weichteile ging, Sicherheit allem anderen vor.

Andere Männer trugen ständig Boxershorts.

Allerdings hatten, wie er aufgrund seiner Beobachtungen in Umkleideräumen wusste, andere Männer auch nicht so viel in ihrer Unterhose zu verstauen.

Wenn er das den ganzen Tag auf sich nahm, hatte er sich eine Belohnung verdient, wenn er heute Abend Suzanne anrief.

Sein Apartment lag nur wenige Häuserblocks von seinem Büro entfernt. Als er die California Street entlangging, musste er zugeben, dass er noch nie etwas getragen hatte, das sich so sexy angefühlt hätte wie die Seidenshorts.

Er warf einen Blick nach unten. Gute Güte, wenn er das linke Bein bewegte, schmiegte sich der Stoff seiner Anzughose derart an seinen Körper, dass man seinen Schwanz sehen konnte. Unverzüglich machte er kürzere Schritte. Das war wesentlich besser, denn jetzt spannte der Stoff nicht mehr so sehr.

Fast hätte er laut aufgelacht. Der Starathlet Jaxon Navarre schlurfte wie ein ältlicher Krüppel die Straße entlang.

Es erleichterte ihn ungemein, als er endlich im Büro anlangte und sich auf seinen Schreibtischstuhl sinken lassen konnte. Ein Blick nach unten verriet ihm, dass seine Weichteile verräterisch die Hose ausbeulten.

»Morgen, Boss«, rief Caitlin mit fröhlicher Stimme von der Tür her.

Rasch schob er den Stuhl näher an den Schreibtisch, sodass er mit dem Oberkörper an der Tischkante lehnte. »Morgen.«

Sie runzelte die Stirn. »Alles in Ordnung?«

»Alles bestens.«

»Gefällt dir meine neue Haarfarbe nicht?«

Erst jetzt fiel ihm auf, dass ihr Haar, statt orangefarben zu sein, eine Farbe hatte, die er nur als Bananengelb bezeichnen konnte. Sie und ihre Haarstylistin probierten offenbar sämtliche Fruchtfarben durch. »Äh, sieht interessant aus.« Was zum Teufel war eigentlich gegen die natürliche Haarfarbe einzuwenden, wie Suzanne sie hatte?

»O Gott, bei so vielen Komplimenten werde ich ja ganz rot.« Sie verdrehte die Augen und verschwand.

Als sie weg war, schob er seinen Stuhl zurück und betrachtete seinen Schoß. Im Grunde genommen war es nicht allzu schlimm. Wenn man nicht gerade auf seinen Schritt starrte, würde vermutlich niemand etwas bemerken. Oder?

Er stellte sich vor, wie Suzanne auf seinen Schritt starrte und wie sein Schwanz unter ihrem Blick steif wurde, gegen die rote Seide drückte, nach oben strebte …

»Der Kaffee ist fertig«, rief Caitlin von der Tür.

Blitzschnell rückte er seinen Stuhl wieder nach vorn. »Danke, ich hole mir gleich welchen.«

Sie schüttelte den Kopf. »Du arbeitest ganz entschieden zu viel.« Dann trat sie von der Tür weg.

Den ganzen Tag fühlte er sich befangen. Noch nie war er sich außerhalb einer sexuellen Situation seiner Genitalien so bewusst gewesen. Die Seide war Verführung und Qual zugleich. Er kam sich wie ein völlig anderer Mann vor. Er war nicht mehr der Jaxon Navarre des Arbeitsalltags, sondern Suzannes Liebhaber – ein Umstand, der ihm von den seidenen Liebkosungen permanent in Erinnerung gerufen wurde.

Da Freitag war, leerte sich die Kanzlei schon früh. Er holte sich von draußen ein mexikanisches Hühnchenwrap zum Dinner, nahm eine Cola aus dem Kühlschrank in der Küche und kehrte in sein Büro zurück, wo er die Tür hinter sich zumachte. Endlich konnte er sich entspannen. Er aß einige Bissen von seinem Wrap und trank einen großen Schluck kalte Cola.

Sich zurücklehnend, drehte er den Nacken hin und her und stellte sich vor, von Suzanne berührt zu werden. Dann warf er einen Blick auf seinen Schoß.

Wenn sie hier gewesen wäre, hätte sie mit dem Finger

über den Stoff gestrichen, der seinen Schwanz bedeckte. Stattdessen machte er es selbst, worauf die Ausbuchtung noch größer wurde. Dann zog er den Reißverschluss seiner Hose nach unten, um das knallrote Kleidungsstück zu mustern, das ihn den ganzen Tag gequält hatte.

Er nahm seine Hoden durch die Seide hindurch in die Hand und ließ diese weiter nach oben gleiten, um seinen Schwanz zu umspannen, der immer härter wurde. Er holte ihn aus dem Hosenbein hervor und liebkoste ihn.

Nein. Das würde er sich für später aufheben. Um es zusammen mit Suzanne zu machen.

Er zog seine Hand zurück und machte den Reißverschluss zu. Jetzt würde er erst einmal aufessen und dann ein paar Stunden arbeiten. Anschließend würde er sie anrufen, um sich seine Belohnung zu holen.

»Dann werd ich mal nach Hause gehen«, sagte Suzanne zu ihrem Dad, nachdem sie die Popcornschüssel abgetrocknet und das Geschirrhandtuch aufgehängt hatte.

Sie hatte die Einladung ihrer Eltern angenommen, bei ihnen zu Abend zu essen und zusammen mit ihrer Nichte und ihrem Neffen – die, da Freitagabend war, bei den Großeltern schliefen – ein Video zu gucken.

»Willst *du* ihnen nicht heute mal eine Gutenachtgeschichte vorlesen?«, fragte ihr Vater. Ihre Mutter hatte die Kinder bereits nach oben gebracht, während sie und ihr Vater sich um den Abwasch kümmerten.

»Beim nächsten Mal.« Normalerweise hätte sie das nur zu gern gemacht, aber nachher würde Jaxon anrufen, und sie brauchte ein bisschen Zeit, um zu duschen und sich in die richtige Stimmung zu versetzen.

Nachdem sie ihren Dad umarmt hatte, ging sie die Hintertreppe hinunter. Im dämmrigen Garten roch es nach Rosen.

Melody und Zorro hießen sie an der Tür willkommen, was sie jedoch kaum zur Kenntnis nahm, weil all ihre Gedanken um Jaxon kreisten.

Heute Abend würden sie Telefonsex haben. Vor lauter Vorfreude war ihr ganzer Körper bereits wie elektrisiert. Aber auch der vergangene Abend war klasse gewesen. Sie hatten sich wie echte Freunde unterhalten und herausgefunden, dass sie unterschiedlicher Meinung sein konnten, ohne in Streit zu geraten. Keine Sexspielchen, und trotzdem hatte sie ein warmes Gefühl der Verbundenheit gehabt.

Hatte sie Grund, Angst zu haben? Ihre Aufregung bekam einen leichten Dämpfer, als ihr Rinas und Anns Befürchtung einfiel, dass ihre Gefühle verletzt werden könnten. Doch sie würde schon darauf achten, dass ihr Herz nicht in Mitleidenschaft gezogen wurde. Es war ja nicht so, dass sie hoffte, Jaxon würde sich ändern. Schließlich hatte er ihr deutlich zu verstehen gegeben, dass das nicht von ihm zu erwarten war.

Ganz gewiss kein Mr Cleaver. Aber für ihre jetzige Lebensphase war er einfach toll.

Nachdem sie genüsslich geduscht hatte, schlüpfte sie in den Morgenmantel aus jadegrüner Seide, den er ihr geschenkt hatte. Darunter hatte sie nur einen schwarzen Tanga an. Obwohl diese sexy Reizwäsche ein wenig gewöhnungsbedürftig war, genoss sie das erotische Gefühl, das der seidene Morgenmantel auf ihrem nackten Rücken hervorrief. Ob Jaxon in seinen Boxershorts wohl den ganzen Tag lang diese Empfindung gehabt hatte? Oder war er so in seine Arbeit vertieft gewesen, dass er vergessen hatte, dass er sie trug?

Nachdem sie sich ein Glas Wein eingeschenkt und ein paar Kerzen angezündet hatte, schloss sie die Katzen im Schlafzimmer ein und machte es sich auf der Couch gemütlich. Als das Telefon klingelte, griff sie hastig nach dem Hörer. »Jaxon?«

»Suzanne.«

»Ich liebe es, wie du meinen Namen sagst. Ich liebe deine Stimme.«

»Meine Stimme?«

»Mmm, sie ist so männlich und erinnert mich an kräftige dunkle Schokolade, die einen würzigen Beigeschmack hat. Ja, genau, sie ist wie mit Schokolade überzogener Ingwer.«

»Magst du so was?«

»Sehr.«

»So sehr, dass du es gern in den Mund stecken und daran lutschen würdest?«

Sie stieß ein erregtes Lachen aus. »Das weißt du doch.«

»O ja.«

Sie versuchte, sich ihn vorzustellen. »Wo bist du? Noch im Büro?«

»Wie du dir denken kannst.«

In der Tat. Aber er war ihr Freund und Liebhaber, nicht ihr zukünftiger Lebenspartner, und deshalb versuchte sie, verständnisvoll zu sein. »Wie war der Tag?«

»Du hast gar nicht gefragt, ob ich die Boxershorts trage.«

»Oh!« Es war ihr überhaupt nicht in den Sinn gekommen, dass er sie nicht anhaben könnte. »Du hast sie doch an, oder?«

»Ja. Und sie haben mir einen bizarren Tag beschert.«

»Hast du dich unbehaglich gefühlt? Tut mir leid, das habe ich nicht gewollt.«

»So schlimm war es nicht. Eigentlich war es sogar irgendwie … interessant.«

»Erzähl mal.«

»Ich habe wie üblich meine Arbeit gemacht, aber wenn

ich mich bewegt habe, konnte ich die Seide auf meiner Haut spüren. Und wenn ich nach unten geblickte habe, konnte ich sehen …«

»Ich kann mir vorstellen, was du sehen konntest.«

»Meine Güte, Suzanne, nun sag bloß nicht, dass du, äh …«

»Dass ich Männern auf den Schritt schaue? Aber Jaxon, das tun doch alle Frauen. Oder bist du etwas der Legende aufgesessen, dass wir nur an der Größe eures Gehirns interessiert sind? Oder an der eurer Brieftasche?«

Er lachte amüsiert. »Ich bin schockiert.«

»Du lässt dich aber leicht schockieren.«

Nachdem sie beide gelacht hatten, sagte er: »Wenn ich mir vorstelle, dass du mir auf den Schritt starrst, bekomme ich gleich einen Steifen.«

»Und was wollen wir dagegen unternehmen?«

»Was schlägst du denn vor?«

»Hmm.« Das Naheliegende war Sex an seinem Schreibtisch, doch Suzanne wollte ein bisschen kreativer sein. »Bist du allein? Oder sind auch noch andere da, die ebenfalls Überstunden machen?«

»Kann sein, dass noch ein paar Studenten in der Bibliothek sind.«

»Wie ist denn die Raumaufteilung der Kanzlei?«

»An der Außenfront liegen die Büros der Rechtsanwälte. Das schickste davon gehört Jefferson, dem Seniorpartner. Dann gibt es noch Arbeitsräume für das Personal. Außerdem eine Bibliothek, zwei Sitzungssäle, drei kleinere Konferenzzimmer. Und eine Küche, einen Kopierraum sowie ein Materiallager.«

Bei Seide war Fantasie angesagt, nicht wahr? »Schildere mir mal das Büro des Seniorpartners.«

»Das ist ein riesiges, antik eingerichtetes Eckzimmer: Mahagonischreibtisch, Couch und Sessel, echte Kunstwerke. Außerdem hat Jefferson ein eigenes Badezimmer.«

»Schließt er die Tür immer ab?«

»Mensch, da kann ich doch nicht reingehen!«

Sie seufzte voller Bedauern. »Nein, vermutlich wäre es geschmacklos, in einem fremden Büro Telefonsex zu haben.«

Nachdem er einen Moment lang geschwiegen hatte, sagte er mit verschmitztem Unterton: »Wie wäre es mit einem Sitzungssaal?«

»Das lässt sich hören!«

»Neben Jeffersons Büro befindet sich einer, den er immer benutzt, wenn er mit Fußvolk wie uns zusammenkommt. Da bin ich schon oft mit zitternden Knien reingegangen, weil ich nicht wusste, ob er mich zur Sau machen oder mich loben wird.« Er atmete laut ein. »Und jetzt stelle ich mir vor, dass ich, wenn ich dort nächste Woche reingehe, bestimmte Erinnerungen an heute Abend haben werde.«

»Das wird deine innere Einstellung gänzlich verändern.«

»Ich rufe dich zurück, sobald ich im Sitzungssaal bin.«

Sie grinste, trank einen Schluck Wein und wartete.

Als er zurückrief, sagte er: »Ich bin da. Die Tür habe ich abgeschlossen.«

»Schildere mir den Raum mal.«

»Schummrige Beleuchtung, denn ich habe nur eine der Lampen auf dem Sideboard angemacht. Ein riesiger Konferenztisch aus Kirschholz, um den ungefähr ein Dutzend Stühle steht. Jefferson sitzt immer am Kopfende.«

»Setz dich auf seinen Stuhl.«

»Auf Jeffersons Stuhl?«

Sein ungläubiger Ton brachte sie zum Lachen. »Das ist kein Thron, sondern lediglich ein Stuhl. Sind das Stühle aus Leder oder was?«

»Aus weichem, teurem schwarzem Leder.«

»Sicher würde sich das auf deiner Haut fast so schön wie Seide anfühlen.«

»Du willst, dass ich mich ausziehe?«

»Noch nicht. Erst mal dein Hemd. Und dann lehn dich gegen das weiche Leder.«

Sie hörte das Rascheln von Stoff. »Ich muss mir wirklich ein Headset für das Handy besorgen«, stellte er fest. »Suzanne? Wo bist du eigentlich? Und was hast du an?«

»Den Morgenmantel, den du mir geschenkt hast. Und einen schwarzen Spitzentanga. Ich sitze auf der Couch, habe das Licht ausgeschaltet und eine nach Sandelholz duftende Kerze angezündet.«

»Auf der Couch? Wäre das Schlafzimmer nicht besser? Dein Wohnzimmer ist zwar … sehr schick, aber kommst du da auch in die richtige Stimmung?«

»Oh!« Natürlich stellte er sich vor, dass sie in Anns Wohnung war. Es widerstrebte ihr, ihn zu täuschen. »Also am letzten Wochenende, das war das Apartment einer Freundin. Ich habe es mir ausgeborgt.«

»Ausgeborgt? Ach so, du hast eine Mitbewohnerin, ja?«

Warum sollte sie nicht gleich alles gestehen? »Nein, aber meine Wohnung ist eine umgebaute Garage, die gegenüber dem Haus meiner Eltern liegt.«

Er brach in Lachen aus. »O Mann, kapiere. Ich habe mir gleich gedacht, dass die andere Wohnung eigentlich nicht zu dir passt, weil sie irgendwie zu förmlich wirkte. Bloß die Katzen fand ich passend.«

Jaxon hatte recht. Ann hatte zwar tolle Möbel, aber da sie selten dazu kam, sich zu Hause zu entspannen oder einkaufen zu gehen, fehlte ihrer Wohnung der persönliche Touch.

»Mein eigenes Apartment ist alles andere als förmlich. Es ist sehr anheimelnd. Klein und ein bisschen eng.«

»Ich wünschte, ich wäre dort.« Er lachte von Neuem.

»Falls es sich so einrichten ließe, dass deine Eltern übers Wochenende wegfahren.«

»Ja, das wäre die Voraussetzung.« Sie schüttelte den Kopf. »Entschuldige, das war ein echter Stimmungskiller. Aber ich wollte, dass du Bescheid weißt. Lass uns zu dem zurückkehren, womit wir gerade beschäftigt waren.«

»Nichts dagegen einzuwenden. Okay, ich sitze also auf Jeffersons Stuhl und habe das Hemd ausgezogen. Und was jetzt?«

Sie schloss die Augen und versuchte, sich die Szene vorzustellen. »Ein riesiger Tisch aus Kirschholz, sagtest du? Lass uns so tun, als säße ich auf diesem Tisch, direkt vor dir.«

»In Morgenmantel und Tanga. Lass den Morgenmantel oben und unten auseinanderklaffen, sodass er nur vom Gürtel zusammengehalten wird.«

Sie schob den Morgenmantel auseinander. Wenn er doch bloß das Spiel des Kerzenlichts auf ihrer Haut hätte sehen können! Die Vorstellung, dass sein Blick auf ihr ruhte, machte sie immer erregter.

»Spreiz die Beine«, flüsterte er mit heiserer Stimme.

»Und du zieh deine Hose aus, aber behalte die Boxershorts an.«

Sie hörte das Rascheln von Stoff und malte sich aus, wie sich die rote Seide von seiner schokoladenfarbenen Haut abhob und wie sich der Stoff unter seiner Erektion spannte.

»Was jetzt?«, fragte er.

»Fass dich an. Das möchtest du doch, oder?«

»Ich möchte, dass du mich anfasst. Aber da das nicht geht …«

»Streichle dich durch die Seide und tu so, als wäre deine Hand die meine.«

»Und du schieb deine Finger zwischen die Beine und reib sanft über den schmalen Seidenstreifen.«

Das wollte sie schon längst tun, doch bisher hatte sie sich zurückgehalten. Sie befolgte seine Anweisung, wobei sie durch den Schritt ihres Tangas hindurch ihre feuchten, geschwollenen Schamlippen spürte. »Wenn ich dich jetzt sehen könnte, was würde ich dann erblicken?«

»Ich habe mich zurückgelehnt und die Beine gespreizt. Mein Schwanz drückt gegen die Seide und versucht sich zu befreien, aber das gestatte ich ihm erst dann, wenn du es sagst.«

»Lass die Shorts an, du siehst so sexy darin aus«, instruierte sie ihn.

»Zieh deinen Tanga aus und setz dich mit dem Gesicht zu mir auf meinen Schoß. Spürst du die Seide deines Morgenmantels auf deinem Rücken und deinen Schenkeln? Spürst du die Seide meiner Shorts unter deinem süßen Arsch? Nur diese dünne Stoffschicht trennt unsere nackten Körper voneinander.«

Nachdem sie den Tanga abgestreift hatte, presste sie mit geschlossenen Augen ihre Handfläche gegen ihren Venushügel und ließ die Finger zwischen ihre Schenkel gleiten. »Ich kann dich spüren, kann deinen harten Schwanz durch die Seide spüren. Ich möchte … Jaxon, hol deinen Schwanz raus, damit ich ihn besser spüren kann.«

»Streich mit den Händen über meinen Schaft. O ja, deine Finger fühlen sich noch besser an als die Seide.«

Sie stellte sich vor, wie sein dunkler Schaft vorne aus der Hose ragte, und presste sich noch fester gegen ihre Hand. »Ich will dich in mir haben«, keuchte sie.

»Steck dir die Finger rein.« Sein Atem wurde immer abgehackter. »Tu so, als wäre es mein Schwanz.«

Obwohl ihre Finger im Vergleich zu seinem Schwanz viel zu klein waren, schaffte sie es mit Hilfe ihrer Fantasie, sie in seinen Schwengel zu verwandeln.

»Leck dir die Finger«, befahl sie ihm, »damit sie ganz nass und glitschig sind. Dann pack deinen Schwanz und lass deine Hand auf und ab gleiten. Stell dir vor, ich würde auf deinem Schoß sitzen und auf deinem Schwanz reiten.«

»O Gott, ja. Deine Möse ist so feucht, so eng. Ich liebe es, in dir zu sein.«

Ihr ganzer Körper spannte sich an, während sie die Hüften hin und her bewegte und sich mit den Fingern bearbeitete. Immer größer, immer heftiger wurde ihre Lust. »O Jaxon, du fühlst dich so gut an. Mir kommt's gleich!«

»Mir auch. Ich kann sehen, wie du mich reitest, wie deine Brüste auf und ab hüpfen und die Leidenschaft deine Haut rötet. Den ganzen Tag habe ich darauf gewartet, in dir zu sein, Suzanne.« Er rang keuchend nach Atem.

»Kein Kondom.« Mit zitternden Fingern massierte sie sich wie wild die Möse. »Nichts soll zwischen unseren nackten Körpern sein. Ich möchte spüren, wie du dich in mich ergießt, wenn du kommst.«

»Ich möchte ...« Im nächsten Moment stöhnte er laut auf.

Sie liebkoste ihre Klitoris und erreichte zusammen mit ihm den Höhepunkt.

Als sie die Augen wieder aufmachte, lag sie wie hingegossen auf der Couch. Das Telefon war zu Boden gefallen. Sie hob es auf. »Jaxon? Bist du noch da?«

»Halbwegs«, stieß er hervor. »Und wie steht's mit dir?«

»O wow!« Allmählich entspannte ihr Körper sich wieder. »Du bist ein fantastischer Liebhaber, selbst aus der Ferne.« Wenn er doch bloß da gewesen wäre! Dann hätten sie sich aneinander kuscheln, miteinander reden und gemeinsam einschlummern können.

»Du bist ebenfalls großartig.«

Nachdem sie eine Zeit lang geschwiegen hatten, sagte

er: »Verdammt, ich sollte lieber aus dem Sitzungssaal verschwinden. Bald kommen nämlich die Putzfrauen.«

Er sagte ihr also Gute Nacht. Aber sie wollte noch nicht auflegen.

Sie hörte knarrende und raschelnde Geräusche. »Ziehst du dich wieder an?«

»Ja.«

»Schade.«

»Möchtest du dich noch ein bisschen unterhalten? Ich kann dich ja zurückrufen, wenn ich wieder in meinem Büro bin.«

Wollte er sich wirklich mit ihr unterhalten? Oder war er bloß höflich? »Klar, das wäre schön. Falls du Zeit dafür hast.«

»Aber sicher. Ich habe nicht die Absicht, meine Pause mit Suzanne schon zu beenden.«

Es freute sie ungemein, dass er sich für sie statt für seine Arbeit entschieden hatte. Während sie auf seinen Rückruf wartete, ließ sie die Katzen aus dem Schlafzimmer und füllte sich ihr Weinglas nach.

Als das Telefon klingelte, nahm sie sofort den Hörer ab. »Hattest du einen schönen Tag?«, fragte Jax.

»Abgesehen von dem tollen Sex, meinst du? Ja, einen echt schönen. Als ich in die Klinik kam, war gerade ein vier Monate alter Beagle eingeliefert worden, den ein Auto angefahren hatte. Die Besitzerin hatte ihren kleinen Sohn dabei, der herzzerreißend schluchzte.«

»Muss schlimm sein, wenn Kinder so etwas miterleben.«

»Ist es auch. Jedenfalls war die Assistentin, die normalerweise bei Operationen hilft, heute krank, sodass ich einspringen musste. Nach dem, was neulich mit Bondi passiert ist, war ich ziemlich nervös, aber es ist alles gut gegangen. Hinterher konnte das Hündchen mit einem Gipsverband wieder nach Hause. Und der kleine Junge war überglücklich.«

»Muss schön sein, an so was beteiligt zu sein.«

Sie kuschelte sich an ein Kissen und wünschte, es wäre seine Brust. Anschließend erzählte sie ihm von dem Dinner bei ihren Eltern. Nachdem er ihr von seinem Arbeitstag berichtet hatte, teilten sie sich mit, was sie am Wochenende vorhatten. Als sie das übliche Familientreffen am Sonntagabend erwähnte, sagte er: »Ich werde am Sonntag auch mit meiner Mom zu Abend essen.«

»Du hast mal gesagt, du würdest sie nicht sonderlich oft sehen, aber ich habe den Eindruck, als würdest du dich fast jede Woche mit ihr treffen.«

»In der letzten Zeit habe ich sie häufiger als sonst gesehen, weil es im Zusammenhang mit dem neuen Restaurant noch allerlei Papierkram zu erledigen gibt.«

»Und es ist angenehmer, so was beim Essen als im Büro zu machen.«

»Genau.« Er machte eine kurze Pause, um dann zu sagen: »Du hast mich mal gefragt, was ihr lieber wäre: dass ich mehr Zeit mit ihr verbringe oder dass ich in meiner Kanzlei Partner werde. Dies hat mich zu dem Schluss gebracht, dass ich ihr mehr Zeit widmen muss … nein, möchte. Sie hat so viel für mich getan, und sie ist nicht nur meine einzige Familienangehörige, sondern auch eine gute Freundin.«

Suzanne kam zu Bewusstsein, dass er noch nie von Freunden gesprochen hatte. Vielleicht hatte er außer ihr, seiner Mom und Tonya keine. Wie traurig, keine Zeit für Freunde zu haben, um seine Ziele zu erreichen. »Sicher hat deine Mom volles Verständnis für dein Verhalten«, meinte Suzanne.

»Sie gibt sich zwar Mühe, aber insgesamt bin ich mir da nicht so sicher.«

»Vielleicht solltest du es ihr genauer erklären.«

»Vielleicht sollte ich mich auch klonen lassen. Glücklicherweise komme ich mit relativ wenig Schlaf aus. Trotzdem habe ich nie das Gefühl, alles geschafft zu haben, was ich erledigen möchte.«

Irgendwie klang er deprimiert. Wenn sie so gelebt hätte wie er, wäre sie auch bedrückt gewesen. Aber diese Art Leben kam für sie einfach nicht infrage.

»Meinst du, es wird besser, wenn du erst mal Partner bist?«, fragte sie.

Er seufzte. »Wahrscheinlich nicht, obwohl ich gern daran glauben würde.«

18

Als Jax am Samstag an seinem Schreibtisch saß, durch getönte Scheiben von der Welt draußen getrennt, kam sein Büro ihm kalt und steril vor. Seit dem Gespräch mit Suzanne ging ihm Verschiedenes durch den Kopf, das sie gesagt hatte – und diese Gedanken waren ebenso beunruhigend wie die Aufzeichnungen, die er sich zu der Familiy-Friend-Sache gemacht hatte.

Obwohl ihm die Basketballgruppe, die Rick aus purem Idealismus betreute, immer ziemlich kaltgelassen hatte, empfand er es als angenehm, für einige Zeit aus dem Büro herauszukommen. Sein Kumpel hatte darauf bestanden, ihm vorher noch einige Instruktionen zu geben, da er sich offenbar nicht auf Jaxons Instinkte verlassen wollte. Deshalb war Jaxon von einem gewissen Unbehagen erfüllt, als er sich dem Basketballplatz näherte.

Er wusste, dass die Kinder größtenteils Schwarze waren – Jungen und auch einige Mädchen – und aus Familien stammten, die ein niedriges Einkommen hatten oder von der Wohlfahrt lebten. Ohne Namen zu nennen, hatte Rick gesagt, dass einige von ihnen regelmäßig Drogen nahmen, dass einer einen kleinen Bruder hatte, der schon bei der Geburt HIV-positiv gewesen war, die Mutter eines der Jungen auf den Straßenstrich ging und ihre Freier mit nach Hause brachte und ein Mädchen von der Schule abgegangen war, um sich um ihre sechs jüngeren Geschwister zu kümmern, während ihre Mutter als Zimmermädchen arbeitete. »Und das«, hatte Rick hinzugefügt, »ist nur die Spitze des Eisbergs.«

Wie zu erwarten war, reagierten die Kinder extrem verstimmt, nachdem Jax ihnen mitgeteilt hatte, wer er war und warum er da war.

»Okay«, sagte er gelassen, »ihr seid sauer, dass statt Rick ich gekommen bin. Ich bin auch sauer, weil ich nämlich Besseres zu tun habe, als mit einer Horde von Rotzgören rumzuhängen, die mir blöd kommen. Ihr habt die Wahl. Ihr könnt abhauen und euch eine interessantere Beschäftigung suchen. Oder …« Er dribbelte rasch auf den Korb zu und warf den Ball ins Netz. »… wir können Ball spielen.«

Daraufhin gab es einiges Gemurmel und Getuschel. Dann rief ein Mädchen: »Hast du überhaupt schon mal richtig Ball gespielt?«

»Hab ich. Auf der Highschool und auf dem College.« Er dribbelte auf sie zu und gab den Ball an sie ab, den sie auffing, um ihn anschließend auf und ab hüpfen zu lassen. »Hab's mit einem Sportstipendium geschafft, aufs College zu kommen.«

»Scheiße, Mann«, schrie einer der Jungen, »wir haben doch null Chance, aufs College zu kommen.«

Jax nahm dem Mädchen den Ball wieder ab und ließ ihn spielerisch um seine Beine tanzen. »Nicht, wenn ihr nicht wollt.«

»Was zum Teufel soll denn das heißen?«, fragte ein anderer Junge. »Als ob wir uns das aussuchen könnten!«

»Ihr könnt euch viel mehr aussuchen, als ihr glaubt«, erwiderte Jax. Er hielt den Ball fest. »Zum Beispiel ob wir heute Ball spielen oder nicht.« Er hob den Ball in die Höhe und schaute in die Runde. »Na, wie steht's?«

»Ich bin dabei.« Das Mädchen, das vorhin etwas gesagt hatte, trat vor. Ein weiteres Mädchen gesellte sich zu ihr, desgleichen ein paar Jungen, bis schließlich genug zusammen waren, um zwei Mannschaften aufstellen zu können.

Jax rief sich in Erinnerung, dass das kein Highschoolteam war und diese Kinder sich lediglich die Zeit vertreiben wollten. Deshalb versuchte er es mit einer Mischung aus Spaß und Training, das darauf abzielte, bestimmte Fähigkeiten zu fördern.

Nach ein paar Stunden waren alle total verschwitzt, lachten und machten Scherze, und auch Jax war verdammt wohl zumute. Trotz ihrer rauen Schale waren sie doch noch Kinder – Kinder, deren Leben hart war und die zu überleben versuchten. Er selbst war in ganz ähnlichen Verhältnissen aufgewachsen. Nur dass er das Glück gehabt hatte, Darissa Navarre zur Mutter zu haben, und dass es ein paar Lehrer und einen Trainer gegeben hatte, die ihn auf den richtigen Weg gebracht hatten.

Vielleicht würde er wieder herkommen, um Rick zu helfen. Diese Kinder brauchten ein Vorbild, einen Beweis dafür, dass es möglich war, aus beschissenen Verhältnissen aufzusteigen und etwas aus sich zu machen. Das war etwas, das er ihnen besser vermitteln konnte als sein Kumpel. Rick wusste nicht, wie es war, mitten in der Nacht aufzuwachen, weil die drogensüchtige Hure nebenan sich mit ihrem Zuhälter stritt. Wie es war, ins Badezimmer zu gehen und festzustellen, dass es auf dem Fußboden von Kakerlaken wimmelte.

Als er um fünf in sein Büro zurückkehrte, holte ihn die Arbeit auf seinem Schreibtisch in die raue Wirklichkeit zurück. »Mist.« Er machte sich etwas vor, wenn er glaubte, es würde ihm gelingen, seine Mutter, Suzanne, das Training der Kinder und seinen Job unter einen Hut zu bringen. Hatte er denn gar nichts aus seiner Ehe gelernt? Er war wie ein Zirkuspferd, das nur einen Trick beherrschte. Er musste sich auf seinen Job beschränken, in dem er verdammt gut war, denn wenn er versuchte, weitere Verpflichtungen zu übernehmen, würde er scheitern.

Und Scheitern tat weh. Sehr sogar.

Er arbeitete bis zwei Uhr morgens, schlief bis sechs, stand auf und arbeitete weiter.

Vielleicht war es dieser beschissene Fall, der ihn so fertigmachte. Er war nämlich zu dem Schluss gekommen, dass die meisten Manager von Family Friend in der Tat jeden diskriminierten, dessen Haut dunkler als Milch war.

Nicht dass die anderen Klienten, die er schon vertreten hatte, wesentlich besser gewesen wären. Sie verschmutzten die Umwelt, vertrieben Menschen aus ihren Wohnungen, machten Geschäftskonkurrenten den Garaus.

Doch jeder Klient verdiente es, einen guten Rechtsanwalt zu haben. Ja, daran glaubte er nach wie vor. Nur auf diese Weise war es möglich, dass das Rechtssystem so funktionierte, wie es sich gehörte.

Bloß dass es in Wirklichkeit nicht sonderlich gut funktionierte. Leute mit Geld bekamen bessere Rechtsanwälte als arme Leute. Die Klienten seiner Kanzlei blätterten ein Heidengeld hin – und bekamen vor Gericht fast immer recht. Und auch er saß ja Stunde um Stunde am Schreibtisch, um für Family Friend einen Sieg zu erringen.

Wenn er sein Ziel erreichte, wäre er der Partnerschaft einen weiteren Schritt näher gekommen. Und eine große Ladenkette hätte einen Freibrief, weiterhin Farbige zu diskriminieren.

Brr! Jetzt bezog er Stellung, was ein Rechtsanwalt unterlassen sollte. Die Pflicht eines Rechtsanwalts bestand darin, für seinen Klienten sein Möglichstes zu tun. Dieses Prinzip war ihm schon eingehämmert worden, als er auf der Highschool einen Rechtskundekurs belegt hatte.

Rechtsanwälte legten den Fall dar, und Richter trafen die Entscheidung.

Wenn er Richter wäre, würde er strikt darauf achten, dass

arme und anderweitig benachteiligte Leute in seinem Gerichtssaal fair behandelt wurden.

Das Richteramt. Ja, das konnte er schaffen, wenn er so weitermachte wie bisher, das heißt, eine entsprechende Erfolgsbilanz vorzuweisen hatte und schließlich zum Partner avancierte.

Als Richter konnte er einiges bewirken, konnte er auf positive Weise Einfluss nehmen. Dieser Aspekt hatte einen gewissen Reiz, obwohl er bisher noch nie viel darüber nachgedacht hatte, weil er zu sehr auf sein Erfolgs- und Statuskonzept konzentriert gewesen war.

Vielleicht lohnte es sich ja, all diesen gegenwärtigen Mist hinzunehmen, damit er später das Richteramt anstreben konnte.

Am späten Sonntagnachmittag legte er erleichtert seine Arbeit beiseite, um zu seiner Mutter aufzubrechen. Da sie darauf bestanden hatte zu kochen, machte er unterwegs halt, um Wein zu besorgen.

Sie wohnte in einer sehr ruhigen Straße. Die Vorgärten wurden von Rasensprengern berieselt, Kinder spielten mit Hunden, überall roch es nach Gegrilltem. Die Verspannung in seinen Schultern ließ allmählich nach.

Nachdem er an die offene Hintertür geklopft hatte, ging er in die Küche, in der es nach Maisbrot roch. Seine Mutter, die Jeans und ein weites türkisfarbenes Top anhatte, sah jung und entspannt aus.

Sie umarmte ihn freudig. »Schön, dich zu sehen. Das Haus kommt mir ganz leer vor, weil Hannah und Clare übers Wochenende weggefahren sind.« Sie drückte ihm eine Zwiebel, eine Zitrone und ein Messer in die Hand. »Ringe. Ziemlich dünne.«

Er machte sich an die Arbeit. »Was gibt's denn zum Dinner?«

»Gegrillten Lachs mit Zwiebel- und Zitronenscheiben und einer Salsasoße aus Papayas. Im Kühlschrank steht schon Salat, und wie du sicherlich riechen kannst, habe ich Maisbrot im Ofen.« Sie zog den Korken aus der Weinflasche.

»Hört sich toll an. So was Delikates habe ich nicht mehr gegessen seit …«

»Unserm Dinner im Rivoli?«

Obwohl er wusste, dass es nicht klug war, konnte er es sich nicht verkneifen zu sagen: »Hatte neulich sehr gute Hühnchenspieße und einen interessanten Salat gegessen. Asiatischen Salat hat sie ihn genannt.«

»Sie?« Seine Mutter zog eine Augenbraue hoch. »Die Frau, mit der du keine Beziehung hast?«

»Suzanne.« Er liebte es einfach, ihren Namen auszusprechen. »Wir sind auf dem Weg, Freunde zu werden.«

Nachdem er sich die Hände gewaschen hatte, reichte seine Mutter ihm ein Glas Wein. »Nur Freunde?«

Und Sexpartner, aber das würde er nicht sagen. »Ja. Weiter wird es nicht gehen, weil wir unterschiedliche Prioritäten haben.«

Sie führte ihn in den kleinen Garten hinterm Haus und machte den Grill an. »Lass mich raten. Suzanne ist ein nettes, normales Mädchen, das einen Ehemann und Kinder haben möchte.«

Er ließ sich auf einen Gartenstuhl sinken. »Du hast es erfasst. Sie meint, dass ich falsche Prioritäten setze.«

»Und was meinst du?«

Wollte seine Mutter ihn jetzt ebenfalls nerven? »Ich habe immer gewusst, was ich will. Schon als Junge.«

Sie nahm auf dem Stuhl neben ihm Platz. »Und jetzt bist du ein Mann. Kinderträume ändern sich. Nicht jeder kleine Junge wird eines Tages Feuerwehrmann oder Astronaut.«

»Ich wollte immer Erfolg haben, und das will ich nach

wie vor.« Aus irgendeinem Grund fühlte er sich veranlasst hinzuzufügen: »Suzanne versteht unter Erfolg etwas anderes als ich. Sie redet davon, ein ausgeglichenes Leben zu führen.«

»Mmm, ich glaube, das Mädchen würde mir gefallen.«

Verdammt. Er beugte sich vor und griff nach der Hand seiner Mutter. »Sei mal ehrlich, Mama. Glaubst du, es ist falsch, dass ich vorankommen will?«

»*Mama*«, wiederholte sie, seine Hand drückend. »So hast du mich seit unserer Ankunft hier nicht mehr genannt, weil du damals feststelltest, dass kalifornische Kinder *Mom* sagen. Du hast immer sehr schnell gelernt, Jax. Aber wenn du dir einmal eine Idee in den Kopf gesetzt hast, hältst du stur daran fest.«

»Die Sturheit habe ich von dir geerbt«, murmelte er. »Willst du damit sagen, du möchtest nicht, dass ich zum Partner avanciere und später vielleicht Richter oder Politiker werde?«

Sie machte ihre Hand los. »Ich will nichts dergleichen sagen. Diese Entscheidung musst du selbst treffen, mein Sohn. Du musst deine eigenen Träume verwirklichen, nicht die Träume deiner alten Mama.«

»Und wie sehen deine Träume aus?«

Ihre braunen Augen sahen ihn unverwandt an. »Ich glaube, das solltest du mich lieber nicht fragen.«

»Tu ich aber.«

Sie biss sich auf die Lippe. Dann reckte sie das Kinn vor. »Enkelkinder.«

»Oh …« Er stieß pfeifend den Atem aus. »Damit ziehst du mich doch ständig auf. Mir war nicht klar, dass du es ernst meinst.«

»Ich habe immer davon geträumt, selbst eine Horde Kinder zu haben. Aber als ich deinen Stiefvater heiratete, wollte er damit erst mal warten. Vermutlich war er sich nicht sicher, ob er sich auf so etwas einlassen wollte.«

Da es ihm immer Probleme bereitet hatte, seinen kleinen schwarzen Stiefsohn Jax zu akzeptieren, hatte er wahrscheinlich Bedenken, ein Mischlingskind zu zeugen.

»Nachdem wir uns getrennt hatten«, fuhr sie fort, »hatte ich keine Zeit, an etwas anderes zu denken als daran, wo unser täglich Brot herkommen soll. Jetzt ist es für mich zu spät, aber dann hast du Tonya geheiratet, sodass ich gehofft habe …«

Verflucht noch mal. »Ich kann nicht alles gleichzeitig machen, Mom. Du redest von Enkelkindern, aber denk doch mal daran, was für ein schlechter Ehemann ich war. Ich bin kein Supermann, der alles auf einmal schafft. Ist dir klar, dass ich täglich über vierzehn Stunden arbeite, und das an sieben Tagen in der Woche? Du müsstest eigentlich wissen, wie das ist, denn früher hast du ja zwei Jobs zugleich gehabt.«

Schon während er das sagte, kam ihm zu Bewusstsein, dass seine Argumentation eine Schwachstelle hatte.

»Das habe ich für dich getan«, entgegnete sie, »damit dir alle Möglichkeiten offenstanden und du werden konntest, was du werden wolltest.«

»Ich weiß. Du hast gesagt, ich könne alles erreichen, was ein Weißer erreichen kann, und sogar noch mehr. Und genau das versuche ich ja.«

»Du bist darauf aus, etwas zu beweisen, ich weiß. Aber vielleicht ist es an der Zeit, noch einmal darüber nachzudenken, was du eigentlich anstrebst. Ein Superrechtsanwalt zu sein oder ein glücklicher, zufriedener Mensch.«

»Ich bin glücklich. Voranzukommen macht mich glücklich.« Verdammt, er hörte sich so an, als verteidige er sich.

»Wenn dich *das* glücklich macht«, sagte sie mit müder

Stimme, »dann habe ich als Mutter wohl keine sonderlich gute Arbeit geleistet. Ich wollte dich ermutigen, dir dazu verhelfen, dass du an dich selbst glaubst. Ich wollte dir keine Scheuklappen aufsetzen, sodass du nur noch die Straße zum Erfolg siehst.«

Er würde sich nicht streiten, nicht mit seiner Mutter. »Tut mir leid, dass ich dich enttäuscht habe.«

Sie starrte ihn einen Moment lang an, dann schüttelte sie den Kopf. »Nein!« Sie packte ihn bei den Schultern. »Das darfst du nicht denken. Ach, hätte ich diese Dinge doch bloß nicht gesagt. Hör mal, das mit den Enkelkindern war *mein* Traum. Ein selbstsüchtiger Traum, nehme ich an. Vielleicht trage ich genauso Scheuklappen wie du.«

Hatte sie etwa Tränen in den Augen?

»Aber verdammt noch mal«, fuhr sie fort, »ich würde eine Supergroßmutter abgeben und du einen wunderbaren Dad, wenn du …« Sie verstummte, ließ seine Schultern los und ging zum Grill, um den Lachs auf den Rost zu legen. Er sah sie die Hand heben, als wischte sie sich über die Augen.

»Wenn ich was?«

Sie stand einen Moment reglos da, dann drehte sie sich langsam zu ihm um. »Sieh zu, dass du das findest, wonach du suchst. Du musst aus ganzer Seele dran glauben, dass du so gut bist wie jeder andere.«

»Das bin ich auch!«

»Ich weiß, mein Sohn. Aber bist du sicher, dass du es auch weißt?«

Am Montagabend trafen die Tollen Vier sich wieder in einem griechischen Restaurant, diesmal im Athene, wo sie draußen in der Sonne sitzen konnten. Sie bestellten Wein sowie – wie immer in diesem Restaurant – eine riesige Vorspeisenplatte für zwei, die für alle reichte.

Während sie auf das Essen warteten, informierte Suzanne ihre Freundinnen über den neuesten Stand der Dinge.

»Okay«, sagte Ann, »jetzt bist du also offiziell bis über beide Ohren verknallt, Suze.«

»Bin ich nicht. Ich finde es wunderbar, dass wir nicht nur Sexpartner sind, sondern auch Freunde geworden sind.«

Rina griff nach ihrer Hand. »Du bist eine tolle Freundin. Bist großzügig und hast Herz.«

»Danke.«

»*Herz*«, stellte Ann fest, »ist das entscheidende Wort.«

»Ah ja? Sicher liegt er mir am Herzen. Als Freund.« Suzanne trank einen Schluck Wein. »Das ist alles. Ihr drei liegt mir ja auch am Herzen.«

»Aber mit uns hast du schließlich keinen heißen Sex, nicht wahr?«, erwiderte Jenny.

»Sex ist Sex und Freundschaft ist Freundschaft.« Suzanne reckte trotzig das Kinn vor.

»Außer wenn die Person, mit der man Sex hat, jemand ist, der einem am Herzen liegt«, sagte Ann.

»Ich habe *nicht* die Absicht, mich in ihn zu verlieben.«

»Hat denn das jemand behauptet?«, wollte Jenny wissen.

»Nein, aber ihr alle deutet es an.«

Rina zupfte an ihrer Hand. »Suze? Wenn Jaxon kein Workaholic wäre, wenn er bereit wäre, zu heiraten und Kinder zu haben, wäre er dann nicht der ideale Mann für dich?«

»Äh … Er wohnt in San Francisco.«

»Er ist Rechtsanwalt«, sagte Ann. »Wenn er wollte, könnte er diese Tätigkeit auch hier ausüben. Oder du könntest – so sehr mir dieser Gedanke gegen den Strich geht – unten bei ihm als Tierärztin arbeiten. Wenn ihr heiratet, könnte der eine im Land des anderen arbeiten. Herrgott noch mal, Suze, wir leben im einundzwanzigsten Jahrhundert. Räumliche Entfernung ist doch kein Grund für eine Trennung.«

»Trennung? Wir haben keine Beziehung. Wir sind nur …«

»… Freunde und haben heißen Sex miteinander«, beendete Jenny den Satz. »Ich wünschte, ich könnte dir glauben, Suzie.«

»Ich bin …« Suzanne verstummte, da der Kellner das Essen brachte.

Nachdem sie sich alle etwas auf den Teller getan und den inzwischen obligatorischen Witz über Calamares und Schwanzringe gerissen hatten, wandte das Gespräch sich Rina zu, die Probleme mit dem allzu freundlichen Vater eines ihrer Klarinettenschüler hatte.

Suzanne hatte Mühe, sich auf die Unterhaltung zu konzentrieren. Gewiss, es hatte einen Punkt gegeben, an dem sie drauf und dran gewesen war, sich in Jaxon zu verlieben, doch nachdem sie festgestellt hatte, dass ihre Prioritäten Welten voneinander entfernt waren, hatte sie sich emotional zurückgezogen. Oder etwa nicht?

Wenn das der Fall war, warum trug sie dann während der Arbeit Spitzen-BHs und Tangas und hatte das Gefühl, als hätte die sexy Suzanne ihren Körper permanent mit Beschlag belegt? Warum dachte sie jeden Tag unzählige Male an Jaxon?

Das sexuelle Begehren konnte sie nachvollziehen. Schließlich war Sex mit Jaxon einfach fabelhaft.

Was sie beunruhigte, waren die anderen Gelüste. Warum war er, wenn etwas Schönes passierte, der Erste, dem sie es mitteilen wollte? Warum sehnte sie sich nach seiner Schulter, wenn sie traurig war? In der Vergangenheit hatte sie sich in solchen Fällen an Familienangehörige oder Freundinnen gewandt. Jetzt kam ihr zuerst Jaxons Name in den Sinn.

Vielleicht musste sie sich noch weiter zurückziehen. Bevor sie sich tatsächlich bis über beide Ohren verliebte.

19

Jax saß in seinem Büro und versuchte zu arbeiten, schaute jedoch stattdessen zum x-ten Mal auf seine Armbanduhr. Als er Suzanne eine Nachricht auf ihrem Anrufbeantworter hinterlassen hatte, hatte er gewusst, dass sie mit ihren Freundinnen aus war. Wann sie wohl nach Hause kommen würde? Und ob sie ihn noch heute Abend zurückrufen würde?

Kurz vor zehn klingelte sein Handy. »Suzanne. Danke, dass du anrufst.«

»Gern geschehen. Was steht denn an? Oder steht er dir?«

O Gott, sie dachte, er habe wegen Sex angerufen. »Nein, tut mir leid. Ich wollte nur mit dir reden.«

»Klar. Prima.«

»Es ist passiert«, sagte er langsam. Er hatte angerufen, weil er mit ihr darüber reden wollte, doch jetzt zögerte er. »Heute hat Jefferson mir die Partnerschaft angeboten.«

Sie kreischte so begeistert auf, dass ihm fast das Handy aus der Hand fiel. »O mein Gott! Das ist ja fantastisch, Jaxon! Gratuliere! Wow, so bald hast du gar nicht damit gerechnet, nicht wahr? O Gott, ich wünschte, ich könnte sofort zu dir kommen, dann würde ich Champagner mitbringen. Erzähl mir alles!«

Obwohl er ihr die Nachricht schon vor Stunden auf den AB gesprochen hatte, war er sich immer noch nicht schlüssig, was er sagen sollte. »Ich habe mich heute Morgen mit ihm getroffen, um über einen großen Fall zu sprechen, an dem ich gerade arbeite.«

Bevor er fortfahren konnte, sagte sie: »Und er war so beeindruckt von der Art und Weise, wie du die Sache angehst, dass er dich zum Partner gemacht hat? Du musst doch vor Freude außer dir sein, Jaxon.«

»Tja …«

»Nun komm, sei nicht so maulfaul. Erzähl mir alles. Hat er dich in sein Büro gerufen?«

Zum ersten Mal an diesem Tag lächelte er. »Nein, in den Sitzungssaal von Freitagabend. Als er auf seinem Stuhl Platz nahm, fiel mir ein, wie ich dort in roten Boxershorts gesessen und mir vorgestellt habe, ich hätte dich auf dem Schoß und dränge tief in dich ein …«

»Aber was hat er denn gesagt? Nun komm schon, Jaxon, das ist nicht die richtige Zeit, um an Sex zu denken. Verrat's mir endlich, ich sterbe vor Neugier.«

Dabei hätte er viel lieber an Sex gedacht. Oder an irgendetwas anderes.

Jax dachte daran zurück, wie er Jefferson erzählt hatte, dass die Family-Friend-Manager ihm einiges Kopfzerbrechen bereiteten und dass er bezweifelte, dass sie einem Kreuzverhör standhalten würden, ohne dabei etwas für sie Belastendes preiszugeben.

»Wollen Sie damit sagen, dass Sie nicht in der Lage sind, sie gründlich vorzubereiten?«, hatte Jefferson in kaltem Ton erwidert.

»Nein, natürlich nicht. Ich will damit sagen, dass, selbst wenn ich sie tagelang vorbereiten würde, einige von ihnen trotzdem unsichere Kandidaten wären. Sie sind nicht sonderlich helle, und es mangelt ihnen an Selbstbeherrschung. Wenn sie provoziert werden, könnten sie die Geduld verlieren und Dinge sagen, die sie nicht sagen sollten.«

»Hmm.« Jefferson lehnte sich zurück und legte die Fingerspitzen aneinander. »Was ist mit Medikamenten?«

Hatte er eben richtig gehört? »Wie bitte?«

»Es gibt Medikamente, die verhindern würden, dass sie die Beherrschung verlieren.«

Jefferson wollte, dass er die Zeugen ihres Klienten mit Medikamenten vollstopfte? Das konnte doch nicht den Regeln der Ethik entsprechen.

Er öffnete den Mund, um genau das zu sagen, hielt jedoch inne, um erst einmal darüber nachzudenken. Jefferson würde ihn doch wohl kaum auffordern, gegen die Ethik ihres Berufsstands zu verstoßen.

Okay, die Interessen seines Klienten standen für einen Rechtsanwalt an erster Stelle. Im Grunde genommen kam es nur darauf an, wie man es formulierte. »Wenn es einen Zeugen nervös zu machen scheint, vor Gericht auszusagen«, sagte Jaxon in bedächtigem Ton, »liegt es nahe, ihm vorzuschlagen, dass er ein Medikament nimmt, um ruhig zu bleiben.«

»Genau.«

»Vielleicht wäre es sogar besser«, fuhr Jaxon, dessen Gehirn auf Hochtouren arbeitete, fort, »wenn der Generaldirektor von Family Friend es ihm empfehlen würde.« Mit anderen Worten: Nimm Medikamente, sonst wirst du gefeuert.

Jefferson nickte. »Guter Gedanke.«

Jax hatte um eine Unterredung mit Jefferson gebeten, weil er gehofft hatte, einige nützliche Hinweise von ihm zu erhalten. Das hier war nicht so ganz das, was ihm vorgeschwebt hatte.

Quatsch. Er durfte nicht so waschlappig sein. Rechtsanwälte kämpften mit harten Bandagen. Wenn er das nicht akzeptierte, würde er es nie nach oben schaffen.

Jefferson beugte sich vor. »Sie wissen, was Sie zu tun haben?«

»Selbstverständlich.« Und zum Teufel mit der Tatsache, dass es ihm nicht sonderlich gut gefiel.

»Sie leisten gute Arbeit für Jefferson Sparks.«

»Danke.«

»Nun, ich glaube, es ist an der Zeit …«

Dass er ein größeres Büro bekam? Eine Gehaltserhöhung?

»… dass wir Ihnen die Partnerschaft anbieten.«

»Die P…« Jaxon war so aus dem Häuschen, dass er das Wort nicht herausbrachte.

Da Jefferson sich erhob, stand Jaxon ebenfalls auf. »Sie haben sich für uns totgearbeitet, Jax. Haben Überstunden gemacht, Klienten an Land gezogen und sind Jefferson Sparks gegenüber immer loyal gewesen. Es ist an der Zeit, dass Ihre Treue belohnt wird.« Jefferson streckte ihm die Hand entgegen.

Die Jax automatisch ergriff und kräftig schüttelte.

Treue. Wurde er gekauft, um etwas zu tun, das an die Grenze des ethisch Vertretbaren rührte? Oder sollte er Jeffersons Worte für bare Münze nehmen?

»Ich fühle mich sehr geschmeichelt.« Es gelang ihm nur mit Mühe, zu sprechen, ohne ins Stottern zu geraten. »Darauf habe ich hingearbeitet, aber so bald hatte ich nicht damit gerechnet.« Und es wäre ihm lieber gewesen, wenn er das Angebot nicht seiner Loyalität, sondern seinem Können und seinem Fleiß zu verdanken gehabt hätte.

»Sie haben es verdient. Und das wird auch in Zukunft so sein.« Jefferson ging in Richtung Tür, blickte aber noch einmal zurück. »Ich werde mit den anderen Partnern sprechen, ein entsprechendes Schriftstück aufsetzen und es Ihnen in den nächsten Tagen zugehen lassen, damit Sie es in aller Ruhe durchlesen können.«

»Wunderbar.« Er starrte dem anderen hinterher, als dieser zur Tür hinausging. Jefferson hatte ihm das Angebot gemacht, ohne vorher mit den anderen Partnern darüber gesprochen zu haben. Eine spontane Entscheidung? Oder eine Folge ihres Gesprächs über die Family-Friend-Manager?

»Jaxon?« Suzannes Stimme riss ihn aus seinen Gedanken.

»Entschuldige, ich bin das Ganze gerade noch mal durchgegangen.«

»Herrgott noch mal, könntest du das nicht laut tun?«

So gern er auch ihre Meinung dazu gehört hätte, er durfte ihr nichts davon erzählen. Die Zusammenkunft mit Jefferson war eine strategische Sitzung gewesen, und zu verraten, was er und Jefferson gesagt hatten, wäre ein Vertrauensbruch gegenüber dem Klienten gewesen. Und außerdem unloyal gegenüber seiner Kanzlei.

»Wir haben über einige Einzelheiten des Falls geredet und darüber gesprochen, welche Strategie am angemessensten ist. Dann sagte er, dass ich gute Arbeit geleistet hätte, der Kanzlei treu ergeben sei und dass es an der Zeit sei, mir die Partnerschaft anzubieten.«

»Du hörst dich so gedämpft an. Eigentlich müsstest du doch vor Aufregung übersprudeln. Oder die Sache irgendwo feiern. Was hat denn deine Mutter dazu gesagt?«

»Ich habe es ihr noch gar nicht erzählt.«

»Gute Güte, worauf wartest du denn noch? Ist das denn nicht so ungefähr das Wichtigste, das dir je im Leben widerfahren ist?«

Sie schien sich ungemein für ihn zu freuen, und sie hatte ja recht. Bei den anderen Meilensteinen in seinem bisherigen Leben – als die juristische Fakultät ihn angenommen hatte, bei seiner Graduierung, als er bei einer erstklassigen Kanzlei als Praktikant untergekommen war und diese ihn anschließend fest angestellt hatte – war er jedes Mal vor Freude auf und ab gesprungen.

»Ich glaube, ich möchte die Neuigkeit erst publik machen, wenn …«

»Wenn du etwas Schriftliches in Händen hast?«, fiel sie ihm ins Wort. »Das leuchtet mir ein. Aber wie willst du es denn geheim halten? Brennst du nicht darauf, es anderen mitzuteilen?«

Ja und nein.

Tatsache war, dass er es bereits jemandem erzählt hatte. Rick. Was er lieber hätte lassen sollen.

Was ihn dazu veranlasst hatte, war der nicht zu zügelnde Wunsch, einem anderen Rechtsanwalt mitzuteilen, dass er es geschafft hatte.

Natürlich hatte Rick gesagt: »Hey, gratuliere, Mann, da bekommst du ja endlich, was du wolltest«, um dann jedoch sofort hinzuzufügen: »Nehme an, das heißt, dass du zu viel zu tun haben wirst, um an einem der nächsten Sonnabende zum Basketball zu kommen.«

»Vermutlich.« Fakt war, dass er als Juniorpartner extrem unter Leistungsdruck stehen würde.

»Schade. Habe heute Morgen im Gerichtsgebäude einen der Jungen getroffen – Mike, das ist der große Dünne mit den Tätowierungen und dem rasierten Kopf –, und er hat mir erzählt, dass alles gut gelaufen ist.«

Gut gelaufen? Von einem dieser Jungen bedeutete das ein großes Lob. »Was hat er denn im Gerichtsgebäude gemacht?«

»Anklage wegen Besitz von Rauschgift.«

Wieso warfen diese Kinder ihr Leben, ihre Zukunft weg? Das Problem war, dass niemand ihnen beigebracht hatte zu träumen und was man unternehmen konnte, um seine Träume zu verwirklichen. »Hast du mit ihm darüber gesprochen?«

»Ja, aber das lässt er nur bis zu einem gewissen Grad zu.

Mike sagt, ein Typ wie ich wisse nicht, wie sein Leben ist. Und das stimmt.«

Was dabei unausgesprochen blieb, war, dass Jax hingegen Bescheid wusste. Ihm würde der Junge mehr Glauben schenken.

»Na, jedenfalls nochmals meinen Glückwunsch«, sagte Rick kurz darauf. »Wenn du zu uns zum Dinner kommst, holen wir den Champagner raus.«

Champagner. Zum Feiern. Sprudelnder, prickelnder Champagner.

Warum zum Teufel war ihm bloß so wenig nach Feiern zumute?

»Jaxon?« Erneut riss Suzannes Stimme ihn aus seinen Gedanken. »Sicher hast du tausenderlei Dinge zu tun. Deshalb werde ich dich jetzt in Ruhe lassen.«

»Nein, darum geht's nicht. Es ist nur so … na ja, vermutlich geht mir in der Tat allerlei im Kopf herum. Aber ich möchte mich trotzdem mit dir unterhalten.« Das Problem war, dass er nicht wusste, was er sagen sollte, weil in seinem Innern ein unglaubliches Durcheinander herrschte.

»Ich weiß nicht recht, ob ich das Angebot annehmen werde«, verkündete er mit leiser, aber fester Stimme.

»Was?«, kreischte sie. »Was redest du denn da?« Nachdem sie sich ein wenig beruhigt hatte, fuhr sie fort: »Ach so, du spielt mit dem Gedanken, bessere Bedingungen auszuhandeln, ja? Ist das nicht ein bisschen riskant?«

»Das wäre es, aber darum geht's nicht. Ich bin mir einfach … nicht sicher, ob ich die Partnerschaft haben will.«

So, jetzt hatte er es laut ausgesprochen.

Nachdem Suzanne eine Zeit lang geschwiegen hatte, sagte sie: »Das verstehe ich nicht. Ich dachte, eine Partnerschaft bringe dich der Verwirklichung deiner Träume einen weiteren Schritt näher.«

»Das dachte ich auch.«

»Also …?«

»Meine Mutter hat mich auf etwas aufmerksam gemacht. Und zwar darauf, dass die Träume von Kinder sich ändern.«

»Hä?«

»Ich weiß, dass das in deinem Fall nicht geschehen ist. Du wolltest Tierärztin werden und möchtest es nach wie vor, und das ist großartig. Aber andere Kinder möchten, wie meine Mama gesagt hat, Feuerwehrmann oder Astronaut werden. Dann werden sie erwachsen und beschließen, etwas völlig anderes zu werden.«

»Sicher. Aber du bist wie ich. Dein Traum hat sich nicht geändert.«

»Vielleicht sollte er das aber. Vielleicht ist der Preis dafür zu hoch.«

»Der Preis?«

»Ich habe immer gedacht, dass ich vor Freude in die Luft springen würde, wenn man mir die Partnerschaft anbietet. Aber als Jefferson es heute getan hat, fühlte ich mich eher benommen als glücklich. Mensch, du warst ja aufgeregter als ich.«

»Weil ich gedacht habe, dass du erreicht hast, was du wolltest.«

»Und meine Wünsche sind dir nicht gleichgültig, nicht wahr?«

»Natürlich nicht. Wir sind doch Freunde.«

Er holte tief Luft. Genau deshalb hatte er angerufen. Diese Frau regte ihn zu intensivem Nachdenken an, wie es zuvor noch niemand getan hatte. Sie brachte ihn dazu, hinter die Fassade zu dringen und herauszufinden, was er wirklich empfand.

»Ist das alles, was wir sind, Suzanne? Außer dass wir Sexpartner sind, meine ich. Ich habe den Eindruck, dass wir einander ziemlich nahegekommen sind, selbst wenn unsere Beziehung eine der merkwürdigsten ist, die es je gegeben hat. E-Mails und Telefonate und abgedrehter Sex. Aber wir haben eine Menge übereinander erfahren, und du hast mich dazu gebracht, darüber nachzudenken, wer ich bin. Was für eine Art Mensch ich sein möchte.«

»Du bist ein wunderbarer Mensch. Daran würde eine Partnerschaft nichts ändern.«

Vielleicht doch. »Danke für das Vertrauen, das du zu mir hast. Aber ich habe meiner Arbeit alles andere untergeordnet. Das hat den Menschen, die mir am Herzen liegen, wehgetan.«

»Für mich hast du immer Zeit gehabt, Jaxon. Wenn ich eine Schulter zum Ausweinen brauchte, warst du für mich da.«

»Nun ja, wir sind eben Freunde.« Nein, das war in Anbetracht der Gefühle, die er inzwischen für diese Frau hegte, ein Rückzieher. »Für mich ist es mehr als nur Freundschaft«, gab er zu.

»Für mich auch«, erwiderte sie mit zittriger Stimme.

Ja, es war schwierig, seine Gefühle zu offenbaren, wenn beide wussten, wie unterschiedlich sie waren.

»Ich habe am Samstag ein paar Stunden Basketballtrainer gespielt«, hörte er sich sagen.

»B… Basketballtrainer?«

Sicher dachte sie, dass er jetzt endgültig durchgedreht sei, weil er so von Thema zu Thema sprang. »Ja. Bei einer Gruppe von Straßenkindern. Bin für einen Kumpel eingesprungen, der das normalerweise macht, aber krank geworden ist.«

»Ist ja toll. Sicher hat das den Kindern echt gutgetan.«

»Ja.« Und ihm auch.

»Das muss für dich und deinen Freund sehr befriedigend sein.«

»Äh, ja.« Konnte sie seine Gedanken lesen?

»Befriedigender, als Jurist zu sein?«, fragte sie mit sanfter Stimme.

Verdammt. »Jedenfalls befriedigender als manche Fälle. Aber ich bin nun mal Rechtsanwalt. Dazu bin ich ausgebildet worden, und diesen Beruf werde ich nicht aufgeben.«

»Entschuldige, aber das wollte ich in keiner Weise suggerieren. Ich wollte nur wissen, welche Dinge dich am meisten zufriedenstellen.«

Er grinste. »Na ja, ich denke schon, dass ich Rick von Zeit zu Zeit gern behilflich sein würde.« Allerdings war das ziemlich ausgeschlossen, wenn er erst mal Partner war. Und was hieß das für ihn?

»Rick? Ist das der Name deines Freunds?«

»Ja. Wir kennen uns vom College und von der Universität.«

»Scheint ein netter Mensch zu sein.«

»Ist er auch.«

»Jaxon, was würde geschehen, wenn du die Partnerschaft ablehntest? Wäre Jefferson dann sauer?«

Stinksauer. »Das würde meine Karriere bei Jefferson Sparks beenden«, sagte er mit einem Gefühl des Bedauerns, in das sich jedoch auch Erleichterung mischte. »Aber was soll's? Dann würde ich mich eben nach einem neuen Job umsehen.« Nach einem Job, der es ihm ermöglichte, weiterhin die Hypothek seiner Mutter abzuzahlen.

»Ich glaube, du bist ein ziemlich guter Rechtsanwalt. Die Kanzlei, die dich bekommt, kann sich glücklich schätzen.«

»Danke.« Er seufzte. »Bin mir allerdings nicht ganz sicher, wo ich mich nach einem Job umsehen würde. Ich mache seit meinen Anfängen ein und dieselbe Art von Arbeit.«

»Höre ich da ein Aber?«

»Kann sein, dass ich diese Art von Arbeit nicht mehr machen möchte. Dass ich für diese Art von Klienten nicht mehr arbeiten möchte.«

Nachdem sie einen Moment lang geschwiegen hatte, fuhr sie leise fort: »Diese Basketballkinder haben dir ganz schön zugesetzt, was?«

Verflucht noch mal, diese Frau kannte ihn wirklich gut. »Sie, meine Mom, Tonya, Rick. Du. Wenn ihr mich alle für verrückt haltet, sollte ich vielleicht mal anfangen, auf euch zu hören.«

»Du musst auf dein Herz hören. Musst den Traum finden, den du für erstrebenswert hältst, und dann versuchen, ihn zu verwirklichen, Jaxon.«

Genau das war ihm im Zusammenhang mit den Baseketballkindern durch den Kopf gegangen. »Du sagst das so, als wäre es ganz leicht.«

»Du hast das doch schon einmal getan. Jetzt geht es darum, dass dein Herz vielleicht einen Kurswechsel vorgenommen und dein Verstand nicht darauf geachtet hat.«

Es war die reinste Qual für Suzanne, den folgenden Tag durchzustehen.

Nachdem sie am vergangenen Abend mit ihren Freundinnen gesprochen hatte, hatte sie mit dem Gedanken gespielt, auf Distanz zu gehen. Dann hatte Jaxon angerufen und sie völlig aus dem Gleichgewicht gebracht – in einem solchen Maße, dass sie noch nicht einmal mit ihren Freundinnen darüber sprechen wollte.

Als sie am Morgen aus dem Haus gegangen war, hatte sie das auf ihrem Nachttisch liegende Schneckengehäuse, das er ihr bei Spanish Banks gegeben hatte, an sich genommen und in ihre Hosentasche gesteckt. Als Glücksbringer?

Was, wenn er sein Leben tatsächlich umkrempelte und beschloss, andere Prioritäten zu setzen?

Was sollte er denn beschließen? Was wünschte sie sich denn?

War es möglich, dass sie sich ineinander verliebten?

Wie benommen bewegte Suzanne sich in der Klinik umher. In der Frühstückspause ging sie in den Waschraum, um sich kaltes Wasser in das erhitzte Gesicht zu klatschen. Das Leben war unsicher und beängstigend geworden.

Was empfand sie tatsächlich für Jaxon? Er war ein toller Mann, aber er war nicht ihr Dad.

Na, dem Himmel sei Dank! Kein Wunder, dass sie sich nie eine leidenschaftliche Ehe hatte vorstellen können, wenn sie vorgehabt hatte, den Klon ihres Vaters zu heiraten.

Nicht dass sie auch nur im Entferntesten bereit gewesen wäre, über Heirat nachzudenken. Schließlich musste sie erst einmal ihr Studium beenden.

Eines hatte sie allerdings gelernt, nämlich dass die sexy Suzanne und die vernünftige Zwillingsschwester vielleicht doch nicht zwei völlig verschiedene Personen waren. Wenn es ihrer Schwester und sogar ihrer Mutter gelang, die sexuelle Seite ihrer Persönlichkeit in ihr alltägliches Leben zu integrieren, warum sollte ihr das dann nicht auch gelingen?

Und warum war sie so unflexibel, dass sie meinte, eine ernsthafte Beziehung käme noch nicht für sie infrage? Wenn Mr Cleaver früher als geplant auftauchte, wäre es töricht von ihr, ihm den Laufpass zu geben.

Aber Jaxon konnte nicht Mr Cleaver sein, oder? Er lebte in den Staaten. Er hatte seine Mutter unten in San Francisco, seine Exfrau, seinen Freund Rick. Sowie diese Basketballkinder. Sie hatte ihre Familie, die Tollen Vier, ihre Freunde an der Universität und in der Klinik.

Konnten zwei so unterschiedliche Menschen je hoffen, sich gemeinsam eine Zukunft aufzubauen?

Oder waren sie letzten Endes gar nicht so unterschiedlich?

Sie schwankte zwischen Hoffnung und Angst hin und her.

Warum hatte er sie dazu gebracht zuzugeben, dass sie mehr für ihn empfand als Freundschaft? Würden ihre Gefühle bei seiner Entscheidung eine Rolle spielen? Wenn er das Angebot seiner Kanzlei annahm, würde er wahrscheinlich noch weniger Zeit haben, um sich mit ihr zu treffen.

Selbst ihre tierischen Patienten vermochten es nicht, sie so weit abzulenken, dass sie nicht mehr an Jaxon dachte. Ständig fragte sie sich, wann er über das Partnerschaftsangebot entscheiden und wann er anrufen würde, um ihr Bescheid zu geben.

Gerade als sie versuchte, einem riesigen, widerspenstigen Papagei namens Bly eine Pille in den Schnabel zu stecken, rief Trish von der Rezeption her ihren Namen.

»Was ist denn?«, rief sie aufgebracht zurück. »Ich bin schwer beschäftigt.«

»Du hast Besuch.«

»Der wird warten müssen. Ein psychotischer Papagei versucht gerade, mir den Finger abzubeißen.«

Sie hörte Gelächter. Hörte, wie Trish mit ihrer hohen Stimme kicherte, und vernahm den Klang einer tiefen dunklen Stimme. Das war doch nicht möglich …

Sie schob Bly in seinen Käfig, wusch sich rasch die Hände und rannte zur Rezeption.

»Jaxon!«

Da stand er, in grauem Anzug, weißem Hemd und lässig geknoteter Krawatte – Jaxon, der Rechtsanwalt –, während sie ausgeblichene Jeans, ein Snoopy-T-Shirt und einen weißen Kittel trug, der mit Katzenspeichel, Hundeurin und Papageienkot befleckt war: Suzanne, die angehende Tierärztin.

O ja, sie waren *sehr* unterschiedlich.

Allerdings trug sie einen Tanga und einen Halb-BH aus Spitze. Und er lächelte, als sei sie die schönste, begehrenswerteste Frau der Welt.

Sie blickte ihm in die Augen, und auf einmal war es wieder wie am ersten Tag, damals am Strand von Kreta. Als sie sich bei der Hand nahmen, vermeinte sie fast zu spüren, wie Zauberstaub auf sie beide niederrieselte. Flugs riss sie sich den verdreckten Kittel vom Leib und trat mit Jaxon auf die Fourth Avenue hinaus.

»Was machst du denn hier?« Ihr Herz schlug so schnell, dass sie kaum zu sprechen vermochte.

Er gab ihr eine stabile Plastiktüte.

Sie spähte hinein. »Champagner.« Obwohl ihr das Herz schwer wurde, quälte sie sich ein Lächeln ab. »Jaxon, du hast die Partnerschaft angenommen. Gratuliere. Ich freu mich ja so für dich.«

Er schüttelte lächelnd den Kopf. »Nein. Hab sie abgelehnt. Und da ich wusste, dass man mich daraufhin rausschmeißen würde, habe ich gekündigt.«

»O mein Gott.« Sie packte seine Hand noch fester. Er hatte seinen Job, sein Einkommen, seinen alten Traum verloren – alles an einem Tag. »Was willst du denn jetzt machen?«

»Dieser Freund, von dem ich dir erzählt habe – Rick –, hat eine eigene Praxis. Er hat gesagt, wenn ich ihm verspreche, von Zeit zu Zeit das Basketballtraining zu übernehmen, könne ich bei ihm einsteigen.«

»Hört sich gut an.« Bloß – wo blieb sie dabei? Würde Jaxon dann noch Zeit haben, sich mit ihr zu treffen?

»Ich glaube, es ist höchste Zeit, dass du mal nach San

Francisco kommst«, sagte er. »Wenn du am Wochenende da bist, hättest du doch nichts dagegen, wenn ich ein paar Stunden abzweige, um mit den Kindern zu trainieren, oder? Du könntest inzwischen ja shoppen gehen oder auch mitkommen und zugucken. Rick würde dich zu gern kennenlernen.« Er grinste. »Und meine Mutter wird entzückt von dir sein.«

Er wollte sie in sein Leben integrieren. »O mein Gott«, sagte sie von Neuem.

Er zog an ihrer Hand und nahm sie in die Arme, um sie heiß zu küssen.

Als sie sich wieder voneinander lösten, sagte er: »Ich weiß, dass unsere Beziehung noch jung ist und dass es noch eine Menge Dinge zu klären gibt, was unsere Berufe betrifft und die Tatsache, dass wir in verschiedenen Städten wohnen. Aber eines weiß ich jetzt schon, nämlich dass das zwischen uns etwas ganz Besonderes ist, Suzanne.«

»Ja«, stieß sie atemlos hervor. »Ja, das stimmt. Als ich dich in der Klinik gesehen habe, als ich dir in die Augen geblickt habe …«

»War es wie auf Kreta«, fiel er ihr ins Wort. »Das Band zwischen uns ist zu stark, als dass wir es ignorieren könnten. Deshalb sollten wir aufhören, es zu versuchen.« Er lachte. »Weißt du, wir haben diesen Champagnerregeln eine Menge zu verdanken.«

»Tatsächlich?«

»Weil unsere Beziehung eigentlich in dem Moment eingesetzt hat, als wir feststellten, dass es uns mehr Spaß macht, gegen die Regeln zu verstoßen, als sie einzuhalten.«

Sie lächelte. »Dann sollten wir jetzt wohl neue Regeln aufstellen.«

»Ach was, lass uns alle Regeln über Bord werfen. Lass uns einfach aufs Ganze gehen.«

Sie schaute zu ihm hoch, dem sexysten, attraktivsten Mann, der ihr je begegnet war. Der ein hinreißender Liebhaber und ihr guter Freund war.

Ob er auch Mr Cleaver war, würde sich erst im Laufe der Zeit herausstellen.

Auf ihrem Gesicht breitete sich ein Lächeln aus. »Ja, lass uns aufs Ganze gehen. Wie auch immer *das Ganze* aussehen mag.«

»Kannst du heute in der Klinik früher Schluss machen?«

»Ich könnte wetten, Trish geht davon aus, dass ich das bereits getan habe. Ich spring nur noch mal schnell zurück, um meine Handtasche und meine Schlüssel zu holen.«

Er zog sie in Richtung Klinik. »Dann beeil dich.«

»Kommst du denn nicht mit rein?«

Er warf einen Blick nach unten. »In diesem Zustand? Lieber nicht!«

Er schlug seine Anzugjacke beiseite, sodass sie die Ausbuchtung in seiner Hose sehen konnte. Dann beugte er sich vor, um ihr ins Ohr zu flüstern: »Suzanne? Ich habe die Boxershorts an.«

»Ich bin sofort wieder da!«

»Dann suchen wir uns ein Hotelzimmer, machen die Flasche auf und trinken auf das Ende der Champagnerregeln.«

Danksagungen

Ich habe eine ganze Weile warten müssen, bis ein Buch von mir herauskam, deshalb habe ich vielen Menschen zu danken.

Zuerst einmal Nick Franson, weil er mir Natalie Goldbergs *Writing Down the Bones* in die Hand gedrückt und mir geholfen hat herauszufinden, dass ich Schriftstellerin werden möchte. Und weil er immer davon überzeugt war und mich davon überzeugt hat, dass ich das schaffe.

Meine Mom Sylvia Hart und mein Stiefvater Ted Hart haben sich rundum toll verhalten, mich ständig ermutigt und mir nie nahegelegt, dass ich mir mit meinem abgeschlossenen Jurastudium eine vernünftigere – und lukrativere – Beschäftigung suchen sollte. Meine Mutter hat die Publikation meines ersten Buchs leider nicht mehr miterlebt, aber ich bin sehr froh, den Triumph wenigstens mit Ted teilen zu können.

Ein ganz großes Dankeschön geht an meinen Lebenspartner Doug Arnold, nicht nur weil er an mich geglaubt hat, sondern auch weil er die täglichen Leiden und Plagen ertragen hat, die das Leben mit einer Schriftstellerin mit sich bringt. Ich wünschte, ich könnte sagen, dass jetzt, da mein Buch herausgekommen ist, alles unkomplizierter werden wird, aber Tatsache ist, dass ich in Zukunft noch mehr Zeit in meiner Traumwelt verbringen werde.

Mein besonderer Dank gilt meiner fantastischen Kritikergruppe, bestehend aus Betty Allan, Michelle Hancock und Nazima Ali, denen ich hilfreiche, anregende Kommentare verdanke und deren Langmut beim Lesen und Analysieren zahlloser Sexszenen geradezu unglaublich war. Ohne sie hätte ich es nicht geschafft. Desgleichen danke ich meiner Schriftstellerkollegin Nancy Warren, die seit vielen Jahren meine Freundin ist und die mich immer wieder inspiriert hat.

Eine der Freuden des Schriftstellerdaseins besteht darin, in eine Gemeinschaft gleich gesinnter Exzentriker aufgenommen zu werden, und ich habe das Glück und die Ehre, Mitglied des Greater Vancouver Chapter und des Vancouver Island Chapter of Romance Writers of America zu sein.

Zum Schluss möchte ich mich noch bei meiner Lektorin Hilary Sares und der Kensington Publishing Corporation bedanken, weil sie das Risiko eingegangen sind, eine unbekannte Autorin zu publizieren, und meinen Traum haben Wirklichkeit werden lassen.

Meine Leser und Leserinnen sind herzlich eingeladen, meine Website zu besuchen (www.susanlyons.ca), mir eine E-Mail zu schicken (susan@susanlyons.ca) oder mir zu schreiben (c/o PO Box 73523, Downtown RPO, Vancouver, BC, Canada V6E 4L9).